# 中国百年诗歌选

谢冕 编选

山东文艺出版社

图书在版编目（CIP）数据

中国百年诗歌选/谢冕编选.--济南：山东文艺出版社，2022.5

ISBN 978-7-5329-6626-4

Ⅰ.①中… Ⅱ.①谢… Ⅲ.①诗集－中国－现代 ②诗集－中国－当代 Ⅳ.①I226

中国版本图书馆CIP数据核字(2022)第064838号

## 中国百年诗歌选

谢 冕 编选

| | |
|---|---|
| 主管单位 | 山东出版传媒股份有限公司 |
| 出版发行 | 山东文艺出版社 |
| 社　　址 | 山东省济南市英雄山路189号 |
| 邮　　编 | 250002 |
| 网　　址 | www.sdwypress.com |
| 读者服务 | 0531-82098776（总编室） |
| | 0531-82098775（市场营销部） |
| 电子邮箱 | sdwy@sdpress.com.cn |
| 印　　刷 | 山东新华印务有限公司 |
| 开　　本 | 720毫米×1020毫米　1/16 |
| 印　　张 | 53.5 |
| 字　　数 | 510千 |
| 版　　次 | 2022年5月第1版 |
| 印　　次 | 2022年5月第1次印刷 |
| 书　　号 | ISBN 978-7-5329-6626-4 |
| 定　　价 | 89.00元 |

版权专有，侵权必究。如有图书质量问题，请与出版社联系调换。

# 序

谢　冕

中国的知识分子，只要他多少了解一些传统文化的历史，多少接触到一些古典文学的作品，大抵都会在新诗和旧诗的抉择时表现出暧昧不清的复杂心理———一种理智上拥护新诗而感情上又倾向旧诗的两难处境。

新诗是用白话写作的诗，它是五四新文化运动的产物。新诗从二十世纪初叶开始试验，经草创到逐渐成形，迄今已有八十多年的历史。这是一个从无到有、从幼稚到成熟的过程。许多杰出的新诗人为建设中国新诗付出了艰辛的劳作。他们是一批拓荒者，他们在人迹罕至的地方开垦绿洲。他们以前无古人的姿态披荆斩棘，终于使处女地上开出了鲜丽的花。

我总是怀着悚敬之心面对新诗。因为这一诗性寻求是和中国知识界为民族振兴、社会进步，是和国民素质的改造这些宏大的目标相联系的。

按照西方诗歌的模式来建设中国新诗，在这看来有点激烈的行为的背后，蕴藏着一种急切而庄严的动机。这动机驱使它以不妥协的，甚至是对抗的方式面对传统诗歌。后来者可以非常容易地发现当时人们的简单和幼稚，而在当时，其间都包蕴着雄辩的逻辑。

中国旧诗的历史是太久远了；而中国旧诗的耀眼光芒，即使是阻隔着数千年的时空，也足以使所有的人睁不开眼睛。中国旧诗是不可逾越，也难以摇撼的强大。它的静默无言的伟大，足以使所有的天才为之俯首。

但中国旧诗的问题，不仅在于艺术发展的极致造成几乎不可发展的阻障，而且在于它的传统的方式构成对于现在的拒绝。二十世纪的世界是告别古典迈进现在的世界，而中国传统诗歌中依然弥漫着迷人的古典的和田园的情趣，工业文明及由工业文明带来的人的意识的激变是旧诗所无法表达的。中国最新觉醒的那些知识分子感到了旧诗（当然首先是全部的旧文学）的这种局限，于是要借西方盗来的火来焚毁那一切。

这一激烈的态度，当然是由于感到包括旧诗在内的传统文化给予中国社会的负面价值所引发。在诗歌，自清末的"诗界革命"到五四的新诗革命的探索过程，展现了新旧替换的革命性成果。新诗要承担起传导已经望见现代文明曙光的中国人的现代情思，它就必须批判和扬弃旧诗对达到此一目的的一切障碍——当时的人因觉察到二者的对立性而断然采取了对立的立场。

这样，当人们惊喜于白话新诗推涌出一个清新自然的崭新的情感世界时，中国历代诗人所创造的古典的辉煌也人为地隐失于人们的视野之中。中国人为建立新文化而付出了沉重的代价——这就是它不得不以某种传统的忽略乃至丧失，以换取通往现代性的哪怕只是小小的一步。

传统文化对于中国人的浸润是太深入了。中国人，尤其是中国的知识分子，当狂热退潮的平静之时，几乎无法容忍这种缺失。这是一种潜深到灵魂深处的影响，用刀砍、用火焚都难以泯去印记，何况是仅仅在于一时的风暴的袭击？中国文人可以在言论上拥护新诗的变革，而在情感上却仍然和旧诗，和他们要"否定"的一切传统文化保持着亲缘的联系。中国文人面对新旧两个世纪的交替时，往往扮演了这种尴尬的"两面人"的角色。

跟随时代的步履而推进文学和诗的变革，这是不容置疑，也不可动摇的立场。就诗而言，人们已经从将近一个世纪的实践中感受到巨大成就的震撼。新诗业已承担了旧诗完全难以胜任的诗性地表达中国人现代情思的职能。新的生活、新的思想、新的情感、新的语汇，已与这一新的诗歌形态血肉难分地融汇在一起。

当然，新诗也存在着难题，人们指责最多的是它的无章法和难记诵。在这种责难的背后，我们仍然感受到旧诗深刻的影响。旧诗作为巨大的背景和参照系，它始终笼罩着而且震慑着新诗的发展。

历史时常以不成熟的，甚至偏激的形态来表达它的合理性。离开了具体的环境而在事后作各种假想式的设计，纵然易行却未必合理。不难设想，要是没有前辈诗人"尝试"新诗的勇气和决心，我们可能还在用五言或七言的韵律表达火车、喷气机的节奏和电脑神奇莫测的想象力，要是如此，我们在表达我们面对的世界时会是多么苍白！新诗既已出现，它就不会消失，即使是些微的后退，也是不可设想的。

诚然，人们依然迷恋着旧诗的情韵，依然为《诗经》和屈原的诗意所着迷，李白当年的月亮永远年轻而皎洁。在中国旧诗中，不仅凝聚了历代诗人的才情，而且浓缩和规范了中国人表达诗情的方式。传统诗歌的神韵，历经千年而始终充满魅力，这一让人深思的题目，当然不是简单的批判或否定就可以绕过去的。

尽管我们可以理解五四当年新诗由于生长和发展的需要而对旧诗采取了极端的态度，但我们仍从那一时代对于艺术的简单处置得到启悟——艺术的发展采用非此即彼的革命性替换不一定符合艺术规律，社会的进步并不一定要以旧艺术的消失为代价。

历史上也许有过某一艺术品类消亡的事实，但有价值的文化遗产往往并不因其"过时"而失去价值，当然更不会"死亡"。特别是像中国古典诗歌这样历经数十代人的持续努力而抵达顶峰状态的艺术，就更是如此。新生的新诗诞生了，而"过时"的旧诗并没有消亡，这是中国诗歌史的事实。

现在的我们拥有了这样的可能，完全可以有异于前的平静心态，来考虑中国诗歌的生态。一方面，我们坚持新诗的主体地位，坚定地推进诗与现实生活的紧密联系，完善它在传导中国人的当代诗情方面的功效；一方面，不排斥古典诗歌的影响和启示，积极吸收它的丰富营养以为发展健全新诗的必需。我们不必苟同确定古典诗歌为新诗发展的基础的提法，因为这提法改变了史实。但旧诗作为中国诗的源头，其与新诗的关系绝非寻常，其间的承传与裂变、同与异的关联是复杂的存在，是不可简单处之的庄严题目。新诗无疑将从旧诗中得到广泛的启发，但新诗终究不可变成旧诗。历史不会倒退，今人也不会变成古人。

至于迄今有人爱好旧诗且乐于写作，这理应受到尊重，犹于人们至今还喜爱古琴或围棋。事实上，今人写旧诗也有写得好的。但要写旧诗就要遵循它的格律要求（目下有人提倡"新"旧体诗，实不足取），最要紧也最难的，是要传达出它的"神韵"，而这对当今的多数人来说，几乎是高不可攀的境界。

基于上述的认识，我在编选这本《中国百年诗歌选》时，采取了与以往不同的新旧诗混编的体例。其用意也在于强调二者不可割离的历史联系。这样做的结果，将使读者从新旧交相辉映中得到中国百余年诗歌发展的较为完整的印象。

1997年7月10日于北京大学

# 目 录

序 / 001

## 上 卷
## 19世纪40年代——20世纪初叶

贝青乔　自编军中纪事诗二卷为《咄咄吟》，
　　　　朋旧多题赠之作，赋此为答（五首选一）/ 003
　　　　自临安至於潜夜宿浮溪旅店作 / 003
陈去病　中元节自黄浦出吴淞泛海 / 004
　　　　自厦门泛海登鼓浪屿有感 / 004
陈三立　夜舟泊吴城 / 005
　　　　晓抵九江作 / 005
陈玉树　乙酉春有感 / 006
　　　　秋晚野望 / 006
樊增祥　中秋夜无月（四首选一）/ 007
高　旭　对菊感赋 / 008
龚自珍　杂诗，己卯自春徂夏，在京师作，得十有四首
　　　　（选一）/ 009
　　　　秋心三首（选一）/ 009

西郊落花歌(有序) / 010

己亥杂诗(四首) / 010

浪淘沙·书愿 / 011

人月圆 / 011

何绍基　山雨 / 012

登舟(十三首选一) / 012

黄　节　九月登龙华塔同邓秋枚、诸贞壮书怀 / 013

黄燮清　长水竹枝词(五十三首选二) / 014

广陵吊史阁部 / 014

黄遵宪　海行杂感(十六首选一) / 015

己亥杂诗(八十九首选四) / 015

日本杂事诗(二百首选一) / 016

山歌(十五首选一) / 016

雁 / 016

夜起 / 017

蒋智由　有感 / 018

卢骚 / 018

久思 / 019

金　和　饲蚕词五首(选一) / 020

过六合时方祷雨 / 020

康有为　己亥二月,由日本乘和泉丸渡太平洋 / 021

戊戌八月国变纪事八首(选一) / 021

闻意索三门湾,以兵轮三艘迫浙江,有感 / 021

明夷阁与梁铁君饮酒话旧事竟夕(三首选一) / 022

过虎门 / 022

登万里长城(二首选一) / 022

将去日本示从亡诸子梁任甫、韩树园、徐君勉、罗孝高、罗伯雅、梁元理 / 023

|  |  |
|---|---|
|  | 九月二十四夜，至马关，泊船二日，即李相国议和立约遇刺地也，有指相国驻节处者，伤怀久之 / 023 |
| 孔昭绶 | 客倭除夕感怀（四首选二） / 024 |
| 梁启超 | 读陆放翁集（四首选一） / 025 |
|  | 太平洋遇雨 / 025 |
|  | 台湾竹枝词（十首选二） / 025 |
| 林 纾 | 余每作一画，必草一绝句于其上。二年以来作画百余帧，而题句都不省记。强忆得三十首，拉杂录之（选二） / 027 |
| 林则徐 | 次韵答姚春木 / 028 |
|  | 赴戍登程口占示家人（二首选一） / 028 |
|  | 程玉樵方伯德润饯予于兰州藩廨之若已有园，次韵奉谢（二首选一） / 029 |
|  | 送嶰筠赐环东归（二首选一） / 029 |
| 刘光第 | 梦中 / 030 |
| 柳亚子 | 题张苍水集（四首选一） / 031 |
|  | 题夏内史集（六首选一） / 031 |
|  | 吊鉴湖秋女士（四首选二） / 031 |
|  | 酒边一首为一瓢题扇 / 032 |
| 马君武 | 寄南社同人 / 033 |
| 缪鸿若 | 题担当和尚画册 / 034 |
| 宁调元 | 早梅叠韵（二首选一） / 035 |
|  | 感怀四首（选一） / 035 |
| 丘逢甲 | 韩山书院新栽小松（四首选一） / 036 |
|  | 春愁 / 036 |
|  | 元夕无月（五首选一） / 037 |
|  | 有感书赠义军旧书记（四首选一） / 037 |
|  | 饶平杂诗（十六首选一） / 037 |

　　　　澳门杂诗(十五首选一) / 037

　　　　新宁刘小芸将为大江南北之游，介孝方索诗壮行，

　　　为赋四绝句(四首选一) / 038

　　　　山村即目(三首选一) / 038

　　　　送王晓沧之汀州 / 038

　　　　去岁初抵鉈江，今仍客游至此，思之怃然

　　　(二首选一) / 038

　　　　舟中望茶盘山 / 039

秋　瑾　题《芝龛记》(八首选一) / 040

　　　　菊 / 040

　　　　对酒 / 040

　　　　剪春罗 / 041

　　　　申江题壁 / 041

　　　　黄海舟中日人索句并见日俄战争地图 / 041

　　　　日人石井君索和即用原韵 / 042

苏曼殊　以诗并画留别汤国顿(其一) / 043

　　　　过蒲田 / 043

　　　　淀江道中口占 / 043

　　　　有怀二首 / 044

　　　　本事诗(十首选六) / 044

　　　　吴门依易生韵(十一首选三) / 045

谭嗣同　潼关 / 046

　　　　井陉关 / 046

　　　　有感一章 / 046

　　　　画兰 / 047

　　　　邠州 / 047

　　　　夜成 / 047

　　　　览武汉形势 / 047

王闿运　圆明园词 / 049
王鹏运　浣溪沙·题丁兵备丈画马 / 053
　　　　浪淘沙·自题《庚子秋词》后 / 053
　　　　鹧鸪天·登玄墓还元阁，用叔问"重泊光福
　　　　里"韵 / 054
王　韬　春日沪上感事（四首选一）/ 055
　　　　积雨（六首选一）/ 055
文廷式　蝶恋花 / 056
　　　　鹧鸪天·即事 / 056
　　　　浣溪沙·旅情 / 057
吴汝纶　马关 / 058
夏曾佑　留赠方药雨，丙申之冬入天津，洎己亥秋，始得归。
　　　　将行，赋此二律（选一）/ 059
项鸿祚　减字木兰花·春夜闻隔墙歌吹声 / 060
　　　　太常引·客中闻歌 / 060
　　　　水龙吟·秋声 / 060
许宗衡　中兴乐·初秋同人登龙树寺凌虚阁，依李德润
　　　　《琼瑶集》体 / 062
姚　燮　韩庄闸舟中七夕杂诗得十三绝句（选一）/ 063
　　　　寓目得六绝句（选一）/ 063
　　　　听歌 / 063
　　　　寒夜闻鸽铃 / 064
郑文焯　虞美人 / 065
　　　　玉楼春 / 065
　　　　浣溪沙·从石楼石壁往来邓尉山中 / 066
郑　珍　闲眺 / 067
　　　　论诗示诸生，时代者将至 / 067
周　实　睹江北流民有感（三首选一）/ 069

|       | 桃花扇题辞（五首选一）/ 069 |
|-------|-------------------------|
| 朱孝臧 | 鹧鸪天·庚子岁除 / 070     |
|       | 洞仙歌·丁未九日 / 070    |
| 庄　棫 | 高阳台·长乐渡 / 071     |
|       | 相见欢（二首）/ 071     |

## 中　卷
### 20世纪初叶——20世纪40年代

| 阿　垅 | 无题 / 075 |
|-------|-----------|
|       | 去国 / 076 |
| 艾　青 | 大堰河——我的褓姆 / 078 |
|       | 芦笛 / 083 |
|       | 太阳 / 085 |
|       | 雪落在中国的土地上 / 086 |
|       | 手推车 / 090 |
|       | 我爱这土地 / 091 |
|       | 火把 / 092 |
| 卞之琳 | 断章 / 132 |
|       | 第一盏灯 / 132 |
|       | 尺八 / 133 |
|       | 距离的组织 / 134 |
|       | 鱼化石 / 134 |
| 冰　心 | 我曾 / 136 |
|       | 我劝你 / 137 |
| 陈敬容 | 智慧 / 140 |
|       | 珠和觅珠人 / 141 |
| 陈梦家 | 三月 / 142 |

　　　　　　一朵野花 / 142
陈　毅　　梅岭三章 / 144
戴望舒　　雨巷 / 145
　　　　　　我的记忆 / 147
　　　　　　狱中题壁 / 148
　　　　　　过旧居 / 149
　　　　　　萧红墓畔口占 / 152
杜运燮　　季节的愁容 / 153
　　　　　　滇缅公路 / 154
方令孺　　灵奇 / 157
废　名　　灯 / 158
冯乃超　　梦 / 159
冯　至　　蛇 / 161
　　　　　　帷幔 / 162
　　　　　　十四行　二：什么能从我们身上脱落 / 169
　　　　　　　　　　二二：深夜又是深山 / 170
　　　　　　　　　　二三：几只初生的小狗 / 170
　　　　　　　　　　二六：我们天天走着一条小路 / 171
　　　　　　招魂 / 172
高　兰　　哭亡女苏菲 / 174
光未然　　五月的鲜花 / 180
郭沫若　　Venus / 182
　　　　　　匪徒颂 / 183
　　　　　　立在地球边上放号 / 185
　　　　　　凤凰涅槃 / 185
　　　　　　天狗 / 196
　　　　　　我是个偶像崇拜者 / 197
　　　　　　瓶·第十六首 / 198

杭约赫　最初的蜜 / 202
何其芳　预言 / 204
　　　　赠人 / 206
　　　　花环 / 206
　　　　罗衫 / 207
　　　　夏夜 / 208
　　　　云 / 209
　　　　夜歌（二）/ 210
　　　　夜歌（五）/ 213
　　　　生活是多么广阔 / 217
何　达　我们开会 / 218
胡　风　为祖国而歌 / 219
胡　适　一颗星儿 / 222
　　　　湖上 / 222
　　　　四烈士冢上的没字碑歌 / 223
黄炎培　哀徐志摩空行机坠死（三首选一）/ 225
　　　　赠女作家谢冰莹（三首选一）/ 225
冀　汸　生命 / 226
　　　　今天的宣言 / 227
康白情　寄家内 / 228
　　　　江南 / 228
　　　　妇人 / 230
老　舍　弱女痴儿不解哀 / 232
　　　　病中自励 / 232
　　　　村居（四首）/ 233
　　　　乡思 / 234
李　季　王贵与李香香 / 235
李金发　弃妇 / 276

|  |  |
|---|---|
| | 在淡死的灰里…… / 277 |
| 李叔同 | 送别 / 279 |
| 李　瑛 | 古长城 / 280 |
| | 春的告诫 / 280 |
| 林　庚 | 春天的心 / 282 |
| | 五月 / 283 |
| | 正月 / 284 |
| 林徽因 | 你是人间的四月天 / 285 |
| | 灵感 / 286 |
| 刘半农 | 落叶 / 288 |
| | 三十初度 / 288 |
| | 教我如何不想她 / 289 |
| 刘大白 | 丁宁（一）/ 291 |
| | 邮吻 / 292 |
| 鲁　藜 | 泥土 / 294 |
| | 夜葬 / 294 |
| 鲁　迅 | 影的告别 / 297 |
| | 题辞 / 298 |
| 绿　原 | 憎恨 / 300 |
| | 小时候 / 301 |
| 马凡陀 | 改革歌 / 303 |
| | 发票贴在印花上 / 304 |
| 穆　旦 | 在旷野上 / 308 |
| | 在寒冷的腊月的夜里 / 309 |
| | 赞美 / 310 |
| | 隐现 / 313 |
| | 流吧，长江的水 / 322 |
| 穆木天 | 水声 / 324 |

| | | |
|---|---|---|
| 牛　汉 | 爱 / 326 | |
| | 我的家 / 327 | |
| 饶孟侃 | 走 / 329 | |
| 阮章竞 | 漳河水 / 330 | |
| 邵洵美 | 蛇 / 364 | |
| 沈尹默 | 月夜 / 365 | |
| | 三弦 / 365 | |
| | 玉楼春·春日寄玄同 / 366 | |
| | 见平伯致颉刚信，说雷峰塔倾圮事因题 / 366 | |
| 孙毓棠 | 宝马 / 367 | |
| 唐　祈 | 时间与旗 / 396 | |
| 唐　湜 | 米尔顿 / 407 | |
| | 诗 / 408 | |
| 陶行知 | 歌唱现代 / 410 | |
| | 赠田汉 / 410 | |
| 田　汉 | 毕业歌 / 411 | |
| | 义勇军进行曲 / 412 | |
| | 上海南市狱中（四首选一）/ 412 | |
| | 重返劫后长沙 / 413 | |
| | 赠人 / 413 | |
| 田　间 | 自由，向我们来了 / 414 | |
| | 给战斗者 / 415 | |
| | 假使我们不去打仗 / 426 | |
| | 义勇军 / 427 | |
| 屠　岸 | 梦幻曲 / 428 | |
| 汪静之 | 死别 / 430 | |
| 王独清 | 但丁墓旁 / 432 | |
| 闻一多 | 口供 / 434 | |

死水 / 435

心跳 / 436

发现 / 437

祈祷 / 437

一句话 / 439

洗衣歌 / 439

废旧诗六年矣，复理铅椠，纪以绝句 / 441

吴　虞　谒费此度祠 / 442

王辛笛　寄意（集N句）/ 443

风景 / 444

徐志摩　沙扬娜拉 / 445

残诗 / 445

翡冷翠的一夜 / 446

再别康桥 / 449

黄鹂 / 450

我不知道风—— / 451

云游 / 452

郁达夫　席间口占 / 454

初秋杂感两首（选一）/ 454

钓台题壁 / 455

赠鲁迅 / 455

乱离杂诗之二 / 455

乱离杂诗之十 / 456

乱离杂诗之十一 / 456

无题四首（选一）/ 456

俞平伯　小诗呈佩弦 / 457

京师旧游杂忆 / 457

忆江南 / 458

　　　　　　没有题目的诗 / 458
于右任　丑奴儿令·灵宝道中吊妹仲华 / 459
　　　　　　鹧鸪天·题楚伧夫人吴孟芙女士《忆亲图》 / 460
　　　　　　题于鹤九画 / 460
　　　　　　天水道中 / 460
　　　　　　黄河北岸见渔翁立洪流中 / 461
　　　　　　过贝加尔湖 / 461
　　　　　　归途过沃木次克 / 461
　　　　　　邓尉看桂 / 462
　　　　　　邓尉看桂归次木渎，与林少和、王启黄、张文生、
　　　　　　祁筱峰饮于石家饭店 / 462
　　　　　　浣溪沙·寿张大千先生六十 / 462
臧克家　生活 / 463
　　　　　　烙印 / 465
　　　　　　老马 / 466
　　　　　　神女 / 466
　　　　　　罪恶的黑手 / 468
曾　卓　青春 / 475
　　　　　　铁栏与火 / 475
张恨水　咏史诗 / 478
　　　　　　七绝 / 478
　　　　　　竹枝词三首 / 479
张志民　王九诉苦 / 480
郑　敏　金黄的稻束 / 488
　　　　　　雷诺阿的《少女画像》 / 489
周　无　去年八月十五 / 490
周作人　两个扫雪的人 / 492
　　　　　　小河 / 493

朱　湘　葬我 / 496

　　　　有一座坟墓 / 497

　　　　还乡 / 498

朱自清　中秋风雨 / 503

　　　　匆匆 / 503

## 下 卷
## 20世纪40年代——20世纪末叶

艾　青　礁石 / 507

　　　　在智利的海岬上 / 507

　　　　鱼化石 / 514

　　　　虎斑贝 / 515

　　　　互相被发现 / 516

白　桦　去年冬天 / 518

　　　　雪山杜鹃 / 521

白　萩　雁 / 523

　　　　昨夜 / 524

北　岛　黄昏·丁家滩 / 525

　　　　是的，昨天 / 526

　　　　陌生的海滩 / 527

　　　　回答 / 529

　　　　宣告 / 531

　　　　迷途 / 532

蔡其矫　南曲 / 533

　　　　南曲（又一章）/ 534

　　　　雾中汉水 / 534

　　　　川江号子 / 535

　　　　　祈求 / 536

昌　耀　木轮车队行进着 / 538

　　　　　日出 / 540

　　　　　故居 / 541

　　　　　紫金冠 / 542

　　　　　螺髻 / 542

陈敬容　假日后送女返学 / 544

　　　　　树的启示 / 545

崔　健　一无所有 / 546

　　　　　这儿的空间 / 547

杜国清　蜘蛛 / 549

杜　涯　我记得那槐花飘落 / 550

　　　　　嵩山北部山上的栗树林 / 551

多　多　致太阳 / 553

冯　至　韩波砍柴 / 555

傅　仇　告别林场 / 559

傅天琳　七层塔顶的黄桷树 / 562

　　　　　夏夏的花 / 563

　　　　　母爱 / 564

　　　　　到草原去 / 565

　　　　　红草莓 / 566

高　平　大雪纷飞 / 568

公　刘　西盟的早晨 / 589

　　　　　上海夜歌（一）/ 590

　　　　　上海夜歌（二）/ 590

　　　　　夜半车过黄河 / 591

　　　　　运杨柳的骆驼 / 592

　　　　　哎，大森林！/ 592

## 目录

|  |  |
|---|---|
| | 刑场 / 593 |
| | 读罗中立的油画《父亲》/ 595 |
| 管　管 | 多了或少了的岁月 / 598 |
| 顾　城 | 一代人 / 600 |
| | 弧线 / 600 |
| 郭小川 | 山中 / 602 |
| 海　子 | 亚洲铜 / 606 |
| | 五月的麦地 / 607 |
| | 两座村庄 / 607 |
| | 春天，十个海子 / 608 |
| 何其芳 | 回答 / 610 |
| 黄　翔 | 独唱 / 614 |
| | 野兽 / 614 |
| | 火炬之歌 / 615 |
| | 我看见一场战争 / 621 |
| 黄永玉 | 我认识的少女已经死了 / 624 |
| 纪　弦 | 一片槐树叶 / 626 |
| | 狼之独步 / 627 |
| 金克木 | 寄所思二章 / 628 |
| 金戀鼎 | 捣练子 / 630 |
| 犁　青 | 台湾的东岸和西岸 / 631 |
| 李汉荣 | 感恩 / 633 |
| | 灯 / 637 |
| 李　季 | 正是杏花二月天 / 639 |
| | 黑眼睛 / 640 |
| 李　瑛 | 亮晶晶光闪闪的小河水 / 642 |
| | 奥斯威辛山谷 / 644 |
| 力　匡 | 怀乡 / 646 |

梁小斌  雪白的墙 / 647
林  庚   新秋之歌 / 649
         曾经 / 650
林  希   你曾经是我的舞伴 / 651
林  子   给他 / 653
流沙河   蝶 / 655
         就是那一只蟋蟀 / 660
绿  原   信仰 / 663
罗寄一   悲歌一曲 / 664
罗  门   麦坚利堡 / 667
罗智成   观音 / 670
         一支蜡烛在自己的光焰里睡着了 / 670
洛  夫   边界望乡 / 672
骆一禾   青草 / 674
         麦地 / 675
芒  克   葡萄园 / 677
梅  新   口信 / 679
穆  旦   冬 / 681
         停电之后 / 684
聂绀弩   削土豆种伤手 / 686
         周婆来探后回京 / 686
         拾穗同祖光（二首选一）/ 687
         挽老舍 / 687
牛  汉   半棵树 / 688
         华南虎 / 689
         悼念一棵枫树 / 691
齐白石   题画诗 / 695
商  禽   无言的衣裳 / 696

## 目 录

|  |  |
|---|---|
| | 鸡 / 697 |
| 邵燕祥 | 到远方去 / 698 |
| | 走敦煌 / 700 |
| | 贾桂香 / 701 |
| | 谒太行 / 706 |
| 食 指 | 相信未来 / 708 |
| | 这是四点零八分的北京 / 709 |
| 舒 婷 | 致橡树 / 711 |
| | 四月的黄昏 / 713 |
| | 惠安女子 / 714 |
| | 神女峰 / 715 |
| | 会唱歌的鸢尾花 / 716 |
| 苏金伞 | 埋葬了的爱情 / 724 |
| | 我不知道她的名字 / 725 |
| 朔 望 | 只因 / 727 |
| | 但愿 / 729 |
| 唐 欣 | 中国最高爱情方式 / 731 |
| 唐亚平 | 黑夜 / 733 |
| | 黑色沼泽 / 734 |
| | 黑色睡裙 / 735 |
| 汪曾祺 | 早春(组诗) / 737 |
| 王 蒙 | 失却与追寻 / 739 |
| 苇 鸣 | 不是 / 741 |
| 闻 捷 | 苹果树下 / 743 |
| | 舞会结束以后 / 744 |
| 西 川 | 巨兽 / 747 |
| | 牡丹 / 749 |
| 向 明 | 湘绣被面 / 750 |

| 萧 三 | 自题照片赠老柯（仲平）/ 752 |
|---|---|
| 夐 虹 | 乡愁 / 753 |
| 徐 迟 | 江南 / 755 |
| 徐 訏 | 时间的去处 / 757 |
| | 夜窗诗钞（四章）/ 758 |
| 痖 弦 | 野荸荠 / 764 |
| | 忧郁 / 765 |
| | 红玉米 / 766 |
| | 上校 / 768 |
| | 坤伶 / 769 |
| | 如歌的行板 / 769 |
| 严 阵 | 凡是能开的花，全在开放（外二首）/ 771 |
| | 飞吧，鸽群 / 771 |
| | 登上最高的山顶 / 772 |
| 伊 蕾 | 我的肉体 / 773 |
| | 黄果树大瀑布 / 774 |
| 袁水拍 | 西双版纳之夜 / 775 |
| | 西双版纳的空气 / 776 |
| | 依娟红 / 777 |
| 余光中 | 春天，遂想起 / 778 |
| | 民歌 / 780 |
| | 乡愁 / 781 |
| | 白玉苦瓜 / 782 |
| | 乡愁四韵 / 783 |
| | 堤上行 / 784 |
| 于 坚 | 尚义街6号 / 786 |
| 俞心焦 | 时光拍打着城市与村庄 / 789 |
| 臧克家 | 有的人 / 797 |

曾　卓　有赠 / 799
　　　　悬岩边的树 / 801
翟永明　渴望 / 802
　　　　秋天 / 803
　　　　独白 / 804
张士甫　幽幽小巷 / 806
　　　　爱情诗第一首 / 807
郑愁予　俯拾 / 809
　　　　小小的岛 / 810
　　　　风雨忆 / 811
　　　　小站之站 / 812
　　　　边界酒店 / 813
　　　　蓝眼的同事 / 813
郑　玲　昨夜一千年 / 816
郑　敏　你已经走完秋天的林径 / 817
钟　玲　苏小小 / 818
周伦佑　看一支蜡烛点燃 / 820
　　　　在刀锋上完成的句法转换 / 821

**后　记** / 823
**再版后记**——诗歌照亮的午后 / 825

上　卷

# 19世纪40年代——20世纪初叶

# 贝青乔

（1810—1863），字子木，号无咎，又号署木居士，江苏吴县（今苏州）人。家境清苦。1841年12月，奕经奉命到浙东抗击英军。他激于爱国热情，自往投军。曾深入宁波探听敌情，上过火线。后来，又游历黔、浙等地，一生大半为幕客，过着"四海依人短褐孤"的生活。著有《咄咄吟》《半行庵诗存稿》等。

## 自编军中纪事诗二卷为《咄咄吟》，朋旧多题赠之作，赋此为答（五首选一）

炮云三载结边愁，大纛临风带血收。
重见吴姬村店里，太平军士满垆头！

## 自临安至於潜夜宿浮溪旅店作

一路惊风卷地寒，相逢翁媪话辛酸。
村农告瘁思悬耜，山贼乘机竞揭竿。
孤馆剪灯情黯淡，几家支枕梦平安！
何当寄语催租吏，稍许耕桑手足宽。

# 陈去病

（1874—1933），字巢南，一字佩忍，江苏吴江人。1903年东渡日本，加入拒俄义勇队。1904年赴上海任《警钟日报》主笔，并创刊《二十世纪大舞台》杂志。1906年加入同盟会。1909年和柳亚子、高天梅共同发起组织南社。有《浩歌堂诗钞》。

## 中元节自黄浦出吴淞泛海

舵楼高唱大江东，万里苍茫一览空。
海上波涛回荡极，眼前洲渚有无中。
云磨雨洗天如碧，日炙风翻水泛红。
唯有胥涛若银练，素车白马战秋风。

## 自厦门泛海登鼓浪屿有感

西风落日晚天晴，列岛遥看战一枰。
番舶正连鹅鹳阵，怒涛如振鼓鼙声。
凭高独揽沧溟远，斫地谁为楚汉争！
海水自深山自壮，不堪重忆郑延平。

# 陈三立

（1853—1937），字伯严，号散原，江西义宁（今修水）人。光绪十二年（1886）进士。早年曾助其父湖南巡抚陈宝箴创办新政。戊戌政变后，被清王朝革职。于是逐渐从新潮流中退出，以诗自遣。自庚子事变至日俄战争期间，写过不少忧愤国事之作。他的诗，初学韩愈，后学黄山谷，在用字遣词上，"避俗避熟，力求生涩"。有《散原精舍诗》。

## 夜舟泊吴城

夜气冥冥白，烟丝窈窈青。
孤篷寒上月，微浪稳移星。
灯火喧渔港，沧桑换独醒。
犹怀中兴略，听角望湖亭。

## 晓抵九江作

藏舟夜半负之去，摇兀江湖便可怜。
合眼风涛移枕上，抚膺家国逼灯前。
鼾声邻榻添雷吼，曙色孤篷漏日妍。
咫尺琵琶亭畔客，起看啼雁万峰巅。

# 陈玉树

（1853—1906），又名玉澍，字惕庵，江苏盐城人。仕途上不得志，屡试未获一第。中法战争和中日战争时写了许多激昂慷慨的诗篇。有《后乐堂集》。

## 乙酉春有感

鸡陵关外雨萧萧，狯犬狂奔去未遥。
瘴海珠江驰露布，金戈铁马逐天骄。
旌旗日影军容壮，草木风声贼胆摇。
一纸中枢催罢战，也应羞见霍嫖姚。

## 秋晚野望

余霞红映暮云边，村北村南少夕烟。
远树捧高沧海月，乱鸦点碎夕阳天。
野人乞食扃蓬户，渔父施罛入稻田。
满地哀鸿听不得，江淮何处是丰年！

# 樊增祥

（1846—1931），字嘉父，号云门，湖北恩施人。光绪三年（1877）进士。累官陕西、江宁布政使，护理两江总督。一生写过大量诗歌，多以模拟中晚唐作品为能。著有《樊山全集》。

## 中秋夜无月（四首选一）

亘古清光彻九州，只今烟雾锁琼楼。
莫愁遮断山河影，照出山河影更愁。

# 高 旭

（1887—1925），字天梅，江苏金山（今上海金山）人。1904年留学日本，次年参加同盟会。1906年回国，在上海创办健行公学。1907年健行公学解散，开始隐居，与柳亚子、陈去病酝酿创立南社。有《天梅遗集》。

## 对菊感赋

聊复持螯且自夸，万千心事乱如麻。
天生傲骨差相似，撑住残秋是此花。

# 龚自珍

（1792—1841），字瑟人，号定盦，浙江仁和（今杭州）人。他出身于一个世代文士、官僚的家庭，教养环境较一般地主官僚子弟优越，但在正统的进身道路上却始终是不得意的。他27岁（1818）中举，38岁（1829）中进士；官由内阁中书做到礼部祠祭司行走、主客司主事。48岁（1839）辞官南归，50岁（1841）卒于丹阳云阳书院。有《定盦文集》。

## 杂诗，己卯自春徂夏，在京师作，得十有四首（选一）

楼阁参差未上灯，菰芦深处有人行。
凭君且莫登高望，忽忽中原暮霭生。

## 秋心三首（选一）

秋心如海复如潮，但有秋魂不可招。
漠漠郁金香在臂，亭亭古玉佩当腰。
气寒西北何人剑，声满东南几处箫？
斗大明星烂无数，长天一月坠林梢。

## 西郊落花歌（有序）

出丰宜门一里，海棠大十围者八九十本。花时车马太盛，未尝过也。三月二十六日大风。明日，风少定，则偕金礼部应城、汪孝廉潭、朱上舍祖毂、家弟自谷出城饮，而有此作。

西郊落花天下奇，古来但赋伤春诗，
西郊车马一朝尽，定盦先生沽酒来赏之。
先生探春人不觉，先生送春人又嗤。
呼朋亦得三四子，出城失色神皆痴：
如钱塘潮夜澎湃；如昆阳战晨披靡；
如八万四千天女洗脸罢，齐向此地倾胭脂；
奇龙怪凤爱漂泊，琴高之鲤何反欲上天为？
玉皇宫中空若洗，三十六界无一青蛾眉；
又如先生平生之忧患，恍惚怪诞百出难穷期。
先生读书尽三藏，最喜维摩卷里多清词。
又闻净土落花深四寸，冥目观想尤神驰。
西方净国未可到，下笔绮语何漓漓。
安得树有不尽之花更雨新好者，三百六十日长是落花时。

## 己亥杂诗（四首）

少年击剑更吹箫，剑气箫心一例消。
谁分苍凉归棹后，万千哀乐集今朝。

九州生气恃风雷,万马齐喑究可哀。
我劝天公重抖擞,不拘一格降人才。

浩荡离愁白日斜,吟鞭东指即天涯。
落红不是无情物,化作春泥更护花。

少年哀乐过于人,歌泣无端字字真。
既壮周旋杂痴黠,童心来复梦中身。

## 浪淘沙

### 书 愿

云外起朱楼,缥缈清幽,笛声叫破五湖秋。整我图书三万轴,同上兰舟。 镜槛与香篝,雅憺温柔。替侬好好上帘钩。湖水湖风凉不管,看汝梳头。

## 人月圆

绿珠不爱珊瑚树,情愿故侯家。青门何有?几堆竹素,二顷梅花。 急须料理,成都贳酒,阳羡栽茶。甘心费尽,三生慧业,万古才华。

## 何绍基

（1799—1873），字子贞，湖南道州（今道县）人。他出身于官僚家庭，道光十六年（1836）成进士后，做翰林院编修及福建、贵州、广东等省乡试主考官。咸丰二年（1852）作四川学政，次年（1853）因缕陈时务十二事，被统治者斥为"肆意妄言"，降官调职（《东洲草堂文钞卷三·去蜀入秦纪事诗叙》）。遂辞去官职，主讲山东、湖南书院，先后历十余年。晚年复主持苏州、扬州书局，校刊《十三经注疏》。

他是近代早期的宋诗运动的重要诗人。有《东洲草堂诗集》《东洲草堂文钞》。

### 山 雨

短笠团团避树枝，初凉天气野行宜。
溪云到处自相聚，山雨忽来人不知。
马上衣巾任沾湿，村边瓜豆也离披。
新晴尽放峰峦出，万瀑齐飞又一奇！

### 登 舟（十三首选一）

渔舟散尽暮江空，渐入茫茫夜气中。
寒雁几声吾未睡，霜华来妒一镫红。

# 黄 节

（1873—1935），原名晦闻，后改公名，别署晦翁，广东顺德人。辛亥革命前，曾编辑《国粹学报》，晚年任教于北京大学、清华大学，从事国学的整理与讲授。有《蒹葭楼诗》。

## 九月登龙华塔同邓秋枚、诸贞壮书怀

附郭无山三百里，苍茫却入漪澜中。
横江白雁天连水，满地黄花雨又风。
对泣未甘同寂寞，登高时亦怆英雄。
神州只在残阳外，乱石惊涛日夜东。

# 黄燮清

（1805—1864），字韵甫，浙江海盐人。出身于较下层的文士家庭，30岁中举后，多次会试，皆落第，晚年始得县令，一生蹭蹬失意。

作者少工词曲，中年以后，始致力于诗文。著有《倚晴楼诗集》《倚晴楼诗续集》等。

## 长水竹枝词（五十三首选二）

杏花村前流水斜，杏花村后是侬家。
夕阳走马村前后，料是郎来看杏花。

蚕种须教觅四眠，买桑须买树头鲜。
蚕眠桑老红闺静，灯火三更作茧圆。

## 广陵吊史阁部

沿江烽火怒涛惊，半壁青天一柱撑。
群小已隳南渡局，孤臣尚抗北来兵。
宫中玉树征歌舞，阵上靴刀决死生。
留得岁寒真气在，梅花如雪照芜城。

# 黄遵宪

（1848—1905），字公度，别署观日道人、东海公等，人又称"人境庐主人"，广东嘉应州（今梅州市）人。光绪二年（1876）举人，次年为驻日本使馆参赞，后又陆续任美国旧金山领事、英国使馆参赞、新加坡总领事等职。1895年回国后积极参加了戊戌变法，变法失败后罢官归家。有《人境庐诗草》。

## 海行杂感（十六首选一）

偶然合眼便家乡，夜二三更母在床。
促织入门蛛挂壁，一灯絮絮话家常。

## 己亥杂诗（八十九首选四）

颈血模糊似未干，中藏耿耿寸心丹。
琅函锦箧深韬袭，留付松阴后辈看。

天下英雄聊种菜，山中高士爱锄瓜。
无心我却如云懒，偶尔栽花偶看花。

梦回小坐泪潸然，已误流光五十年。
但有去年无现在，无穷生灭看香烟。

蜡余忽梦大同时,酒醒衾寒自叹衰。
与我周旋最亲我,关门还读自家诗。

## 日本杂事诗(二百首选一)

拔地摩天独立高,莲峰涌出海东涛。
二千五百年前雪,一白茫茫积未消。

## 山　歌(十五首选一)

催人出门鸡乱啼,送人离别水东西。
挽水西流想无法,从今不养五更鸡。

## 雁

汝亦惊弦者,来归过我庐。
可能沧海外,代寄故人书?
四面犹张网,孤飞未定居。
匆匆还不暇,他莫问何如。

## 夜 起

千声檐铁百淋铃,雨横风狂暂一停。
正望鸡鸣天下白,又惊鹅击海东青。
沉阴噎噎何多日,残月晖晖尚几星。
斗室苍茫吾独立,万家酣梦几人醒?

## 蒋智由

（1865—1929），字观云，号因明子，浙江诸暨人。是改良派的活跃人物，曾参与《新民丛报》的编辑工作。1909年，又与梁启超组织政闻社。

蒋智由与黄遵宪、夏曾佑一起被梁启超推为"近世诗界三杰"（《饮冰室诗话》）。有《居东集》《蒋智由诗钞》《蒋观云先生遗诗》。

### 有 感

落落何人报大仇？沉沉往事泪长流。
凄凉读尽支那史，几个男儿非马牛！

（选自《清议报全编》）

### 卢 骚

世人皆欲杀，法国一卢骚。
民约倡新义，君威扫旧骄。
力填平等路，血灌自由苗。
文字收功日，全球革命潮。

（选自《新民丛报》第3号）

## 久 思

久思词笔换兜鍪,浩荡雄姿不可收。
地覆天翻文字海,可能歌哭挽神州?

(选自《新民丛报》第10号)

# 金 和

（1818—1885），字弓叔，号亚匏，江苏上元（今南京）人。他亲历了鸦片战争和太平天国起义，"既不获作息承平之世，兵刃死亡，非徒闻见而已，盖身亲之"（谭献《来云阁诗序》），并且在诗中反映了这些历史事变。关于鸦片战争，他写了《围城记事六咏》。有《秋蟪吟馆诗钞》。

## 饲蚕词五首（选一）

阿娘辛苦养蚕天，娇女陪娘瞋不眠。
含笑许缝新袜裤，待娘五月卖丝钱。

## 过六合时方祷雨

春麦半枯农欲死，三年况未息干戈。
若倾过客伤心泪，应比皇天一雨多！

# 康有为

（1858—1927），原名祖诒，字广厦，号长素，又号西樵山人，戊戌后称更甡，广东南海人，人称"南海先生"。少年时他已初步接触到西方资产阶级文化，后鉴于甲午之战中国惨败于日本，曾多次上书光绪皇帝，要求变法。1895年第二次上书时，他联合赴京会试的各省举人，上书皇帝，要求拒签和约，这就是著名的"公车上书"。此后他成为资产阶级改良主义运动的领袖。有《南海先生之诗集》。

## 己亥二月，由日本乘和泉丸渡太平洋

老龙嘘气破沧溟，两戒长风万里程。
巨浪掀天不知远，但看海月夜中生。

## 戊戌八月国变纪事八首（选一）

夺门白日闭幽州，东市朝衣血倒流。
百年夜雨神伤处，最是青山骨未收。

## 闻意索三门湾，以兵轮三艘迫浙江，有感

凄凉白马市中箫，梦入西湖数六桥。
绝好江山谁看取，涛声怒断浙江潮。

## 明夷阁与梁铁君饮酒话旧事竟夕（三首选一）

冷吟狂醉到天明，舞剑闻鸡意气横。
海外九洲久漂泊，强为歌啸不成声。

## 过虎门

粤海重关二虎尊，万龙轰斗事何存？
至今遗垒余残石，白浪如山过虎门。

## 登万里长城（二首选一）

汉时关塞重卢龙，立马长城第一峰。
日暮长河盘大漠，天晴外部数疆封。
清时堡堠传烽静，出塞山川作势雄。
百万控弦嗟往事，一鞭冷月踏居庸。

## 将去日本示从亡诸子梁任甫、韩树园、徐君勉、罗孝高、罗伯雅、梁元理

凤靡鸾吪历几时,茫茫大地欲何之?
华严国土吾能现,独睨神州有所思。

## 九月二十四夜,至马关,泊船二日,即李相国议和立约遇刺地也,有指相国驻节处者,伤怀久之

碧海沉沉岛屿环,万家灯火夹青山。
有人遥指旌旗处,千古伤心过马关。

## 孔昭绶

（1876—1929），字明权，号竞存，湖南浏阳人。

### 客倭除夕感怀（四首选二）

太平洋里太平舟，汽笛声声此壮游。
一稗海环衣带水，三神山拥暮云秋。
鹃因望帝流丹血，乌悯亡燕也白头。
故国萧萧无限意，不堪回首望神州。

大地风云起大争，东西洋卷战涡生。
腕挥毕相禁持铁，颈斩楼兰不系缨。
秋影远书惊雁断，血痕两剑化龙轻。
何时梦也狮王醒，怒向群雄吼一声。

## 梁启超

（1873—1929），字卓如，号任公，别署饮冰室主人，广东新会人。在1898年戊戌变法前，他曾和康有为联合各省举人上书请变法，领导北京和上海的强学会活动；旋又和黄遵宪等在上海创办《时务报》，著《变法通议》，主张"废科举，兴学校，亦时时发民权论"；创办《清议报》《新民丛报》《新小说》等杂志，有《饮冰室文集》。

### 读陆放翁集（四首选一）

诗界千年靡靡风，兵魂销尽国魂空。
集中什九从军乐，亘古男儿一放翁。

### 太平洋遇雨

一雨纵横亘二洲，浪淘天地入东流。
却余人物淘难尽，又挟风雷作远游。

### 台湾竹枝词（十首选二）

晚凉步墟落，辄闻男女相从而歌，译其词意，恻恻然若不胜《谷风》《小弁》之怨者。乃掇拾成什，为遗黎写哀云尔。

韭菜花开心一枝,花正黄时叶正肥。
愿郎摘花连叶摘,到死心头不肯离。

绿阴阴处打槟榔,蘸得蒟酱待劝郎。
愿郎到口莫嫌涩,个中甘苦郎细尝。

# 林 纾

（1852—1924），字琴南，号畏庐，别署冷红生，福建闽侯人。光绪八年（1882）中举后，便致力于古文和教育。他是一位著名的翻译家和"桐城派"古文家，著有《闽中新乐府》《畏庐诗存》。

## 余每作一画，必草一绝句于其上。二年以来作画百余帧，而题句都不省记。强忆得三十首，拉杂录之（选二）

蓦然失却碧芙蓉，云出山来白万重。
不管人间方待雨，只从天半作奇峰。

回首琼河五十秋，当年雏发尚盈头。
柳花阵阵飘春水，逃学偷骑老牝牛。

# 林则徐

（1785—1850），字元抚，一字少穆，晚号俟村老人，福建侯官（今闽侯）人。他从年12岁（1796）"郡试冠军"起，到54岁（1838）"以钦差大臣莅广东，查办海口事务"止，40多年间，在科举和仕进的阶梯上，是旧时所谓"得志"的人物。中英鸦片事起，他主张严禁鸦片。在粤东查禁鸦片时，他曾主持编译《四洲志》一书。他是19世纪40年代中国封建社会开始崩溃之际睁眼看世界的第一人，1841年（道光二十一年）他被遣戍伊犁，道光二十五年（1845）始被释回。有《林文忠公政书》《云左山房文钞》《云左山房诗钞》等。

## 次韵答姚春木

时事艰如此，凭谁议海防？
已成头皓白，遑问口雌黄！
绝塞不辞远，中原吁可伤。
感君教学易，忧患固其常。

## 赴戍登程口占示家人（二首选一）

力微任重久神疲，再竭衰庸定不支。
苟利国家生死以，岂因祸福避趋之！
谪居正是君恩厚，养拙刚于戍卒宜。
戏与山妻谈故事，试吟断送老头皮。

（选自《近代诗选》）

## 程玉樵方伯德润饯予于兰州藩廨之若己有园，次韵奉谢（二首选一）

我无长策靖蛮氛，愧说楼船练水军。
闻道狼贪今渐戢，须防蚕食念犹纷。
白头合对天山雪，赤手谁摩岭海云？
多谢新诗赠珠玉，难禁伤别杜司勋。

## 送嶰筠赐环东归（二首选一）

得脱穹庐似脱围，一鞭先著喜公归。
白头到此同休戚，青史凭谁定是非？
漫道识途仍骥伏，都从遵渚羡鸿飞。
天山古雪成秋水，替浣劳臣短后衣。

## 刘光第

（1859—1898），字裴村，四川富顺人。能诗文，善书法。光绪二十四年（1898）因陈宝箴的引荐，与谭嗣同等同授四品卿衔，参加军机处，进行新政活动。政变后，那拉氏大捕维新党人，刘光第自投狱中，被害。有《介白堂诗集》。

### 梦　中

梦中失叫惊妻子，横海楼船战广州。
五色花旗犹照眼，一灯红穗正垂头。
宗臣有说持边衅，寒女何心泣国仇？
自笑书生最迂阔，壮心飞到海南陬。

# 柳亚子

（1887—1958），原名慰高，字安如；改字人权，号亚卢；再更名弃疾，号亚子。江苏吴江人。1909年和陈去病、高天梅等共创南社，成了当时有名的爱国诗人。辛亥革命失败后，在上海担任《天铎》《民声》《太平洋》等报的主笔。

## 题张苍水集（四首选一）

北望中原涕泪多，胡尘惨淡汉山河。
盲风晦雨凄其夜，起读先生正气歌。

## 题夏内史集（六首选一）

鸱枭革面化鸾皇，禹甸尧封旧土疆。
大业未成春泄漏，横刀白眼问穹苍。

## 吊鉴湖秋女士（四首选二）

饮刃匆匆别鉴湖，秋风秋雨血模糊。
填平沧海怜精卫，啼断空山泣鹧鸪。
马革裹尸原不负，蛾眉短命竟何如！

凭君莫把沉冤说,十日扬州抵得无?

漫说天飞六月霜,珠沉玉碎不须伤。
已拼侠骨成孤注,赢得英名震万方。
碧血摧残酬祖国,怒潮呜咽怨钱塘。
于祠岳庙中间路,留取荒坟葬女郎。

## 酒边一首为一瓢题扇

酒边拨触动牢愁,万恨峥嵘苦未休。
祈死已烦宗祝请,偷生忍为稻粱谋!
栖栖桑海无多泪,落落乾坤剩几头?
一盏醇醪三斗血,可能词笔换兜鍪?

# 马君武

（1881—1940），原名道凝，字厚山，广西桂林人。1901年留学日本，开始参加民主革命活动。1906年归国，在上海中国公学任教。因清廷官府追捕，流亡德国，入柏林工学院学习冶金。晚年任广西大学校长。南社社员，有《马君武诗稿》。

## 寄南社同人

唐宋元明都不管，自成模范铸诗才。
须从旧锦翻新样，勿以今魂托古胎。
辛苦挥戈挽落日，殷勤蓄电造惊雷。
远闻南社多才俊，满饮葡萄祝酒杯。

# 宁调元

（1883—1913），字仙霞，号太一，湖南醴陵人。曾参加兴中会、同盟会和南社。著有《太一遗书》，内收《朗吟诗草》《明夷诗钞》《南幽百绝句》《太一诗存》等诗集。

## 早梅叠韵（二首选一）

姹紫嫣红耻效颦，独从末路见精神。
溪山深处苍崖下，数点开来不借春。

## 感怀四首（选一）

十年前是一重囚，也逐欧风唱自由；
复九世仇盟玉帛，提三尺剑奠金瓯。
丈夫有志当如是，竖子诚难足与谋。
愿播热血高万丈，雨飞不住注神州。

# 丘逢甲

（1864—1912），又名仓海，字仙根，号蛰仙，又号仲阏，别号南武山人、仓海君，福建彰化（今属台湾）人。光绪十四年（1888）进士，官工部主事。中日战争后，中国被迫割台湾给日本，丘奋起组织义军抗日保台。但终遭失败，乃离台内渡。此后在广东创办学校，推行新学，并与同盟会有来往。其诗大多是为复台湾、雪国耻而作，有"诗界革命之巨子"（梁启超语）之称。有《岭云海日楼诗钞》。

## 韩山书院新栽小松（四首选一）

山林鳞鬣尚参差，已觉干霄势崛奇。
只恐庭阶留不得，万山风雨化龙时。

## 春　愁

春愁难遣强看山，往事惊心泪欲潸。
四百万人同一哭，去年今日割台湾。

## 元夕无月（五首选一）

三年此夕月无光，明月多应在故乡。
欲向海天寻月去，五更飞梦渡鲲洋。

## 有感书赠义军旧书记（四首选一）

谁能赤手斩长鲸？不愧英雄传里名。
撑起东南天半壁，人间还有郑延平。

## 饶平杂诗（十六首选一）

战裙化蝶野云香，百丈埔前废庙凉。
碧绣苔花残瓦尽，更无人拜许娘娘。

## 澳门杂诗（十五首选一）

谁报凶酋发冢冤，宝刀饮血月黄昏。
要携十斛葡萄酒，来酹秋原壮士魂。

## 新宁刘小芸将为大江南北之游，介孝方索诗壮行，为赋四绝句（四首选一）

大江北去是黄河，饥旱频年菜色多。
泪尽伯鸾心尚热，西风自唱五噫歌。

## 山村即目（三首选一）

一角西峰夕照中，断云东岭雨蒙蒙。
林枫欲老柿将熟，秋在万山深深红。

## 送王晓沧之汀州

韩江别思满扁舟，春水新添五尺流。
一路青山送眉妩，鹧鸪声里到汀州。

## 去岁初抵鮀江，今仍客游至此，思之怃然（二首选一）

沦落天涯气自豪，故山东望海云高。

西风一掬哀时泪，流向秋江作怒涛。

## 舟中望茶盘山

沧波无际夕阳红，孤屿苍茫大海中。
水墨痕浓云脚矮，茶盘山外雨蒙蒙。

## 秋 瑾

（1875—1907），字璿卿，一字竞雄，别署鉴湖女侠，浙江山阴（今绍兴）人。18岁嫁湘人王廷钧，后随夫居住北京。有《秋瑾集》。

### 题《芝龛记》（八首选一）

莫重男儿薄女儿，平台诗句赐蛾眉。
吾侪得此添生色，始信英雄亦有雌。

### 菊

铁骨霜姿有傲衷，不逢彭泽志徒雄。
夭桃枉自多含妒，争奈黄花耐晚风？

### 对 酒

不惜千金买宝刀，貂裘换酒也堪豪。
一腔热血勤珍重，洒去犹能化碧涛。

## 剪春罗

二月春风机杼劳,嫣红染就不胜娇。
而今花样多翻覆,劝尔留心下剪刀。

## 申江题壁

一轮航海又南归,小住吴淞愿竟违。
马足车尘知己少,繁弦急管正声希。
几曾涕泪伤时局?但逐豪华斗舞衣。
满眼俗氛忧未已,江河日下世情非。

## 黄海舟中日人索句并见日俄战争地图

万里乘风去复来,只身东海挟春雷。
忍看图画移颜色?肯使江山付劫灰!
浊酒不销忧国泪,救时应仗出群才。
拼将十万头颅血,须把乾坤力挽回。

## 日人石井君索和即用原韵

漫云女子不英雄,万里乘风独向东!
诗思一帆海空阔,梦魂三岛月玲珑。
铜驼已陷悲回首,汗马终惭未有功。
如许伤心家国恨,那堪客里度春风。

# 苏曼殊

（1884—1918），初名戬，改名玄瑛，字子榖，后为僧，号曼殊，广东中山人。父为旅日侨商，母为日本人。1888年随父归国，20岁出家为僧。先后与章炳麟、柳亚子等交往。曼殊善诗画，通英、法、日、梵诸种文字。译过拜伦、雪莱等人的诗，有小说若干种。有《苏曼殊全集》。

## 以诗并画留别汤国顿（其一）

海天龙战血玄黄，披发长歌览大荒。
易水萧萧人去也，一天明月白如霜。

## 过 蒲 田

柳阴深处马蹄骄，无际银沙逐退潮。
茅店冰旗知市近，满山红叶女郎樵。

## 淀江道中口占

孤村隐隐起微烟，处处秧歌竞插田。
羸马未须愁远道，桃花红欲上吟鞭。

## 有怀二首

玉砌孤行夜有声,美人泪眼尚分明。
莫愁此夕情何限,指点荒烟锁石城。

生天成佛我何能?幽梦无凭恨不胜。
多谢刘三问消息,尚留微命作诗僧。

## 本 事 诗(十首选六)

丹顿裴伦是我师,才如江海命如丝。
朱弦休为佳人绝,孤愤酸情欲语谁?

桃腮檀口坐吹笙,春水难量旧恨盈。
华严瀑布高千尺,未及卿卿爱我情。

乌舍凌波肌似雪,亲持红叶索题诗。
还卿一钵无情泪,恨不相逢未剃时。

相怜病骨轻于蝶,梦入罗浮万里云。
赠尔多情诗一卷,他年重拾石榴裙。

碧玉莫愁身世贱,同乡仙子独销魂。
袈裟点点疑樱瓣,半是脂痕半泪痕。

春雨楼头尺八箫,何日归看浙江潮?
芒鞋破钵无人识,踏过樱花第几桥。

## 吴门依易生韵（十一首选三）

江南花草尽愁根,惹得吴娃笑语频。
独有伤心驴背客,暮烟疏雨过阊门。

碧海云峰百万重,中原何地托孤踪。
春泥细雨吴趋地,又听寒山夜半钟。

姑苏台畔夕阳斜,宝马金鞍翡翠车。
一自美人和泪去,河山终古是天涯。

## 谭嗣同

（1865—1898），字复生，号壮飞，湖南浏阳人。曾为江苏候补知府，充军机章京。甲午战争后，积极提倡新学，推行新政；积极参加康、梁领导的维新运动。变法失败后被捕入狱，终壮烈牺牲。谭嗣同乃"因变法而流血者"，诗如其人，情辞激越，恢宏豪迈，其所谓"拔起千仞，高唱入云"（《报刘松芙书二》）者。有《莽苍苍斋诗》等。

### 潼　关

终古高云簇此城，秋风吹散马蹄声。
河流大野犹嫌束，山入潼关不解平。

### 井　陉　关

平生慷慨悲歌士，今日驱车燕赵间。
无限苍茫怀古意，题诗独上井陉关。

### 有感一章

世间无物抵春愁，合向苍冥一哭休。
四万万人齐下泪，天涯何处是神州！

## 画 兰

雁声吹梦下江皋，楚竹湘舲起暮涛。
帝子不来山鬼哭，一天风雨写《离骚》。


## 邠 州

棠梨树下鸟呼风，桃李溪边白复红。
一百里间春似海，孤城掩映万花中。


## 夜 成

苦月霜林微有阴，镫寒欲雪夜钟深。
此时危坐管宁榻，抱膝乃为梁父吟。
斗酒纵横天下事，名山风雨百年心。
摊书兀兀了无睡，起听五更孤角沉。


## 览武汉形势

黄沙卷日堕荒荒，一鸟随云度莽苍。

山入空城盘地起，江横旷野竟天长。
东南形胜雄吴楚，今古人才感栋梁。
远略未因愁病减，角声吹彻满林霜。

# 王闿运

（1833—1916），字壬秋，一字壬父，号湘绮，湖南湘潭人。咸丰三年（1853）举人。1908年授翰林院检讨，加侍讲衔。1913年任国史馆长，兼任参议院参政。王闿运在经学、史学上也颇有成就，著作很多，东洲讲舍校刻之《湘绮楼全书》收罗较全，其中含《湘绮楼诗集》十三卷。

## 圆明园词

宜春苑中萤火飞，建章长乐榴十围。
离宫从来奉游豫，皇居那复在郊圻。
旧池澄绿流燕蓟，洗马高梁游牧地。
北藩本镇故元都，西山自拥兴王气。
九衢尘起暗连天，辰极星移北斗边。
沟洫填淤城斥卤，宫廷映带履泉原。
淳泓稍见丹棱畔，陂陀先起畅春园。
畅春风光秀南苑，霓旌凤盖长游宴。
地灵不惜瓮山湖，天题更创圆明殿。
圆明始赐在潜龙，因回邸第作郊宫。
十八篱门随曲涧，七楹正殿倚乔松。
轩堂四十皆依水，山石参差尽亚风。
甘泉避暑因留跸，长杨扈从且韬弓。
纯皇缵业当全盛，江海无波待游幸。
行所留连赏四园，画师写放开双境。
谁道江南风景佳，移天缩地在君怀。

当时只拟成灵囿，小费何曾数露台。
殷勤毋佚箴骄忿，岂意元皇失恭俭。
秋狝俄闻罢木兰，妖氛暗已传离坎。
吏治陵迟民困痡，长鲸跋浪海波枯。
始惊计吏忧财赋，欲卖行宫助转输。
沉吟五十年前事，盾火薪边然已至。
揭竿敢欲犯阿房，探丸早见诛文吏。
此时先帝见忧危，诏选三臣出视师。
宣室无人侍前席，郊坛有恨哭遗黎。
年年辇路看春草，处处伤心对花鸟。
玉女投壶强笑歌，金杯掷酒连昏晓。
四时景物爱郊居，玄冬入内望春初。
袅袅四春随凤辇，沉沉五夜递铜鱼。
内装颇学崔家髻，讽谏频除姜后珥。
玉路旋悲车毂鸣，金銮莫问残灯事。
鼎湖弓剑恨空还，郊垒风烟一炬间。
玉泉悲咽昆明塞，惟有铜犀守荆棘。
青芝岫里狐夜鸣，绣漪桥下鱼空泣。
何人老监福园门，曾缀朝班奉至尊。
昔日喧阗厌朝贵，于今寂寞喜游人。
游人朝贵殊喧寂，偶来无复金闺客。
贤良门闭有残砖，光明殿毁寻颓壁。
文宗新构清晖堂，为近前湖纳晓光。
妖梦林神辞二品，佛城舍卫散诸方。
湖中蒲稗依依长，阶前蒿艾萧萧响。
枯树重抽盗作薪，游鳞暂跃惊逢网。
别有开云镂月台，太平三圣昔同来。
宁知乱竹侵苔出，不见春花泣露开。

平湖西去轩亭在，题壁银钩连到薤。
金梯步步度莲花，绿窗处处留赢黛。
当时仓卒动铃驼，守宫上直余嫔娥。
芦筁短吹随秋月，豆粥长饥望热河。
上东门开胡雏过，正有王公班道左。
敌兵未爇雍门荻，牧童已见骊山火。
应怜蓬岛一孤臣，欲持高洁比灵均。
丞相避兵生取节，徒人拒寇死当门。
即今福海冤如海，谁信神州尚有神！
百年成毁何匆促，四海荒残如在目。
丹城紫禁犹可归，岂闻江燕巢林木。
废宇倾基君好看，艰危始识中兴难。
已惩御史言修复，休遣中官织锦纨。
锦纨枉竭江南赋，鸳文龙爪新还故。
总饶结彩大宫门，何如旧日西湖路。
西湖地薄比郇瑕，武清暂住已倾家。
惟应鱼稻资民利，莫教鹦柳斗宫花。
词臣讵解论都赋，挽辂难移幸洛车。
相如徒有上林颂，不遇良时空自嗟。

**注**：此诗作于同治十年（1871），距圆明园被英法联军焚毁已11年。诗中写了圆明园的初建、兴盛和被焚的全过程，紧密联系政治、时事，反映了从康熙到咸丰清朝国势的盛衰变化、内忧外患的不断加深。同年秋，偕游者徐树钧曾为此诗写《圆明园词叙》，记当时游园情景甚详。

圆明园：遗址在北京海淀区。本是清朝统治者避暑的离宫园林。始建于康熙四十八年（1709），当时为康熙皇四子胤禛（雍正）的藩邸赐园。胤禛即位后，加以扩建，增大地盘，每年初春在此听政，从此成为离宫型的皇家园林。乾隆时第二次扩建，在原有范围内增加新建筑、新景观，并在东邻和东南邻增建规模稍小的长春园和绮春园，成为附园。三园之间有门相通，平面像一个倒写的品字形。三园同属圆明园总管大臣管辖，从此，一般通称的圆明园也包括长春、绮春二园在内，又叫作圆明三园。

# 王鹏运

(1849—1904),字幼霞,自号半塘老人,晚号鹜翁,广西临桂(今桂林)人。同治庚午(1870)举人,历官内阁侍读、监察御史、礼科给事中。庚子(1900)八国联军侵入北京,鹏运与朱祖谋、刘福姚集宣武门外教场头条胡同寓宅,相约填词,成《庚子秋词》二卷。光绪二十八年(1902)南归,主扬州仪董学堂。尝汇刻《花间集》以迄宋、元诸家词为《四印齐所刻词》。自刻所作词曰《袖墨》《虫秋》《味梨》《蜩知》等集,以丙、丁、戊题稿,缺甲稿,以生平未登甲科为憾也。其后删订为《半塘定稿》,附剩稿。

## 浣溪沙

### 题丁兵备丈画马

苜蓿阑干满上林,西风残秣独沈吟,遗台何处是黄金? 空阔已无千里志,驰驱枉抱百年心,夕阳山影自萧森。

## 浪淘沙

### 自题《庚子秋词》后

华发对山青,客梦零星,岁寒濡呴慰劳生。断尽愁肠谁会得?哀雁声声。 心事共疏檠,歌断谁听?墨痕和泪渍清冰。留得悲秋残影在,分付旗亭。

## 鹧鸪天

### 登玄墓还元阁，用叔问"重泊光福里"韵

云意阴晴覆寺桥，秋声瑟瑟径萧萧。五湖新约尊前订，十月轻寒画里销。　凭翠槛，数烟桡，一楼人外万峰高。青山阅尽兴亡感，付与松风话市朝。

（选自《半塘定稿》）

# 王 韬

（1828—1897），初名利宾，后改名韬，字紫铨，号仲弢，又号天南遁叟，江苏长洲（今苏州）人。道光二十九年（1849）到上海，受雇于英教士麦都思所办的"墨海书馆"。同治六年（1867）至同治九年（1870）间，曾随英人理雅各去英国译书，顺道游历了法、俄等国。后回香港，主办《循环日报》，鼓吹变法自强。

王韬的著作很多，有《弢园文录外编》《蘅花馆诗录》等。

## 春日沪上感事（四首选一）

海上潮声日夜流，浮云废垒古今愁。
重洋门户关全局，万顷风涛接上游。
浩荡东南开互市，转输西北供征求。
朝廷自为苍生计，竟出和戎第一筹！

## 积 雨（六首选一）

数处秧歌唱已休，水车漉漉决渠沟。
低田渐见新苗没，多少农人相对愁。

# 文廷式

（1856—1904），字道希，号芸阁，江西萍乡人。以父星瑞官高廉兵备道，侨居广州。光绪壬午（1882）中式顺天乡试举人，庚寅（1890）成进士，殿试一甲第二名及第，授职编修，擢侍读学士。以盛名抗直，为忌者所中，罢官。戊戌（1898）政变，几陷不测。东走日本，为彼邦学者内藤虎等所推重。返国后日益潦倒。廷式博学强识，慷慨有大志，尤长史部，著《纯常子枝语》，积稿数十册，后有人始为其整理完竣雕版行世。其门人徐乃昌刻其《云起轩词钞》一卷于《怀豳杂俎》中，与后来江宁王氏影印手稿本互有出入，龙榆生曾辑录为《重校集评云起轩词》。文氏于清代浙西、常州两词派之外，独树一帜。

## 蝶恋花

九十韶光如梦里。寸寸关河，寸寸销魂地。落日野田黄蝶起，古槐丛荻摇深翠。　惆怅玉箫催别意。蕙些兰骚，未是伤心事。重叠泪痕缄锦字，人生只有情难死！

## 鹧鸪天
### 即 事

劫火何曾燎一尘？侧身人海又翻新。闲凭寸砚磨碞世，醉折繁花点勘春。　闻柝夜，警鸡晨，重重宿雾锁重阍。堆盘买得迎年菜，但喜红椒一味辛。

## 浣 溪 沙

### 旅 情

畏路风波不自难,绳床聊借一宵安,鸡鸣风雨曙光寒。 秋草黄迷前日渡,夕阳红入隔江山。人生何事马蹄间?

## 吴汝纶

（1840—1903），字挚甫，安徽桐城人。同治四年（1865）进士。为曾国藩、李鸿章幕僚多年，奏议多出其手。1898年京师大学堂成立，任总教习，并赴日本考察学制。他是著名的桐城派古文家，也写过一些诗歌。有《桐城吴先生全书》。

### 马 关

万顷云涛玄海滩，天风浩荡白鸥闲。
舟人那识伤心地，为指前程是马关！

## 夏曾佑

（1863—1924），字遂卿，一作穗卿，号别士，浙江钱塘（今杭州）人。夏曾佑是19世纪90年代"诗界革命"的倡导者之一，有《碎佛师杂诗》一百余首，绝少流传，未见。作品散见于《饮冰室诗话》《道咸同光四朝诗史一斑录》《晚晴簃诗汇》《卷盦题跋》《清议报》等著作和报刊中。

### 留赠方药雨，丙申之冬入天津，洎己亥秋，始得归。将行，赋此二律（选一）

鸿飞本不为留计，竟见荒原万瓦稠！
又举离觞辞旧雨，为思身世怯登楼。
青山白浪驰黄海，细雨疏灯过秀州。
从此归帆好云物，分明点点入新愁。

# 项鸿祚

（1798—1835），原名继章，又名廷纪，字莲生，浙江钱塘（今杭州）人。有《忆云词甲乙丙丁稿》。

## 减字木兰花
### 春夜闻隔墙歌吹声

阑珊心绪，醉倚绿琴相伴住。一枕新愁，残夜花香月满楼。 繁笙脆管，吹得锦屏春梦远。只有垂杨，不放秋千影过墙。

## 太 常 引
### 客中闻歌

杏花开了燕飞忙，正是好春光。偏是好春光，者几日、风凄雨凉。 杨枝飘泊，桃根娇小，独自个思量。刚待不思量，吹一片、箫声过墙。

## 水 龙 吟
### 秋 声

西风已是难听，如何又著芭蕉雨？泠泠暗起，渐渐渐紧，萧萧忽住。候馆疏砧，高城断鼓，和成凄楚。想亭皋木落，洞庭波远，浑不见，愁来处。　　此际频惊倦旅，夜初长、归程梦阻。砌蛩自叹，边鸿自唳，剪灯谁语？莫更伤心，可怜秋到，无声更苦。满寒江剩有，黄芦万顷，卷离魂去。

## 许宗衡

（1811—1869），字海秋，江苏上元（今南京）人。有《玉井山馆文略》《玉井山馆诗余》。

## 中兴乐

### 初秋同人登龙树寺凌虚阁，依李德润《琼瑶集》体

绕楼一带薜萝墙，西风瑟瑟横塘。眼前春色，垂柳垂杨。芦花容易如霜。雁声长，几时飞到？高城远树，乱堞斜阳。　十年冠剑独昂藏，古来事事堪伤。狐狸谁问？何况豺狼！蓟门山影茫茫。好秋光！无端孤负，阑干倚遍，风物苍凉。

## 姚 燮

（1805—1864），字梅伯，号复庄，浙江镇海（今宁波）人。道光十四年（1834）举人。晚年居鄞县（今鄞州区），与诸少年结为诗社，著录弟子至数百人。姚氏于诗画、词曲、骈文皆通。著有诗集《复庄诗问》及词、戏曲、骈文等著作多种。

### 韩庄闸舟中七夕杂诗得十三绝句（选一）

凉飙吹动露霏霏，苹叶横波绿照衣。
醉醒不知天是水，鸳鸯无语贴荷飞。

### 寓目得六绝句（选一）

来时菜甲裹烂泥，今看青苞一尺齐。
剥上筠篮饷邻叟，比他霜色上头凄。

### 听 歌

巡江戍海客兵多，凄咽群鸿掠雨过。
惭愧萧闲如我辈，侧身花里听清歌。

## 寒夜闻鸽铃

一鸽南飞斗正斜,欲催哀响作风笳。
清霜万屋人都睡,听尔无愁共几家?

# 郑文焯

（1856—1918），字俊臣，号小坡、叔问、大鹤山人，又号冷红词客，奉天铁岭（今属辽宁）人，隶汉军正黄旗。其自称高密郑氏者，诡托于康成之后也。父瑛棨，官陕西巡抚。一门鼎盛，兄弟10人，裘马丽都，惟文焯被服儒雅。中光绪乙亥（1875）举人，官内阁中书。后寓居苏州，为江苏巡抚幕客。善诙谐，工尺牍，兼长书、画。雅慕姜夔之为人，尤精词律，深明管弦声数之异同，上以考古燕乐之旧谱。姜白石自制曲，其字旁所记音拍，皆能以意通之。所著词有《瘦碧》《冷红》《比竹余音》《苕雅余集》等，后人合刊了《大鹤山房全集》。

## 虞 美 人

镜屏香冷芙蓉荐，花趁人凝澹。问谁下马看梳头？长是画帘高卷卧清秋。　　宿妆留得新眉在，人意依前改。一沟脂水绕楼东，中有几行闲泪往来红。

## 玉 楼 春

梅花过了仍风雨，著意伤春天不许。西园词酒去年同，别是一番惆怅处。　　一枝照水浑无语，日见花飞随水去。断红还逐晚潮回，相映枝头红更苦！

## 浣溪沙
### 从石楼石壁往来邓尉山中

一半梅黄杂雨晴，虚岚浮翠带湖明，闲云高鸟共身轻。　　山果打头休论价，野花盈手不知名，烟峦直是画中行。

# 郑　珍

（1806—1864），字子尹，号晚楼，晚号柴翁，贵州遵义人。道光十七年（1837）中举后，先后做本省古州厅学训导、荔波县学训导，官小家贫，辗转西南，一生局促不得意。有《巢经巢诗集》。

## 闲　眺

雨过桑麻长，晴光满绿田。
人行蚕豆外，蝶度菜花前。
台笠家家饷，比邻处处烟。
欢声同好语，针水晒秧天。

## 论诗示诸生，时代者将至

我诚不能诗，而颇知诗意：
言必是我言，字是古人字；
固宜多读书，尤贵养其气；
气正斯有我，学赡乃相济。
李杜与王孟，才分各有似；
羊质而虎皮，虽巧肖仍伪。
从来立言人，绝非随俗士；
君看入品花，枝干必先异；

又看蜂酿蜜，万蕊同一味。
文质诚彬彬，作诗固余事。
人才古难得，自惜勿中弃。
我衰复多病，肮脏不宜世。
归去异山川，何时见君辈？
念至思我言，有得且常寄。

# 周　实

（1885—1911），字实丹，号无尽，江苏山阳（今淮安）人。宣统元年（1909）参加南社，后又与同邑友人阮式（字梦式，号翰轩）共创淮南社。

## 睹江北流民有感（三首选一）

江南塞北路茫茫，一听嗷嗷一断肠。
无限哀鸿飞不尽，月明如水满天霜。

## 桃花扇题辞（五首选一）

千古勾栏仅见之，楼头慷慨却夸时。
中原万里无生气，侠骨刚肠剩女儿。

# 朱孝臧

（1857—1931），一名祖谋，字古微，号沤尹，又号彊村，浙江归安（今湖州）人。举光绪壬午（1882）乡试，明年，成二甲一名进士，改庶吉士，授编修，屡擢至侍讲学士、礼部侍郎。甲辰（1904），出为广东学政，与总督龃龉，引疾去。回翔江海之间，揽名胜，结儒彦自遣。尝校刻唐、宋、金、元人词百六十余家为《彊村丛书》，又辑《湖州词徵》二十四卷、《国朝湖州词徵》六卷、《沧海遗音集》十三卷，学者奉为宝典。其自为词，经晚岁删定为《彊村语业》二卷，身后其门人龙榆生为补刻一卷，入《彊村遗书》中。

## 鹧鸪天

### 庚子岁除

似水清尊照鬓华，尊前人易老天涯。酒肠芒角森如戟，吟笔冰霜惨不花。　　抛枕坐，卷书嗟，莫嫌啼煞后栖鸦。烛花红换人间世，山色青回梦里家。

## 洞仙歌

### 丁未九日

无名秋病，已三年止酒，但买萸囊作重九。亦知非吾土，强约登楼，闲坐到、淡淡斜阳时候。　　浮云千万态，回指长安，却是江湖钓竿手。衰鬓侧西风，故国霜多，怕明日、黄花开瘦。问畅好、秋光落谁家？有独客徘徊，凭高双袖。

# 庄 棫

（1830—1878），字中白，号东庄，又号蒿庵，江苏丹徒人。治《易》《春秋》，兼通纬候。先世业鹾，后家中落，校书淮南、江宁各官书局，光绪四年（1878）卒。有《蒿庵遗稿》，词甲、乙稿及补遗附焉。

## 高阳台
### 长乐渡

长乐渡边，秦淮水畔，莫愁艇子曾携。一曲西河，尊前往事依稀。浮萍绿涨前溪遍，问六朝、遗迹都迷。映玻璃，白下城南，武定桥西。　行人共说风光好，爱沙边鸥梦，雨后莺啼。投老方回，练裙十幅谁题？相思子夜春还夏，到欢闻、先已凄凄。更休提，烟外斜阳，柳外长堤。

## 相见欢（二首）

春愁直上遥山，绣帘间。赢得蛾眉宫样、月儿弯。　云和雨，烟和雾，一般般。可恨红尘、遮得断人间。

深林几处啼鹃，梦如烟。直到梦难寻处、倍缠绵。　蝶自舞，莺自语，总凄然。明月空庭、如水似华年。

中 卷

# 20世纪初叶——20世纪40年代

# 阿 垅

（1907—1967），原名陈守梅，浙江杭州人。有诗集《无弦琴》、诗论《人和诗》等，是七月诗派重要诗人之一。

## 无 题

不要踏着露水——
因为有过人夜哭。……

哦，我的人啊，我记得极清楚，
在白色烛光里为你读过《雅歌》。

但是不要这样为我祷告，不要！
我无罪，我会赤裸着你这身体去见上帝。……

但是不要计算星和星间的空间吧
不要用光年；用万有引力，用相照的光。

要开作一枝白色花——
因为我要这样宣告，我们无罪，然后我们凋谢。

1944年9月9日
（选自《白色花》）

## 去 国

我无罪；所以我有罪了么？——
而花有彩色和芳香的罪
长江有波浪和雷雨的罪么，
而基督有博爱的罪
欧几米得有几何头脑的罪么？

夺去我的花冠吧，夺去吧，夺去我的战剑吧，夺去吧
让我的头顽强地裸露，而让白蔷薇在你的加冕典礼上为你蔫萎吧
让我的两臂默然地下垂，而让剑光在你的一握之中为你增加沉重吧

夺去吧，连我的落在妻的墓前的泪珠，那和清晨草间的露珠一样无罪的
  泪珠
连我的抚摩孑然的孩子的头皮的双手，和那阳光一样抚摩着他的头皮的
  无罪的双手
夺去吧，连我的诗，我的不可夺去的诗
夺去吧，连我的一文不名的自由，连我的做做恶梦的自由。

我难道不是在我的祖国？然而这难道是为我所属的国？
这难道不是当我之前所展开的风景，这山，这江，这人烟和鸟影？然而
  这难道是为我所有的国？
我到什么地方去？
我从什么地方来？——

我不是生命的悭吝人

花开得,江流得,那应该是多么慷慨!
我不是珍藏着这一点点的赌本而奇想着我的豪侈的赌彩
我只是,并没有义务向赌窟主的宪法纳税以及服役。

花在开,
雷雨在酝酿
孩子在梦醒时唤着爸爸回来
小草在妻的墓上用露珠幽然哭泣
炮兵连在闹市上轰然通过
既然没有糖果,当然没有犹豫
我无罪;但是我却把有罪当作我的寒伧的行囊了
我是在劫夺了我的祖国敞胸而岸然旅行。

1947年5月2日雾边城
(选自《白色花》)

# 艾 青

（1910—1996），原名蒋海澄，浙江金华人。早年考入西湖艺术学院绘画系，后赴法国留学。1933年，第一次用艾青的笔名发表了《大堰河——我的保姆》一诗，一举成名。艾青作为中国新诗史上最重要的几位诗人之一，主要的成就是把新诗经过长期探索，在现代派手中渐趋成熟的表现技巧（如象征、意象的手法，散文化的句式等），与强烈的时代感情和广阔的社会生活结合起来，创作了一批具有鲜明的个人风格和很高的艺术性，又不负时代使命的诗作。主要作品有诗集《大堰河》《他死在第二次》《旷野》《北方》《黎明的通知》，长诗《向太阳》《火把》《毛泽东》等。

## 大堰河——我的褓姆

大堰河，是我的褓姆。
她的名字就是生她的村庄的名字，
她是童养媳，
大堰河，是我的褓姆。

我是地主的儿子；
也是吃了大堰河的奶而长大了的
大堰河的儿子。
大堰河以养育我而养育她的家，
而我，是吃了你的奶而被养育了的，
大堰河啊，我的褓姆。

大堰河，今天我看到雪使我想起了你：

你的被雪压着的草盖的坟墓，
你的关闭了的故居檐头的枯死的瓦菲，
你的被典押了的一丈平方的园地，
你的门前的长了青苔的石椅，
大堰河，今天我看到雪使我想起了你。

你用你厚大的手掌把我抱在怀里，抚摸我；
在你搭好了灶火之后，
在你拍去了围裙上的炭灰之后，
在你尝到饭已煮熟了之后，
在你把乌黑的酱碗放到乌黑的桌子上之后，
在你补好了儿子们的为山腰的荆棘扯破的衣服之后，
在你把小儿被柴刀砍伤了的手包好之后，
在你把夫儿们的衬衣上的虱子一颗颗地掐死之后，
在你拿起了今天的第一颗鸡蛋之后，
你用你厚大的手掌把我抱在怀里，抚摸我。

我是地主的儿子，
在我吃光了你大堰河的奶之后，
我被生我的父母领回到自己的家里。
啊，大堰河，你为什么要哭？

我做了生我的父母家里的新客了！
我摸着红漆雕花的家具，
我摸着父母的睡床上金色的花纹，
我呆呆地看着檐头的我不认得的"天伦叙乐"的匾，
我摸着新换上的衣服的丝的和贝壳的纽扣，
我看着母亲怀里的不熟识的妹妹，

我坐着油漆过的安了火钵的炕凳，
我吃着碾了三番的白米的饭，
但，我是这般忸怩不安！因为我
我做了生我的父母家里的新客了。

大堰河，为了生活，
在她流尽了她的乳液之后，
她就开始用抱过我的两臂劳动了；
她含着笑，洗着我们的衣服，
她含着笑，提着菜篮到村边的结冰的池塘去，
她含着笑，切着冰屑悉索的萝卜，
她含着笑，用手掏着猪吃的麦糟，
她含着笑，扇着墩肉的炉子的火，
她含着笑，背了团箕到广场上去晒好那些大豆和小麦，
大堰河，为了生活，
在她流尽了她的乳液之后，
她就用抱过我的两臂，劳动了。

大堰河，深爱着她的乳儿；
在年节里，为了他，忙着切那冬米的糖，
为了他，常悄悄地走到村边的她的家里去，
为了他，走到她的身边叫一声"妈"，
大堰河，把他画的大红大绿的关云长贴在灶边的墙上，
大堰河，会对她的邻居夸口赞美她的乳儿；
大堰河曾做了一个不能对人说的梦：
在梦里，她吃着她的乳儿的婚酒，
坐在辉煌的结彩的堂上，
而她的娇美的媳妇亲切地叫她"婆婆"

……………
大堰河,深爱她的乳儿!

大堰河,在她的梦没有做醒的时候已死了。
她死时,乳儿不在她的旁侧,
她死时,平时打骂她的丈夫也为她流泪,
五个儿子,个个哭得很悲,
她死时,轻轻地呼着她的乳儿的名字,
大堰河,已死了,
她死时,乳儿不在她的旁侧。

大堰河,含泪地去了!
同着四十几年的人世生活的凌侮,
同着数不尽的奴隶的凄苦,
同着四块钱的棺材和几束稻草,
同着几尺长方的埋棺材的土地,
同着一手把的纸钱的灰,
大堰河,她含泪地去了。
这是大堰河所不知道的:
她的醉酒的丈夫已死去,
大儿做了土匪,
第三个死在炮火的烟里,
第二、第四、第五
在师傅和地主的叱骂声里过着日子。
而我,我是在写着给予这不公道的世界的咒语。
当我经了长长的飘泊回到故土时,
在山腰里,田野上,
兄弟们碰见时,是比六七年前更要亲密!

这，这是为你，静静地睡着的大堰河
所不知道的啊！

大堰河，今天，你的乳儿是在狱里，
写着一首呈给你的赞美诗，
呈给你黄土下紫色的灵魂，
呈给你拥抱过我的直伸着的手，
呈给你吻过我的唇，
呈给你泥黑的温柔的脸颜，
呈给你养育了我的乳房，
呈给你的儿子们，我的兄弟们，
呈给大地上一切的，
我的大堰河般的褓姆和她们的儿子，
呈给爱我如爱她自己的儿子般的大堰河。

大堰河，
我是吃了你的奶而长大了的
你的儿子，
我敬你
爱你！

1933年1月14日，雪朝<br>（选自《大堰河》初版本）

# 缪鸿若

（1879—1970），字墨庵，号勿庵，广东香山（今中山）人。

## 题担当和尚画册

破碎河山画里看，苍凉风物入诗寒。
休嫌粉本无多剩，寸土伤心下笔难。

## 芦 笛

### ——纪念故诗人阿波里内尔

*J'auais un mirliton que je n'aurais pas échangé contre un bâton de maréchal de France.*

——G. Apollinaire[①]

我从你彩色的欧罗巴
带回了一支芦笛,
同着它,
我曾在大西洋边
像在自己家里般走着,
如今
你的诗集"Alcool"[②]是在上海的巡捕房里,
我是"犯了罪"的,
在这里
芦笛也是禁物。
我想起那支芦笛啊,
它是我对于欧罗巴的最真挚的回忆,
阿波里内尔君,
你不仅是个波兰人,
因为你

---

① 当年我有一支芦笛,
　拿法国大元帅的节杖我也不换。
　　　　　　——阿波里内尔

② Alcool,法文,酒。

在我的眼里，
真是一节流传在蒙马特的故事，
那冗长的，
　　惑人的，
由玛格丽特震颤的褪了脂粉的唇边
吐出的堇色的故事。
谁不应该朝向那
白里安和俾士麦的版图
吐上轻蔑的唾液呢——
那在眼角里充溢着贪婪，
卑污的盗贼的欧罗巴！
但是，
我耽爱着你的欧罗巴啊，
波特莱尔和兰布的欧罗巴。
在那里，
我曾饿着肚子
把芦笛自矜地吹，
人们嘲笑我的姿态，
因为那是我的姿态呀！
人们听不惯我的歌，
因为那是我的歌呀！
滚吧，
你们这些曾唱了《马赛曲》，
而现在正在淫污着那
光荣的胜利的东西！
今天，
我是在巴士底狱里，
不，不是那巴黎的巴士底狱。

芦笛并不在我的身边,
铁镣也比我的歌声更响,
但我要发誓——对于芦笛,
为了它是在痛苦地被辱着,
我将像一七八九年似的
向灼肉的火焰里伸进我的手去!
在它出来的日子,
将吹送出
对于凌侮过它的世界的
毁灭的咒诅的歌。
而且我要将它高高地举起,
以悲壮的 Hymne①
把它送给海,
送给海的波,
粗野地嘶着的
海的波啊!

1933年3月28日
(选自《大堰河》初版本)

## 太　阳

从远古的墓茔
从黑暗的年代
从人类死亡之流的那边

---

① Hymne,法语,颂歌。

震惊沉睡的山脉

若火轮飞旋于沙丘之上

太阳向我滚来……

它以难遮掩的光芒

使生命呼吸

使高树繁枝向它舞蹈

使河流带着狂歌奔向它去

当它来时,我听见

冬蛰的虫蛹转动于地下

群众在旷场上高声说话

城市从远方

用电力与钢铁召唤它

于是我的心胸

被火焰之手撕开

陈腐的灵魂

搁弃在河畔

我乃有对于人类再生之确信

1937年春

(选自《旷野》初版本)

## 雪落在中国的土地上

雪落在中国的土地上,

寒冷在封锁着中国呀……

风,
像一个太悲哀了的老妇,
紧紧地跟随着
伸出寒冷的指爪
拉扯着行人的衣襟,
用着像土地一样古老的话
一刻也不停地絮聒着……

那从林间出现的,
赶着马车的
你中国的农夫
戴着皮帽
冒着大雪
你要到哪儿去呢?

告诉你
我也是农人的后裔——
由于你们的
刻满了痛苦的皱纹的脸
我能如此深深地
知道了
生活在草原上的人们的
岁月的艰辛。

而我
也并不比你们快乐啊

——躺在时间的河流上
苦难的浪涛
曾经几次把我吞没而又卷起——
流浪与监禁
已失去了我的青春的
最可贵的日子,
我的生命
也像你们的生命
一样的憔悴呀

雪落在中国的土地上,
寒冷在封锁着中国呀……

沿着雪夜的河流,
一盏小油灯在徐缓地移行,
那破烂的乌篷船里
映着灯光,垂着头
坐着的是谁呀?

——啊,你
蓬发垢面的少妇,
是不是
你的家
——那幸福与温暖的巢穴——
已被暴戾的敌人
烧毁了么?
是不是
也像这样的夜间,

失去了男人的保护,
在死亡的恐怖里
你已经受尽敌人刺刀的戏弄?

咳,就在如此寒冷的今夜,
无数的
我们的年老的母亲,
都蜷伏在不是自己的家里,
就像异邦人
不知明天的车轮
要滚上怎样的路程……
——而且
中国的路
是如此的崎岖
是如此的泥泞呀。
雪落在中国的土地上,
寒冷在封锁着中国呀……

透过雪夜的草原
那些被烽火所啮啃着的地域,
无数的,土地的垦殖者
失去了他们所饲养的家畜
失去了他们肥沃的田地
拥挤在
生活的绝望的污巷里;
饥馑的大地
朝向阴暗的天
伸出乞援的

颤抖着的两臂。

中国的苦痛与灾难
像这雪夜一样广阔而又漫长呀!

雪落在中国的土地上,
寒冷在封锁着中国呀……

中国,
我的在没有灯光的晚上
所写的无力的诗句
能给你些许的温暖么?

1937年12月28日夜间

(选自《七月》1938年1月第7期)

## 手 推 车

在黄河流过的地域
在无数的枯干了的河底
手推车
以唯一的轮子
发出使阴暗的天穹痉挛的尖音
穿过寒冷与静寂
从这一个山脚
到那一个山脚
彻响着

北国人民的悲哀

在冰雪凝冻的日子
在贫穷的小村与小村之间
手推车
以单独的轮子
刻画在灰黄土层上的深深的辙迹
穿过广阔与荒漠
从这一条路
到那一条路
交织着
北国人民的悲哀

1938年初

（选自《北方》初版本）

## 我爱这土地

假如我是一只鸟，
我也应该用嘶哑的喉咙歌唱：
这被暴风雨所打击着的土地，
这永远汹涌着我们的悲愤的河流，
这无止息地吹刮着的激怒的风，
和那来自林间的无比温柔的黎明……
——然后我死了，
连羽毛也腐烂在土地里面。

为什么我的眼里常含泪水?
因为我对这土地爱得深沉……

1938年11月17日

（选自《北方》初版本）

## 火　把

### 一　邀

"唐尼　时候到了
快点吧"

"李茵
你坐下
我梳一梳头
换一换衣
…………
你看我的头发
这么乱
我的梳子
哪儿去了?"

"你的梳子
刚才我看见的
它夹在《静静的顿河》里"
"啊　头发都打了结

以后我总不再打篮球了
……今天下午
我沿着那小河回来
看见河边搁着
一个淹死了的伤兵
涨着肚子没有人去理会
……今天我一定要倒霉"

"唐尼　时候到了
快点吧"

"好，你别急
我换一换衣
——这制服又忘了烫
算了吧
反正在晚上
……李茵
你看我又胖了
这衣服真太紧
差点儿要挣破
前年在汉口
我也穿了这制服
参加游行的"

"快点吧，时候到了
别再说话"
"李茵　你真急
我还要擦一擦脸

这油光真讨厌——"

"你跑那边去找什么？
找什么？唐尼！
你的粉盒
压在《大众哲学》上
你的口红
躺在《论新阶段》一起。"

"李茵！"

"快点吧　唐尼
七点三刻了"

"好
我穿好鞋子马上跑
到八点集合
来得及"

"我的鞋拔呢？"

"在你哥哥的照像的旁边"

"啊　哥哥
假如你还活着
今晚上
你该多么快活！"

"唐尼
今晚上
你真美丽"

"李茵
你再说我不去了"

"你不去也好
留在家里可以睡觉"

"好了。走吧。
妈　你来把门闩上
今晚上
我很迟才回来"

（一个老迈的声音从里面传出）
"尼尼　孩子
今晚上天很黑
别忘了带电筒"

"不要，妈
今晚上
我带火把回来"

## 二　街上

"今夜的电灯好像
特别亮；你看那街上
这么多人　这么多人！

好像被什么旋风刮出来的
哪儿来的这么多人？
这城市　哪儿来的
这么多人？他们
都到哪儿去？啊　是的
他们也去参加火炬游行……
那些工人　那些女工
那些店员　那些学生
那些壮丁　那些士兵
都来了　都来了
所有的人都来了
我们的校工也来了
我们的号兵也来了
那么多的旗　那么多的标语……
还有那些宣传画　那么大；
红的　白的　黄的　蓝的旗……
领袖们的肖像　被举在空中。
啊　看那边：还要多　还要多
他们跑起来了　都跑起来了，
有的赶不上了　落下了……
你看：那个黄脸的号兵
晃郎着号角气都喘不过来；
那些学生唱起歌来了：

　　起来

　　不愿做奴隶的人们……
他们跑得多么快啊
他们去远了　去远了……"

"唐尼　时间到了
我们到公共体育场去集合吧
我们赶快
从这小巷赶上去！"

## 三　会场

"她们都到了　她们都到了
赖英的头上打了一个丝结
她们都到了　大家都到了
何慧芳的眼镜在发亮
大家都到了　连那些小的也来了
刘桃芬　康素琴　李娟
啊　你们都来了　我们迟了
我们迟了　我们是从小巷赶来的
台上的煤气灯
照得这会场像白天
你这制服哪儿做的？
同你的身体很合适
我的是前年在汉口做的
太紧了　小得叫人闷气
今晚倒还凉
毛英华
你的皮鞋擦得好亮
啊
那么多工人　那么多　你们看
每只手像一个木榔头
脸上是煤灰　像从烟囱里出来的
他们都瞪着眼在看什么？他们

都张着嘴在等什么？他们
都一动不动地在想什么？他们
朝我们这边看了　朝我们这边看了
那些眼睛像在发怒地
像在发怒地看着我们
啊　我真怕他们那些眼睛
这边
这边全是学生　全是
那个胖家伙跌了交了
你们看：写信给彭菲灵的
就是他
写信给邓健的
也是他
听说他的体重有两百零五磅
真可怕
这是什么学校的
蠢样子　个个都那么呆
那个打旗的像要哭出来
他们乱了　前面的踏着后面的脚
我们退后面一点　排好

李茵哪儿去了？
你看见李茵在哪里？
啊　看见了
她和那抗宣队的在一起①
为什么脸上显得那么忧愁

---

① 抗宣队　抗敌宣传队的简称。

她又笑了　她来了……

李茵来！
我和你一起！

他们也来了　他也来了
他为什么低着头　像在想着什么？
他也想什么？那么困苦地想什么？
他抬起头了　他在找……
他看见了　但他又把头低下去
他为什么低着头　像在想着什么？

李茵　你在这里等一下
我去看看他

克明　我和你说几句话
克明　你好么？"

"我很好——
你有什么话
请快点说吧"

"我不是要来和你吵架
我问你：
我写了三封信给你　你为什么不理？"

"唐尼，这几天
我正在忙着筹备今夜的大会

而且你的信
　　只说你有点头痛
　　只说讨厌这天气
　　对于这些事我有什么办法呢
　　而且我已不止劝过你一次……"

"而且
你正忙于交际呢！"

"什么意思？"
"这只有你自己最清楚。"

（人们在她和他之间走过
　又用眼睛看看他们的脸）
"明天再好好谈吧
或者——我写一封长信给你
播音筒已在向台前说话"

（一个声音在空气中震动）
"开会！"

## 四　演说

煤油灯从台上
发光。演说的人站在台上
向千万只耳朵发出宣言。
他的嘴张开　声音从那里出来
他的手举起　又握成拳头
他的拳头猛烈地向下一击

嘴里的两个字一齐落下:"打倒!"
他的眼睛在灯光下闪烁
像在搜索他所摹拟的敌人
他的声音慢慢提高
他的感情慢慢激昂
他的心像旷场一样阔宽
他的话像灯光一样发亮
无数的人群站在他的前面
无数的耳朵捕捉他的语言
这是钢的语言　矿石的语言
或许不是语言　是一个
铁锤拼打在铁砧上
也或许是一架发动机
在那儿震响　那声音的波动
在旷场的四周回荡
在这城市的夜空里回荡

这是电的照耀
这是火的煽动
这是扇起火焰的狂风
这是暴怒了的火焰
这是一种太沉重的捶击
每一下都捶在我们的心上

这是一阵雷从空中坠下
这是一阵暴风雨
吹刮过我们所站的旷场
这是一种可怕的预言

这是一种要把世界劈成两半的宣言
这是一种使旧世界流泪忏悔的力量

这不是语言　这是
一架发动机在鸣响
这是一个铁锤击落在铁砧上
这是矿石的声音
这是钢铁的声音
这声音像飓风
它要煽起使黑夜发抖的叛乱

听呵　这悠久而沉洪
喧闹而火烈的
群众的欢呼鼓掌的浪潮……

## 五　"给我一个火把"

火把从那里出来了
火把一个一个地出来了
数不清的火把从那边来了
美丽的火把
耀眼的火把
热情的火把
金色的火把
炽烈的火把
人们的脸在火光里
显得多么可爱
在这样的火光里
没有一个人的脸不是美丽的

火把愈来愈多了

愈来愈多了　愈来愈多了

火把已排成发光的队伍了

火把已流成红光的河流了

火光已射到我们这里来了

火光已射到我们的脸上了

你们的脸在火光里真美

你们的眼在火光里真亮

你们看我呀我一定也很美

我的眼一定也射出光采

因为我的血流得很急

因为我的心里充满了欢喜

让我们跟着队伍走去

跟着队伍到那边去

到那火把出来的地方去

到那喷出火光的地方去

快些去　快些去　快去

去要一个火把……


"给我一个火把！"

"给我一个火把！"

"给我一个火把！"


你们看

我这火把

亮得灼眼啊……


这是火的世界……

这是光的世界……

## 六　火的出发

"火把的烈焰
赶走了黑夜"

把火把举起来
把火把举起来
把火把举起来
每个人都举起火把来
一个火把接着一个火把
无数的火把跟着火把走

慢慢地走整齐地走
一个紧随着一个
每个都把火把
举在自己的前面
让火光照亮我们的脸
照亮我们的
昨天是愁苦着
今天却狂喜着的脸
照亮我们的
每一个都像
基督一样严肃的脸
照亮我们的
昂起着的胸部
——那里面激荡着憎与爱的
血液

照亮我们的脚
即使脚踝流着血
也不停止前进的脚
让我们火把的光
照亮我们全体
没有任何的障碍
可以阻拦我们前进的全体
照亮我们这城市
和它的淌流过正直人的血的街
照亮我们的街
和它的两旁被炸弹所摧倒的房屋
照亮我们的房屋
和它的崩坍了的墙
和狼藉着的瓦砾堆

让我们的火把
照亮我们的群众
挤在街旁的数不清的群众
挤在屋檐下的群众
站满了广场的群众
让男的 女的 老的 小的
都以笑着的脸
迎接我们的火把
让我们的火把
叫出所有的人
叫他们到街上来
让今夜
这城市没有一个人留在家里

让所有的人
都来加入我们这火的队伍

让卑怯的灵魂
腐朽的灵魂
发抖在我们火把的前面

让我们的火把
照出懦弱的脸
畏缩的脸

在我们火光的监视下
让犹大抬不起头来

让我们每个都做了普罗米修斯
从天上取了火逃向人间

让我们的火把的烈焰
把黑夜摇坍下来
把高高的黑夜摇坍下来
把黑夜一块一块地摇坍下来

把火把举起来
把火把举起来
把火把举起来
每个人都举起火把来

## 七　宣传卡车

那被绳子牵着的

是汉奸

那穿着长袍马褂

戴着瓜皮帽的

是操纵物价的奸商

那脸上涂了白粉

眉眼下垂　弯着红嘴的

是汪精卫

那女人似的笑着的

是汪精卫

那个鼻子下有一撮小胡子的

日本军官

搂着一个

中国农夫的女人

那个女人

像一头被捉住的母羊似的叫着又挣扎着

那军官的嘴

像饿了的狗看见了肉骨头似的

张开着

那个女人

伸出手给那军官一个巴掌

那个汪精卫

拉上了袖子

用手指指着那女人的鼻子

骂了几句

那个汪精卫
在那军官的前面跪下了
那个汪精卫
花旦似的
向那日本军官哭泣
那日本军官
拍拍他的头又摸摸他的脸
那个汪精卫
女人似的笑了
他起来坐在那军官的腿上
他给那军官摸摸须子
他把一只手环住了那军官的颈
他的另一只手拿了一块粉红色的手帕
他用那手帕给那军官的脸轻轻地抚摸
那军官的脸是被那女人打红了的
那军官就把他抱得紧紧的
那军官向那汪精卫要他手中的手帕
那军官在汪精卫涂了白粉的脸上香了一下
那汪精卫撒着娇
把那手帕轻轻地在日本军官的前面
抖着
那日本军官一手把那手帕抢了去
那手帕上是绣着一个秋海棠叶的图案的
那军官张开血红的嘴
大笑着　　　大笑着
那军官从裤袋里摸几张钞票
给那个汪精卫
那军官拍拍他的脸

又用嘴再在那脸上香了一下

四个中国兵　走拢来　走拢来
用枪瞄准他们
瞄准那个日本军官　瞄准奸商　汉奸
瞄准汪精卫
在四个兵一起的
是工人　农人　学生
他们一齐拥上去
把那些东西扭打在地上
连那个女人都伸出了拳头
那个农夫又给那个跪着求饶的汪精卫猛烈的一脚
那个学生向着街旁的群众举起了播音筒
"各位亲爱的同胞！我们抗战已经三年！
敌人愈打愈弱　我们愈打愈强
只要大家能坚持抗战！坚持团结！
反对妥协　肃清汉奸
动员民众　武装民众
最后的胜利一定属于我们！"

## 八　队伍

这队伍多么长啊　多么长
好像把这城市的所有的人都排列在里面
不　好像还要多　还要多
好像四面八方的人都已从远处赶来
好像云南　贵州　热河　察哈尔的都已赶来
好像东三省　蒙古　新疆　绥远的都已赶来
好像他们都约好今夜在这街上聚会

一起来排成队　看排起来有多么长
一起来呼喊　看叫起来有多么响
我们整齐地走着　整齐地喊
每人一个火把　举在自己的前面
融融的火光啊　一直冲到天上
把全世界的仇恨都燃烧起来
我们是火的队伍
我们是光的队伍


软弱的滚开　卑怯的滚开
让出路　让我们中国人走来
昏睡的滚开　打呵欠的滚开
当心我们的脚踏上你们的背
滚开去——垂死者　苍白者
当心你们的耳膜　不要让它们震破
我们来了　举着火把　高呼着
用霹雳的巨响　惊醒沉睡的世界

我们是火的队伍
我们是光的队伍


人愈走愈多　队伍愈排愈长
声音愈叫愈响　火把愈烧愈亮
我们的脚踏过了每一条街每一条巷
我们火光搜索黑暗
把阴影驱赶
卫护我们前进

我们是火的队伍
我们是光的队伍

这队伍多么长啊　多么长
好像全中国的人都已排列在里面
我们走过了一条街又一条街
我们叫喊一阵又歌唱一阵
我们的声音和火光惊醒了一切
黑夜从这里逃遁了
哭泣在遥远的荒原

## 九　来

你们都来吧
你们都来参加
不论站在街旁
还是站在屋檐下

你们都来吧
你们都来参加
女人们也来
抱着小孩的也来

大家一起来
一起来参加
来喊口号　来游行
来举起火把

来喊口号　来游行

来举起融融的火把

把我们的愤怒叫出来

把我们的仇恨烧起来

## 一〇　散队

我们已走遍了这城市的东南西北

我们已走遍了这城市的大街小巷

"李茵　我们已到这么远的地方。

现在我们得回去　队伍散了……

但是　你看　那些人仍旧在呼唱

他们都已在兴奋里变成癫狂

每个人都激动了　全身的血在沸腾

李茵　刚才火把照着你狂叫着的嘴

我真害怕　好像这世界马上要爆开似的

好像一切都将摧毁　连摧毁者自己也摧毁"


"唐尼　你看见的么　我真激动

好像全身的郁气都借这呼叫舒出了

唐尼　你的脸　也很异样

告诉我　唐尼

当那洪流般的火把摆荡的时候

你曾想起了什么？看见了什么？"


"李茵　那真是一种奇迹——

当我看见那火把的洪流摆荡的时候

的确曾想起了一种东西

看见了一种东西

一种完全新的东西

我所陌生的东西……"

## 一一　他不在家

"真的　李茵
你见到克明么
在那些走在前面的队伍里
你见到克明么
那些学生没有一刻是安静的
他们把口号叫得那么响
又把火把举得那么高
他们每个都那么大　那么粗野
好像要把这长街
当作他们的运动场
火把照出他们的汗光
我真怕他们
他们好像已沿着这城墙走远……
但是　李茵
当队伍散开的时候
你见到克明么"

"他一定从那石桥回去了
这里离他住的地方
不是只要转一个弯么
我陪你去看他"

一〇三
一〇五
一〇七号——到了

"打门吧

（TA！TA！TA！）

他不在家"

### 一二　一个声音在心里响

"你在哪里？你在哪里？

这么大的地方哪儿去找你呢？

这么多的人怎能看到你呢？

这么杂乱的声音怎能叫你呢？

我举着火把来找你

你在哪里？你在哪里？

今夜多么美　你在哪里？

你在哪里？我的脸发烫

我的心发抖　你在哪里？

我举着火把来找你

你在哪里？你在哪里？

这么多人没有一个是你

这么多火把过去都没有你

这么多火光照着的脸都不是你

我举着火把来找你

我要看见你！我要看见你！

我要在火光里看见你……

我要用手指抚摸你的脸　你的发
我的这手指不能抚摸你一次么？

我举着火把来找你

无论如何　我要看见你啊
我要见你　听你一句话
只一句话：'爱与不爱'
你在哪里？你在哪里？"

## 一三　那是谁

"唐尼　他来了
从十字街口那边转弯
来了。克明来了
你看　前额上闪着汗光
他举着火把走来了……"

"那是谁？那是谁？
和他一起走来的
那是谁？那穿了草绿色的裙装的
女子是谁？那头发短得像马鬃的
女子是谁？那大声地说着话的
又大声地笑着的女子是谁？
那走路时摇摆着身体的
女子是谁？那高高的挺起胸部的
女子是谁？

她在做什么？做什么？

她指手画脚地在做什么?
她在说什么?说什么?
她在和他大声地说着什么?
她在说什么?还是在辩论什么?
你听　她在说什么?那么响:

　　'目前——我们的
　　工作——开展……
　　主观上的弱点——
　　正在克服……
　　目前——我们
　　激烈地批判——
　　残留着的
　　小资产阶级的
　　劣根性……
　　以及——妨碍工作的
　　恋爱……
　　受到了无情的
　　打击!
　　目前——我们的
　　工作——开展……'
他们走近来了……
他们走近来了……李茵——
我们——"
"唐尼　让我
向他们打招呼……"

"不要!

李茵　我头昏
我们从这小巷回去吧"

今夜　你们知道
谁的火把
最先熄灭了
又从那无力的手中
滑下？

## 一四　劝一

"唐尼　我在火光里
看见了你的眼泪
唐尼　这样的夜
你不感到兴奋么　唐尼
唐尼　你不应该
在大家都笑着的时候哭泣
唐尼　爱情并不能医治我们
却只有斗争才把我们救起　唐尼
你应该记起你的哥哥
才五六年　你应该能够记起
唐尼　不要太渴求幸福
当大家都痛苦的时候
个人的幸福是一种耻辱　唐尼
唐尼　只要我们眼睛一睁开
就看见血肉模糊的一团……
假如你还有热情　还有人性
你难道忍心一个人去享乐？
我们有太多的事情要做

你怎么应该哭　唐尼
你要尊敬你的哥哥
为了他而敛起眼泪
唐尼　你是他的妹妹
如你都忘了他
谁还能记得他呢
唐尼　坐下来
在这河边坐下来
让我好好和你说……"

"李茵
请把你的火把
吹熄吧"

"好的——
我有火柴
随时可以点着它"

"这样
倒舒服些……"

## 一五　劝二

"我还有好些事要告诉你……"
——《新约·约翰福音》十六章十二节

"唐尼　现在让我告诉你
我也是哭泣过的　两年前
我曾爱过一个军官

我们一起过了美满的一个月

但他却把我玩了又抛掉了

我曾哭过一个星期

你知道　我是一个人

从沦陷了的家乡跑出来的


（几个人　举着火把

从她们前面过去……）


认识我的人们

在我幸福时

他们妒忌我

在我不幸时

他们嘲笑我

假如我没有勇气抵抗那些

冷酷的眼和恶毒的嘴

我早已自杀了


但我很快就把心冷静下来

——我不怨他　我们这年头

谁能怨谁呢　我只是

拼命看书——我给你的那些书

都是那时买的。我变得很快

我很快就胖起来。完全像两个人

心里很愉快。我发现自己身上

好像有一种无穷的力。我非常

渴望工作。我热爱人生——

（几个人举着火把过去）

生命应该是永远发出力量的机器
应该是一个从不停止前进的轮子
人生应该是
一种把自己贡献给群体的努力
一种个人与全体取得调协的努力
……我们应该宝贵生命
不要把生命荒废

（几个人　举着火把
从她们前面过去……）

我很乐观　因为感伤并不能
把我们的命运改变。唐尼
我工作得很紧张。
我参加了一个团体——
唱歌　演戏　上街贴标语
给伤兵换药　给难民写信
打扫轰炸后的街　缝慰劳袋
我们的团体到过前线
我看见过血流成的小溪
看见过士兵的尸体堆成的小山
我知道了什么叫作'不幸'
足足有一年　我们
在轰炸　突围　夜行军中度过
我生过疥疮　生过疟疾　生过轮癣
我淋过雨　饿过肚子　在湿地上睡眠

但我无论如何苦都觉得快乐
同志们对我很好　我才知道
世界上有比家属更高的感情

那团体已被解散了　如今
大家都分散在不同的地方
唐尼　我正在打听他们的消息
我想挨过这学期——啊　那旅馆的
电灯一盏盏地熄了……

唐尼　请你记住这句话：
…………
只有反抗才是我们的真理
唐尼　克明现在不是很努力么
一个人变坏容易变好难
你如果真的爱他　难道
应该去阻碍他么？
唐尼
你是不是真的欢喜他呢？
你欢喜他那样的白脸么？……"

## 一六　忏悔一

"不要谈起这些吧……
李茵　你的话我懂得。
我感谢你——没有人
曾像你这样帮助过我
李茵　我会好起来的

（几个人　举着火把

从她们前面过去……）


本来　一个商人的女儿

会有什么希望呢？

而且我是在鸦片烟床上

长大的。五年前

我的父亲就要把我许给

一个经理的儿子。那时

我的哥哥刚死了半年。

我只知道哭。母亲和他吵，

过了几个月　他也死了。

他两个死了后

我家里就不再有快乐了。


前年九月底，我和母亲

从汉口出来　在难民船上

认识了克明　他很殷勤

……不要说起这些吧

这都是我太年轻……

这都是我太安闲……

李茵　年轻人的敌人是

幻想——它用虹一样的光彩

和皂泡一样的虚幻来迷惑你

我就是这样被迷惑的一个……


（几个人　举着火把

从她们前面过去……）

李茵　这一夜

我懂得这许多

这一夜　我好像很清醒

我看见了许多　我更看见了

我自己——这是我从来都不曾看见过的

我来到世界上已经十九个春天

这些年　每到春天　我便

常常流泪　我不知我自己

是怎么会到世界上来的

今天以前，我看这世界

随时都好像要翻过来

什么都好像要突然没有了似的

一个日子带给我一次悸动

生活是一张空虚的网

张开着要把我捕捉

所以我渴求着一种友谊

我将为它而感激一生……

我把它看作一辆车子

使我平安地走过

生命的长途

我知道我是错了……"

（几个人　举着火把

唱着歌

从她们前面过去……）

"唐尼　不要太信任'友谊'两个字

而且　你说的'友谊'也不会在恋爱中得到

不要把恋爱看得太神秘

现代的恋爱

女子把男子看作肉体的顾客

男子把女子看作欢乐的商店

现代的恋爱

是一个异性占有的遁词

是一个'色情'的同义语。"

## 一七　忏悔二

"李茵

这世界太可怕了——

完全像屠场！

贪婪和自私

统治这世界

直到何时呢？"


"唐尼

人类会有光明的一天

'一切都将改变'

那日子已在不远

只要我们有勇气走上去

你的哥哥就是我们的先驱……"


"我的哥哥是那么勇敢

他以自己的信仰决定一切

离开了家　在北方流浪

好几年都没有消息
连被捕时也没有信给家里
他是死在牢狱里的……
而我
我太软弱了

（十几个人　每人举着火把
粗暴地唱着歌
从她们的前面过去……）

这时代
不容许软弱的存在
这时代
需要的是坚强
需要的是铁和钢
而我——可怜的唐尼
除了天真与纯洁
还有什么呢？

我的存在
像一株草
我从来不敢把'希望'
压在自己的身上

这时代
像一阵暴风雨
我在窗口
看着它就发抖

这时代

伟大得像一座高山

而我以为我的脚

和我的胆量

是不能越过它的

但是　李茵　我的好朋友

我会好起来

李茵

你是我的火把

我的光明

——这阴暗的角落

除了你

从没有人来照射

李茵　我发誓

经了这一夜　我会坚强起来的

李茵

假如我还有眼泪

让我为了忏悔和羞耻

而流光它吧

李茵

——我怎么应该堕落呢

假如我不能变好起来

我愿意你用鞭子来打我

用石头来钉我！"

"唐尼
天真是没有罪过的。
我们认识虽只半年
但我却比你自己更多地了解你
我看见了'危险'
已隐伏在你的前面。
它已向你打开黑暗的门
欢迎你进去
不,从你身上我看见了我自己
看见了全中国的姊妹
——我背几句诗给你:

命运有三条艰苦的道路
第一条　同奴隶结婚
第二条　做奴隶儿子的母亲
第三条　直到死做个奴隶
所有这些严酷的命运
罩住俄罗斯土地上的女人

我们是中国的女人
比俄国的更不如
我们从来没有勇气
改变我们自己的命运
难道我们永远不要改变么?
自己不改变　谁来给我们改变呢?

(在黑暗的深处
有几个女人过去

她们用歌声
撕裂了黑夜的苍穹:

'感受不自由莫大痛苦
你光荣的生命牺牲
在我们艰苦的斗争中
英勇地抛弃了头颅……')

这一定是演剧队的那些女演员……
这声音真美……
唐尼　时候不早
我们该回去了"

"好。李茵
今晚我真清醒
今晚我真高兴。
明天起　我要
把高尔基的《母亲》先看完"

"等一等　唐尼
让我把火把点起
…………
明天会"

(唐尼举着火把很快地走

突然　她回过头来悠远地叫着:)

"李茵

要不要我陪你回去?"

"不要。——
有了火把
我不怕"

"好　那么再见
这火把给你。"

"那么……你自己呢?"
"我是走惯了黑路的——
谢谢你这火把……"

## 一八　尾声

"妈!
(TA! TA! TA!)
开门吧"

(TA! TA! TA!)
"妈!
开门吧"

"妈
开门吧"
(TA! TA! TA!)

"孩子
等一下

让我点了灯
天黑得很……"


"妈　你快呀
我带着火把来了"


"孩子
这火把真亮"


"妈　你拿着它
我来关门
你把火把
插在哥哥照像的前面"


（母亲上床　唐尼
呆呆地望着火把
慢慢地　她看定了
那死了五年的青年的照片）


"哥哥　今夜
你会欢喜吧
你的妹妹已带回了火把
这火把不是用油点燃起来的
这火把　是她
用眼泪点燃起来的……"


"孩子
这火把真亮

照得房子都通红了
你打嚏了——孩子冷了
怎么你的眼皮肿
——哭了?"

"没有。
今晚我很高兴
只是火把的光
灼得我难受……"

"孩子　别哭了
来睡吧
天快要亮了。"

1940年5月1日—4日

## 卞之琳

（1910—2000），江苏海门人。1929年考入北京大学英文系。20世纪30年代初开始写诗，1936年与李广田、何其芳合出《汉园集》，从此与李、何并称"汉园三诗人"。主要作品有诗集《慰劳信集》《十年诗草》《雕虫纪历》及译、著多种。

### 断　章

你站在桥上看风景，
看风景人在楼上看你。

明月装饰了你的窗子，
你装饰了别人的梦。

1935年10月
（选自《雕虫纪历》）

### 第一盏灯

鸟吞小石子可以磨食品。
兽畏火。人养火，乃有文明。
与太阳同起同睡的有福了，
可是我赞美人间第一盏灯。

（选自《雕虫纪历》）

## 尺　八

像候鸟衔来了异方的种子，
三桅船载来了一枝尺八，
从夕阳里，从海西头，
长安丸载来的海西客。
夜半听楼下醉汉的尺八，
想一个孤馆寄居的番客
听了雁声，动了乡愁，
得了慰藉于邻家的尺八。
次朝在长安市的繁华里
独访取一枝凄凉的竹管……
（为什么年红灯的万花间，
还飘着一缕凄凉的古香？）
归去也，归去也，归去也——
像候鸟衔来了异方的种子，
三桅船载来了一枝尺八，
尺八乃成了三岛的花草。
（为什么年红灯的万花间，
还飘着一缕凄凉的古香？）
归去也，归去也，归去也——
海西人想带回失去的悲哀吗？

（选自《雕虫纪历》）

## 距离的组织

想独上高楼读一遍《罗马衰亡史》，
忽有罗马灭亡星出现在报上。
报纸落。地图开，因想起远人的嘱咐。
寄来的风景也暮色苍茫了。
（醒来天欲暮，无聊，一访友人吧。）
灰色的天。灰色的海。灰色的路。
哪儿了？我又不会向灯下验一把土。
忽听得一千重门外有自己的名字。
好累呵！我的盆舟没有人戏弄吗？
友人带来了雪意和五点钟。

1935年1月9日
（选自《雕虫纪历》）

## 鱼 化 石（一条鱼或一个女子说）

我要有你的怀抱的形状，
我往往溶化于水的线条。
你真像镜子一样地爱我呢，
你我都远了乃有了鱼化石。

1936

## 附录：鱼化石后记

黑字需要白纸。把这四行小诗写出来一看，觉得很可以拿去题一本封面有鱼化石图案的album吧。

我想起爱吕亚（P. Eluard）的"她有我的手掌的形状，她有我的眸子的颜色"。我们有司马迁的"女为悦己者容"。

自我表现少不了对方的瞳子。前几天我写了一篇散文，题为《成长》，其中有一句："假如你像我的一位朋友的老师那样，梦为菊花，你会不会说呢：我开给你看，纪华？（随便拟的名字，其实等于X，代表你第一个想到的名字，耶和华、列宁、琵亚忒丽思、Mr. W. H、拿挞拿哀、你的妹妹的名字或者你的哥哥的名字。）

从盆水里看雨花石，水纹溶溶，花纹也溶溶，我想起梵乐希的"浴"。

我想起玛拉美的"镜子"，不是"Hero diade"里的"O miroirl……"而是《冬天的颤抖》里的"你那面威尼斯镜子"，那是"深得像一泓冷冷的清泉，围着镀过金的岸；里头映着什么呢？啊，我相信，一定不止一个女人在这一片止水里洗过她美的罪孽了；也许我还可以看见一个赤裸的幻象哩，如果多看一会儿"。

名胜地方石壁上刻一个"水流云在"，很有意思。鱼成化石的时候，鱼非原来的鱼，石也非原来的石了。这也是"生生之谓易"。近一点说，往日之我已非今日之我，我们乃珍惜雪泥上的鸿爪，就是纪念。

诗中的"你"就代表石吗？就代表她的他吗？似不仅如此。还有什么呢？待我想想看，不想了。这样也够了。

1936年6月4日

（选自《雕虫纪历》）

# 冰 心

（1900—1999）原名谢婉莹，福建长乐（今福州市长乐区）人。五四时期即开始小说、诗歌和散文的创作，一生著作颇丰。主要诗歌作品有诗集《繁星》《春水》《冰心诗集》等。新中国成立后曾任多种职务。

## 我 曾

我曾梦摘星辰，
醒来一颗颗从我指间坠落；
觉悟后的虚空呵，
叫我如何不惆怅？

我曾梦撷飞花，
醒来一瓣瓣从我指间飘散；
觉悟后的虚空呵！
叫我如何不凄怆？

我曾梦调琴弦，
醒来一丝丝从我指间折断；
觉悟后的虚空呵，
叫我如何不感伤？

我曾梦游天国，
醒来一片片河山破碎；

觉悟后的虚空呵,
叫我如何不怨望?

1929年4月22日

(选自《冰心著译选集》中册)

## 我 劝 你

只有女人知道女人的心,
虽然我晓得
只有女人的话,你不爱听。

我只想到上帝创造你
曾费过一番沉吟。
单看你那副身段,那双眼睛
(只有女人知道那是不容易)
还有你那水晶似的剔透的心灵。

你莫相信诗人的话语:
他洒下满天的花雨,
他对你诉尽他灵魂上的飘零,
他为你长作了天涯的羁旅。

你是神女,他是信徒;
你是王后,他是奚奴;
他说:妄想是他的罪过,
他为你甘心伏受天诛。

你爱听这个,我知道!
这些都投合你的爱好,
你的骄傲。

其实只要你自己不恼,
这美丽的名词随他去创造。
这些都只是剧意,诗情,
别忘了他是个浪漫的诗人。

不过还有一个好人,你的丈夫……
不说了!你又笑我对你讲圣书。
我只愿你想象他心中闷火般的痛苦,
一个人哪能永远糊涂!

一个人哪能永远糊涂,
有一天,他喊出了他的绝叫,哀呼。
他挣出他糊涂的罗网,
你留停在浪漫的中途。

最软的是女人的心,
你也莫调弄着剧意诗情!
在诗人,这只是庄严的游戏,
你却逗露着游戏的真诚。

你逗露了你的真诚,
你丢失了你的好人,
诗人在他无穷的游戏里,
又寻到了一双眼睛!

嘘！侧过耳朵来，
我告诉你一个秘密：
"只有永远的冷淡，
是永远的亲密！"

1931年7月30日夜

（选自《冰心著译选集》）

# 陈敬容

（1917—1989），四川乐山人。1948年任《中国新诗》和《森林诗丛》编委。主要作品有诗集《盈盈集》《交响集》等。另有译作多种。新中国成立后曾任《世界文学》编辑。

## 智　慧

鞭打你的感情，从那儿敲出智慧，
让它像条河，流去斑斑血泪，
抚摸并疗治一切创伤，
最后给带来新生的朝阳。

假若琴弦破碎，
弹不出快乐的调子，
那么，让智慧高歌，
让热情静静地睡。

拍着翅膀，拍着翅膀，
白鸽啊，蓝空里你要飞翔——
当你的影子掠过明澈的湖水，
水底的砂石将闪出宝光。

1946年9月29日于上海
（选自《交响集》，上海森林出版社1947年版）

## 珠和觅珠人

珠在蚌里,它有一个等待
它知道最高的幸福是
给予,不是苦苦的沉埋
许多天的阳光,许多夜的月光
还有不时的风雨掀起白浪
这一切它早已收受
在它的成长中,变作了它的
所有。在密合的蚌壳里
它倾听四方的脚步
有的急促,有的踌躇
纷纷沓沓的那些脚步
走过了,它紧敛住自己的
光,不在不适当的时候闪露
然而它有一个等待
它知道觅珠人正从哪一方向
带着怎样的真挚和热望
向它走来;那时它便要揭起
隐蔽的纱网,庄严地向生命
展开,投进一个全新的世界。

1948年春于上海

(原载《中国新诗》第3集,1948年8月)

# 陈梦家

（1911—1966），浙江上虞人。1931年编辑出版《新月诗选》。抗战时期任西南联大教授。诗集有《梦家诗集》《不开花的春天》《梦家诗存》等。

## 三 月

最温柔那三月的风，
扯响了催眠的金钟，
一杯浓郁的酒，你喝——
这睡不醒三月的梦。

最温柔那三月的梦，
挂住了懒人的天弓，
一天神怪的箭，你瞧——
飞满小星点的碧空。

（选自《梦家诗选》）

## 一朵野花

一朵野花在荒原里开了又落了，
不想到这小生命，向着太阳发笑，
上帝给他的聪明他自己知道，

他的欢喜，他的诗，在风前轻摇。

一朵野花在荒原里开了又落了，
他看见青天，看不见自己的渺小，
听惯风的温柔，听惯风的怒号，
就连他自己的梦也容易忘掉。

（选自《梦家诗集》初版本）

## 陈 毅

（1901—1972），字仲弘，四川乐至人。1919年去法国勤工俭学，是中国人民解放军杰出的领导者与组织者之一。曾任华东军区司令员，上海市市长，国务院副总理兼外交部部长。有《陈毅诗词选集》。

### 梅岭三章

1936年冬，梅山被围。余伤病伏丛莽间20余日，虑不得脱，得诗三首留衣底。旋围解。

断头今日意如何？创业艰难百战多。
此去泉台招旧部，旌旗十万斩阎罗。

南国烽烟正十年，此头须向国门悬。
后死诸君多努力，捷报飞来当纸钱。

投身革命即为家，血雨腥风应有涯。
取义成仁今日事，人间遍种自由花。

（选自《陈毅诗词选集》）

# 戴望舒

（1905—1950），浙江杭县（今杭州）人。早年在上海大学、震旦大学读书。1928年发表《雨巷》，引起广泛的注意。后去法国。20世纪30年代回国后提倡"纯诗"，是现代诗派代表人物。诗集有《我的记忆》《望舒草》《灾难的岁月》。

## 雨　巷

撑着油纸伞，独自
彷徨在悠长、悠长
又寂寥的雨巷
我希望逢着
一个丁香一样的
结着愁怨的姑娘。

她是有
丁香一样的颜色，
丁香一样的芬芳，
丁香一样的忧愁，
在雨中哀怨，
哀怨又彷徨。

她彷徨在这寂寥的雨巷，
撑着油纸伞
像我一样，
像我一样地

默默彳亍着，
冷漠，凄清，又惆怅。

她静默地走近
走近，又投出
太息一般的眼光，
她飘过
像梦一般地，
像梦一般地凄婉迷茫。

像梦中飘过
一枝丁香地，
我身旁飘过这女郎；
她静默地远了，远了，
到了颓圮的篱墙，
走尽这雨巷。

在雨的哀曲里，
消了她的颜色，
散了她的芬芳，
消散了，甚至她的
太息般的眼光，
她丁香般的惆怅。

撑着油纸伞，独自
彷徨在悠长，悠长
又寂寥的雨巷，
我希望飘过

一个丁香一样的

结着愁怨的姑娘。

（选自《我的记忆》）

## 我的记忆

我的记忆是忠实于我的，
忠实得甚于我最好的友人。

它存在在燃着的烟卷上，
它存在在绘着百合花的笔杆上，
它存在在破旧的粉盒上，
它存在在颓垣的木莓上，
它存在在喝了一半的酒瓶上，
在撕碎的往日的诗稿上，在压干的花片上，
在凄暗的灯上，在平静的水上，
在一切有灵魂没有灵魂的东西上，
它在到处生存着，像我在这世界一样。

它是胆小的，它怕着人们的喧嚣，
但在寂寥时，它便对我来作密切的拜访。
它的声音是低微的，
但是它的话是很长、很长，
很多，很琐碎，而且永远不肯休：
它的话是古旧的，老是讲着同样的故事，
它的音调是和谐的，老是唱着同样的曲子，

有时它还模仿着爱娇的少女的声音，
它的声音是没有气力的
而且还夹着眼泪，夹着太息。

它的拜访是没有一定的，
在任何时间，在任何地点，
甚至当我已上床，朦胧地想睡了……
人们会说它没有礼貌，
但是我们是老朋友。

它是琐琐地永远不肯休止的，
除非我凄凄地哭了，或是沉沉地睡了……
但是我是永远不讨厌它，
因为它是忠实于我的。

（选自《我的记忆》）

## 狱中题壁

如果我死在这里，
朋友啊，不要悲伤，
我会永远地生存
在你们的心上。

你们之中的一个死了，
在日本占领地的牢里，
他怀着的深深仇恨，

你们应该永远地记忆。

当你们回来，从泥土
掘起他伤损的肢体，
用你们胜利的欢呼
把他的灵魂高高扬起，

然后把他的白骨放在山峰，
曝着太阳，沐着飘风：
在那暗黑潮湿的土牢，
这曾是他唯一的美梦。

1942年4月27日
（选自《灾难的岁月》）

## 过旧居

这样迟迟的日影，
这样温暖的寂静，
这片午炊的香味，
对我是多么熟稔。

这带露台，这扇窗，
后面有幸福在窥望，
还有几架书，两张床，
一瓶花……这已是天堂。

我没有忘记：这是家，
妻如玉，女儿如花，
清晨的呼唤和灯下的闲话，
想一想，会叫人发傻，

单听他们亲昵地叫，
就够人整天地骄傲，
出门时挺起胸，伸直腰，
工作时也抬头微笑。

现在……可不是我回家午餐？……
桌上一定摆上了盘和碗，
亲手调的羹，亲手煮的饭，
想起了就会嘴馋。

这条路我曾经走了多少回！
多少回？……过去都压缩成一堆，
叫人不能分辨，日子是那么相类，
同样幸福的日子，这些孪生姊妹！

我可糊涂啦，是不是今天
出门时我忘记说"再见"？
还是这事情发生在许多年前，
其中间隔着许多变迁？

可是这带露台，这扇窗，
那里却这样静，没有声响，
没有可爱的影子，娇小的叫嚷，

只是寂寞，寂寞，伴着阳光。

而我的脚步为什么又这样累？
是否我肩上压着苦难的年岁，
压着沉哀，透渗到骨髓，
使我眼睛蒙眬，心头消失了光辉？
为什么辛酸的感觉这样新鲜？
好像伤没有收口，苦味在舌间。
是一个归途的游想把我欺骗，
还是灾难的日月真横亘其间？

我不明白，是否一切都没改动，
却是我自己做了白日梦，
而一切都在那里，原封不动：
欢笑没有冰凝，幸福没有尘封？

或是那些真实的岁月，年代，
走得太快一点，赶上了现在，
回过头来瞧瞧，匆忙又退回来，
再陪我走几步，给我瞬间的欢快？

…………

有人开了窗，
有人开了门，
走到露台上——
一个陌生人。

生活,生活,漫漫无尽的苦路!
咽泪吞声,听自己疲倦的脚步:
遮断了魂梦的不仅是海和天,云和树,
无名的过客在往昔作了瞬间的踌躇。

1944年3月10日
(选自《灾难的岁月》)

## 萧红墓畔口占

走六小时寂寞的长途,
到你头边放一束红山茶,
我等待着,长夜漫漫,
你却卧听着海涛闲话。

1944年11月20日
(选自《灾难的岁月》)

# 杜运燮

（1918—2002），笔名吴进、吴达翰，福建古田人。1939年入西南联大外语系学习。有诗集《诗四十首》。

## 季节的愁容

凄寂地接着滴着，不绝地引拨，
檐下的水泡旋转又沉没，
乌合的记忆：死僵的，呻吟的，
打哈欠伸懒腰的；他们忧郁的
眼睛一起望着我，要求我叹息：
叹一口旧铅皮屋顶那么灰的冷气。

拥挤杂沓的雨滴流遍了表面，
并如冬天的风也想用针，带着线，
刺我的骨髓；树的头低垂，
眼一闭一闭的，挤几滴眼泪；
我的心如水塘，有不尽的水纹，
却不能照见什么：一片战场的泥泞。

于印度

（选自《诗四十首》）

## 滇缅公路

不要说这只是简单的普通现实,
试想没有血脉的躯体,没有油管的
机器。这是不平凡的路,更不平凡的人:
就是他们,冒着饥寒与疟蚊的袭击,
(营养不足,半裸体,挣扎在死亡的边沿)
每天不让太阳占先,从匆促搭盖的
土穴草窠里出来,挥动起原始的
锹镐,不惜仅有的血汗,一厘一分地
为民族争取平坦,争取自由的呼吸。

放声歌唱吧,接近胜利的人民,
新的路给我们新的希望。而就是他们,
(还带着沉重的枷锁而任人播弄)
给我们明朗的信念,光明闪烁在眼前。
我们都记得无知而勇敢的牺牲,
永在阴谋剥削而支持享受的一群,
与一种新声音在响,一个新世界在到来,
如同不会忘记时代是怎样无情,
一个浪头,一个轮齿都是清楚的教训。

看,那就是,那就是他们不朽的化身:
穿过高寿的森林,经过万千年风霜
与期待的山岭,蛮横如野兽的激流,
以及神秘如地狱的疟蚊大本营,……

就用勇敢而善良的血汗与忍耐
踩过一切阻碍，走出来，走出来，
给战斗疲倦的中国送鲜美的海风，
送热烈的鼓励，送血，送一切，于是
这坚韧的民族更英勇，开始拍手：
"我起来了，我起来了，我就要自由！"

路永远使我们兴奋，想纵情歌唱。
这是重要的时刻，胜利就在前方。
看它，风一样有力，航过绿色的原野，
蛇一样轻灵，从茂密的草木间
盘上高山的背脊，飘行在云流中，
俨然在飞机座舱里，发现新的世界，
而又鹰一般敏捷，画几个优美的圆弧，
降落到箕形的溪谷，倾听村落里
安息前欢愉的匆促，轻烟的朦胧中
洋溢着亲密的呼唤，家庭的温暖，
然后懒散地，沿着水流缓缓走向城市。

就在粗糙的寒夜里，荒冷
而空洞，也一样负着全民族的
食粮：载重卡车的亮眼满山搜索，
搜索着跑向人民的渴望：
沉重的胶皮轮不绝滚动着
人民兴奋的脉搏，每一块石子
一样觉得为胜利尽忠而骄傲：
微笑了，在满意地默默注视的星月下面，
微笑了，在热闹的凯旋日子的好梦里。

征服了黑暗就是光明,它晓得:
大家都看见,黎明的红色消息已写在
每一片云彩上,攒涌着多少兴奋的面庞
七色的光在忙碌调整布景的效果,
星子在奔走,鸟儿在转身睁眼,
远处沿着山顶闪着新弹的棉花,
滇缅公路得到万物朝气的鼓励,
狂欢地运载着远方来的物资,
上峰顶着雾,看山坡上的日出,
修路工人在草露上打欠伸:"好早啊!"

早啊!好早啊!路上的尘土还没有
大群地起来追逐,辛勤的农民
因为太疲倦,肌肉还需要松弛,
牧羊的小孩正在纯洁的忘却中,
城里人还在重复他们枯燥的旧梦,
而它,就引着成群各种形状的影子,
在荒废多年的森林草丛间飞奔:
一切在飞奔,不准许任何人停留,
远方的星球被转下地平线,
拥挤着房屋的城市已到面前,
可是它,不许停,这是光荣的时代,
整个民族在等待,需要它的负载。

1942年1月于昆明
(选自《诗四十首》)

# 方令孺

（1897—1976），安徽桐城人。曾留学美国。20世纪30年代初开始写诗，诗作被收入《新月诗选》。曾任浙江文联主席。

## 灵 奇

有一晚我乘着微茫的星光，
我一个人走上了惯熟的山道，
泉水依然细细地在石上交抱，
白露沾透了我的草履轻裳。

一炷磷火照亮纵横的榛棘，
一双朱冠的小蟒向前宛引领，
导我攀登一千层皑白的石磴，
为要寻那镌着碑文的石壁。

你，镌在石上的字忽地化成
伶俐的白鸽，轻轻飞落又腾上；——
小小的翅膀上系着我的希望，
信心的坚实和生命的永恒。

可是这灵奇的迹，灵奇的光，
在我的惊喜中我正想抱你紧，
我摸索到这黑夜，这黑夜的静，
神怪的寒风冷透我的胸膛。

（选自《新月诗选》）

## 废 名

（1901—1967），原名冯文炳，湖北黄梅人。早年就读于北京大学。20世纪20年代开始创作，是"语丝派"的成员。以小说著名，有小说集《竹林的故事》《桥》等，另有论著《谈新诗》。

### 灯

深夜读书，
释手一本老子《道德经》之后，
若抛却吉凶悔吝，
相晤一室。
太疏远莫若拈花一笑了，
有鱼之与水，
猫不捕鱼，
又记起去年冬夜里地席上看见一只小耗子
夜贩的叫卖声又做了宇宙的言语，
又想起一个年轻人的诗句
"鱼乃水之花。"
灯光好像写了一首诗，
他寂寞我不读他。
我笑曰，我敬重你的光明。
我的灯又叫我听街上敲梆人。

（选自《水边》，新民印书馆1943年版）

# 冯乃超

（1901—1983），又名子韬，广东南海（今属佛山市南海区）人，生于日本。1927年回国，成为后期创造社重要成员之一。其创作受法国象征派诗歌影响。有诗集《红纱灯》等。

## 梦

不要点灯　要是它的　玫瑰色的软影　映照到四隅的幽阴
淡抹的哀悲　潜形在丹波继起的　湖水的夜心

不要点灯　要是它的　紫罗兰的浮光　流到记忆的古渡头
熹微的梦幻　飘零在空疏寥寂的　落叶深秋

不要点灯　要是它的 Marjoram 的弱光　灌溉到黄昏的脚跟
假寐的沉默　消沉在黑影褶叠的天空的夜痕

不要点灯　要是它的　鸡冠花的阳光　灿烂在月痕的梦中
神秘的面前　掀揭在晴空无垠的失望的苍穹

屏息地坐在幽冥之中　任情地亲着哀愁的嘴吻
从古董的宝瓮的嘴唇　把吸不尽的泪泉啜饮

屏息地坐在幽冥之中　任情地偎着哀愁的拥抱
从玉琢的腻滑的心胸　把散不尽的夜香吞吐

屏息地睡在黄昏之中　任情地瞧着哀愁的媚瞳
从青铜的香炉的头盖　看着氤氲缭绕的轻梦

屏息地梦在月痕之中　任情地抱着哀愁的玉体
从闪灼的霜华的眼珠　淘出颗颗银光的眼泪

（选自《中国新文学大系·诗集》）

# 冯 至

（1905—1993），原名承植，直隶涿州（今属河北）。北京大学毕业，后赴德国留学。早期作品《昨日之歌》《北游及其他》以抒情的委婉深挚和技巧的圆熟得到高度评价。20世纪40年代出版诗集《十四行集》，其中的作品格式严谨，人生哲理的沉思融铸于具体的情景中，深邃凝重，达到了很高的艺术水平。新中国成立后的作品有诗集《西郊集》《十年诗钞》及小说、散文、译著多种。历任北京大学西语系教授、系主任，中国社科院外文所所长等。

## 蛇

我的寂寞是一条蛇，
静静地没有言语。
你万一梦到它时，
千万啊，不要悚惧！

它是我忠诚的侣伴，
心里害着热烈的乡思：
它想那茂密的草原——
你头上的、浓郁的乌丝。

它月影一般轻轻地，
从你那儿轻轻走过；
它把你的梦境衔了来，
像一只绯红的花朵。

（选自《昨日之歌》）

## 帷　幔

（乡间的故事）

谁曾经，望着那葱茏的山腰，
葱茏里掩映着，一带红墙，
不曾享受过，幽闲的圣味——
氤氲地，漾起来一丝遐想？


在那里起居的，或男或女，
都说是脱去了，许多索累；
在他们深潭古井般的心中，
却像含蓄着，中古罗曼的风味。


是西方的，太行的余脉，
有两座无名的高山，遥遥峙立；
一个是僧院，一个是尼庵，
两座山腰里，抱着这两个庙宇。


在二百年前，尼庵里一个少尼，
绣下了一张珍奇的帷幔；
每当乡人进香的春节，
却在对面的僧院里边展览。


这又错综，又神秘的原由，
出自乡人们单纯的话里——
说那少尼在十七岁的时节，

就跪在菩萨龛前,将乌丝剃去。

她的父母,是朱门旧户,
她并不是,为了饥寒;
她虽然多病,但是也不曾
在佛前,许下了什么夙愿。

她只是在一个,梅蕊初放的月夜里,
暗暗地离掉了,她的家园,
除了她隐隐深潜的,痛苦,聪明,
便是莺鸟儿,替人间诉说忧怨。

她不知走入了,多少迷途,
走得月儿圆圆地,落在西方;
云雀的声中,把她引到这座庵前,
庵前一潭泓水,微微荡漾。

终不像在人间,能享清福——
在水中认识了,她的娟丽,
她毅然地走入尼庵中
情愿把青春的花叶,化作枯枝。

老尼含着笑意向她说,
"你既然发愿,我也不能阻你,
从此把一切的妄念,都要除掉,
这不能比作寻常的儿戏!

"虽说你觉得,苦海无边,

到底是谁，将你这年轻的儿提醒？
就使你在我的面前不肯说，
在佛前忏悔时，也要说明！"

"我的师，并没有人将我提醒；
我只是无意中，听见了一句——
说将来同我共运命的那个人，
是一个又丑陋，又愚蠢的男子。

"无奈婚约，早被父母写成，
婚筵也正由，亲友筹划；
他们嬉嬉笑笑，忘了我的时候，
我只好背了他们，来到这座山下。

"我的师，这都是真实的话，
我相信你，同信菩萨一样；
我情愿消灭了，一切热念，
冰一般地凝冻了，我的心肠！"

泪珠儿随着清脆的语声，
一滴滴，一字字，湿遍了衣襟。
老尼说，"你削去烦恼丝，
泪珠儿也要随着烦恼消尽！"

恼人的春风，才吹绿了山腰，
凄凉的秋雨，又淋病了檐前的弱柳；
人世间不知又起了，多少纷纭，
尼庵总是静静地没有新鲜，没有陈旧。

只有那暮鼓晨钟，经声佛号，
不知是将人唤醒，还是引人入梦？
她的心儿随着形骸消瘦，
可是没有泪的眼前，更觉朦胧。

过了一天，恰便似过了一年，
眼看就是一年了，回头又好像一天；
水面上早已结了寒冰，
荒凉与寂寞，也来自远远的山巅。

正午的阳光，初春般的温暖，
熙熙的白鸽儿，在空际飞翔；
翩翩地，来了青年的兄妹，
说是奉了母命，来拜佛进香。

她看着那俊秀青年的眉端，
蕴着难言的深情一缕——
活泼的妹子悄悄地，在她身边说，
句句声声，都成了她的千针万棘！

"美丽的少姑啊，我告诉你！
聪明的你，你说他冤不冤？
为了遗弃了他的，一个未婚妻，
我的哥哥便许下了，不婚的愿！"

她昏昏地，独坐在门前，
落日也沉沉地，北风凄冷，
她睁睁地，目送着一双兄妹下了山，

一直地看得,没有一些儿踪影!

寒鸦呀呀地,栖在枯枝,
渺渺茫茫地,只剩下黄昏;
热泪溶解了,潭里的寒冰,
暮钟频频敲击,她仿佛无闻。

老尼的心肠,虽是冷若冰霜,
也不由得怜她的年纪轻轻——
这样儿年纪轻轻地,
便有这样的,乖奇的运命。

怜她本也是贵族的闺女,
教她静静地修养,在庵后的小楼。
她恹恹地,不知病了几多时,
嫩绿的林中,又听见了鹧鸪。

山巅的积雪,被暖风融化,
金甲的虫儿,在春光里飞翔;
她的头儿总是低低地,
漫说升天成佛,早都无望。

只望一天天地憔悴了,
将来独葬在,三尺的孤坟——
啊,只要是世上所有的,
她都没有了,一些儿福分!

炉烟缕缕地,催人睡眠,

春息薰薰地，吹入了窗阁；
一个牧童，吹着嘹亮的笛声，
赶着羊儿，由她的楼下走过。

笛声越远，越觉得幽扬，
两朵红云轻抹在，她苍白的面庞——
她取出一张绯红的绸幔，
仔细地看了许久，又放在身旁。

第二日的阳光笛声里，
更参杂着陶陶欲醉的歌唱——
她的心儿里，涌出来一朵白莲，
她就把它，绣在帷幔的中央。

此后日日的笛声中，
总甜甜地，有一种新鲜的曲调——
她也就把彩色的线，按着心意，
水里绣了比目鱼，天上是相思鸟！

她时时刻刻地，没有停息，
把帷幔绣成了，极乐的世界——
树叶相遮，溪声相应，
只空剩下了，左方的一角。

水还想把她的悲哀，
也绣在那空角的上面——
无奈白露又变成严霜，
深夜里又来了，嗷嗷的孤雁！

梧桐的叶儿,依依地落,
枫树的叶儿,栖栖地红,
风翕翕,雨疏疏,她开了窗儿,
等候着,等着吹笛的牧童。

"这是我半年来,绣成的帷幔
多谢你的笛声,给我许多灵感!
我是个十八岁的少尼,
我的身世,只有泪珠汍澜!

"可是我们永久隔阂着;
在两个世界里——"
她把这包帷幔掷下去,
匆匆地,又将窗儿关闭。

次日的天空,布满了彤云,
宇宙都病了三分,更七分愁苦:
一个牧童,剃度在对方的僧院,
尼庵内焚化了,这年少的尼姑。

现在已经二百多年了,
帷幔还珍重地,被藏在僧院里——
只是那左方的一角呀,
至今没有一个人儿,能够补起!

1924初秋

(选自《昨日之歌》)

## 十四行

### 二：什么能从我们身上脱落

什么能从我们身上脱落，
我们都让它化作尘埃；
我们安排我们在这时代
像秋日的树木，一棵棵

把树叶和些过迟的花朵
都交给秋风，好舒开树身
伸入严冬；我们安排我们
在自然里，像蜕化的蝉蛾

把残壳都丢在泥里土里；
我们把我们安排给那个
未来的死亡，像一段歌曲，

歌声从音乐的身上脱落，
归终剩下了音乐的身躯
化作一脉的青山默默。

（选自《十四行集》）

## 二二：深夜又是深山

深夜又是深山，
听着夜雨沉沉。
十里外的山村、
念里外的市廛，

它们可还存在？
十年前的山川、
念年前的梦幻，
都在雨里沉埋。

四围这样狭窄，
好像回到母胎；
我在深夜祈求

用迫切的声音：
"给我狭窄的心
一个大的宇宙！"

（选自《十四行集》）

## 二三：几只初生的小狗

接连落了半月的雨，

你们自从降生以来，
就只知道潮湿阴郁。
一天雨云忽然散开，

太阳光照满了墙壁，
我看见你们的母亲
把你们衔到阳光里，
让你们用你们全身

第一次领受光和暖，
日落了，又衔你们回去。
你们不会有记忆，

但是这一次的经验
会融入将来的吠声，
你们在深夜吠出光明。

（选自《十四行集》）

## 二六：我们天天走着一条小路

我们天天走着一条熟路
回到我们居住的地方；
但是在这林里面还隐藏
许多小路，又深邃、又生疏。

走一条生的，便有些心慌，

怕越走越远，走入迷途，
但不知不觉从树疏处
忽然望见我们住的地方，

像座新的岛屿呈在天边。
我们的身边有多少事物
向我们要求新的发现：

不要觉得一切都已熟悉，
到死时抚摸自己的发肤
生了疑问：这是谁的身体？

（选自《十四行集》）

## 招　魂

### ——谨呈于"一二·一"死难者的灵前

"死者，你们什么时候回来？"
我们从来没有离开这里。
"死者，你们怎么走不出来？"
我们在这里，你们不要悲哀，
我们在这里，你们抬起头来——

哪一个爱正义者的心上没有我们？
哪一个爱自由者的脑里忘却我们？
哪一个爱光明者的眼前看不见我们？

你们不要呼唤我们回来,
我们从来没有离开你们,
咱们合在一起呼唤吧——

"正义,快快地回来!
自由,快快地回来!
光明,快快地回来!"

1945年

(选自《十四行集》)

# 高 兰

（1909—1987），原名郭德浩，黑龙江瑷珲（今黑河市爱辉区）人。1932年毕业于燕京大学国文系。抗日战争爆发后积极倡导诗歌朗诵运动，主要诗集有《高兰朗诵诗选》等。曾任山东大学中文系教授、系主任。

## 哭亡女苏菲

你哪里去了呢？我的苏菲！
去年今日
你还在台上唱"打走日本出口气"！
今年今日啊！
你的坟头已是绿草萋迷！

孩子啊！你使我在贫穷的日子里，
快乐了七年，我感谢你。
但你给我的悲痛
是绵绵无绝期呀？
我又该向你说什么呢？

一年了！
春草黄了秋风起
雪花落了燕子又飞去；
我却没有勇气
走向你的墓地！
我怕你听见我悲哀的哭声，
使你的小灵魂得不到安息！

一年了!
任黎明与白昼悄然消逝,
任黄昏去后又来到夜里;
但我竟提不起我的笔,
为你,写下我忧伤的情绪,
那撕裂人心的哀痛啊!
一想到你,
泪,湿透了我的纸!
泪,湿透了我的笔!
泪,湿透了我的记忆!
泪,湿透了我凄苦的日子!
孩子啊!
我曾一度翻看箱箧,
你的遗物还都好好地放起;
蓝色的书包,
深红的裙子,
一叠香烟里的画片,还有……
孩子!你所珍藏的一块小绿玻璃!
我低唤着苏菲!苏菲!
我就伏在箱子上放声大哭了!
醒来夜已三更,月在天西,
寒风里阵阵传来
孤苦的老更人遥远的叹息!

我误了你呀!孩子!
你不过是患的疟疾,
空被医生挖去我最后的一文钱币。
我是个无用的人啊!

当卖了我最值钱的衣物，
不过是为你买一口白色的棺木，
把你深深地埋葬在黄土里！

可诅咒的信仰啊！
使我不曾为你烧化纸钱设过祭，
唉！你七年的人间岁月
一直是穷苦与褴褛，
死后你还是两手空空的。

告诉我！孩子！
在那个世界里，
你是否还是把手指头放在口里，
呆望着别人的孩子吃着花生米？
望着别人的花衣服
你忧郁地低下头去？

我知道你的魂灵漂泊无依，
漫漫的长夜呀！你都在哪里？
回来吧！苏菲！我的孩子！
我每夜都在梦中等你，
唉！纵山路崎岖你不堪跋涉，
但我的胸怀终会温暖
你那冰冷的小身躯！

当深山的野鸟一声哀啼，
惊醒了我悲哀的记忆，
夜来的风雨正洒洒凄凄！

我悄然地披衣而起,
提起那惨绿的灯笼,走向风雨,
向暗夜,
向山峰,
向那墨黑的层云下,
呼唤着你的乳名,小鱼!小鱼!
来呀!孩子!这里是你的家呀!
你向这绿色的灯光走吧!
不要怕!
你的亲人正守候在风雨里!

但蜡泪成灰,灯儿灭了!
我的喉咙也再发不出声息,
我听见寒霜落地,
我听见蚯蚓翻泥,
孩子!你却没有回答哟!
唉!飘飘的天风吹过了山峦,
歌乐山巅一颗星儿闪闪,
孩子!那是不是你悲哀的泪眼?

唉!歌乐山的青峰高入云际!
歌乐山的幽谷埋葬着我的亡女!

孩子啊!
你随着我七载流离,
你随着我跨越了千山万水,
我却不曾有一日饱食暖衣!
记得那古城之冬吧!

寒冷的风雪交加之夜，
一床薄被，我们三口之家，
吃完了白薯我们抱头痛哭的事吧！

但贫穷我们不怕
因为你的美丽像一朵花
点缀着我们苦难的家，
可是，如今叶落花飞
我还有什么呀！

因为你爱写也爱画，
在盛殓你的时候，
你痴心的妈妈呀！
在你右手放了一枝铅笔，
在你左手放下一卷白纸，
一年了啊！
我没接到你一封信来自天涯，
我没看见你一个字写给妈妈！

我写给你什么呢？
唉！一年来，我像过了十载，
写作的生活呀，
使我快要成为一个乞丐！
我的脊背有些伛偻了，
我的头发已经有几茎斑白，
这个世界里，依旧是
富贵的更为富贵，
贫穷的更为贫穷；

我最后的一点青春与温情,
又为你带进了黄土堆中!

我写给你什么呢?
我一字一流泪!
一句一呜咽!
放下了笔,哭啊!
哭够了!再拿起笔来,
姗姗而来的是别人的春天,
鸟啼花发是别人的今年!
对东风我洒尽了哭女的泪,
向着云天,
我烧化了哭你的诗篇!

小鱼!我的孩子,
你静静地安息吧!
夜更深,
露更寒,
旷野将卷起狂飙!
雷雨闪电将摇撼着千万重山!
我要走向风暴,
我已无所系恋
孩子!
假如你听见有声音叩着你的墓穴,
那就是我最后的泪滴入了黄泉!

1942年3月,山中

(选自《高兰朗诵诗》,上海建中出版社1949年5月版)

## 光未然

（1913—2002），原名张光年，湖北省光化县人。抗日战争期间创作过著名组诗《黄河大合唱》。新中国成立后，历任《文艺报》主编、《人民文学》主编等。

### 五月的鲜花

五月的鲜花开遍了原野，
鲜花掩盖着志士的鲜血。
为了挽救这垂危的民族，
他们曾顽强地抗战不歇。

如今的东北已沦亡了四年，
我们天天在痛苦中熬煎！
失掉自由也失掉了饭碗，
屈辱地忍受那无情的皮鞭！

敌人的铁蹄越过了长城，
中原大地依然歌舞升平；
"亲善"！"睦邻"！啊！卑污的投降！
忘掉了国家更忘掉了我们！

再也忍不住满腔的愤怒，
我们期待着这一声怒吼；
吼声惊起这不幸的一群，

被压迫者一齐挥动拳头!

**(副歌)**

震天的吼声惊起这不幸的一群,

被压迫者一齐挥动拳头!

1935年8月写于汉口

(选自《五月花》,作家出版社1960年5月版)

# 郭沫若

（1892—1978），原名郭开贞，四川乐山人。早年赴日本学医。1921年出版诗集《女神》。《女神》中的作品以全新的形式、自由奔放的想象、强烈的时代感情的抒发，真正为新诗奠下了始基。1921年参与发起组织创造社。一生涉猎广泛，著作等身。主要诗集还有《星空》《瓶》《前茅》《恢复》《新华颂》《百花齐放》《骆驼集》《东风集》等。曾任全国文联主席等多种职务。

## Venus

我把你这张爱嘴，
比成着一个酒杯。
喝不尽的葡萄美酒，
会使我时常沉醉！

我把你这对乳头，
比成着两座坟墓。
我们俩睡在墓中，
血液儿化成甘露！

1919年间作
（选自《女神》）

# 匪 徒 颂

匪徒有真有假。

庄子《胠箧》篇里说："故盗跖之徒问于跖曰：'盗亦有道乎？'跖曰：'何适而无有道耶？夫妄意室中之藏，圣也；入先，勇也；出后，义也；知可否，智也；分均，仁也。五者不备而能成大盗者，天下未之有皂。'"

像这样身行五抢六夺，口谈忠孝节义的匪徒是假的。照实说来，他们实在是军神武圣的标本。

物各从其类，这样的假匪徒早有我国的军神武圣们和外国的军神武圣们赞美了。小区区非圣非神，一介"学匪"，只好将古今中外的真正的匪徒们来赞美一番罢。

## 一

反抗王政的罪魁，敢行称乱的克伦威尔呀！
私行割据的草寇，抗粮拒税的华盛顿呀！
图谋恢复的顽民，死有余辜的黎塞尔（菲律宾的志士）呀！
西北南东去来今，
一切政治革命的匪徒们呀！
万岁！万岁！万岁！

## 二

倡导社会改造的狂生，瘐而不死的罗素呀！
倡导优生学的怪论，妖言惑众的哥尔栋呀！
亘古的大盗，实行"波尔显维克"的列宁呀！
西北南东去来今，
一切社会革命的匪徒们呀！

万岁！万岁！万岁！

## 三

反抗婆罗门的妙谛，倡导涅槃邪说的释迦牟尼呀！
兼爱无父，禽兽一样的墨家巨子呀！
反抗法王的天启，开创邪宗的马丁路德呀！
西北南东去来今，
一切宗教革命的匪徒们呀！
万岁！万岁！万岁！

## 四

倡导太阳系统的妖魔，离经畔道的哥白尼呀
倡导人猿同祖的畜生，毁宗谤祖的达尔文呀！
倡导超人哲学的疯癫，欺神灭像的尼采呀！
西北南东去来今，
一切学说革命的匪徒们呀！
万岁！万岁！万岁！

## 五

反抗古典三昧的艺风，丑态百出的罗丹呀！
反抗王道堂皇的诗风，饕餮粗笨的惠特曼呀！
反抗贵族神圣的文风，不得善终的托尔斯泰呀！
一切文艺革命的匪徒们呀！
万岁！万岁！万岁！

## 六

不安本分的野蛮人，教人"返自然"的卢梭呀！
不修边幅的无赖汉，擅与恶疾儿童共寝的丕时大罗启呀！

不受约束的亡国奴,私建自然学园的泰戈尔呀!
西北南东去来今,
一切教育革命的匪徒们呀!
万岁!万岁!万岁!

(选自《女神》)

## 立在地球边上放号

无数的白云正在空中怒涌,
啊啊!好幅壮丽的北冰洋的晴景哟!
无限的太平洋提起他全身的力量来要把地球推倒。
啊啊!我眼前来了的滚滚的洪涛哟!
啊啊!不断的毁坏,不断的创造,不断的努力哟!
啊啊!力哟!力哟!
力的绘画,力的舞蹈,力的音乐,力的诗歌,力的Rhythm哟!

(选自《女神》)

## 凤凰涅槃

天方国古有神鸟名"菲尼克司"(Phoenix),满五百岁后,集香木自焚,复从死灰中更生,鲜美异常,不再死。

按此鸟殆即中国所谓凤凰:雄为凤,雌为凰。《孔演图》云:"凤凰火精,生丹穴。"《广雅》云:"凤凰……雄鸣曰即即,雌鸣曰足足。"

## 序曲

除夕将近的空中,
飞来飞去的一对凤凰,
唱着哀哀的歌声飞去,
衔着枝枝的香木飞来,
飞来在丹穴山上。

山右有枯槁了的梧桐,
山左有消歇了的醴泉,
山前有浩茫茫的大海,
山后有阴莽莽的平原,
山上是寒风凛冽的冰天。

天色昏黄了,
香木集高了,
凤已飞倦了,
凰已飞倦了,
他们的死期将近了。

凤啄香木,
一星星的火点进飞。
凰扇火星,
一缕缕的香烟上腾。

凤又啄,
凰又扇,
山上的香烟弥散,

山上的火光弥满。

夜色已深了，
香木已燃了，
凤已啄倦了，
凰已扇倦了，
他们的死期已近了！

啊啊！
哀哀的凤凰！
凤起舞，低昂！
凰唱歌，悲壮！
凤又舞，
凰又唱，
一群的凡鸟，
自天外飞来观葬。

## 凤歌

唧唧！唧唧！唧唧！
唧唧！唧唧！唧唧！
茫茫的宇宙，冷酷如铁！
茫茫的宇宙，黑暗如漆！
茫茫的宇宙，腥秽如血！

宇宙呀，宇宙，
你为什么存在？
你自从哪儿来？
你坐在哪儿在？

你是个有限大的空球？

你是个无限大的整块？

你若是有限大的空球，

那拥抱着你的空间

他从哪儿来？

你的外边还有些什么存在？

你若是无限大的整块，

这被你拥抱着的空间

他从哪儿来？

你的当中为什么又有生命存在？

你到底还是个有生命的交流？

你到底还是个无生命的机械？


昂头我问天，

天徒矜高，莫有点儿知识。

低头我问地，

地已死了，莫有点儿呼吸。

伸头我问海，

海正扬声而呜唈。

啊啊！

生在这样个阴秽的世界当中，

便是把金钢石的宝刀也会生锈！

宇宙呀，宇宙，

我要努力地把你诅咒：

你脓血污秽着的屠场呀！

你悲哀充塞着的囚牢呀！

你群鬼叫号着的坟墓呀！

你群魔跳梁着的地狱呀！

你到底为什么存在?

我们飞向西方,
西方同是一座屠场。
我们飞向东方,
东方同是一座囚牢。
我们飞向南方,
南方同是一座坟墓。
我们飞向北方,
北方同是一座地狱。
我们生在这样个世界当中,
只好学着海洋哀哭。

## 凰歌

足足!足足!足足!
足足!足足!足足!
五百年来的眼泪倾泻如瀑。
五百年来的眼泪淋漓如烛。
流不尽的眼泪,
洗不尽的污浊,
浇不熄的情炎,
荡不去的羞辱,
我们这缥缈的浮生
到底要向哪儿安宿?

啊啊!
我们这缥缈的浮生
好像那大海里的孤舟。

左也是溟漫，

右也是溟漫，

前不见灯台，

后不见海岸，

帆已破，

樯已断，

楫已飘流，

柁已腐烂，

倦了的舟子只是在舟中呻唤，

怒了的海涛还是在海中泛滥。

啊啊！

我们这缥缈的浮生

好像这黑夜里的酣梦。

前也是睡眠，

后也是睡眠，

来得如飘风，

去得如轻烟，

来如风，

去如烟，

眠在后，

睡在前，

我们只是这睡眠当中的

一刹那的风烟。

啊啊！

有什么意思？

有什么意思？

痴！痴！痴！

只剩些悲哀,烦恼,寂寥,衰败,
环绕着我们活动着的死尸,
贯串着我们活动着的死尸。

啊啊!
我们年轻时候的新鲜哪儿去了?
我们年轻时候的甘美哪儿去了?
我们年轻时候的光华哪儿去了?
我们年轻时候的欢爱哪儿去了?
去了!去了!去了!
一切都已去了,
一切都要去了,
我们也要去了,
你们也要去了,
悲哀呀!烦恼呀!寂寥呀!衰败呀

## 凤凰同歌

啊啊!
火光熊熊了。
香气蓬蓬了。
时期已到了。
死期已到了。
身外的一切!
身内的一切!
一切的一切!
请了!请了

## 群鸟歌

岩　鹰

　　哈哈，凤凰！凤凰！
　　你们枉为这禽中的灵长！
　　你们死了吗？你们死了吗？
　　从今后该我为空界的霸王！

孔　雀

　　哈哈，凤凰！凤凰！
　　你们枉为这禽中的灵长！
　　你们死了吗？你们死了吗？
　　从今后请看我花翎上的威光！

鸱　枭

　　哈哈，凤凰！凤凰！
　　你们枉为这禽中的灵长！
　　你们死了吗？你们死了吗？
　　哦！是哪儿来的鼠肉的馨香？

家　鸽

　　哈哈，凤凰！凤凰！
　　你们枉为这禽中的灵长！
　　你们死了吗？你们死了吗？
　　从今后请看我们驯良百姓的安康！

鹦　鹉

　　哈哈，凤凰！凤凰！
　　你们枉为这禽中的灵长！
　　你们死了吗？你们死了吗？
　　从今后请听我们雄辩家的主张！

白　鹤
　　哈哈，凤凰！凤凰！
　　你们枉为这禽中的灵长！
　　你们死了吗？你们死了吗？
　　从今后请看我们高蹈派的徜徉！

## 凤凰更生歌

鸡　鸣
　　昕潮涨了，
　　昕潮涨了，
　　死了的光明更生了。


　　春潮涨了，
　　春潮涨了，
　　死了的宇宙更生了。


　　生潮涨了，
　　生潮涨了，
　　死了的凤凰更生了。

凤凰和鸣
　　我们更生了。
　　我们更生了。
　　一切的一，更生了。
　　一的一切，更生了。
　　我们便是他，他们便是我。
　　我中也有你，你中也有我。
　　我便是你。
　　你便是我。

火便是凰。
凤便是火。
翱翔！翱翔！
欢唱！欢唱！

我们新鲜，我们净朗，
我们华美，我们芬芳，
一切的一，芬芳。
一的一切，芬芳。
芬芳便是你，芬芳便是我。
芬芳便是他，芬芳便是火。
火便是你。
火便是我。
火便是他。
火便是火。
翱翔！翱翔！
欢唱！欢唱！

我们热诚，我们挚爱。
我们欢乐，我们和谐。
一切的一，和谐。
一的一切，和谐。
和谐便是你，和谐便是我。
和谐便是他，和谐便是火。
火便是你。
火便是我。
火便是他。
火便是火。

翱翔！翱翔！
欢唱！欢唱！

我们生动，我们自由，
我们雄浑，我们悠久。
一切的一，悠久。
一的一切，悠久。
悠久便是你，悠久便是我。
悠久便是他，悠久便是火。
火便是你。
火便是我。
火便是他。
火便是火。
翱翔！翱翔！
欢唱！欢唱！

我们欢唱，我们翱翔。
我们翱翔，我们欢唱。
一切的一，常在欢唱。
一的一切，常在欢唱。
是你在欢唱？是我在欢唱？
是他在欢唱？是火在欢唱？
欢唱在欢唱！
欢唱在欢唱！
只有欢唱！
只有欢唱！
欢唱！
欢唱！

欢唱!

1920年1月20日初稿  
1928年1月3日改削  
(选自《女神》)

## 天　狗

我是一条天狗呀!
我把月来吞了,
我把日来吞了,
我把一切的星球来吞了,
我把全宇宙来吞了。
我便是我了!

我是月的光,
我是日的光,
我是一切星球的光,
我是X光线的光,
我是全宇宙底Energy①的总量!
我飞奔,
我狂叫,
我燃烧。
我如烈火一样地燃烧!
我如大海一样地狂叫!

---

① 物理学所研究的"能"。

我如电气一样地飞跑!

我飞跑,

我飞跑,

我飞跑,

我剥我的皮,

我食我的肉,

我吸我的血,

我啮我的心肝,

我在我神经上飞跑,

我在我脊髓上飞跑,

我在我脑筋上飞跑。

我便是我呀!

我的我要爆了!

1920年2月初作

(选自《女神》)

## 我是个偶像崇拜者

我是个偶像崇拜者哟!
我崇拜太阳,崇拜山岳,崇拜海洋;
我崇拜水,崇拜火,崇拜火山,崇拜伟大的江河;
我崇拜生,崇拜死,崇拜光明,崇拜黑夜;
我崇拜苏彝士、巴拿马、万里长城、金字塔;
我崇拜创造的精神,崇拜力,崇拜血,崇拜心脏;
我崇拜炸弹,崇拜悲哀,崇拜破坏;

我崇拜偶像破坏者,崇拜我!
我又是个偶像破坏者哟!

1920年5月—6月间作

(选自《女神》)

## 瓶·第十六首

**春莺曲**

姑娘呀,啊,姑娘,
你真是慧心的姑娘!
你赠我的这枝梅花
这样的晕红呀,清香!

这清香怕不是梅花所有?
这清香怕吐自你的心头?
这清香敌赛过百壶春酒。
这清香战颤了我的诗喉。

啊,姑娘呀,你便是这花中魁首,
这朵朵的花上我看出你的灵眸。
我深深地吮吸着你的芳心,
我想——呀,但又不忍动口。

啊,姑娘呀,我是死也甘休,
我假如是要死的时候,

啊，我假如是要死的时候，
我要把这枝花吞进心头！

在那时，啊，姑娘呀，
请把我运到你西湖边上，
或者是葬在灵峰，
或者是放鹤亭旁。

在那时梅花在我的尸中
会结成五个梅子，
梅子再迸成梅林，
啊，我真是永远不死！

在那时，啊，姑娘呀，
你请提着琴来，
我要应着你清缭的琴音，
尽量地把梅花乱开！

在那时，有识趣的春风，
把梅花吹集成一座花冢，
你便和你的提琴
永远弹弄在我的花中。

在那时，遍宇都是幽香，
遍宇都是清响，
我们俩藏在暗中，
黄莺儿飞来欣赏。

黄莺儿唱着欢歌，
歌声是赞扬你我，
我便在花中暗笑，
你便在琴上相和。

## 莺之歌

"前几年有位姑娘
兴来时到灵峰去过，
灵峰上开满了梅花，
她摘了花儿五朵。

她把花穿在针上，
寄给了一位诗人，
那诗人真是痴心，
吞了花便丢了性命。

自从那诗人死后，
经过了几度春秋，
他尸骸葬在灵峰，
又迸成一座梅薮。

那姑娘到了春来，
来到他墓前吊扫，
梅上已缀着花苞，
墓上还未生春草。

那姑娘站在墓前，
把提琴弹了几声，

刚好才弹了几声,
梅花儿都已破绽。

清香在树上飘扬,
琴弦在树下铿锵,
忽然间一阵狂风,
不见了弹琴的姑娘。

风过后一片残红,
把孤坟化成了花冢,
不见了弹琴的姑娘,
琴却在冢中弹弄。"

### 尾声

啊,我真个有那样的时辰,
我此时便想死去,
你如能恕我的痴求,
你请快来呀收殓我的遗尸!

1925年3月3日

(选自《沫若文集》)

## 杭约赫

（1917—1995），原名曹辛之。曾参与创办《诗创造》《中国新诗》。主要诗集有《火烧的城》《复活的土地》等。新中国成立后，任人民美术出版社编辑。

### 最初的蜜

——写给在狱中的M

你最爱那脚下的路，路
我也爱。记得有人说过
不用担心到达，重要的
是走哪条路。看它是否

朝着我们挑选的方向。
在路上，我们相遇了又
离开，爱情咬得我们好
苦。而你这初生的牛犊

凭幻想的翅膀，去冲破
世俗平庸的网罗。自从
你领悟了人生的真谛：
自由不只属于你，不只

属于我，人类的共同的
命运——这爱情的坚贞和
永恒的基础。我们怀着

顽强的信念，去探索去

追求，在生活的海洋里
不再感到孤单与寂寞。
纵然命途多舛，满天的
阴云如墨，为迎接朝阳

准备着：随时献出自己
有多少好兄弟，好姊妹
在我们前面走过去了。
跟上，去完成这伟大的

历史使命！而今你刚刚
迈出这第一步，陷阱便
收留下你——一个严峻的
黎明前的考验：酷刑和

铁窗生活，较破灭爱情
更现实的痛苦。这是段
极难挨的时间哩！我们
相隔如重山——三尺之地

呵呵你热爱那路，现在
你的路，在我们的脚下
生命的意义，为了征服
它，你已尝到最初的蜜

1948年9月于上海

（原载《中国新诗》第5集，1948年10月）

# 何其芳

（1912—1977），四川万县人。北京大学哲学系毕业。因与卞之琳、李广田合出诗集《汉园集》，故称"汉园三诗人"之一。代表作为《预言》，其中的诗作文辞华美，抒情委婉细腻，多用象征、暗示手法。另有诗集《夜歌》和论著多种。1982年人民文学出版社出版《何其芳文集》。曾任中国社会科学院文学所所长、《文学评论》主编。

## 预 言

这一个心跳的日子终于来临！
呵，你夜的叹息似的渐近的足音，
我听得清不是林叶和夜风私语，
麋鹿驰过苔径的细碎的蹄声！
告诉我，用你银铃的歌声告诉我，
你是不是预言中的年轻的神？

你一定来自那温郁的南方！
告诉我那里的月色，那里的日光！
告诉我春风是怎样吹开百花，
燕子是怎样痴恋着绿杨！
我将合眼睡在你如梦的歌声里，
那温暖我似乎记得，又似乎遗忘。

请停下你疲劳的奔波，
进来，这里有虎皮的褥你坐！

让我烧起每一个秋天拾来的落叶,
听我低低地唱起我自己的歌!
那歌声将火光一样沉郁又高扬,
火光一样将我的一生诉说。

不要前行!前面是无边的森林:
古老的树现着野兽身上的斑纹,
半生半死的藤蟒一样交缠着,
密叶里漏不下一颗星星。
你将怯怯地不敢放下第二步,
当你听见了第一步空寥的回声。

一定要走吗?请等我和你同行!
我的脚步知道每一条熟悉的路径,
我可以不停地唱着忘倦的歌,
再给你,再给你手的温存!
当夜的浓黑遮断了我们,
你可以不转眼地望着我的眼睛!

我激动的歌声你竟不听,
你的脚竟不为我的颤抖暂停!
像静穆的微风飘过这黄昏里,
消失了,消失了你骄傲的足音!
呵,你终于如预言中所说的无语而来,
无语而去了吗,年轻的神?

1931年秋

(选自《预言》)

## 赠 人

你青春的声音使我悲哀。
我忌妒它如流水声睡在绿草里，
如群星坠落到秋天的湖滨，
更忌妒它产生从你圆滑的嘴唇。
你这颗有成熟的香味的红色果实
不知将被啮于谁的幸福的嘴。

对于梦里的一枝花，
或者一角衣裳的爱恋是无希望的。
无希望的爱恋是温柔的。
我害着更温柔的怀念病，
自从你遗下明珠似的声音，
触惊到我忧郁的思想。

（选自《预言》）

## 花 环
### ——放在一个小墓上

开落在幽谷里的花最香，
无人记忆的朝露最有光，
我说你是幸福的，小铃铃，
没有照过影子的小溪最清亮。

你梦过绿藤缘进你窗里，

金色的小花坠落到你发上，
你为檐雨说出的故事感动，
你爱寂寞，寂寞的星光。

你有珍珠似的少女的泪，
常流着没有名字的悲伤，
你有美丽得使你爱愁的日子，
你有更美丽的夭亡。

9月19日夜

（选自《汉园集》初版本）

## 罗　衫

我是曾装饰过你一夏季的罗衫，
如今柔柔地折叠着，和着幽怨。
襟上留着你嬉游时双桨打起的荷香，
袖间是你欢乐时的眼泪，慵困时的口脂，
还有一枝月下锦葵花的影子
是在你合眼时偷偷映到胸前的。
眉眉，当秋天暖暖的阳光照进你房里，
你不打开衣箱，检点你昔日的衣裳吗？
我想再听你的声音。再向我说：
"日子又快要渐渐地暖和。"
我将忘记快来的是冰与雪的冬天，
永远不信你甜蜜的声音是欺骗。

9月15日

（选自《预言》）

## 夏 夜

在六月槐花的微风里新沐过了，
你的鬓发流滴着凉滑的幽芬。
圆圆的绿荫作我们的天空，
你美目里有明星的微笑。

藕花悄睡在翠叶的梦间，
它淡香的呼吸如流萤的金翅
飞在湖畔，飞在迷离的草际，
扑到你裙衣轻覆着的膝头。

你柔柔的手臂如繁实的葡萄藤
围上我的颈，和着红熟的甜的私语。
你说你听见了我胸间的颤跳，
如树根在热的夏夜里震动泥土？

是的，一株新的奇树生长在我心里了，
且快在我的唇上开出红色的花。

11月1日
（选自《预言》）

## 云

"我爱那云,那飘忽的云……"
我自以为是波德莱尔散文诗中
那个忧郁地偏起颈子
望着天空的远方人。

我走到乡下。
农民们因为诚实而失掉了土地。
他们的家缩小为一束农具。
白天他们到田野间去寻找零活,
夜间以干燥的石桥为床榻。

我走到海边的都市。
在冬天的柏油街上
一排一排的别墅站立着
像站立在街头的现代妓女,
等待着夏天的欢笑
和大腹贾的荒淫,无耻。
从此我要叽叽喳喳发议论:

我情愿有一个茅草的屋顶,
不爱云,不爱月,
也不爱星星。

(选自《预言》初版本,文化生活出版社1945年2月版)

## 夜　歌（二）

> 我的身体睡着，我的心却醒着。
> ——"雅歌"

而且我的脑子是一个开着的窗子，
而且我的思想，我的众多的云，
向我纷乱地飘来，

而且五月，
白天有太好太好的阳光，
晚上有太好太好的月亮，

我不能像莫泊桑小说里的
一位神父，
因为失眠而绞着手指：
"神呵，你创造黑夜是为了睡眠，
为什么又创造这月亮，这群星，
这飘浮在唇边的酒一样的空气？"

我不能从床上起来，走进树林里，
说每棵树有一个美丽的灵魂，
而且和他们一起哭泣。

而且我不能像你呵，雪莱！
我不能说我是爱丽儿，一个会飞的小精灵，

飞在原野上，飞在山谷里，
我不能像你一样坐在海边叹息：
"呵，我没有希望，没有健康……
没有名誉，没有权力，没有爱情，没有闲暇……"
我不能像你一样单纯地歌唱爱情：
"我从梦着你的梦中醒来……"
你仿佛一天什么也不做，
只是躺在夏夜的草地上，
睡了一个热带的睡眠。

"但是，何其芳同志，你说你不喜欢自然，
为什么在你的书里面，
你把自然描写得那样美丽？"
是的，我要谈论自然。
我总是把自然当作一个背景，一个装饰，
如同我有时在原野上散步，
有时插一朵花在我的扣子的小孔里，
因为比较自然，
我更爱人类。

我们已经丧失了十九世纪的单纯。
我们是现代人。

而且我要谈论战争。
大规模的战争正在进行。
在法兰西的边境，
两百万军队正在互相撞击，互相吞噬。
坦克车的出游三千辆一次。

国际联盟像倒闭了的百货店,
正在收拾文件,遣散人员,
每一个人发一点遣散费。
而且你赶快滚进去吧,意大利!

你们都赶快滚进去,滚进去!
谁也拉不住你们的,
谁也拉不住你们这些火车头
疯狂地开驶到你们的末日去!

多少活生生的人,
多少有着优秀的头脑的人,
多少善良的单纯的人,
多少可以为这个世界和它的未来工作的人,
被迫去作你们的殉葬的物品!
而且我呵,我多么愿意去拥抱他们!
然而我并不哭泣。
我知道他们将要觉醒,
将要把帝国主义的战争变为另一种性质的战争。
而且从死亡里,
将要长出一个新的欧罗巴,新的世界!

而且我要谈论列宁。
而且我看见他了,
我看见他在抚摩着小孩子们的头顶:
"他们的生活将要好起来吧,
不像我们的生活一样充满着残酷吧。"
我看见他坐在清晨的窗子前:

"我在给一个在乡下工作的同志写信。
他感到寂寞。他疲倦了。我不能不安慰他。
因为心境并不是小事情呀。"
而且我仿佛收到了他写的那封信。

而且我仿佛听见了
他在一个会议上发出的宏大的声音:
"我们必须梦想!"

是呵,我是如此喜欢做着一点一滴的工作,
而又如此喜欢梦想,

我是如此快活地爱好我自己,
而又如此痛苦地想突破我自己,
提高我自己!

1940年5月23日

(选自《夜歌和白天的歌》)

## 夜 歌(五)

同志,请你允许我想起你,
带着男子的情感,
也带着同志爱。

我们的敞篷汽车在开行。
一路的荞麦花。

一车的歌声。
谁知道我们是怎样开始攀谈起来的呢，
我们虽还不认识，我们已经是同志啦。
"到延安去"这个目的
把我们连接在一起。

我们的敞篷汽车停了下来。
汽车工人在修理着机器。
苦寒的陕北高原也有那样多的野花，
各种各样的野花，
像对我们发出的一些小小的欢呼。
我真想把我采的一束花献给你呢，
你这个年轻的安静的女同志，
你这个从南京逃出来的女同志，
你对我谈得多么亲密！
你说你曾经化装成一个乡下姑娘，
不像，
又化装成一个男孩子，剪短了头发，
也还是不像。
然而你终于绕了一个大弯子，逃了出来，
从上海，从香港。

我们消失在延安
像鱼消失在大海。
谁知道我们又会意外地碰见呢。
而你，你是那样欢喜，
像碰见了亲兄弟，
你对我谈说着许多琐碎的事情。

你说你们是那样喜欢吃小米锅巴,
那样喜欢吃花生米,
有了一点点大家都分着吃。

后来在清凉山——
那时我为着写《我歌唱延安》,
爬上鼓楼去看碑记,
又爬上清凉山去访问
一个熟悉那儿的掌故的老人——
你在半路上碰见了我,
告诉我你打算去学医。
你有些犹豫不决,
我也不能替你出主意。

我到前方去了。
我有时竟想起了你,
虽说我想起过的人是很少的。

我回来了。我去看你。
你说,"我现在完全习惯了这里的生活。
我现在常常和很多的同志往还,
不像刚来的时候那样感到寂寞。"
我们坐在小饭馆里吃着大米饭。
你问我,"你从前常常一个人旅行吗?"
接着你又说,"在从前,
我总是和家里的人一起旅行,
一直到抗战以后,我才一个人坐船,坐火车。"

我们就像坐在车厢里,
在窗子旁边吃着车上的蛋炒饭。

你也许奇怪
我为什么想起了这样多的琐碎的事情。
那么
难道我这是一篇情诗?
我想不是。
我想即使是,
恐怕也很不同于那种资产阶级社会里的,
无论是在它的兴盛期或者衰落期。
我没有把爱情看得很神秘,
也没有带一点儿颓废的观点。

我从来就把爱情看作
人与人间的情谊加上异性间的吸引。
而现在,再加上同志爱。

我并不奇怪我们为什么没有发展为恋爱。
我们实在太不接近。
延安的同志我想都是
忠实于革命,
也忠实于爱情,
只要生活在一起,
而又互相倾心,
就可以恋爱,结婚。

那么

同志,请你允许我今晚上
想起你,
而且为你祝福!

12月4日
(选自《夜歌和白天的歌》)

## 生活是多么广阔

生活是多么广阔,
生活是海洋。
凡是有生活的地方就有快乐和宝藏。

去参加歌咏队,去演戏,
去建设铁路,去做飞行师,
去坐在实验室里,去写诗,
去高山上滑雪,去驾一只船颠簸在波涛上,
去北极探险,去热带搜集植物,
去带一个帐篷在星光下露宿。
去过寻常的日子,
去在平凡的事物中睁大你的眼睛,
去以自己的火点燃旁人的火,
去以心发现心。
生活是多么广阔。
生活又多么芬芳。
凡是有生活的地方就有快乐和宝藏。

(选自《夜歌和白天的歌》)

# 何 达

（1915—1994），福建闽侯人。20世纪30年代初开始写诗。出版诗集《我们开会》《洛美十友诗集》《何达诗选》等。新中国成立前定居香港。

## 我们开会

我们开会
我们的眼睛
像车辐
集中在一个轴心

我们开会
把我们的背
都向外
砌成一座堡垒

我们开会
我们的灵魂
紧紧地
拧成一根巨绳

面对着
共同的命运
我们开着会
就变成一个巨人

（选自《我们开会》）

# 胡 风

（1902—1985），原名张光人。湖北蕲春人。曾在北大、清华学习，后赴日留学。著名文艺理论家。创办并主编《七月》《希望》等杂志。有诗集《野花与箭》。

## 为祖国而歌

在黑暗里　在重压下　在侮辱中
苦痛着　呻吟着　挣扎着
是我的祖国
是我的受难的祖国！

在祖国
忍受着面色的痉挛
朝阳似的
绿草似的
生活含笑，
祖国啊
你的儿女们
歌唱在你的大地上面
战斗在你的大地上面
喋血在你的大地上面
在卢沟桥
在南口
在黄浦江上
在敌人的铁蹄所到的一切地方，
迎着枪声　炮声　炸弹的呼啸声——

祖国啊

为了你

为了你的勇敢的儿女们

为了明天

我要尽情地歌唱：

用我的感激

我的悲愤

我的热泪

我的也许迸溅在你的土壤上的活血！

和呼吸的喘促

以及茫茫的亚细亚的黑夜，

如暴风雨下的树群

我们成长了

为了明天

为了抖去苦痛和侮辱的重载

人说：无用的笔啊

把它扔掉好啦。

然而，祖国啊

就是当我拿着一把刀

或者一支枪

在丛山茂林中出没的时候罢

依然要尽情地歌唱

依然要倾听兄弟们的赤诚的歌唱——

送着铁的风暴

火的风暴

血的风暴

歌唱出郁积在心头上的仇火

歌唱出郁积在心头上的真爱

也歌唱掉盘结在你古老的灵魂里的一切死渣和污秽

为了抖掉苦痛和侮辱的重载

为了胜利

为了自由而幸福的明天

为了你啊,生我的　养我的　教给我什么

是爱　什么是恨的　使我在爱里恨里苦

痛的辗转于苦痛里但依然能够给我希

望给我力量的我的受难的祖国!

1937年8月3日—4日<br>遥见敌机在南市轰炸的时候

(选自《为祖国而歌》,《七月诗丛》第1辑)

# 胡 适

（1891—1962），字适之，安徽绩溪人。现代著名思想家、学者、诗人。1920年出版的《尝试集》，是中国第一部新诗集。在文、史、哲方面均能开风气之先，著术颇丰。曾任北京大学校长、驻美国大使等职。

## 一颗星儿

我喜欢你这颗顶大的星儿，
可惜我叫不出你的名字。
平日月明时，月光遮尽了满天星，总不能遮住你。
今天风雨后，闷沉沉的天气，
我望遍天边，寻不见一点半点光明，

回转头来，
只有你在那杨柳高头依旧亮晶晶的。

民国八年四月二十五夜
（选自《尝试集》）

## 湖 上

九年八月二四日夜游后湖——即玄武湖，——主人王伯秋要我作诗，我竟作不出诗来，只好写一时所见，作了这首小诗。

水上一个萤火,

水里一个萤火,

平排着,

轻轻地,

打我们的船边飞过。

他们俩儿越飞越近,

渐渐地并作了一个。

(选自《尝试集》)

## 四烈士冢上的没字碑歌

　　辛亥革命时,杨禹昌、张先培、黄之萌用炸弹炸袁世凯,不成而死;彭家珍炸良弼,成功而死。后来,民国政府把他们合葬在三贝子公园里,名为"四烈士冢"。冢旁有一座四面的碑台,预备给四烈士每人刻碑的。但只有一面刻着杨烈士的碑,其余三面都无一个字。

　　十年五月一日夜,我在天津,住在青年会里,梦中游四烈士冢,醒时作此歌。

他们是谁?

三个失败的英雄,

一个成功的好汉!

他们的武器:

炸弹!炸弹!

他们的精神:

干!干!干!

他们干了些什么？
一弹使奸雄破胆！
一弹把帝制推翻！
他们的武器：
炸弹！炸弹！
他们的精神：
干！干！干！

他们不能咬文嚼字，
他们不肯痛哭流涕，
他们更不屑长吁短叹！
他们的武器：
炸弹！炸弹！
他们的精神：
干！干！干！

他们用不着纪功碑，
他们用不着墓志铭：
死文字赞不了不死汉
他们的纪功碑：
炸弹！炸弹！
他们的墓志铭：
干！干！干！

(选自《尝试集》)

# 黄炎培

（1878—1965），字任之，上海川沙人。1917年在上海创办中华职业教育社，1940年参与发起组织中国民主政团同盟，1945年底发起建立中国民主建国会。长期任中国民主建国会主要负责人。

## 哀徐志摩空行机坠死（三首选一）

天纵奇才死亦奇，云车凤马想威仪。
卅年哀乐春婆梦，留与人间几卷诗。

## 赠女作家谢冰莹（三首选一）

投笔班生已自豪，如君不栉亦戎刀。
文章覆瓿谁论价？独让从军日记高。

# 冀 汸

（1920—2013），生于荷属东印度群岛。1947年毕业于复旦大学。出版诗集有《跃动的夜》《有翅膀的》等。

## 生 命

——写在1945年12月，写在雾重庆，写的是我对于南方的死者的沉重的悼念。

没有一滴葡萄酒
没有发光

没有反叛者的号角
一声呼啸，四野都是回响
没有燎原的火
一星爆炸，便成猛烈的泛滥的燃烧
没有一把即使万分迟钝的匕首
和疯狂者作五步以内的决斗
我们都是徒手……

生命呵，生命呵
在今天，在中国
没有更多的期求——
能够唱歌最好
能够大声哭泣也好

能够骄傲地活着最好

能够不屈地死去也好

（选自《白色花》）

## 今天的宣言

鞭子不能属于你

锁链不能属于我

我可以流血地倒下

不会流泪地跪下的

1947年

（选自《白色花》）

# 康白情

（1896—1945），四川安岳人。北京大学毕业，后赴美留学。曾参与发起"新潮社"。代表作为诗集《草儿》。

## 寄家内

"五四运动"既起，予鞅掌国事，疏作家信者逾半年。家姐玉如，内子瑞仙，舍弟中量，并先后以书抵朴园，旁询予踪。实则予晨夕忆家，而每当智竭力穷，尤无不默祷吾母也。噫！予过矣！

半年莫怪无消息，南北奔驰为国忙。
爱得国来家亦弃，更从何处认他乡？
啜羹惟觉莲心苦，涉世空夸鹤胫长。
拍案几番歌杜字，即今犹此女儿肠！

## 江 南

### 一

只是雪不大了，
颜色还染得鲜艳。
赭白的山，
油碧的水，
佛头青的胡豆土。

橘儿担着；

驴儿赶着；

蓝袄儿穿着；

板桥儿给他们过着。

## 二

赤的是枫叶，

黄的是茨叶

白成一片的是落叶。

坡下一个绿衣绿帽的邮差

撑着一把绿伞——走着。

坡上踞着一个老婆子，

围着一块蓝围腰，

侉侉地吹得柴响。

## 三

柳椿上拴着两条大水牛。

茅屋都铺得不现草色了。

一个很轻巧的老姑娘

端着一个撮箕，

蒙着一张花帕子。

背后十来只小鹅

都张着些红嘴，

跟着她，叫着。

颜色还染得鲜艳，

只是雪不大了。

2月4日，津浦铁路车上

（选自《草儿》）

## 妇 人

妇人骑一匹黑驴儿,
男子拿一根柳条儿,
远傍着一个破窑边的路上走。
小麦都种完了,
驴儿也犁苦了,
大家往外婆家里去玩玩罢。
驴儿在前,
男子在后。

驴背上还横着些篾片儿,
篾片儿上又腰着些绳子。
他们俩的面上都皱着些笑纹。
春风吹了些蜜语到他们的口里来,
又从他们的口里偷了去了。

前面一条小溪,
驴儿不过去了。
他们都望着笑了一笑。
好,驴儿不骑了;
柳条儿不要了;
男子的鞋儿脱了;
妇人在男子的背上了;
驴儿在妇人的手里了。
男子在前,

驴儿在后。

4月5日,津浦铁路车上

（选自《草儿》）

## 老 舍

（1899—1966），原名舒庆春，字舍予，出生于北京，满族人，现代著名作家。早在北京师范学习期间，就爱好古典诗词，曾用文言练习写诗和散文。抗战时期，在致力于通俗文艺创作的同时，还写旧体诗。

### 弱女痴儿不解哀

弱女痴儿不解哀，牵衣问父去何来？
话因伤别潸应泪，血若停流定是灰。
已见乡关沦水火，更堪江海逐风雷；
徘徊未忍道珍重，暮雁声低切切催。

### 病中自励

辛酸步步向西来，不到河清眉不开。
身后声名留气节，眼前风物愧诗才。
论人莫逊春秋笔，入世方知圣哲哀。
四海飘零余一死，青天尚在敢心灰。

# 村　居（四首）

## 之一

茅屋风来夏似秋，日长竹影引清幽。
山前林木层层隐，雨后溪沟处处流。
偶得新诗书细字，每赊村酒润闲秋。
中年喜静非全懒，坐待鹃声午夜收。

## 之二

半老无官诚快事，文章为命酒为魂。
深情每视花长好，浅醉唯知诗至尊！
送雨风来吟柳岸，借书人去掩柴门。
庄生蝴蝶原游戏，茅屋孤灯照梦痕。

## 之三

中年无望返青春，且做江湖流浪人。
贫未亏心眉不锁，钱多买酒友相亲。
文惊俗子千铢贵，诗写幽情半日新。
若许太平鱼米贱，乾坤为宅置闲身。

## 之四

历世于今五九年，愿尝死味懒修仙。
一张苦脸唾犹笑，半老白痴醉且眠。
每到艰危诗入蜀，略知离乱命由天；
若应啼泪须加罪，敢盼来生代杜鹃！

## 乡 思

茫茫何处话桑麻？破碎山河破碎家；
一代文章千古事，余年心愿半庭花！
西湖碧海珊瑚冷，北岳霜天羚角斜；
无限乡思秋日晚，夕阳白发待归鸦！
　　　　民国三十四年十二月二十八日于四川北碚

# 李 季

（1922—1980），原名李振鹏。生于河南唐河县。1945年底在《解放日报》上连载长篇叙事诗《王贵与李香香》，一举成名。主要作品有长篇叙事诗《菊花石》，诗集《玉门诗抄》等。曾任《人民文学》主编。

## 王贵与李香香

### 第一部

#### 一 崔二爷收租

公元一九三○年，
有一件伤心事出在三边。

人人都说三边有三宝，
穷人多来富人少；

一眼望不尽的老黄沙，
哪块地不属财主家？

一九二九年雨水少，
庄稼就像炭火烤。

瞎子摸黑路难上难，
穷汉就怕闹荒年。

荒年怕尾不怕头，
第二年的春荒人人愁。

掏完了苦菜上树梢，
遍地不见绿苗苗。

百草吃尽吃树干，
捣碎树干磨面面。

二三月饿死人装棺材，
五六月饿死没人埋！

窖里粮食霉个遍，
崔二爷粮食吃不完。

穷汉饿得皮包骨，
崔二爷心狠见死他不救。

风吹大树嘶啦啦响，
崔二爷有钱当保长。

一个算盘九十一颗珠，
崔二爷牛羊没有数数。

三十里草地二十里沙，
哪一群牛羊不属他家？

烟洞里冒烟飞满天，

崔二爷他有半个天；

县长跟前说上一句话，
刮风下雨部由他。

天气越冷风越紧，
人越有钱心越狠！

天旱庄稼没收成，
庄户人家皱眉头；

打不下粮食吃不成饭，
崔二爷的租子也难还。

饿着肚子还好过，
短下租子命难活！

王麻子三天没见一颗米，
崔二爷的狗腿子来催逼。

舌头在嘴里乱打转，
王麻子把好话都说完：

"还不起租子我还有一条命，
这辈子还不起来世给你当牲畜。"

"短租子，短钱，短下粮——
老狗你莫非想拿命来抗？"

一句话来三瞪眼,
三句话来一马鞭。

狗腿子像狼又像虎,
五十岁的王麻子受了苦。

浑身打烂血直淌,
连声不断叫亲娘。

孤雁失群落沙窝,
邻居们看着也难过。

"冬天穿皮袄为避风,
王麻子短租谷不短你的命;

"房子家产由你们挑,
打死他租子也交不了!"

毛驴撞草垛没有长眼,
狗腿子不长人心肝!

一根棍断了又一根换,
白落红起不忍心看!

太阳偏西还有一口气,
月亮上来照死尸。

拔起黄蒿带起根,

崔二爷做事太狠心；

打死老子拉走娃娃.
一家人落了个光塌塌！

冬天里草木不长芽,
旧社会的庄户人不如牛马！

## 二　王贵揽工

王麻子的娃娃叫王贵,
不大不小十三岁。

崔二爷来好打算,
养下个没头长工常使唤；

算个儿子掌柜的不是大,
顶上个揽工的不把钱花。

羊羔子落地咩咩叫,
王贵虽小啥事都知道。

牛驴受苦喂草料,
王贵四季吃不饱。

大年初一饺子下满锅,
王贵还啃糠窝窝。

穿了冬衣没夏衣,

六月天翻穿老羊皮。

秋天收庄稼一张镰,
磨破了手心还说慢。

冬天王贵去放羊,
身上没有好衣裳;

脚手冻烂血直淌,
干粮冻得硬邦邦;

心想拔柴放火烤,
雪下的柴儿点不着了。

马兰开花五瓣瓣,
王贵揽工整四年。

冬雪大来年冬麦好,
王贵就像麦苗苗。

十冬腊月雪乱下,
王贵想起他亲大;

老牛死了换上牛不老,
杀父深仇要子报。

## 三 李香香

百灵子雀雀百灵子蛋,

崔二爷家住死羊湾。

大河里涨水清混不分,
死羊湾有财主也有穷人。

死羊湾前沟里有一条水,
有一个穷老汉李德瑞。

白胡子李德瑞五十八,
家里只有一枝花。

女儿名叫李香香,
没有兄弟死了娘。

脱毛雀雀过冬天,
没有吃来没有穿。

十六岁的香香顶上牛一条,
累死挣活吃不饱。

羊肚子手巾包冰糖,
虽然人穷好心肠。

玉米结子颗颗鲜,
李老汉年老心肠软。

时常拉着王贵的手,
两眼流泪说:"娃命苦!

年岁小来苦头重,
没娘没大孤零零。

讨吃子住在关爷庙,
我这里就算你的家。"

刮风下雨人闲下,
王贵就来把柴打。

一个妹子一个大,
没家的人儿找到了家。

## 四 掏苦菜

山丹丹开花红姣姣,
香香人才长得好。

一对大眼水汪汪,
就像那露水珠在草上淌。

二道糜子碾三遍。
香香自小就爱庄稼汉。

地头上沙柳绿蓁蓁,
王贵是个好后生。

身高五尺浑身都是劲,
庄稼地里顶两人。

玉米开花半中腰,
王贵早把香香看中了。

小曲好唱口难开,
樱桃好吃树难栽;

交好的心思两人都有,
谁也害臊难开口。

王贵赶羊上山来,
香香在洼里掏苦菜。

赶着羊群打口哨,
一句曲儿出口了:

"受苦一天不瞌睡,
合不着眼睛我想妹妹。"

停下脚步定一定神,
洼洼里声小像弹琴:

"山丹丹花来背洼洼开,
有哪些心思慢慢来。"

"大路畔上的灵芝草,
谁也没有妹妹好!"

"马里头挑马四银蹄,

人里头挑人就数哥哥你！"

"樱桃小口糯米牙，
巧口口说些哄人话。"

"交上个有钱的花钱常不断，
为啥要跟我这个揽工的受可怜？"

"烟锅锅点灯半炕炕明，
酒盅盅量米不嫌哥哥穷。"

"妹妹生来就爱庄稼汉，
实心实意赛过银钱。"

"红瓢子西瓜绿皮包，
妹妹的话儿我忘不了。"

"肚里的话儿乱如麻，
定下个时候说说知心话。"

"天黑夜静人睡下，
妹妹房里把话拉。"

"满天的星星没月亮，
小心踏在狗身上！"

## 五　两块洋钱

太阳落山红艳艳，

香香担水上井畔。

井里打水绳绳短,
香香弯腰气直喘。

黑呢子马褂缎子鞋,
洼洼里来了个崔二爷。

一颗脑袋像个山药蛋,
两颗鼠眼笑成一条线。

张开嘴了见大黄牙,
顺手把香香捏了一把:

"你提不动我来帮你提,
绣花手磨坏怎个哩?"

"崔二爷你守规矩,
毛手毛脚干啥哩!"

"小娇娇你不要恼,
二爷早有心和你交。

"大米干饭羊腥汤,
主意早打在你身上。

"交了二爷多方便,
吃喝穿戴由你拣。"

香香又气又害羞，
担上水桶往回走。

崔二爷紧跟在后边，
腰里摸出来两块钱：

"二爷给你两块大白洋，
拿去扯两件花衣裳。"

香香的性子本来躁，
自幼就把有钱人恨透了。

一恨一家吃不饱，
打下的粮食交租了；

二恨王贵给他揽工，
没明没夜当牲畜。

脸儿红似石榴花：
"谁要你臭钱干什么！"

"死丫头你不要不识好，
惹恼了二爷你受不了！"

挨骂狗低头顺着墙根走，
崔二爷的醋瘾没有过够：

"井绳断了桶掉到井里头，

终久脱不过我的手。

"放着白面你吃饸饹,
看上王贵你看不上我!

"王贵年轻是个穷光蛋,
二爷我虽老有银钱。

"铜箩里筛面落面箱,
王贵的命儿在我手上。

"烟洞里卷烟房梁上灰,
我回去叫他小子受两天罪!"

# 第二部

## 一 闹革命

三边没有树石头少,
庄户人的日子过不了。

天上无云地下旱,
过不了日子另打算。

羊群走路靠头羊,
陕北起了共产党。

领头的名叫刘志丹,
把红旗举到半天上。

草堆上落火星大火烧，
红旗一展穷人都红了。

千里的雷声万里的闪，
陕北红了半个天。

紫红犍牛自带耧，
闹革命的心思人人有。

前半晌还是个庄稼汉，
黑夜里背枪打营盘。

打开寨子分粮食，
土地牛羊分个光。

少先队来赤卫军，
净是些十八九的年轻人。

女人们走路一阵风，
长头发剪成短缨缨。

上河里涨水下河里混，
王贵暗里参加了赤卫军。

白天到滩里去放羊，
黑夜里开会闹革命。

开罢会来鸡子叫，

十几里路往回跑。

白天放羊一整天,
黑夜不眨一眨眼。

身子劳碌精神好。
闹革命的心劲高又高。

五个手指头不一般长,
王贵的心思和人不一样。

别人的仇恨像座山,
王贵的仇恨比天高:

活活打死老父亲,
而今又要抢心上的人!

牛马当了整五年,
崔二爷没给过一个工钱。

崔二爷来胡打算,
修寨子买马又招兵。

地主豪绅个个凶,
崔二爷是个大坏蛋!

庄户人个个想吃他的肉,
狗儿见他也哼几哼。

众人向游击队长提意见,
早早地打下死羊湾。

心急等不得豆煮烂,
定下个日子腊月二十三。

半夜先捉定崔二爷,
到天明大队开进死羊湾。

定下计划人忙乱,
——后天就是二十三。

## 二 太阳会从西边出来吗?

打着了狐子兔子搬家,
听见闹革命崔二爷心害怕。

白天夜晚不瞌睡,
一垛墙想堵黄河水。

明里查来暗里访,
打听谁个随了共产党。

听说王贵暗里闹革命,
崔二爷头上冒火星!

放羊回来刚进门,
两条麻绳捆上身。

顺着捆来横着绑。
五花大绑吊在二梁上。

全庄的男女都叫上，
都来看闹革命的啥下场！

连着打断了两根红柳棍，
昏死过去又拿凉水喷。

麻油点灯灯花亮，
王贵浑身扒了个光。

两根麻绳捆着胳膊腿，
捆成个鸭子倒浮水。

满脸浑身血道道，
皮破肉烂不忍瞧。

崔二爷来气凶凶，
打一皮鞭问一声：

"癞蛤蟆想吃天鹅肉，
穷鬼们还能闹成个大事情？

"撒泡尿来照照你的影，
贼眉鼠眼还会成了精！

"五黄六月会飘雪花？

太阳会从西边出来吗？"

"老狗你不要耍威风，
大风要吹灭你这盏破油灯！

"我一个死了不要紧，
千万个穷汉后面跟！"

"王贵你不要说大话，
说来说去咱们是一家。

"姓崔的没有亏待过你，
猴娃娃养成大后生。

"过罢河来你拆了桥，
翅膀硬了你忘了恩。

"马无毛病成了龙，
该是你一时糊涂没想通？

"浪子回头金不换，
放下杀猪刀成神仙。

"千错万错我不怪你，
年轻人没把握我知道哩。"

"老王八你不要灌米汤，
又软又硬我不上你的当。

"世上没良心的就数你,
打死我亲大把我当牲畜;

"苦死苦活一年到头干,
整整五年没见你半个钱;

"五更半夜牲口正吃草,
老狗你就把我吼叫起来了;

"没有衣裳没有被,
五年穿你两件老羊皮;

"你吃的大米和白面,
我吃顿黄米当过年;

"一句话来三瞪眼,
三天两头挨皮鞭。

"姓崔的你是娘老子养,
我王贵娘肚里也怀了十个月胎!

"你是人来我也是个人,
你的心为啥这样狠!

"我王贵虽穷心眼亮,
自己的事情有主张;

"闹革命成功我翻了身,

不闹革命我也活不长。

"跳蚤不死一股劲地跳,
管他死活就是我这命一条;

"要杀要剐由你挑,
你的鬼心眼我知道:

"硬办法不成软办法来,
想叫我顺了你把良心坏。

"趁早收起你那鬼算盘,
想叫我当狗难上难。"

崔二爷气得像疯狗,
撕破了老脸一跳三尺高。

"狗咬巴屎人你不识抬举,
好话不听你还骂人哩!"

说个"打"字皮鞭如雨下,
痛得王贵紧咬着牙。

一阵阵黄风一阵阵沙,
香香看着心上如刀扎。

一阵阵打颤一阵阵麻,
打王贵就像打着了她!

脸皮发红又发白,
眼泪珠噙住不敢滴下来;

两耳发烧浑身麻,
活像一个死娃娃。

为救亲人想的办法好,
偷偷地跑出了大门道。

一边走来一边想:
"王贵的命儿就在今晚上;

"他常到刘家圪塔去开会,
那里该住着游击队?

"快走快跑把信送,
迟一步亲人就难活命!"

### 三　红旗插到死羊湾

队长的哨子呼呼响,
挂枪上马人人忙。

听说王贵受苦刑,
半夜三更传命令:

"王贵是咱好同志,
再怎么也不能叫他把命送!"

二十匹马队前边走，
赤卫军、少先队紧跟上。

马蹄落地嚓嚓响，
长枪、短枪、红缨枪。

人有精神马有劲，
麻麻亮时开了枪。

白生生的蔓菁一条根，
庄户人和游击队是一条心。

听见枪声齐下手，
菜刀、鸟枪、打狗棍；

里应外合一起干，
死羊湾闹得翻了天。

枪声乱响鸡狗乱叫唤，
游击队打进了死羊湾。

崔二爷在炕上睡大觉，
听见枪声往起跳。

打罢王贵发了瘾，
大烟抽得正起劲；

黄铜烟灯玻璃罩，

银镶的烟葫芦不能解心焦;

大小老婆两三个,
哪个也没有香香好!

肥羊肉掉在狗嘴里头,
三抢两抢夺不到手。

王贵这一回再也活不成,
小香香就成了我的人。

越想越甜赛砂糖,
涎水流在下巴上。

烟灯旁边做了一个梦,
把香香抱在怀当中;

又酸又甜好梦做不长,
"噼啪""噼啪"枪声响。

头一枪惊醒坐起来,
第二枪响时跳下炕。

连忙叫起狗腿子:
"关着大门快上房!

"哪边过来哪边打,
一人赏你们十块响洋。"

人马多枪声稠不一样,
崔二爷心里改了主张;

朝霞满天似火烧,
崔二爷从后门溜跑了。

太阳出来天大亮,
红旗插在山畔上。

太阳出来一朵花,
游击队和咱穷汉们是一家。

滚滚的米汤热腾腾的馍,
招待咱游击队好吃喝。

救下王贵松开了绳,
同志们个个眼圈红。

把王贵痛得直昏过,
香香哭着叫哥哥:

"你要死了我也不得活,
睁一睁眼睛看一看我!"

## 四 自由结婚

太阳出来遍地红,
革命带来了好光景。

崔二爷在时就像大黑天,
十有九家没吃穿。

穷人翻身赶跑崔二爷,
死羊湾变成活羊湾。

灯盏里没油灯不明,
庄户人没地种就像没油的灯;

有了土地灯花亮,
人人脸上发红光。

吃一嘴黄连吃一嘴糖,
王贵娶了李香香。

男女自由都平等,
自由结婚新时样。

唐僧取经过了七十二个洞,
他们俩受的折磨数不清。

千难万难心不变,
患难夫妻实在甜。

俊鸟投窝叫喳喳,
香香进洞房泪如麻。

清泉里淌水水不断,

滴湿了王贵的新布衫。

"半夜里就等着公鸡叫,
为这个日子把人盼死了。"

香香想哭又想笑,
不知道怎么说着好。

王贵笑得说不出来话,
看着香香还想她!

双双拉着香香的手,
难说难笑难开口:

"不是闹革命穷人翻不了身,
不是闹革命咱俩也结不了婚!

"革命救了你和我。
革命救了咱们庄户人。

"一杆红旗要大家扛,
红旗倒了大家都遭殃。

"快马上路牛耕地,
闹革命是咱们自己的事。

"天上下雨地下滑,
自己跌倒自己爬。

"太阳出来一股劲地红,
我打算长远闹革命。"

过门三天安了家,
游击队上报名啦。

羊肚子手巾缠头上,
肩膀上背着无烟钢。

十天半月有空了,
请假回来看香香。

看罢香香归队去,
香香送到沟底里。

沟湾里胶泥黄又多,
挖块胶泥捏咱两个;

捏一个你来捏一个我,
捏得就像活人脱。

摔碎了泥人再重和,
再捏一个你来再捏一个我;

哥哥身上有妹妹,
妹妹身上也有哥哥。

捏完了泥人叫哥哥,

再等几天你来看我。

# 第三部

## 一 崔二爷又回来了

大红晴天下猛雨,
鸡毛信传来了坏消息。

拿了鸡毛信不住气地跑,
压迫人的白军又来了!

游击队连夜来到白军屁股后边去,
上级命令去打游击。

吹起哨子背起枪,
王贵没顾上去看香香。

死羊湾夜里听到信,
第二天大清早白军可进了村。

白军个个黑丧着脸,
就好像谁都短他们二百钱。

东家搜来西家问:
"谁家有人随了红军?

"谁家分了牛和羊?
谁家分地又分房?"

牛四娃分了一孔窑,
三查两问查出来了。

崔二爷的大门宽又高,
两根麻绳吊起了。

两把荆条一把刺,
浑身打成血丝丝!

白军连长没头鬼,
叉着手来咧着嘴:

"干井里打不出清水来,
天生的穷骨头想发便宜财!

"阎王爷叫你当穷汉,
斜头歪脑还想把身翻。

"仗着你红军老子势力大,
屎壳郎还想推泰山!"

绳子捆来刺刀逼,
崔二爷的东西都要回去。

狗腿子开路狼跟在后边,
崔二爷又回到死羊湾。

长袍马褂文明棍,

崔二爷还是那个鬼样子。

东家溜来西家串：
"想发我姓崔的洋财是枉然；

"前朝古代也有人造反，
这些事情不稀罕。

"世上有怪事，天上也一样，
天狗还能吃月亮；

"嘴里吃来屁股里巴，
月亮还是亮光光。

"自古一正压百邪，
妖魔作乱不久长。

"真龙天子是个谁，
死羊湾的天下还姓崔！"

本性难改狗吃屎，
崔二爷对香香心还没有死。

打发李德瑞去支差，
崔二爷来到他家里。

露着牙齿只是个笑：
"小香香我又回来了；

"过去的事情我全不记,
只要你乖乖地跟我去。

"你那红军老汉跑得没影踪,
活活守寡我心里不安生;

"不要再任性,你跟上我,
有吃有穿真受活。"

香香又羞又气又害怕,
低着头来不说话。

崔二爷当她顺从了,
浑身发痒心里似火烧。

屋里没人崔二爷胆子大,
照着脸上捏了一把;

顺水推舟亲了一个嘴,
——大白天他想胡日鬼①!

香香气急往外跑,
一边跑来一边叫。

满脸笑着把门堵:
"女人家做事真糊涂!"

---

① 胡日鬼,就是"胡来、胡搞"的意思。

说着说着又上前,
香香把唾沫吐了他一脸;

双脚乱踢手乱抓,
狗脸上留下了两个血疤疤。

邻居们都来看热闹,
崔二爷害臊往回跑。

临走对着香香说:
"看你闹的算个啥?

"打开窗子把话说个明,
这一回你从也要从,不从也要从!"

## 二 羊肚子手巾

崔二爷他把良心坏,
李德瑞支差一去不回来。

老雀死了公雀飞出窠,
香香一个人怎过活?

有心去找游击队,
狗腿子照着走不开。

又送米来又送面,
崔二爷想把香香心买转;

请上这个央那个，
一天来劝两三遍；

硬的吓来软的劝，
香香至死心不变；

一天哭三回，三天哭九转，
铁石的心儿也变软。

人不伤心不落泪，
羊肚子手巾水淋淋。

羊肚子手巾一尺五，
拧干了眼泪再来哭。

房子后边土坡坡，
瞭见寨子外边黄沙窝。

沙梁梁高来沙窝窝低，
照不见亲人在那里。

房子前边种榆树，
长得不高根子粗；

手扒着榆树摇几摇，
你给我搭个顺心桥！

隔窗子瞭见雁飞南，

香香的苦处数不完。

人家都说雁儿会带信,
捎几句话儿给我心上的人:

"你走时树木才发芽,
树叶落净你还不回家!

"马儿不走鞭子打,
人不能回来捎上两句话;

"一圪塔石头两圪塔砖,
你不知道妹妹怎么难;

"满天云彩风吹乱,
咱俩的婚姻叫人搅散。

"五谷里数不过豌豆圆,
人里头数不过咱俩可怜!

"庄稼里数不过糜子光,
人里头数不过咱俩凄惶!

"想你想得吃不进去饭,
心火上来把嘴燎烂。

"阳洼里糜子背洼里谷,
哪里想起你哪里哭!

"端起饭碗想起了你,
眼泪滴到饭碗里;

"前半夜想你点不着灯,
后半夜想你天不明;

"一夜想你合不着眼,
炕围上边画你眉眼。

"叫一声哥哥快来救救我,
来得迟了命难活;

"我要死了你莫伤心,
死活都是你的人。

"马高镫短扯首长,
魂灵儿跟在你身旁。"

刘二妈来好心肠,
香香难过她陪上。

得空就来把香香劝:
"可怜的娃娃不要伤心!

"有朝一日游击队回来了,
公仇私仇一齐报;

"活捉崔二爷拿绳绑,

狗腿子白军一扫光!"

三十三颗荞麦九十九道棱,
伤心过度香香得了病;

天不下雨庄稼颜色变,
面黄肌瘦变了容颜。

带病做了一双鞋,
含着眼泪交给刘二妈:

"刘二妈!这双鞋托付你,
我死后一定要捎给他。

"送去鞋子把话捎:
他只能穿我做这一双鞋子了!"

## 三 团圆

崔二爷来发了火:
"死丫头这样不抬举我!"

黑心歪尖赛虎狼,
下了毒手抢香香。

七碟子八碗摆酒席,
看下的日子腊月二十一。

崔二爷娶小狗腿子忙,

坐席的净是连排长。

当兵的每人赏了五毛钱,
猜拳赌博闹翻天。

香香哭得像泪人,
越想亲人越伤心。

红绸子袄来绿缎子裤,
死拉硬扯穿上身。

香香又哭又是骂:
"姓崔的你怎么不娶你老妈妈!

"有朝一日遂了我心愿,
小刀子扎你没深浅!"

听见只当没听见,
崔二爷炕上抽洋烟;

过足了烟瘾去看酒,
推推让让活像一群咬架狗。

你敬我来我敬你,
烧酒喝在狗肚里。

你恭喜来他恭喜,
崔二爷好比是他亲大哩。

崔二爷来笑嘻嘻：
"薄酒蔬菜大家要原谅哩；

"我娶这小房靠大家，
众位不帮忙就没办法。

"本来该叫她来敬敬酒，
酬劳诸位多辛苦。

"脑筋不转只是个哭，
往后闲了再叫她补。

"这个女人生来贱，
看不上有钱的爱穷汉；

"穷骨头王贵争又抢，
胳膊扭大腿他犯不上。

"我和她这婚姻天配就，
东捣西捣没脱过我的手。

"从来肥羊大圈里生，
穷鬼们啥也闹不成。

"说来说去还是我说的那句话：
太阳会从西边出来吗？"

喝酒赌博寨门口没放哨，

游击队悄悄进来了!

枪声一响乱喊"杀",
咱们的游击队打来啦!

一人一马一杆枪,
咱们游击队势力壮!

大刀、马刀、红缨枪,
马枪、步枪、无烟钢。

白军当兵的哪个愿打仗,
乖乖地都给游击队缴了枪。

点起火把满寨子明,
庄户人个个来欢迎。

连排长没兵酒席桌前干着急,
崔二爷怕得钻到炕洞里。

连长跑了抓排长,
一个一个都捆上。

崔二爷浑身软不塌塌,
捆一个"老头来看瓜"。

连长翻身往外跳,
冷不防被牛四娃抓定了。

听见枪响香香笑，
十成是咱游击队打来了；

人逢喜事精神爽，
翻起身来跳下炕。

走起路来快又急，
看看我亲人在哪里？

队长跟前请了假，
王贵到上院来找她；

满院子火把亮又明，
不见我妹妹在哪里？

远远瞧见一个新媳妇，
上身穿红下身绿。

马有记性不怕路途长，
王贵的模样香香不会忘；

羊肚子手巾脖子里围，
不是我哥哥是个谁！

两人见面手拉着手，
难说难笑难开口；

一肚子话儿说不出来，

好比一条手巾把嘴塞。

挣扎半天王贵才说了一句话:
"咱们闹革命,革命也是为了咱!"
1945年12月于陕北三边

# 李金发

（1900—1976），广东梅县人。1919年赴法国留学。20世纪20年代初开始新诗创作，受法国象征派影响很深。诗风晦涩神秘，重象征，语言欧化。主要诗集有《微雨》《为幸福而歌》《食客与凶年》。

## 弃　妇

长发披遍我两眼之前，
遂隔断了一切羞恶之疾视，
与鲜血之急流，枯骨之沉睡。
黑夜与蚊虫联步徐来，
越此短墙之角，
狂呼在我清白之耳后，
如荒野狂风怒号：
战栗了无数游牧

靠一根草儿，与上帝之灵往返在空谷里。
我的哀戚惟游蜂之脑能深印着；
或与山泉长泻在悬崖，
然后随红叶而俱去。

弃妇之隐忧堆积在动作上，
夕阳之火不能把时间之烦闷
化成灰烬，从烟突里飞去，

长染在游鸦之羽，
将同栖止于海啸之石上，
静听舟子之歌。

衰老的裙裾发出哀吟，
徜徉在丘墓之侧，
永无热泪，
点滴在草地
为世界之装饰。

（选自《微雨》）

## 在淡死的灰里……

在淡死的灰里，
可寻出当年的火焰，
惟过去之萧条，
不能给人温暖之摸索。

如海浪把我躯体载去，
仅存留我的名字在你心里，
切勿懊悔这丧失，
我终将搁止于你住的海岸上。

若忘却我的呼唤，
你将无痛哭的种子，
若忧闷堆满了四壁，

可到我心里的隙地来。

我欲稳睡在裸体的新月之旁，
偏怕星儿如晨鸡般呼唤；
我欲细语对你说爱，
奈那R的喉音又使我舌儿生强。

（选自《食客与凶年》）

# 李叔同

（1880—1942），早期话剧（新剧）活动家。浙江平湖人。擅长书画，工诗词。1918年在杭州虎跑寺出家。后专研戒律。

## 送 别

长亭外，古道边，芳草碧连天。晚风拂柳笛声残，夕阳山外山。
天之涯，地之角，知交半零落。一觚浊酒尽余欢，今宵别梦寒。

# 李 瑛

（1926—2019），生于河北丰润。1945年考入北京大学文学院语文系，未及毕业即参军。创作诗歌逾千首，其中优秀的作品构思精巧，意境清新。主要作品有《野战诗集》《静静的哨所》《红柳集》《我骄傲，我是一棵树》等。

## 古长城

夕阳铺起了暗淡的思绪，
向枯草探询昔日的故事；
城堡下有白骨诉说哀怨，
墙堞间涂满褪色的记忆。

血和泪叠着历史的册页，
砖垣上印着苦楚的图案；
聆一阵月落胡马的悲嘶，
怕明天会有凄楚的风雨。

1944年2月于唐山

## 春的告诫

凡是陈旧的姿态都该改变，
凡是不堪积压的都急速突破，

让生者倔强地爆裂开土地，
让死者埋下去填补他的空位。
呵，那些渴求着光和热的，
我给你们年轻的时间，
过时不再！过时不再！

所有能发声音的都发到无限，
所有褪失颜色的都重新闪光，
一切都在赤裸的生活中，
智慧属于工作，向它服从。
呵，那些渴求着光和热的，
我给你们年轻的时间，
过时不再！过时不再！

1947年5月14日于北大

# 林　庚

（1910—2006），生于北京。清华大学中文系毕业。20世纪30年代初即开始新诗创作，主要作品有诗集《夜》《春野与窗》《北京情歌》《问路集》等，另有文学史论著多种。曾任北京大学中文系教授。

## 春天的心

春天的心如草的荒芜

随便地踏出门去

美丽的东西随处可以捡起来

少女的心情是不能说的

天上的雨点常是落下

而且不定落在谁的身上

路上的行人都打着雨伞

车上的邂逅多是不相识的

含情的眼睛未必是为着谁

潮湿的桃花乃有胭脂的颜色

水珠斜落在玻璃车窗上

江南的雨天是爱人的

（选自文学评论社《春野与窗》无出版年月，据1934年10月所写之跋，可知此书出版于1934年后）

## 五 月

如其春天只有一次的相遇
那该是怎样的不舍得失去
为什么我们有时说不定
要捉住一只正飞的蝴蝶呢
它只有这一次的生命

苇叶的笛声吹动了满山满村
象征那五月来了
不美吗？这时的黄昏
把青春卖与希望的人
因青春而失望了

快乐是这样的时候
当我醒来天如水一般的清
那像你的眼睛！
说我消瘦了，我的心
轻轻地落出天外

听惯了来复枪声
会想到命长是一件可笑的事情吧
不是吗？
五月里的杜鹃，野有鹿鸣。

（选自《夜》）

# 正 月

蓝天上静静地风意正徘徊
迎风的花蝴蝶工人用纸裁
借问问什么人曾到庙会去
北平的正月里飞起纸鸢来

（选自《冬眠曲及其他》初版本，开明书店1936年版）

# 林徽因

（1913—1955），祖籍福建闽侯。早年在英国读书，回国后又赴美国学习建筑。诗作颇多，散见于《晨报·诗镌》《新月》等报刊。新中国成立后，任清华大学建筑系教授。

## 你是人间的四月天

### —— 一句爱的赞颂

我说你是人间的四月天；
笑响点亮了四面风；轻灵
在春的光艳中交舞着变。

你是四月早天里的云烟，
黄昏吹着风的软，星子在
无意中闪，细雨点洒在花前。

那轻，那娉婷你是，鲜妍
百花的冠冕你戴着，你是
天真、庄严，你是夜夜的月圆。

雪化后那片鹅黄，你像；新鲜
初放芽的绿，你是；柔嫩喜悦
水光浮动着你梦期待中白莲。

你是一树一树的花开，是燕

在梁间呢喃,——你是爱,是暖,
是希望,你是人间的四月天!

      (选自《学文》1934年5月1卷1期)

## 灵　感

是你,是花,是梦,打这儿过,
此刻像风在摇动着我;
告诉日子重叠盘盘的山窝;
清泉潺潺流动转狂放的河;
孤僻林里闲开着鲜妍花,
细香常伴着圆月静天里挂;
且有神仙纷纭地浮出紫烟,
衫裾飘忽映影在山溪前;
给人的理想和理想上
铺香花,叫人心和心合着唱;
直到灵魂舒展成条银河,
长长流在天上一千首歌!

是你,是花,是梦,打这里儿过,
此刻像风,在摇动着我;
告诉日子是这样的不清醒;
当中偏响着想不到的一串铃,
树枝里轻声摇曳;金镶上翠,
低了头的斜阳,又一抹光辉。
难怪阶前人忘掉黄昏,脚下草,

高阁古松,望着天上点骄傲;

留下檀香,木鱼,合掌

在神龛前,在蒲团上,

楼外又楼外,幻想彩霞却缀成

凤凰栏杆,挂起了塔顶上灯!

　　　　　　民国二四年十月徽因作于北平

　　　　　　　　（选自《林徽因诗集》）

# 刘半农

（1891—1934），原名刘复，江苏江阴人。新文化运动的倡导者之一。主要诗集有《扬鞭集》《瓦釜集》。

## 落 叶

秋风把树叶吹落在地上，
它只能悉悉索索，
发几阵悲凉的声响。

它不久就要化作泥；
但它留得一刻，
还要发一刻的声响，
虽然这已是无可奈何的声响了，
虽然这已是它最后的声响了。

1919年秋

（选自《扬鞭集》）

## 三十初度

三十岁，来得快！
三岁唱的歌，至今我还爱：
"亮摩拜，

拜到来年好世界。
世界多！莫奈何！
三钱银子买只大雄鹅，
飞来飞去过江河。
江河过边姊妹多，
勿做生活就唱歌。"
我今什么都不说，
勿做生活就唱歌。

**原注**：亮摩，犹言月之神；亮摩拜，谓拜月神，小儿语也。过边谓那边，或彼岸。此所谓三十，依旧习指虚岁言。

1920年6月6日于伦敦
（选自《扬鞭集》）

## 教我如何不想她

天上飘着些微云，
地上吹着些微风。
啊！
微风吹动了我头发，
教我如何不想她？

月光恋爱着海洋，
海洋恋爱着月光。
啊！
这般蜜也似的银夜，

教我如何不想她?

水面落花慢慢流,
水底鱼儿慢慢游。
啊!
燕子你说些什么话?
教我如何不想她?

枯树在冷风里摇。
野火在暮色中烧。
啊!
西天边有些儿残霞,
教我如何不想她?

1920年9月4日于伦敦

(选自《扬鞭集》)

## 刘大白

（1880—1932），原名金庆祺，浙江绍兴人。前清举人。五四运动前就尝试用白话写诗，是新诗的倡导者之一。主要作品有诗集《旧梦》《邮吻》等。

## 丁　宁（一）

一声去也，
又是一番郑重丁宁。
你那样的郑重丁宁，
要不是我的心，有谁能听？
　　　　　*
我静静地敞著我的心，
翕受你那一声声的郑重丁宁。
我心里同时起了一声声的回声，
和你那郑重丁宁，一声声地相应。
　　　　　*
我知道你也正静静地敞著你的心，
翕受我这一声声的郑重丁宁的回声。
你心里也一定同时起了一声声的回声的回声，
和我这郑重丁宁的回声，一声声地互证。
　　　　　*
谁的丁宁？谁的回声？
几番往复，纷纷纭纭地交互得不分明。
分明，就只一个丁宁，起了无数的回声；

这无数的回声,就只两个镜也似的心灵里的重重影。
*
从这重重影里,
证明那两个心灵,就只一个心灵。
所以你那样的郑重丁宁,我这样的郑重丁宁的回声,
除是我和你的心,没谁能听!

1920年10月11日,在杭州。
(选自《丁宁》)

## 邮　吻

我不是不能用指头儿撕,
我不是不能用剪刀儿剖
只是缓缓地
轻轻地
很仔细地挑开了紫色的信唇;
我知道这信唇里面,
藏着她秘密的一吻。

从她的很郑重的折叠里,
我把那粉红色的信笺,
很郑重地展开了。
我把她很郑重地写的,
一字字一行行,
一行行一字字地
很郑重地读了。

我不是爱那一角模糊的邮印,
我不是爱那满幅精致的花纹,
只是缓缓地
轻轻地
很仔细地揭起那绿色的邮花;
我知道这邮花背后,
藏着她秘密的一吻。

       1923年

## 鲁 藜

（1914—1999），生于福建同安。20世纪30年代初开始文艺创作。出版诗集《醒来的时候》《锻炼》等。

### 泥 土

老是把自己当作珍珠
就时时怕被埋没的痛苦

把自己当作泥土吧
让众人把你踩成一条道路

（选自《希望》第1集第1期）

### 夜 葬

我们的兄弟死了
我们抬着他

记不清什么村子
也记不清什么时刻
哦，不要紧
就是那个神圣的土地
那些战斗的日子

我们把他放下去  
放下去  
挖得太浅吧  
掘得深一些  
把他深深地埋住  

恰好有月亮  
我们的队伍走不多远  
我们还来得及赶上  

好好地动手  
不要把石头也掉下  
敲得棺盖乱响  
不要叫我们的兄弟  
睡得不舒服  
他,睡得那么甜  
一个勇敢的人  
勇敢地战死  
就是最大的快乐  

没有墓碑怎么办  
不要紧  
这里正好有一棵大树  
就在树干上刻下他的名字  

树呵,不要被狂风吹倒  
吹不倒的  
有勇敢的人在它的旁边

今夜，一点风也没有
月光那么静
照着兄弟的墓
一切都好了
我们走呀
趁着前面还有步伐的声响
慢一点，站好
给我们的兄弟最后敬礼
于是，我们都举起了手

> 1941年11月20日

（选自《醒来的时候》，《七月诗丛》第一辑）

# 鲁 迅

（1881—1936），原名周树人，伟大的文学家、思想家，中国现代文学的奠基人。诗歌作品有散文诗集《野草》和白话诗若干首，另外还有一些旧体诗。

## 影的告别

人睡到不知道时候的时候，就会有影来告别，说出那些话——

有我所不乐意的在天堂里，我不愿去；有我所不乐意的在地狱里，我不愿去；有我所不乐意的在你们将来的黄金世界里，我不愿去。
然而你就是我所不乐意的。
朋友，我不想跟随你了，我不愿住。
我不愿意！
呜呼呜呼，我不愿意，我不如彷徨于无地。

我不过一个影，要别你而沉没在黑暗里了。然而黑暗又会吞并我，然而光明又会使我消失。
然而我不愿彷徨于明暗之间，我不如在黑暗里沉没。

然而我终于彷徨于明暗之间，我不知道是黄昏还是黎明。我姑且举灰黑的手装作喝干一杯酒，我将在不知道时候的时候独自远行。
呜呼呜呼，倘若黄昏，黑夜自然会来沉没我，否则我要被白天消失，如果现是黎明。

朋友，时候近了。

我将向黑暗里彷徨于无地。

你还想我的赠品。我能献你甚么呢？无已，则仍是黑暗和虚空而已。但是，我愿意只是黑暗，或者会消失于你的白天；我愿意只是虚空，决不占你的心地。

我愿意这样，朋友——

我独自远行，不但没有你，并且再没有别的影在黑暗里。只有我被黑暗沉没，那世界全属于我自己。

1924年9月24日

（选自《语丝》第4期，1924年12月8日）

## 题　辞

当我沉默着的时候，我觉得充实；我将开口，同时感到空虚。

过去的生命已经死亡。我对于这死亡有大欢喜，因为我借此知道它曾经存活。死亡的生命已经朽腐。我对于这朽腐有大欢喜，因为我借此知道它还非空虚。

生命的泥委弃在地面上，不生乔木，只生野草，这是我的罪过。

野草，根本不深，花叶不美，然而吸取露，吸取水，吸取陈死人的血和肉，各各夺取它的生存。当生存时，还是将遭践踏，将遭删刈，直至于死亡而朽腐。

但我坦然，欣然。我将大笑，我将歌唱。

我自爱我的野草，但我憎恶这以野草作装饰的地面。

地火在地下运行，奔突；熔岩一旦喷出，将烧尽一切野草，以及乔木，于是并且无可朽腐。

但我坦然，欣然。我将大笑，我将歌唱。

天地有如此静穆，我不能大笑而且歌唱。天地即不如此静穆，我或者也将不能。我以这一丛野草，在明与暗，生与死，过去与未来之际，献于友与仇，人与兽，爱者与不爱者之前作证。

为我自己，为友与仇，人与兽，爱者与不爱者，我希望这野草的死亡与朽腐，火速到来。要不然，我先就未曾生存，这实在比死亡与朽腐更其不幸。

去罢，野草，连着我的题辞！

1927年4月26日，鲁迅记于广州之白云楼上

（选自《语丝》第138期，1927年7月2日）

## 绿 原

（1922—2009），生于湖北黄陂。1941年开始发表作品。出版诗集《童话》《又是一个起点》《集合》等。新中国成立后，还发表和出版过一些翻译作品。

### 憎 恨

不问群花是怎样请红雀欢呼着繁星开了，
不问月光是怎样敲着我的窗，
不问风和野火是怎样向远夜唱起歌……

好久好久，
这日子
没有诗。

不是没有诗呵，
是诗人的竖琴
被谁敲碎在桥边，
五线谱被谁揉成草发了。

杀死那些专门虐待着青色谷粒的蝗虫吧，
没有晚祷！
愈不流泪的，
愈不需要十字架；
血流得愈多，

颜色愈是深沉的。

不是要写诗,
是要写一部革命史呵。

1940年12月

（选自《童话》,《七月诗丛》第一辑）

## 小 时 候

小时候,
我不认识字,
妈妈就是图书馆。
我读着妈妈——

有一天,
这世界太平了:
人会飞,
小麦从雪地里出来,
钱都没有用……

金子用来做房屋的砖,
钞票用来糊纸鹞,
银币用来飘水纹……

我要做一个流浪的少年,
带着一只镀金的苹果、

一只银发的蜡烛、
和一只从埃及国飞来的红鹤,
旅行童话,
去向糖果城的公主求婚……

但是,妈妈说:
"现在你必须工作。"

1941年3月

(选自《童话》,《七月诗丛》第一辑)

## 马凡陀

（1919—1982），原名袁水拍。江苏吴县人。曾任《大公报》编辑。主要诗集有《向日葵》《马凡陀的山歌》等。新中国成立后，任《人民文学》编委、《诗刊》编委。

### 改 革 歌

说到改革就改革，
先剃头发再淴浴，
脱下长衫穿西装，
手里拿根斯的克①。

说到改革就改革，
要我忍耐我决不！
忍痛牺牲咬牙关，
卫生设备改西式。

方桌改成圆台面，
稀饭吃在干饭先，
走路开车都靠右，
铺子一律改称店。

老板作废改经理，

---

① 斯的克，是英文"手杖"的译音。

立春叫作农民节,
麻将不打打麻雀,
不吃酱油改吃盐。

扯下封条锁上锁,
不说太少说不多,
爸爸辞职当父亲,
比丘回俗做尼姑。

打开窗子加屏风,
蚂蚁让位给毛虫,①
自由太多便专制,
如今民主大不同!

1946年2月12日
(选自《袁水拍诗歌选》)

## 发票贴在印花上

发票贴在印花上,②
蔻丹揭在脚趾上,
水兵出巡马路上,

---

① 当时国民党政府的首脑及一些大官僚时时撤换,但调来调去仍是这几个人。这种撤换往往是为了美国当时常常要求"国民党政府改革政治"。

② 这是报上所载新闻标题,因为印花税票贴得多,好像不是发票上贴印花,倒是印花上贴发票了。

吉普开到人身上。①

黄浦氽到阶沿上，
房子造在金条上，
工厂死在接收上，
鸟窠坐在烟囱上。②

演得好戏我来看，
重税派在你头上，
学生募捐读书钱。
教师罢工课不上。

仓库皮子一把火，
仓库馅子没去向，
廉耻挂在高楼上，③
是非扔进大茅坑。

民主涂在嘴巴上，
自由附在条件上，
议案协定归了档，
文章写在水面上。④

游行学生坐卡车，

---

① 美国水兵驾吉普车在马路上捣乱。随便杀人。
② 反动派接收工厂后，工厂都关了门。下面第四节仓库云云，指接收后国民党官僚盗卖仓库，纵火掩饰。
③ 上海国际饭店高楼上挂"礼义廉耻"四字。
④ 指停战协定等均被国民党反动派撕毁。

面包装在吉普上，①
自由太多便束缚，
羊枣优待故身亡。②

脑袋碰在枪弹上，
和平挑在刀尖上，
中国命运在哪里？③
挂在高高鼻子上。

米粮落入黑市场，
面粉救济黄牛党，④
财政躺在发行上，
发行发到天文上。

上海跳舞中国饿，
十九个省份都闹荒，⑤
收购军米免征粮，
树皮草根啃个光。

百姓滚在钉板上，
汉奸坐牢带铜床，
曲线软性是救国，

---

① 反苏游行学生由"当局"派了卡车装运，还用供给面包作为酬报之一。
② 进步记者羊枣被杀在蒋匪集中营里，反动派报纸还说他是受优待的。
③ 影射蒋贼的《中国之命运》。
④ "联总"运华救济之粮食，报载有此种情形。
⑤ "联总"统计。

地上地下往来忙。①

南京复员拆蓬户，
广州迎驾砖砌窗，②
力气使在市容上，
四强之一叮叮当！

1946年4月11日

（选自《马凡陀山歌》）

---

① 汉奸带了铜床去坐牢，国民党与汉奸合作，汉奸自称曲线救国。
② 蒋贼去广州时所经马路窗口堵死，怕被暗杀。南京因复员，整顿市容大拆贫民茅屋。

# 穆 旦

（1918—1977），原名查良铮，浙江海宁人。曾在西南联大学习和工作，此时开始作诗。诗风冷峻，多沉思，善用象征意象。主要诗集有《探险者》《旗》等，另有译作多种。

## 在旷野上

我从我心的旷野里呼喊，
为了我窥见的美丽的真理，
而不幸，彷徨的日子将不再有了，
当我缢死了我的错误的童年，
（那些深情的执拗和偏见！）
我们的世界是在遗忘里旋转，
每日每夜，它有金色和银色的光亮，
所有的人们生活而且幸福
快乐又繁茂，在各样的罪恶上，
积久的美德只是为了年幼人
那最寂寞的野兽一生的哭泣，
从古到今，他在遗害着他的子孙们。

在旷野上，我独自回忆和梦想：
在自由的天空中纯净的电子
盛着小小的宇宙，闪着光亮，
穿射一切和别的电子的化合，
当隐隐的春雷停伫在天边。

在旷野上，我是驾着铠车驰骋，
我的金轮在不断的旋风里急转，
我让碾碎的黄叶片片飞扬，
（回过头来，多少绿色的呻吟和仇怨！）
我只鞭击着快马，为了骄傲于
我所带来的胜利的冬天。
在旷野上，在无边的肃杀里，
谁知道暖风和花草飘向何方，
残酷的春天使它们伸展又伸展，
用了碧洁的泉水和崇高的阳光，
挽来绝望的彩色和无助的夭亡。

然而我的沉重、幽暗的岩层，
我久已深埋的光热的源泉，
却不断地迸裂，翻转，燃烧，
当旷野上掠过了诱惑的歌声，
O，仁慈的死神呵，给我宁静。

1940年8月
（选自《穆旦诗选》）

## 在寒冷的腊月的夜里

在寒冷的腊月的夜里，风扫着北方的平原，
北方的田野是枯干的，大麦和谷子已经推进了村庄，
岁月尽竭了，牲口憩息了，村外的小河冻结了，
在古老的路上，在田野的纵横里闪着一盏灯光，

一副厚重的，多纹的脸，
他想什么？他做什么？
在这亲切的，为吱哑的轮子压死的路上。

风向东吹，风向南吹，风在低矮的小街上旋转，
木格的窗纸堆着沙土，我们在泥草的屋顶下安眠，
谁家的儿郎吓哭了，哇——呜——呜——从屋顶传过屋顶，
他就要长大了渐渐和我们一样地躺下，一样地打鼾，
从屋顶传过屋顶，风
这样大岁月这样悠久，
我们不能够听见，我们不能够听见。

火熄了么？红的炭火拨灭了么？一个声音说，
我们的祖先是已经睡了，睡在离我们不远的地方，
所有的故事已经讲完了，只剩下了灰烬的遗留，
在我们没有安慰的梦里，在他们走来又走去以后，
在门口，那些用旧了的镰刀，
锄头，牛轭，石磨，大车，
静静地，正承接着雪花的飘落。

1941年2月<br>（选自《穆旦诗选》）

## 赞　美

走不尽的山峦的起伏，河流和草原，
数不尽的密密的村庄，鸡鸣和狗吠，

接连在原是荒凉的亚洲的土地上，
在野草的茫茫中呼啸着干燥的风，
在低压的暗云下唱着单调的东流的水，
在忧郁的森林里有无数埋藏的年代。
它们静静地和我拥抱：
说不尽的故事是说不尽的灾难，沉默的
是爱情，是在天空飞翔的鹰群，
是干枯的眼睛期待着泉涌的热泪，
当不移的灰色的行列在遥远的天际爬行；
我有太多的话语，太悠久的感情，
我要以荒凉的沙漠，坎坷的小路，骡子车，
我要以槽子船，漫山的野花，阴雨的天气，
我要以一切拥抱你，你，
我到处看见的人民呵，
在耻辱里生活的人民，佝偻的人民，
我要以带血的手和你们一一拥抱。
因为一个民族已经起来。

一个农夫，他粗糙的身躯移动在田野中，
他是一个女人的孩子，许多孩子的父亲，
多少朝代在他的身边升起又降落了
而把希望和失望压在他身上，
而他永远无言地跟在犁后旋转，
翻起同样的泥土溶解过他祖先的，
是同样的受难的形象凝固在路旁。
在大路上多少次愉快的歌声流过去了，
多少次跟来的是临到他的忧患；
在大路上人们演说，叫嚣，欢快，

然而他没有，他只放下了古代的锄头，
再一次相信名词，溶进了大众的爱，
坚定地，他看着自己溶进死亡里，
而这样的路是无限的悠长的
而他是不能够流泪的，
他没有流泪，因为一个民族已经起来。

在群山的包围里，在蔚蓝的天空下，
在春天和秋天经过他家园的时候，
在幽深的谷里隐着最含蓄的悲哀：
一个老妇期待着孩子，许多孩子期待着
饥饿，而又在饥饿里忍耐，
在路旁仍是那聚集着黑暗的茅屋，
一样的是不可知的恐惧，一样的是
大自然中那侵蚀着生活的泥土，
而他走去了从不回头诅咒。
为了他我要拥抱每一个人，
为了他我失去了拥抱的安慰，
因为他，我们是不能给以幸福的，
痛哭吧，让我们在他的身上痛哭吧，
因为一个民族已经起来。

一样的是这悠久的年代的风，
一样的是从这倾圮的屋檐下散开的
无尽的呻吟和寒冷，
它歌唱在一片枯槁的树顶上，
它吹过了荒芜的沼泽，芦苇和虫鸣，
一样的是这飞过的乌鸦的声音。

当我走过,站在路上踟蹰,
我踟蹰着为了多年耻辱的历史
仍在这广大的山河中等待,
等待着,我们无言的痛苦是太多了,
然而一个民族已经起来,
然而一个民族已经起来。

1941年12月

(选自《穆旦诗选》)

## 隐　现①

让我们看见吧,我的救主。

### 1　宣道

现在,一天又一天,一夜又一夜,
我们来自一段完全失迷的路途上,
闪过一下星光或日光,就再也触摸不到了,
说不出名字,我们说我们是来自一段时间,
一串错综而零乱的,枯干的幻象,
使我们哭,使我们笑,使我们忧心
用同样错综而零乱的,血液里的纷争,
这一时的追求或那一时的满足,
但一切的诱惑不过诱惑我们远离;
远远的,在那一切僵死的名称的下面,

---

① 所录为作者生前所做的修订稿。该稿由作者家属提供。

在我们从不能安排的方向，你
给我们有一时候山峰，有一时候草原，
　　有一时候相聚，有一时候离散，
　　有一时候欺人，有一时候被欺，
　　有一时候密雨，有一时候燥风，
　　有一时候拥抱，有一时候厌倦，
　　有一时候开始，有一时候完成，
　　有一时候相信，有一时候绝望。

主呵，我们摆动于时间的两极，
但我们说，我们是向着前面进行，
因为我们认为真的，现在已经变假，
我们曾经哭泣过的，现在已被遗忘。
一切在天空、地面，和水里的生命我们都看见过了，
我们看见在所有的变中只有这个不变，
无论你成功或失败只有这个不变，
新奇的已经发生过了正在发生着或者将要发生，然而只有这个不变：
无尽的河水流向大海，但是大海永远没有溢满，海水又交还河流，
一世代的人们过去了，另一个世代来临，是在他们被毁的地方一个新的
　　回转，
在日光下我们筑屋，筑路，筑桥：我们所有的劳役不过是祖业的重复。
或者我们使用大理石塑像，崇拜我们的英雄与美人，看他终竟归于模糊，
我们痛惜美丽的失去了，但失去的并不是它的火焰，
我们一切的发明不过为了——但我们从没有增加安适也没减少心伤。
我们和错误同在，可是我们厌倦了，我们追念自然，
以色列之王所罗门曾经这样说：
一切皆虚有，一切令人厌倦。
那曾经有过的将会再有，那曾经失去的将再被失去，

我们的心不断地扩张,我们的心不断地退缩,
我们将终止于我们的起始。

所以我们说
我们能给出什么呢?我们能得到什么呢?
一切的原因迎接我们,又从我们流走,
所有古老的传统,所有的声音,所有的喜怒笑骂,所有的树木花草都在
　　等待我们的降生,
有一个生命付与了这所有的让他们等待:
智者让智慧流过去,青年让热情流过去,先知者让忧患流过去,农人让
　　田野的五谷流过去,少女让美的形象流过去,统治者让阴谋和残酷流
　　过去,叛徒让新生的痛苦流过去,大多数人让无知的罪恶流过去,
我们是我们的付与,在我们的付与中折磨,
一切完成它自己;一切奴役我们,流过我们使我们完成。
所以我们说
我们能给出什么呢?我们能得到什么呢?
在一条永远漠然的河流中,生从我们流过去,死从我们流过去,血汗和
　　眼泪从我们流过去,真理和谎言从我们流过去,
有一个生命这样地诱惑我们,又把我们这样地遗弃,
如果我们摇起一只手来:它是静止的,
如果因此我们变动了光和影,如果因此花朵儿开放,或者我们震动了另
　　外一个星球,
主呵,这只是你的意图朝着它自己的方向完成。

## 2　历程

在自然里固定着人的命运
当人从自然的赤裸里诞生
他的努力是不断地获得

隔离了多的去获得那少的
当人从自然的赤裸里诞生
我要指出他的囚禁，他的回忆
成了他的快乐

## 情人自白

全是不能站稳的
亲爱的，是我脚下的路程；
接受一切温暖的吸引在岩石上，
而岩石突然不见了。孩童的完整
在父母的约束里使我们前行：
那新鲜的知识，初见的
欢快，世界向我们不断地扩充，
可是当我爬过了这一切而来临，
亲爱的，坐在崩溃上让我静静地哭泣。
一切都在战争，亲爱的，
那以真战胜的假，以假战胜的真，
一的多和少，使我们超过而又不足，
没有喜的内心不败于悲，也没有悲
能使我们凝固，接受那样甜蜜的吻
不过是谋害使我们立即归于消隐。
那每一伫足的胜利的光辉
虽然胜利，当我终于从战争归来，
当我把心的疲倦呈献你，亲爱的，
为什么一切发光的领我来到绝顶的黑暗，
坐在崩溃的峰顶让我静静地哭泣。

## 合唱

如果我们能够看见他
如果我们能够看见
我们的童年所不意拥有的
而后远离了,却又是成年一切的辛劳
同所寻求失败的,

如果人世各样的尊贵和华丽
不过是我们片面的窥见所赋予,
如果我们能够看见他
在欢笑后面的哭泣哭泣后面的
最后一层欢笑里,
在虚假的真实底下
那真实的灵活的源泉,
如果我们不是自禁于
我们费力与半真理的密约里
期望那达不到的圆满的结合,
在我们的前面有一条道路
在道路的前面有一个目标
这条道路引导我们又隔离我们
走向那个目标,
在我们黑暗的孤独里有一线微光
这一线微光使我们留恋黑暗
这一线微光给我们幻象的骚扰
在黎明确定我们的虚无以前

如果我们能够看见他

如果我们能够看见……

## 爱情的发见

生活是困难的，哪里是你的一扇门？
这世界充满了生命，却不能动转
挤在人和人的死寂之中，
看见金钱的闪亮，或者强权的自由，
伸出脏污的手来把障碍摒除，
（在有行为的地方，就有光的引导。）
阴谋，欺诈，鞭子，都成了他的扶助。
他在黄金里看见什么呢？他从暴虐里获得什么呢？
宽恕他，为了追寻他所认为最美的，
他已变得这样丑恶，和冷酷。
生活是困难的，哪里是你的一扇门？
那为人讥笑的偏见，狭窄的灵魂
使世界成为僵硬，窒息，令人诅咒的，
无限的小，固执地和我们的理想战斗，
（在有行为的地方，就有光的引导。）
挡住了我们，使历史停在这里受苦。
他为什么不能理解呢？他为什么甘冒我们的怨怒呢？
宽恕他，因为他觉得他是拥抱了
真和善，虽然已是这样腐烂。

生活是困难的，哪里是你的一扇门？
我们追求繁茂，反而因此分离。
我曾经爱过，我的眼睛却未曾明朗，
一句无所归宿的话，使我不断地悲伤：
她曾经说，我永远爱你，永不分离。

（在有行为的地方，就有光的引导。）
虽然她的爱情限制在永变的事物里，
虽然她竟说了一句谎，重复过多少世纪，
为什么责备呢？为什么不宽恕她的失败呢？
宽恕她，因为那与永恒的结合
她也是这样渴求却不能求得！

## 合唱

如果我们能够看见他
如果我们能够看见
不是这里或那里的苗生
也不是时间能够占有或者放弃的，

如果我们能够给出我们的爱情
不是射在物质和物质间把它自己消损，
如果我们能够洗涤
我们小小的恐惧我们的惶惑和暗影
放在大的光明中，

如果我们能够挣脱
欲望的暗室和习惯的硬壳
迎接他，
如果我们能够尝到
不是一层甜皮下的经验的苦心，
他是静止地生出动乱，
他是众力的一端生出他的违反。
O他给安排的歧路和错杂！
为了我们倦了以后渴求

原来的地方。
他是这样地喜爱我们
他让我们分离
他给我们一点权力等它自己变灰,
O他正等我们以损耗的全热
投回他慈爱的胸怀。

## 3　祈神

在我们的来处和去处之间,
在我们获得和丢失之间,
主呵,那日光的永恒的照耀季候的遥远的轮转和山河的无尽的丰富
枉然:我们站在这个荒凉的世界上,
我们是廿世纪的众生骚动在它的黑暗里,
我们有机器和制度却没有文明
我们有复杂的感情却无处归依
我们有很多的声音而没有真理
我们来自一个良心却各自藏起,

我们已经看见过了
那使我们沉迷的只能使我们厌倦,
那使我们厌倦的挑拨我们一生,
那使我们疯狂的
是我们生活里堆积的,无可发泄的感情
为我们所窥见的半真理利用,
主呵,让我们和穆罕默德一样,在他沙漠的岁月里
让我们在说这些假话做这些假事时
想到你,

在无法形容你的时候，让我们忍耐而且快乐，
让你的说不出的名字贴近我们焦灼的嘴唇，无所归宿的手和不稳的脚步，
因为我们已经忘记了
我们各自失败了才更接近你的博大和完整，
我们绕过无数圈子才能在每个方向里与你结合，

让我们和耶稣一样，给我们你给他的欢乐，
因为我们已经忘记了
在非我之中扩大我自己，
让我们体验我们朝你的飞扬，在不断连续的事物里，
让我们违反自己，拥抱一片广大的面积，

主呵，我们这样的欢乐失散到哪里去了

因为我们生活着却没有中心
我们有很多中心
我们的很多中心不断地冲突，
或者我们放弃
生活变为争取生活，我们一生永远在准备而没有生活，
三千年的丰富枯死在种子里而我们是在继续……

主呵，我们衷心的痛惜失散到哪里去了

每日每夜，我们计算增加一点钱财，
每日每夜，我们度量这人或那人对我们的态度，
每日每夜，我们创造社会给我们划定的一些前途，

主呵，我们生来的自由失散到哪里去了

等我们哭泣时已经没有眼泪
等我们欢笑时已经没有声音
等我们热爱时已经一无所有
一切已经晚了然而还没有太晚,当我们知道我们还不知道的时候,

主呵,因为我们看见了,在我们聪明的愚昧里,
我们已经有太多的战争,朝向别人和自己,
太多的不满,太多的生中之死,死中之生,
我们有太多的利害,分裂阴谋,报复,
这一切把我们推到相反的极端,我们应该
忽然转身,看见你

这是时候了,这里是我们被曲解的生命
请你舒平,这里是我们枯竭的众心
请你揉合,
主呵,生命的源泉,让我们听见你流动的声音。

1947年8月

(选自《大公报·文艺》,1947年10月26日)

## 流吧,长江的水

流吧,长江的水,缓缓地流,
玛格丽就住在岸沿的高楼,
她看着你,当春天尚未消逝,
流吧,长江的水,我的歌喉。

多么久了，一季又一季，
玛格丽和我彼此的思念，
你是懂得的，虽然永远沉默，
流吧，长江的水，缓缓地流。

这草色青青，今日一如往日，
还有鸟啼，霏雨，金黄的花香，
只是我们有过的已不能再有，
流吧，长江的水，我的烦忧。

玛格丽还要从楼窗外望，
那时她的心里已很不同，
那时我们的日子全已忘记，
流吧，长江的水，缓缓地流。

1945年5月

（选自《穆旦诗集（1939—1945）》）

## 穆木天

（1900—1971），吉林伊通人。早年留学日本。创造社主要成员之一。早期诗作受法国象征主义的影响，诗集有《旅心》《流浪者之夜歌》等。

水　声

水声歌唱在山间
水声歌唱在石隙
水声歌唱在墨柳的荫里
水声歌唱在流藻的梢上

妹妹　你知道不
哪里是水的故乡

月亮的银针跳跃在灰色的桧梢
月亮的银针与鹅茸般的涟漪相照
看啊　宿鱼儿急急地逃走了
那里荡漾着我们的灰影与纤纤的小桥

来　拾起我们的腐朽的棹杆
去荡那只方舟到灰色的芦苇中间
我们听着水声明月的唱和
我们遥望着那澹淡的鱼灯点点
我们要找水声到鱼人的网眼

我们要找水声到山间的泉源

我们要找水声到海口的沙滩

我们要找水声到那里的江湾

我们要找水声在稻田的沟里

我们要找水声到修竹的薮间

来　拾起我们那腐朽的棹杆

我们共荡在夜幕里我们那孤孤的小船

妹妹　水声是否歌唱在你的眼尖

妹妹　水声是否歌唱在你的胸膛

妹妹　水声是否歌唱在你的发梢

妹妹　水声是否歌唱在你的鬓旁

妹妹　你知道不

哪里是水的故乡

来　拾起我们那腐朽的棹杆

趁着这月色朦胧　天光轻淡

我们在河上轻轻地荡漾我们的小舟

捋着空间的灰色小花　直找到水乡的尽处

1935年3月21日
（选自《旅心》）

# 牛　汉

（1923—2013），曾用笔名谷风，生于山西定襄县。20世纪40年代初开始诗歌创作，出版诗集《彩色的生活》《祖国》等。

## 爱

小时候
妈妈抱着我，
问我：
给你娶一个媳妇，
你要咱村哪个好姑娘？

我说：
我要妈妈这个模样儿的，
妈妈摇着我
幸福地笑了……

我长大之后
村里的人说：
妈妈是个贫穷的女人。

一个寒冷的冬夜，
她怀里揣一把菜刀，
没有向家人告别

（那年我只有五岁，
弟弟还没有断奶）
她坐着拉炭的马车，
悄悄到了四十里外的河边村。

村里的人说：
妈妈闯进一座花园，
想要谋杀那个罪大恶极的省长，
被卫兵抓住，吊在树上，三天三夜，
当作白痴和疯子……

从此，远乡近里
都说妈妈是个可怕的女人，
但是，我爱她，
比小时候还要爱她。

1947年4月

（选自《彩色的生活》）

## 我的家

我要远行……

妻子痛苦，
她不能同我一道
离开郁闷的南方。

我们生命相连，
离别
好像一把刀子
将一颗圆润的苹果
切成两半。

哎，哎，
各人坚守着各人的种子吧！
暴风雨来了，
我们同时出芽。

妻子希望
我把出世十个月的孩子带上，
她一再说：
孩子诞生在地狱，
让她到一个
自由的旷野生长去吧！

我没有带孩子，
我知道
地狱就要倒塌了，
而我，很快就回来。

1947年12月于上海<br>（选自《彩色的生活》）

## 饶孟侃

（1902—1967），江西南昌人。《晨报》副刊《诗镌》的主要撰稿人之一，参与提倡新格律诗。诗作有《家乡》《莲娘》等。

### 走

我为你造船不惜匠工，
我为你三更天求着西北风，
只要你轻轻说一声走，
桅杆上便立刻挂满了帆篷。

（选自《新月诗选》）

# 阮章竞

（1914—2000），广东中山人。1950年发表民歌体叙事长诗《漳河水》，产生了重大影响。主要作品还有大型歌剧《赤叶河》、长诗《圈套》、组诗《白云鄂博交响诗》等。

## 漳 河 水

### 第一部 往日

#### 漳河小曲

漳河水，九十九道弯，
层层树，重重山，
层层绿树重重雾，
重重高山云断路。

清晨天，云霞红红艳，
艳艳红天掉在河里面，
漳水染成桃花片，
唱一道小曲过漳河沿。

#### 三个姑娘

漳河水，水流长，
漳河边上有三个姑娘：
一个荷荷一个苓苓，
一个名叫紫金英。

河边杨树根连根,
姓名不同却心连心。
低声拉话高声笑,
好说个心事又好羞。
荷荷想配个"抓心丹",
苓苓想许个"如意郎",
紫金英想嫁个"好到头"①,
毛毛小女不知道愁。

断线风筝女儿命,
事事都由爹娘定。
媒婆张老嫂过河来,
从脚看到天灵盖。

爹娘盘算的是银和金,
闺女盘算的是人和心。

不知道姓,不知道名,
不知道是老汉是后生。
押宝押在那一宝,
是黑是红鬼知道!

偷偷烧香暗许愿,
观音菩萨念千遍。
心操碎,人愁死,
三天没吃完半合米!

---

① "抓心丹""如意郎""好到头",理想爱人的别称。

三月里，桃杏花儿开，
押的宝子揭了盖。
三尺青丝盘成髻，
抬过河，抬过川。

漳河水，水流长，
三人的心事都走了样：
荷荷配了个"半封建"，
天天眼泪流满脸！
苓苓许了个狠心郎，
连打带骂捎上爹娘！
紫金英嫁了个痨病汉，
一年不到守空房！

年年要过十二个月，
渡过冷来渡过热。
榆花开，花开搭戏台，
姊妹们回娘家碰在一块。
无心看牛郎会织女，
无心看郭驸马"打金枝"。
三人拉手到漳河沿，
滴滴泪珠挂腮边！

桃花坞，杨柳树，
东山月儿云遮住。
漳河流水水流沙，
荷荷一泪一声诉：

"常阴天,森罗殿,
自从关进那砖门院,
苦胆拌黄连!

一锅要做两样饭,
婆婆骂硬,小姑嫌烂,
拍拍三巴掌!

人家端碗俺旁边看,
骂俺眼馋不洗衣裳,
张嘴'败婆娘!'

秃汉要鞋,小姑要裙,
贴工容易难贴线,
俺没买花钱。

抽俺的筋筋搓成线,
也买不下婆家心半片,
还骂没针尖[①]!

十七的闺女四十的汉,
光秃秃脑壳长毛脸,
活像个琉璃蛋!

马罗锅,骆驼背,
塌鼻子吊个没牙嘴,

---

① 针尖,妇女活计好叫有针尖。

黑心肝像鬼!

'媳妇是块烂锈铁,
揣在怀里暖不热!'
婆婆骂得绝!

'老婆是墙上一层泥,
你要死了我再娶!'
放他娘狗屁!

哪年才把头熬到?
漳河你为甚不出槽?
给俺冲条道!"

桃花坞,杨柳树,
北岸石坞夜半哭!
河底不平掀起浪,
苓苓揭开冤家账:

"天上的云彩千变化,
汉子对我好就耍,
恼了就是打!

俺说好狗不咬鸡,
好汉子不打自己妻,
上社去说理!

'娶来媳妇买来马,

任我骑来任我打!'
他说是老王法!

一汤一饭想着他饥,
一冷一热惦着他衣,
回我冷蛋子!

缝衣做饭纺线线,
天明忙到二更天,
他还嫌糖不甜!

推罢碾来又推磨,
不顺他眼都是俺错,
理是由他说!

俺是男人的破棉袄,
冷就披,热就脱,
不用就扔角落!"

桃花坞,杨柳树,
河边草儿打觳觫!
风吹花飞落水面,
紫金英倒尽心头怨:

"三月里,花开娶过门,
十月初一上新坟,
紫金英,泪盈盈!

男人原是常病身，
爹娘重财不重命，
贪人有钱银！

过年养下墓生孩，
只有娘亲没爹爱，
春天花不开！

有意守节心难下，
俺娘劝我另改嫁，
改嫁我嫌怕！

断头香纸烧过后，
出门泼水哭着走，
村边上牲口！①

腊月难遇南风生，
十户婆家九户狠，
改嫁是跳火坑！

水流赶杖没根梢，
带犊孩儿是路边草，
进门爬墙头！②

---

① 当地风俗，寡妇再嫁的那天，先要到前夫坟上烧断头纸，夜里才能离开婆家，且必须哭啼啼地走出去，在大门口泼了一碗水后，到村外才许骑上牲口走。
② 带犊孩儿，是寡妇带去的前夫的孩子。"带犊子"不能从大门进家，须从墙头或屋后爬过去。

改嫁难保不走荷荷路?
改嫁难保不受苓苓苦?
女人走没路!

咬牙咬牙守寡吧,
少受骂,少挨打!
把墓生孩守大!……"

声声泪,山要碎!
问句漳河是谁造的罪?

桃花坞,杨柳树,
漳河流水声呜呜!
戏鼓冬冬响连天,
唱尽古今千万变。
唱尽古今千万变,
没唱过俺女儿心半片!
恨咱不能拔起山,
把旧规矩捣成稀巴烂!
万代的脚踪要踏出路!
千年的水道看流成河!

# 第二部 解放

## 自由歌

漳河水,九十九道弯,
毛主席领导把天地重安。
写在纸上怕水湿,

刻在板上怕虫咬。
拿上铁锤带上凿，
石壁刻上支自由歌：

共产党，毛泽东，
光明福根遍地种。
抗日本，保家乡，
除"秃蒋"，大解放！
减租减息闹土改，
妇女飞出铁笼来！
漳河发水出了槽，
冲坍封建的大古牢！

### 荷荷

自主婚，不靠爹娘，
媒人的饭碗打他娘！
坏男人瞪眼，恶婆婆头昏，
反倒了封建荷荷离了婚。

自从关进那恶婆家院，
荷荷进了阎王殿！
自从打出那恶婆家门，
荷荷才是个自由人！

春风吹，百花开，
想不叫蜂采蝶儿来。
工作好，有能耐，
要表有表才有才。

谁不喜，谁不爱？
都想把情根往她身上栽。
荷荷有了个苦经验，
自由要自由个好条件：

"自由要自由个好成分，
荷荷戴见的是庄稼人；
自由要自由个好劳动，
荷荷戴见的是新英雄；
自由要自由个好政治，
能给群众办好事。"

姊妹们笑荷荷条件严，
实在是从前有经验。

沙里澄金水里淘，
荷荷看中王三好。
三好的条件样样够，
荷荷高兴得睡不着。

西崖挂，迎春花，
两人悄悄地拉开话：

"种谷要种稀留稠，
娶妻要娶个剪发头。"

"种玉茭要种'金皇后'，
嫁汉要嫁个政治够。"

"好面疙瘩溶也好!"
"两心情愿的比甚都好!"

"荷荷的巧嘴实在香!"
"三好的条件够对象!"

河边栽瓜搭瓜架,
连心隔水丢不下。
窗棂棂开花用纸糊,
相思的心儿关不住。
互助小组起得早,
笃破了窗纸把荷荷瞧。

"笃破张麻纸费五块钱,
等我开门你进里面。"

"话不多来只半句,
上地绕来瞧瞧你。"

"瞧我绕了一大个弯,
误了上地要丢模范。"

干蒿草,偏偏和烈火碰,
热得个心儿扑腾腾。
他心藏个猴,她心拴匹马,
去找主席公开了吧!

村东请来紫金英,

村西请来个苓苓。
姊姊妹妹好高兴,
陪送荷荷做新人。

不坐花轿不骑马,
革命时兴是手拉手。
新郎头戴八路军帽,
新娘身穿红夹袄。
大红旗旗扛在前头,
八音锣鼓跟着后。
互助组员呼口号,
一对新人街心走。

不拜天,不拜地,
敬个礼给毛主席!
感谢人民子弟兵,
敬个礼给朱总司令!
翻身房子住翻身人,
翻身的新夫妇爱煞人。

一盏银灯照笑脸,
新两口子坐在炕沿。
煤火火焰烧得欢,
捉住手谈心心更暖:

"封建把俺苦了一生,
可是俺心儿还年轻。"

"干革命,把身翻,
以后要积极做模范。
明天要调我下江南,
动身不等吃罢早饭。"
"我今宵不歇打干粮,
明早送你上火车站!"

春夜短,知心话儿长,
夜是嫌短话不嫌长。
针连线,线连针,
自由的对象恩爱深。
恩情话儿热辣辣,
说起它来把人羞煞!
…………

漳河水,水流长,
绿杨翠柳枣花儿香。
共产党把路打扫净,
给咱女人指了路径:
吃穿住行靠自己,
妇女解放才能彻底。
今年生产要长一寸,
支部领导来响应。
男人前方运军粮,
妇女保证地不荒。
七人小组自由碰,
荷荷当了领导人。

北点豆，南栽瓜，
河东河西种小麻，
早从东崖上，晚夕下西坡，
生产的歌声永不落。

## 苓苓

青草洼，放牛犊，
热火朝天闹互助。
苓苓的男人二老怪，
大男人的思想出色坏。
支差半月走得累，
回到家来天已黑。
一进院子没人声，
推开房看没人影。
一想打破了他老规程，
惊得两眼冒火星！
揭开锅看冷冰冰，
踢踢水缸空叮叮。
二想打破了他老规程，
三尸暴跳满院蹦！
往日回家炕上一躺，
要干有干汤有汤。
今天回来见了鬼，
要饭没饭水没水。
三想打破了他老规程，
芒硝进肚不能忍！

东邻寻，西舍找，

找了两家找不到。
南头碰见张老嫂：
"我家做饭的哪里跑？"

张老嫂，外号"钱疙瘩"，
倒牙费嘴的老干家：

"不能提了二老怪，
你我家媳妇都把兴败！
跟上荷荷这花东西，
插上街门唱'落戏'①！"

二老怪，本来早憋坏，
张老嫂添油塞干柴。
三步两跳往前蹦，
冲进荷荷家大院门。
小组开会正热闹，
讨论请人作生产指导。
荷荷看见二老怪到，
拍手欢迎说"他就好！"

二老怪，眼一瞪，
满嘴飞出唾沫星：

"咱一不浪，二不偷，
再说咱好也不上钩！"

---

① 落戏，当地一种戏名。

谁人不晓得二老怪,
仍旧开会不理睬。
没人理睬他气难出
朝着苓苓耍态度:

"你野鸡跟上老鹰飞,
逗你胳膊逗你腿?"

谁人不晓得二老怪,
仍旧开会不理睬。
三步两跳又往回蹦,
石头街道快踩成坑!

"二老怪的作风不像话,
大男人主义自高自大。
没有斗争不能团结,
咱来给他换脑筋。
回去开个训练班,
看他怎过这一关?"

月亮照窗纸上明,
二老怪想起老规程:
猪不离圈,狗不离院,
母鸡不离个破篮片。
自由平等怎能行?
女人都惯坏成了精!

屋檐鸽子咕哒咕,

定是公鸽踩着母鸽。
院里鸡窝咯咯响，
母鸡扭着公鸡脖。
二老怪，倒了楣，
女人不服他指挥！
越听屋檐越心伤，
想起鸡窝肚皮胀：

"铁不打，不出钢，
不管教管教不像样！"

寻根棍，找条绳，
半夜打老婆是老规程。
一根麻绳抛上梁，
吊住她头发才揍他娘！
数这玩意儿最利索，
二老怪是老手旧胳膊。
哎呀呀，不能够，
她娘早剪成短发头！
不能吊，寻棍捣，
只寻到麻秆和镢头。
麻秆打她当搔痒痒，
镢头一敲会死他娘！
敲死人命可吃官司，
不是坐牢就挨枪子！
不偿命，也不成，
没有老婆要打光棍。
花钱再娶犯法令，

自由谁敢上我家门?
不准打,也不敢骂,
动她根汗毛也犯法!
哎呀呀,老规程吃不开,
二老怪碰到了新朝代!

街上有说又有笑,
苓苓唱着回来了:
拿笤帚,扫扫土,
炕上一头另撑铺。

二老怪,嘴裂开,
唾沫星星儿飞出来:

"你要去参加互助组,
先到区上写休书!"
苓苓抿嘴微微笑:
"你要休我没条件!
俺又不知道你今天回,
上地劳动也有罪?"

"猫捉老鼠狗看门,
锅台炉边才是女人营生!
客马也想上大阵?
不准上我地瞎闹腾!"
苓苓回答慢吞吞:
"土地证上俺两人有份。"

"别吃我饭你另支锅，
明天咱就各自过！"

"后天另过也不忙，
还得跟你算算账：
去年穿俺五对鞋，
一对就按五工折。
两身布衫一身棉，
至少不算个十万元？
去年俺织了十个布，
一个值钱两万五。
卖了俺布买驴回，
草驴该俺有三条腿。
洗衣做饭都是我动，
一年算三月九十个工。
男女平等讲民主，
谁不民主就找政府！"

嗤嗤两声钻进被窝，
露出半个头来轻轻说：

"二老怪，不用发呆，
你的老规程如今没人买！"
出色厉害的二老怪，
今天唱戏下不了台！

"鸡鶒冷冷①，早起五更。"

---

① 鸡鶒冷冷，候鸟的土名。立夏从南方来，五更则鸣，可能就是"五更鸟"。

荷荷小组上东岭。
一路走,一路问,
夜里训练班开成甚?
苓苓把情况一报告,
笑得姊妹们不能走。
报告好,报告妙,
报告快把人笑死了:
你揉肚子她叉腰,
荷荷笑得眼泪掉!

荷荷的办法灵验快,
一夜治服了个二老怪。
夜训练班要多多地开,
姊妹高兴得唱起来:

封建社会能糟蹋人,
胡捏出来套老规程:
"母猪不敬神,女人不算人,
养孩儿抱蛋,洗衣裳做饭,"
不想想俺们是占一半,
盖房要靠柱和梁!
不想想男女是心连肝,
谁离开谁都没时光!

## 紫金英

河水流,淘白沙,
野鸭儿飞来印脚牙儿。
一双脚牙儿两个印,

两个媳妇绞一个心：

"紫金英坏了谁家的事，
为啥骂她是'坏妇女'？
'浪女人''破鞋''花老婆'，
难听的脏话都往她身搁。
十指连心心连血，
咱不体贴谁体贴？"

掌上灯，记上分，
荷荷苓苓找紫金英。
旧时姊妹到一起，
有说有笑不回避。
谈罢远山说近水，
翻罢旧箱倒新柜。
拉完从前扯如今，
紫金英脸儿飞红晕：

"妹妹俩是东坡向日葵，
你姊姊好比是麻池水①。
人前人后俺低头过，
厚着脸皮偷偷活……"

话儿没完头低下，
有语难明啃指甲。
窗外呼呼风阵阵，

---

① 麻池水，沤麻的死水坑，气味很难闻，这里是比喻声名不好之意。

甚时能吹断那万恨根?
甚时能吹断那万恨根?
漳河的女儿要闹革命!
共产党员前头领,
荷荷拉起紫金英:

"摔袖过,昂起头,
跌倒自己爬起走!
旧社会害咱害得苦,
摆下万里蒺藜路。
如今道路条条平,
条条平路通向光明。
支起腰杆挺起身,
靠自己劳动做自由人!"

枯了的树,发绿芽,
死了的灰堆迸火花。
不老的心儿,未了的情,
铁锁锁不住春风门:

"人人骂我根扎错,
开口闭口'不是货',
有苦向谁说?

你俩人的凄惶我嫌怕,
摇摇荡荡心难下,
守寡咬紧牙!

看尽花开看花落,
熬月到五更炕头坐,
风寒棉被薄!

灰溜溜的心儿没处搁,
水裙懒去绣花朵,
无心描眉额!

吃水劈柴泥墙角,
桌坏椅倒要人拾掇,
偏偏门又破!

寡妇的困难实在多,
一手难做千件活,
日子没法过!

不怀好心的常来帮助,
只要不嫌他手儿拙,
白打他心也乐。

寄生草根缠树身,
日日缠缠日日深,
有刀割不断情!

纸做的花儿不结果,
蜡做的心儿见不得火,
日月糊涂过!

扪心自问我犯啥错?
难道寡妇就不该活?
妹妹呀,救救我!"

怒火烧心心要炸,
忽然惊醒了墓生娃。
拍拍孩孩乖乖睡,
眼泪滴落小嘴巴:

"咽了吧,莫嫌苦,
记住你娘是寡妇!"

摇山拔树风呼呼,
静静的漳河发了怒:

"怨命求人都不是路,
麻秆拐棍扶不住!
砸破封建的老笼头,
姊姊你跟俺们走!"

"人都骂我是败东西,
跟上妹妹不坏你名誉?"

"只要咱行正脚立稳,
谁要屈咱咱不答应!"

"从小没闹过这营生。"

"没听过铁杵磨成针?"

"你忘了那天支书说:
'大总统妇女也能做!'"

漳河水,九十九道弯,
满天云雾风吹散。
桃花坞,杨柳树,
紫金英踏上了新道路。

头一天,闹生产,
腿痛腰酸口发干。
姊妹们,帮她忙,
说开头几天都一样。
第二天,又上山,
大家对她很称赞。
一边做活一边唱,
紫金英整天心喜欢。
害怕荷荷天天叫,
第三天,起早了。
荷荷满嘴夸积极,
又体贴来又鼓励。
紫金英,更欢喜,
别的念头都高搁起。

黄昏近,返门庭,
相好的人在家等。
满面春风走向前,

接过锄头又接锨:

"月不常圆花难常开,
人生趁早图自在。
白生生的脸儿花朵朵,
三天晒成个黑老婆。
劳动生产当模范,
怎能比在家舒坦?
早给你焰火热上锅,
生怕你回来吃冷饭!"

巧言巧语比糖甜,
嘻皮笑脸多殷勤。
缘分绝,情难断,
心乱如同万针穿:

红皮萝卜紫皮蒜,
他有老婆我没汉。
他来我家不算甚,
我却担个坏声名?
没眼的针针纫不上线,
我家是他的歇脚店。
他对老婆常打吵,
人说是因为他跟我好。
真是因为跟我好?
阿弥陀佛天知道!
不务营生作二流,
给人指着脊梁笑!

到底哪是光明道?
面前摆着三岔口!

走新路,走新道,
好马不吃回头草:

"好朋友,好朋友,
咱俩从今晚分开手!"

天没雨,地无风,
清明没来为甚春雷动?

"以后别再上我门,
紫金英要重新再做人!"

一团热火落海沉,
垂头丧气凉冰冰。

"你走吧,别难受,
送你平安出门口!"

送出门,送出院,
梨树花开月明天。

"从今后,分两头,
新的路子在等我走!"

# 第三部　长青树

## 漳水谣

漳河水，九十九道弯，
漳水流出太行山。
写成诗，刻成歌，
回头再来教漳河。
漳河给俺天天唱，
唱到大洋唱到海！

## 翻腾

死榆树，不开花，
老鸦飞来叫呱呱。
老茅坑，茅虫多，
张老嫂没事把舌头磨：

"年时时兴土地改革，
今年时兴娘儿们改革，
真是了不得！

结亲不兴坐花轿，
手拉手儿嘻哈笑，
摆翠①叫人瞧！

好男不过州府边，

---

① 摆翠，男女热恋时的传情，欢悦的表现。

好媳妇不出婆家院,
如今疯过县!

什么互助闹生产,
麦子垄里跟男人玩,
浪摆搬上山。

野兔跟上狐子蹦,
荷荷配搭个紫金英,
无巧事不成!

太阳不照老路上,
女人不服家教管,
媳妇封王娘!

世道坏,规矩败,
老骨头朽了没坟埋,
老天爷眼不开!"

看不下,忍不下,
死榆树永不再发芽。
摇摇头,摆摆脑,
如今的年月实在糟:

"后生都兴戴四方帽,
怎能扣上咱老圆头?"

天变了,地变了,

彭祖的夜壶打碎了!


漳河水,九十九道弯,
二老怪上了夜训练班。
好似骚骡上了嚼,
不敢哼气不敢跳。
天天鸽子对对飞。
老婆是爱理不爱理。
母猪攻进棘针窝,
自找苦吃自找祸。
支书批评他不应该,
村长说隔天要把会开。
心上抓了把花椒面,
麻得咧嘴板着脸。
女人真真能种地?
不过黄河我心不死!
快步钻过枣树坡,
倒楣的棘针把脸刮破。
青山绿水白云彩,
二老怪不是游山玩景来。
冒冒失失溜上山,
慌慌张张偷偷看:
苗苗出土绿油油,
瓜秧露芽肥展展。
花不棱棱手艺巧,
头有头是道有道。
眼儿越看眉越高,
禁不住张嘴叫了好。

没提防岩上有荷荷，
早就瞧见他老哥：

"二老怪，来这边，
咱们对你还有点意见！"

妇女小组是一窝蜂，
噗噗咚咚往前拥：

"请上来，别光看，
先上上白天的训练班！"

嘻嘻哈哈乱拍手：
"二老怪今天害出丑！"

二老怪，怪是怪，
唱文唱武招架不来。
撒开飞毛腿跳下堰，
丢下了脚踪不敢捡！

二老怪，走红运，
白天受训开洋晕：
妇女解放了不简单，
男人的活儿也能干。
男女这样闹光景，
种下石头长黄金。

老榆树，死榆树，

是谁在这儿嘀嘀咕？
过来一看是张老嫂，
还有两个怪老头儿。
好像她家出了丧事，
摇头摆脑长出气：

"这个乱，那个破，
妇女小组就不是货！"

二老怪到底是受过训，
今天听来不顺心：

"无风起尘的老妖精，
成天没事造谣言。
娘儿们浪摆上了山？
拖你老草驴去看看！"

鸡飞狗叫猫儿跳，
孩儿们追着喊"快来瞧！"
纺花的放下花不纺，
担粪的撂下箩头筐。
到底为了啥事情？
听听二老怪在演讲：

"娘儿们是生产还是玩？
叫这老草驴坦白一番！"

山多大，天多高，

张老嫂低头哑了口。

"二老怪今天来认错,
不该压迫俺好老婆。
娘儿们今天是真解放,
这才叫我服了软。"

坡坡上,有了样,
坡坡下,漳河唱:
妇女解放有了样,
漳河河水欢声唱!

"把我编歌写成戏,
登报批评我都愿意。
咱的脑筋有封建,
哥儿们姐儿们多提意见!"

"男女本是连命根,
离开谁也万不能。
去给苓苓赔个情!"

荷荷笑着下命令。
举手额前脚立正,
二老怪今天像个民兵。
苓苓捂嘴低声啐:
"出什么洋相讨厌鬼!"

"出什么洋相讨厌鬼!"

孩孩们学着苓苓嘴。
人人都笑出欢喜泪,
惹来山雀转圈飞。

## 牧羊小曲

漳河水,九十九道弯,
漳河流水唱得欢:
桃花坞,长青树,
两岸踏成康庄路。
万年的古牢冲坍了!
万年的铁笼砸碎了!
自由天飞自由鸟,
解放了的漳河永欢笑!

1949年3月26日初稿完于卧虎坡<br>1949年12月改写完于北京

# 邵洵美

（1906—1968），浙江余姚人。曾留学英、法。参与创办新月社，是后期新月社主要诗人之一，著有诗集《天堂与五月》《花一般的罪恶》等。

## 蛇

在宫殿的阶下，在庙宇的瓦上，
你垂下你最柔嫩的一段——
好像是女人半松的裤带
在等待着男性的颤抖的勇敢。

我不懂你血红的叉分的舌尖
要刺痛我那一边的嘴唇？
他们都准备着了，准备着
这同一个时辰里双倍的欢欣！

我忘不了你那捉不住的油滑
磨光了多少重叠的竹节：
我知道了舒服里有伤痛，
我更知道了冰冷里还有火炽。

啊，但愿你再把你剩下的一段
来箍紧我箍不紧的身体，
当钟声偷进云房的纱帐，
温暖爬满了冷宫稀薄的绣被！

（选自《诗二十五首》）

## 沈尹默

（1883—1971），浙江吴兴人。早年留学日本。曾任北大教授，是新文化运动的倡导者之一。主要新诗作品有《月夜》《落叶》《三弦》等。

### 月　夜

霜风呼呼地吹着，
月光明明地照着。
我和一株顶高的树并排立着，
却没有靠着。

（选自《新青年》第4卷第1号，1918年1月15日）

### 三　弦

中午时候，火一样的太阳，没法去遮拦，让他直晒着长街上。静悄悄少人行路；只有悠悠风来，吹动路旁杨树。
谁家破大门里，半院子绿茸茸细草，都浮着闪闪的金光。旁边有一段低低土墙，挡住了个弹三弦的人，却不能隔断那三弦鼓荡的声浪。
门外坐着一个穿破衣裳的老年人，双手抱着头，他不声不响。

（选自《新青年》第5卷第2号，1918年8月15日）

## 玉楼春
### 春日寄玄同

年年纵被春情误,莫道春情无着处。海棠开了好题诗,绿柳阴浓听燕语。 人生自有真情绪,不合空教愁里度。与君俱是眼前人,领取从来无尽趣。

### 见平伯致颉刚信,说雷峰塔倾圮事因题

千秋佳胜属斜阳,砖塔巍然擅此场。
竟共黄妃委黄土,虚凭钱水说钱王。

# 孙毓棠

（1911—1985），江苏无锡人。清华大学历史系毕业，后留学日本。曾在清华大学、云南大学任教。有诗集《海盗船》《怀乡曲》和长诗《宝马》。

## 宝 马

西去长安一万里草莽荒沙的路，
在世界的屋脊上耸立着葱岭的
千峦万峰。峰顶冠着太古积留的
白雪，泻成了涩河，滚滚的浊涛
盘崖绕谷，西流过一个丛山环偎的
古国。七十几座城池，户口三十万：
麦花摇时有云雀飞，无数的
牛羊牧遍了山野；中秋葡萄
几百里香，园圃也垂起金黄的果子。
葡萄的歌声从西山飘到东山，
飘着和平，飘着梦。葡萄熟时
村姑们挎着竹篮，乡家人赶着
驴车，一筐筐高载了晶红艳紫；
神庙前扎起庆贺的花灯，家家都
赶酿新秋的美酒；富贵人夜宴上
堆满着罂缶，琉璃的夜光杯酌醉了
太平岁月。
宛王毋寡散着红须，

在贵山城建筑起辉煌的宫殿，
玳瑁镶的王冠绿得像他的眼睛，
御苑里的红芍药像他心头的想望。
他爱条支的眩眼戏，身毒的大珍珠，
他爱大秦安息的美人和孔雀，他爱
于阗紫玉的透明，爱乌孙雕弓
能射呼揭的铁箭。他爱他堂前
群群赤着身的女人披起纱縠与冰纨
躺在罽宾的花毡上鱼样的笑。
他爱用金樽来饮美酒，张血口
向黄月唱英雄的歌；美酒香透了
琵琶舞袖，洒红了裸乳和王袍。
但是他更爱宝马，（天注的劫数！）
爱他们八尺的腰身，红鬃与黑鬣；
爱他们昂首的雄姿，和千里奔驰的
骨力。他叫各地官司分苑来牧养，
佩上金镫和花鞍，他唤他们作
骐骥骓骊骅骝和骡骍。他心窝里
一条颤抖抖的尖毒舌，向四周
邻国笑着火红的傲岸的笑。

这消息越天山，经大漠，传进玉门，
长安坐着汉家皇帝。他戴的是
世界上第一座神冠，治理着
天下第一处富丽堂皇的国度，
他的长安是世界上第一座城池，
是人间第一等的光荣他陛下
人民的勇武与文慧。东南从大海

西北到流沙，几万里说不尽的
青山绿水，市镇的繁华；田畴麦垄，
村家的鸡狗与桑麻河汉江淮里
望不断的帆影；金椎的大道上
飞驰着朱轮华盖，邮传和驷马。
汉家皇帝东幸齐鲁来封泰山，
北临汾阴去祀后土，勒兵十八万
西游朔方，他自称是无上的天之子。
长安城南面像南箕，北像北斗，
右望终南山一架隽秀的风屏，
左带着渭水沧沧歌古的浪。
长安城棋布着九街十八巷，
盘龙的罘罳下朱门遥对着朱门，
是王侯将相和郡国的邸第；九市
开时，绿长了垂杨柳，红艳了花枝，
罗衫坠马髻是淡粉长袂的女子；
葛巾韦带是商贾人；酒肆花街
坐满了羽林郎吏，看骑马跨雕鹰的
是王孙贵公子。乐府的歌吹飘过宫墙，
明光宫远望着长乐的楼台殿阁。
晓磬一声敲，六宫的妃嫔传动蜡烛，
满朝集会起玄冠，彩绶，黼黻，玉珪，
貂蝉和银珰；未央回龙的宫阙
响起太鼓金钟，华毂的云盖车集在
宫门，听玉堂传呼出金马的待诏。
未央前殿下班列着猛将忠臣，在
这里盘转机枢便决定了一切
人间的命运。他们东吞了貗貊，

南下过牂牁，北封燕然又禅过姑衍，
他们要囊括四海，席卷八荒，都因为
这是先祖先宗遗留的责任。

太初元年，这一天远使回了国，
奏上中书说："为大宛的刁蛮有辱了
君命。大宛王诈留下锦绣缯帛，
强夺了钱宝，在使者车令的席前
椎毁了金驹；逃过郁成又遭了劫掠。
他们说北边有强胡挽着雕弓，
南傍天山又缺乏水草，汉军插翅也
飞不过流沙，怕什么汉皇？不献宝马！"
天子沉下了脸，推开玉几，传侍中
立刻命御史按兰台诏拜李广利
去西伐大宛。虎符班发了六千铁骑，
步戎编制起几万壮士；转天五鼓
齐集在渭水桥头看贰师将军
亲受了斧钺。将军被着锁子铠，
头顶上闪亮着金鍪，勒白马高声
喊出誓词："为争汉家社稷的光荣，
男儿当万里立功名。这一程
不屠平贵山，无颜再归朝见天子。"
鼍鼓一声敲，万人的欢呼直冲上
云霄，旌旗摇乱了阳春的绿野。
将军站在高坛上检阅过全师，
渭水边排设下四五里牛羊的飨宴，
文武官员们奉上玉爵；天子叹
解开羁绳才知道将军本是条猛虎。

盘过六盘山，兵出狄道，一路
迤逦摇荡着旌旗是几万军马。
焉支山深春的凤仙正红，居延河
布满了汉家新筑的堡垒；山路
曲折铺一地残花，松林里乱噪着
无名的山鸟。将军传令催促全军
不许留连，赶夏末过姑师齐会在
乌垒。过了酒泉，敦煌，屯户人家
渐渐稀疏，遍野蔓衍着蓬蓬乱草。
兵过盐水远望见玉门在浩淼的
平沙上耸立着雄伟。玉门都尉
烹牛煮酒早备下了出关的祖道，
举杯对将军说："今年怪，山东的
蝗虫忽然飞到了河西，将军前程可
善自保重。"将军勒住马低头笑：
"丈夫该终生以塞外为家，有钢刀
还怕什么天地的灾异！"将军捋着
须一口饮干了兕觥，叫军正催军
加紧向西行。玉门外无边的大漠
托着穹苍，西天已经半吞了落日。
兵马陆续出了关，橐驼珰瑯着大铜铃，
老牛拉着车，军中已燃起三尖的火把。
夜降了，关亭上凄清地敲响了更梆，
远望大军迎着落霞，在暮霭中
淡淡地消失在一片寂寥昏沉的
荒漠里……

第二年边疆陡然有骑驰

飞马急报到未央东阙，说贰师将军
遭了奇劫，已经败退到玉门关外：
一路沿天山南麓城廓的小国都
紧闭上城门，不肯献粮草；军食
缺少又忍不过冬寒，兵才到郁成
便遭了杀戮。踉跄的只剩下几千人，
和几百辆楷车载回了多少具尸体。
汉兵不怕死，只愁忍着饿几千里
遇不到敌人，路远粮缺，求再补兵马。
天子大怒。拍案叫草急诏，李广利
不许偷进玉门，叫他在塞外屯兵等候！
明早五更招齐了公卿："朕到如今
举兵三十年没受过这种侮辱。
别叫绿眼红毛的看不起汉天子，
朕要推倒昆仑碾碎你们的骨肉！"
败兵的消息一倏时哄动长安，
传遍了三辅。家家跑到市街头
打探吉凶，老妈妈扶着小孙儿
步步向天呼，少妇们都抛开机梭
嘤嘤垂着泪，户户门前挂起丧麻。
傍晚的长安落下了愁春的雨，
昏夜满街熄了灯光，叫梦魂早早哭到
天山，去收拾乱草黄沙里余温的白骨！

但是天子息不了怒气，班发羽檄
到四方火急去征调材官与车骑，
叫太仆快准备收罗十万匹好马。
这一年为征伐大宛可忙乱了全国，

全国大道上都飞奔着使者车，
郡国到处腾空了武库；叫更卒
伐春桑赶作弓弩，锄犁都毁铸了
钢镞的羽箭，箕敛了粟米堆成粮橐，
绨绔布帛都连缀成遮风的营帐；
家家聚了钱准备羊皮，来裁作
裘袍和革履；长安少女吞噎着泪
赶缝赤地青蛇飞虎的旗帜；
凶赳赳的县吏挨着户征索耕牛，
坐马，田园里只剩下婴儿妇女。
转年寒食节处处长亭挤满了人，
老小都担着筐笼，提了行李袋；
出师的冷酒苦酸酸的尝不出香，
渡头边洒满了别离的热泪。
送走了，爹爹，兄弟！送走了，好亲人！
送走了，老黄牛，田地里唯一的朋友！

到重阳在长安编好了远征军，
一共是十六万八千四百多壮士，
五十几个校尉，六百多个军侯，
总领给贰师将军作西伐的元帅；
将军幕府里设了八十几个官员，
为宝马还诏派了两名执驱校尉。
牛马十三万匹，无数的驴骡与橐驼，
驾起轹猎武刚车，载着藁粮，辎重；
冲輣和楼櫓上扎满了赤龙旗，
皮楯头画着蓝蛟黑豹。卒伍里
杂编着髡簪的逃犯，赭衣的匪徒，

恶棍，豪贼，和落魄成博徒的贾人子，
如今为汉家的声威混成了一军，
都提着戈矛统领在贰师的旌带下。
这十几万大军陆续开行，循渭水，
出陇西，走上了万里长征的路。
曲折逶迤，连绵着百多里的兵马，
后队的铙歌还未唱过洮河，删丹山
已敲遍了前锋的鼍鼓。这一路
踏着深秋的落叶，衰黄的枯草已
抖满了寒山，寒山顶上的野松林
刮动黑风，塞外早落下无情的冷雨。
回头看贺兰山上一片片野云飞；
沧沧的黑水向荒沙滚着呜咽的浪；
大雪山黑峰夹着白峰，重重叠叠
直叠进了云峦；从破晓到黄昏
山山谷谷听不尽的哀猿的长啸。
有时午夜远远有羌笛，似怨，似愁，
吹冷了祁连峰顶上的一轮白月。
才知道一天天远了家乡，一天天
远了，远了家乡的父母和妻子。

把清霜踏成雪，雪又结成了冰，
转过敦煌，出玉门，正交冬令。
玉门外没有了人烟村落，没有山河，
只展开茫茫的一片伟大单纯的奇迹：
北极的寒风旋过天山，直觉得
冷森森，无影无形地在大漠上转，
无影无形的，他扬着黄沙，卷着

黄沙，卷着黄沙，又扫着无边无极的
一片黄沙白草。这一片黄沙白草，
无边无极的，托住一座混沌高大
浑圆的天，叫你怀疑几千里外
果真还会有人民？有山？有水？
天边低垂着一轮冷涩苍白的，
听说这叫作流沙上唯一的落日。
流沙，流沙，这是流沙？还是一片
阴风里飘满着怨魂的死之海？
向西去！曲折蜿蜒这几十里大军
像一条大花蛇长长地爬上了荒漠，
白亮亮戈矛的钢刃闪烁着鳞光，
是鳞上添花纹，那戈矛间翻动的
五彩旌旗的浪。听铜笳一声声
扭抖着铜舌，战鼓冬冬冬敲落下
钢钉的骤雨；驼吼，驴嘶，牝骡的长嘷；
前军的呼啸应着后军的吆喝；
半空里抖着萧萧的怒马的悲鸣，
和马蹄得得得像杂乱的冰河上
敲碎了雹子点。这一片喧嚣里又
滚着隆隆的沉闷的涩雷，那干沙上
头交尾毂交毂是一串串轮轴的粗吼。
战鼓冬冬冬撼着大漠，笳声奔上天，
托着层层铙歌，像怒海上罡风的叫啸。
向西去！长蛇头顶着落日的寒光，
四面的冻云压下大野；回头看东方
一片混沌的莽苍，玉门早遮蒙在
阴沉的暮色里。夜降了，前锋队

扎住了领头旗,全军支起营帐,
亿万朵红星像萤火颤抖着寒炊,
远近在红星外敲出刁斗声,荒夜的
朔风吹斜了一钩惨黄的上弦月,
几点蓝星:才知道塞外的长天真是座
长的天,塞外的月和星也远比家乡的
星月小。
向西去!向西去!一天天
头顶着寒空,脚踏着漠野,冷冰冰
叫你记不清北风已吹成什么日子,
只知道月已两回圆又两回残缺,
漏了破皮靴,羊裘也补过三五次洞。
顶着冷风一步步迎来更冷的风,
风似矛尖刺进了连环锁子甲,
甲下襦裳加汗凝成了冰;一步步
高了黄沙,少了衰草。糒囊和水袋
都是冰坨,马背上结起梅花的霜点;
迎面戮来的是看不见的钢刀,
只觉得刺进了胸膛,刺进了髓骨;
破晓和黄昏整顿釜灶,十指忘了会
伸屈,又愁飙风里可真难燃着炊火。
每天军簿上总勾去几什兵,这别怨
天苍,是自己的爹娘没给你铜筋骨。

这一天正赶着路,忽然领头军
一阵金钲,全军前后扎住了兵马。
抬头看,天空找不到一块飞的云,
却丢失了太阳,黄沉沉的似雾,

似烟,也分不清是进了什么季候。
飞马传下了令,叫"准备暴风!"
一时全军都慌了手脚。骑兵卧下马,
马外挡往橐驼,教辎辀车轴交轴
团团都团起了桃花锁链。干沙里
掘了洞埋下行囊,紧堵住车轮
堆起了粮驮茭藁。只听见不知是
天和地的那一面边缘上远远地
像沉雷,闷塞的呻吟,又带着长长的
屠杀似的尖号,扑来了无边无极的一阵
凶蛮的噎塞。一转眼打着旋的风飙
卷到眼前,半空里只像是厚沉沉
一片呼啸,似恶鬼狂魔挥动蛮凶的巨翼,
驱逐着一大群狒狒吼,狼嗥,和野虎的
咆哮,混沌沌地撼着地,摇着薄的天,
弥天扫下了坚硬的石雹和沙雨,
铜盔和铠片上叮叮敲乱了盖头钉,
噎扼着咽喉,剥着肌骨。大漠的黄沙
卷着螺旋飞上了天,满天的黄沙
又似坍崩了日月星辰狂塌下大地。
听西营里似劈山样轰隆地倒碎了
一行车,背后又猛一阵狂鸣惊跳起
一队驴驼和马。暴风撒着野是一个多
时辰,两耳里只灌着说不出名的昏沉,
恐怖,震撼,恶狠狠的癫狂,只叫你
想到白骨,寒冰,想到死——
风静后,
大漠好平坦,拖开长长的柔浪纹,

没有一星沾污的痕迹；只剩给全军
死洋洋的像一大块零乱的垃圾
半没在平沙里。将军叫重点人畜：
到傍晚军校都相对无声地苍冷了脸，
默默低头把军簿册捧上了幕府营，
将军在无言的凄怆里滴下了热泪。
明天一清早，全军缓缓地又向西行，
为悼丧垂了旌幡，鞞鼓也停了响，
回头看昨日的残营，分不清是牛马
是人，只乌鸦鸦一大片僵埋的死体尸。

在铁甲的寒冰里把日子熬成了年，
梦也只梦到荒沙，荒沙，梦不见妻子。
这一天走到中午，渐渐清澄了天，
远远飘袅着村烟，有了城廓，树木。
不一刻迎面飞奔来了几十骑
狐衣貂帽的人，赶到领军前下了马，
说姑师国王已预备下醪酒肥羊，
请将军到交河城权且憩一下脚。
大军缓缓地到交河城外扎下营，
七十天才重想起房舍门窗，才又看见
红颊的白女人，青的天，亮的溪水。
这一晚姑师全城都燃起红烛，金灯，
打初更便喝缺了全国的蓄酒。姑师王说：
"我们到今天才真见识了大汉的威严，
难怪朝鲜亡了国，匈奴北退过余吾水！"
参军李哆走到筵前举觞来上寿，
道："这都是今上天子无量的宏德，

托天福才能统九州,德化到四海。
代将军敬谢姑师王。"姑师王连连称
"是子国的义务"。姑师的左译长捧上舆图,
报告说从此沿天山这一路都平坦,
再西行三十七日就能到贵山城。
将军笑,"等踩平贵山可早备迎师酒。"
国王叫献鼓乐:一对对琵琶,弦鼓和
小箜篌,拥出一队队紧袖长裙的舞伎,
软软地弯着腰,手里擎着梅花枝,
在金碧的烛光里舞成了翻花
碎月的舞。导军王恢低声说:"胡姬敢自
也有丰姿呢。"将军叹口气,"骏马和宝刀
到底敌不过眉黛红胭脂,来得是美!"
宫廷外满城嗓杂着欢笑声,兵士们
今夜把姑师当作了家乡的大酺会,
忘了寒冬,忘了倦,忘了天明还得有
几千里路途;没留神一夜北风堆起
愁云,白花花落下了天山的大雪。
第二天破晓赶早起程,一天飞飘着
软鹅毛,大地上早积厚到尺来深浅,
冰着脚,埋着马蹄。远望模糊的天山
辨不清是云头还是登天的阊阖口。
回头隔着雪,一步步消失了交河,
那似绿光一闪的温柔乡,从此又
只得留剩给夜营中飘忽的乡梦里。

雪片连天飞个不停,将军的心坎中
却渐渐叠积起恨和怒,对李哆说:

"你记得从此向西,就进了我们前年
饥寒的地狱,三四万兄弟都死在
这些刁顽的小沙洲的苦手里!"
前冬的故事一时传遍全军,全军
壮士的心头都燃烧起复仇的烈火。
雪止的这清晨,在天山山角边,
墨灰的愁云下托出了一座孤城,
像一圈鬼影描画在山坡,不见人烟,
只干枯的几丛树。候骑先到了城门前,
堞头躲着几个背了弓的黑影,喊:
"知道是大汉的圣军驾到,我们轮台
小国,备不起藁粮酒宴来供奉。"
"快快开城,叫豪酋出来迎劳将军!"
"人民寒苦,我们不敢纳天兵,请赶向
西行,听得乌垒城已经早备下粮草。"
将军大怒,招集了军侯校尉们说:
"这里就是前冬劫我们后距粮车的
强盗!军士们杀进城,我们只要人头,
不要财宝!"兵马一声喊,架起冲车,
搭上云梯,铁楯和长矛像黑浪山
向孤城拍着波涛,翻进了血井。
波涛里两昼夜的喊声、杀声、呼号声、
刀剑声,城中滚荡起黑红的火焰;
两昼夜的屠杀里渐渐腾出笑声、欢呼声,
白雪上一地斑斓的污血。校尉报
将军:"从鸡狗到妃嫱没敢余留下
一条生命。"将军传令拿残城犒赏全军,
在城楼上竖起大汉的军旗,即刻赶路。

全军兵马像洗新了勇气,冰冷的
三个整月,这铁刀枪到今天才尝着了
腥咸的暖人肉。是军马加了新装,那
车辕边矛英下夯拉着血淋淋的头颅,
压队的辎车里藏满半活的女人腿。
轮台扫得好干净,回头汉旗下,像一团
鬼影描画在山坡,焦了树,灭了黑烟;
墨灰的愁云边遮没了残塌的壁垒。

向西去!这轮台的消息几日间
传遍了大漠南北。沿着山阳大道是
连绵的绿洲,从轮台过渠犁,乌垒,
狡猾的龟兹,过温宿,过姑墨,直到
队商云集的疏勒,七八座小城国
一路都结彩搭长坛赶着献牛酒。
他们说眼看见云朵里有紫影的
天兵护着汉军扫过轮台飞向葱岭。
壮士们一天天增加了勇气,天山的
石壁也一天天高,白峰推着黑峰,
密密层层拥进了葱岭的一片,像海浪,
像狼牙,冠雪被松杉的千峦万岭。
羊肠的小路在乱峰里盘绕着石岩,
算是这座隔绝罗马与长安的
摩天的屏障间一线唯一的鸟道。
大军在疏勒国喂足了马匹,磨亮矛尖,
重整了部曲,班发伍符,分派作十七道,
旌旗浩荡着鲜明,攀上高山,战鼓和
铜笳一声声盘过白峰上十七座关卡。

一路常看见古怪的绵羊群，老牧人
吹着羚角笛；赤松林里奔着长须鹿；
偶遇到挑着笼担的西胡商旅人，和
背着弓矰的猎夫，咕噪着囫囵的言语。
盘下关卡，寒冬倒像转变成春天，
涩河已溶了冰，两岸像青青润出芽草。
远望大宛国村烟绞绕着村烟，绿野
杂青松，好一座太平熙攘的世界。

十七道大军集合在徽亭边，将军
发令："进宛国不许扰乱平民，剽劫良善。"
宛国的禽侯早率领巡骑迎到边疆，
来劳问汉军，"为什么万里从东方
来到荒外？"军正赵始成在马上答话：
"你们还该记得三年前侮辱汉使，
摧毁了金驹？汉天子木着仁德原
不想动干戈；你们快去禀告宛王，
叫他迎飨天军，三日内快献出宝马。"
巡骑退后，大军静静地屯驻了三天，
只见远近村民忙得慌张，大宛王
并没有丝毫回讯。第四日清早
开拔了三万骑兵，一昼夜齐拥到
贵山城下。贵山城石壁有四丈多高，
城堞上光亮的戈矛密排着武士，
雷石堆得像沙丘，圜着城四丈宽
污黄的护城水。十二座城门都吊起大桥，
门楣上雕琢着狰狞的熊头和虎爪。
远远地巡城一周，将军皱了眉，吩咐

教离城三里半扎下营垒。看东北上
两三道清流流进铁城闸,左面是一片
赤松林黑得似个罪恶无底的洞;
城背后背着一座奇瑰的嘎啦山,
满山星点样布着烽燧和弓箭垒。
将军叫司马到城门前,一枝羽箭
把帛书高射上城楼,上面写清楚:
"明早卯刻不回答便屠烧不赦。"
明早卯刻天刚破晓,忽然浮桥上
一面紫鹰旗,六千胡骑拖着平野
摆下鱼丽的长阵。毋寡束着金盔
站在城楼,身边一个军酋高声喊:
"请汉军退兵!大宛国的血汗马是
大宛的国珍,大宛王也有六万噬人的
虎头军,请回国转奏长安汉天子!"
听这话贰师将军气直了双眉,
传令"攻!"汉军横排开一万铁骑,
中坚是三重矛,左右伸张开两翼,
挺矛的在后,牛皮楯接连在阵锋前;
战鼓钢锤样敲,一阵呼啸冲向敌军,
像一只苍鹰遮着天扑下四野。
胡骑也卷着狂风迎上前;两军战鼓
擂成一片闷山雷,呼声,马嘶声,
钢刀和钢刀声,转眼白光里溅一地鲜血;
血水上骨碌着活人头,马腿,踩烂的
尸身,半截的胴腔,零落的手和脚。
汉军的后应黑浪样推涌上阵锋,
贵山城也四路奔流出灰铁甲,

两军黑狂的叠浪交滚着，交滚着
呼号的旋涡，轻飘飘涡旋着腥红的生命。
到辰刻将尽，宛兵似顶不住狂涛，倒退向
城根，汉军更压着残颓排砸下凶狠。
忽然左面赤松林里猛一片杀声，
飞腾出一麈军，截断追兵的左臂，
护着残师似一阵旋风旋进了城门去。
汉军橹棚上暴雨样拍动连弩弓，
往满野满城斜扫下钢镞的鹫羽箭，
转眼给石城蒙上钢刺的花披风；
城上的雕弓也截住了冲城的阵线，
贵山十二面拉起浮桥。两军击了钲，
汉兵也退回营垒；留下战场上红黑色
蠕动的一大滩……不，这一早汉军
赢夺来几百面旌旗，几十尊战鼓！
当晚在飞耀的火把光中，汉军
调开兵骑四面团团地围住贵山，
为叫城中绝断水源，用沙囊堵塞了
河流；绕着城四周都筑起了营垒；
松林乱草里埋下铁蒺藜，高岗上
架起谯楼，运军粮修起弯曲的土墙道。
兵士天天出营挑阵，箭雨往城中
飞，城门外却永远再不见敌人的影子，
只女墙上密层层竖着枪矛，高积着
雷石，乱麻样绷张开大黄三连弩。
看城壁的方石块安稳得像山，叫你
搭不上梯钩，城根也凿不穿洞口。
连日中军帐里将军校尉都闷着

焦愁；除了延拖下日子，等城中绝掉
水，绝掉食粮，想不出要推倒这座
铁城墙得借什么魔将神兵来攻打。

日子在焦心的戒备里一天天过去，
一天天汉军虽增了援兵，一天天
贵山城却似圈上铜箍，倍加了稳固。
候骑探报说大宛的西界上来到了
康居的援兵，有六七千，骑着红马，
披着红旆旄，像一群飞焰的焦面鬼；
又听说乌孙顺着赤谷河下来了
两千豹冑军，小昆弥还犹疑着
没占卜是帮助宛城是该辅佐汉。
捕来的伏听告诉说贵山积满着
两年半的茭藁食粮，并且新得的
秦人教给了他们用竹鞭挖掘水井。
一天天日子在焦虑里过去，一天天
将军沉了心；一天天青空上暖到了
阳光，初春的花又织云样蔓遮上
山野。花开倒不叫离乡人想家，他
开给离乡人以红晕的想望。一天天
围城的人像颓散了，像被时光磨倦了心，
战胜汉兵的不是恐惧，焦急，不是
疲劳（他们的意志硬过他们的刀矛），
战胜了汉兵的却是阳春暖雨天，
和大宛国红唇白肉体的年青女子。
每次巡营将军真按不住怒火烧心，
营营都搜得出葡萄酒瓮，女人的

花衣裙，和叫不出名字的零星红裤袄。
军法的皮鞭下抽得死灵魂，可是
抽不死毒蛇样一条男子的欲望。
一天天日子在等待里拖着绵长，
拖软了军鞭，拖钝了刀矛，拖淡了将军
封侯的梦影……
是三月三日，上巳佳节，
涩河两岸杨柳都垂长了飘飘的绿，
汉军在垂杨影里布下了祓除席，
为醉乡心享受了一天畅快的好羊酒。
计算笼城已拖过了一个月有零，
厌了想功名，厌了军营的黄草褥。
这一个多整月，这三十几个长天，
贵山城的忧慌也渐渐摇落掉一顶
黄金的冠冕。宛王毋寡他忘了宝座，
忘了他的珊瑚树，大秦的娇美人，
他每天从清晨到深夜在他御苑里
徘徊，徘徊，望着他几十匹红鬣的
宝马；望着他们迎风飘动的颈鬣，
晶亮的大眼睛，听他们在疏林里
踢着蹄嘶吼。他忘了睡，忘了语言，
"杀退汉军！杀退汉军！"这是他一月来
唯一的唯一的命令。翕侯们相对
锁着眉头："陛下，我们只剩了，只剩了
七十天的羽箭，一个月的军粮，
我们开了城插翅膀也飞不出
汉兵的罗网。""杀退汉军！杀退汉军！
你们去杀退汉军！他们要宝马，宝马！"

贵山城街巷里打水都背着木头门，
不知道哪片云飞就落下了铜箭雨；
昼夜听四野外汉军的刁斗与铜笳，
吹慌了心，敲碎的胆魄。宛王的命令
调得动兵丁，却压堵不住一天天
满城人的接耳交头，嗫嗫的细语。
"杀退汉军！杀退汉军！"唉！翕侯们
锁着眉，煎熬的日子一天天在
毋寡的徘徊里，徘徊里长长地拖过。
上巳这一夜大将煎靡奏上宛王：
"臣子们全体商量，大家不愿等绝粮后
同作空头鬼。如今有两条路请陛下
裁度：是今夜大家去拿生命换点威风，
还是陛下为几十万人民肯牺牲宝马？"
"杀退汉军！杀退汉军！"他没有踌躇。
"好，服从陛下是我们军人的责任！"
煎靡退出宫，征集敢死的兵丁，教厚甲
衔了枚，战马都解下银铃杏叶；午夜
偷开了四面城，一钩昏月像夺拉着
血舌头，汉营黑沉沉只几点灯火。
轻轻地，轻轻地向前进，东南角落上
飘动旗影的该是中军，从西门向西
夺过松林便是通上康居的一条马道。
轻轻地向前进——猛一声狂呼，
城堞上摇红了火花林，一片杀声
似涩雷从城根直劈出大野。鼋鞭的
急战鼓催着钢刀，夜袭兵层涌着
重迭的火浪烧进汉军的钩翅连环垒。

汉军里一阵杂乱的呼嚣，将军急令
叫连起铁蛇兵，迎着敌飞出密雨箭，
中军展开乌云的两翅挡住火潮；
但听西北方一时踉跄像颓塌了阵膀，
（可怜披甲的丢掉了头盔，背弓的
慌张寻不着箭袋，一颗颗灌满酒的
梦头颅，都在刀光里滚下草野。）
两军火光焚着地，摇着山林，满城
满野疯颠的惨杀声穿过夜的天，
骇淡了星光，骇白了东天一痕晓色。
城门下金钲响时，零零落落奔回的
只有三二百兵丁，汉军里也一片残颓，
塌碎了连环垒，折了旌旗，烧了营帐，
断臂折足的凑不起全身，甲胄上
沾红的是自家兄弟的血。

**贰师将军**

气抖了喉咙，传全军在辕门下听令：
"大汉的男儿跋涉万里来到西胡，
这一夜伤兵败将都是谁的责任？
从今天我们抛掉生命，攻城！攻城！
要雪恨得洗清你们的军营，先除尽
龈？你的仇敌，吞了你雄心的怪魔鬼！"
全军一声呼应，奔回了军营，转眼
在平野的中心山堆起一堆赤条条
雪白又颤抖着湿红的女人的尸体；
积起枯柴，四面迎风纵起烈火来烧，
污黑的浓油烟蹿上天，蹿上朝云，
遮住东天边一团浑红的新光采。

攻城！攻城！几万汉军复仇的热血
沸狂了心，"没有牺牲便永没有胜利！"
为填塞城沟斫秃了赤松林，掘尽
碎山石和涩河两岸的泥土；四面
钻着箭雨顶着雷石，背了楯攀城的
腰别了小匕刀，几千名赤手的壮士。
尸体堆成丘，堆成山陵，云梯的铁钩
才钩上城堞；白昼四野的人浪涌成
狂涛，昏黑里火把光烧焦了石壁垒。
他们忘了夜，忘了天明，只当他
箭雨变了枯树枝，雷石只是茅檐的灰土；
只听城壁下荡地的杀声紧着摇，
好像摇得一座石城在飘忽里颤抖。
六个整夜晚又六个白天，鼙鼓声
十几里雹雨样地敲；六个白天又
六个整夜晚一座灰城已染成了
开满红花的一团血锦。尸体堆，堆，
一天天堆上堞墙，一天天杀声杀上了
城垛；轰隆一声似罡风压塌下
西南的城楼，随着东城头也崩裂开
三丈宽的缺口。第六天一早几千人
涌着白锋的刀浪狂呼着翻上了城墙，
砸碎了城楼，在血海的涛声中
城堞上抛下了煎靡的头颅和一具
乱刀剐碎了的血淋淋的尸体。
大军像虿蜂要夺窠巢，从四城的缺洞口
顶着箭雨的尖镞飞拥进了城——将军，
将军抽一口气，在城门的尸海里勒住

缰绳，抬头三百步外又一片似削壁，似
金山；在这塌碎的城圈内巍巍地
又竖立着同样坚固的沉厚的一座
中城的石壁垒。
这夜晚贵山城里
死沉沉没有声息，满城的兵士和
人民在昏黑里等待着他们最后的
命运。宫门外樱花的广场上集着群臣，
瑟索的火把光中颤抖着他们深深的
恐怖，焦愁，和怨愤。"汉兵并不要打，
汉兵要的只是几十匹宝马和威名，
如今这罪过都是煎靡，煎靡……
都是毋寡！""他要为他几十匹红驴
把我们人民，把我们轻轻地投给
水火！让我们……""不过他是我们的
陛下，我们的王啊！""对罪恶的魔王
裁判的威权该在我们手里，让我们
献出宝马，再送出那酿祸的王冠，
汉军要不依从，那时再拚着血肉来买
我们的生命。"——这夜晚几十把钢刀
轻轻地进了宫。"杀退汉军！杀退汉军！"
可怜老毋寡秃了顶的头颅便随着
王冠包进一个绣满金驹的锦袋里。
天还没亮，掩开城门，一匹马和一朵
孤清的白火光，使者飞奔到汉营里。
"侮蔑大汉的都因为毋寡一个人的
狂悖，我们如今献上宝马，斩了首凶，
请将军休兵，宽赦过大宛几十万生命。"

将军和李哆赵始成商议：十几万部曲
只剩到如今三四成人，看耐不住
贵山的稳固，康居又陆续来了援兵，
如今既赢得宝马，又斩了宛王头，
不如赶早回朝，对付着留一星威望。
将军许了约。第二天东郊外搭起
坛台，大宛的翕侯们列开了仪仗，
斩白马，将军歃血在赤龙旗下饮了盟杯，
两军哑着疲惫的喉咙欢呼出万岁。
翕侯们举爵说："今天才真真认识了
大汉的宏威，从此祝两国结起和平，
大宛愿永远侍奉在天子的陛下；
请将军给宛民重立个明君。"将军
发令容赦过一切宛国善良的人民，
把大宛的王冠赐给了翕侯昧蔡。
叫御苑中牵出宝马，将军抚摸着那
黑鬣，红鬃，空空地望着李哆，摇摇头，
想不出说甚么来称赞。接连三昼夜
贵山在城外宴献了白羊，美酒，与
肥牛；汉军把宝马系在筵前，一路到
今天总算赢得了一顿西胡的好酒肉。

进三月中旬大军起程，重整顿军营，
只剩了三万六千披了伤痍的骑士。
出关的牛驼早作了军粮，死马破辎车
也祭送了涩河的浊浪。执驱校尉
拣选了几十匹血汗的千里驹（只愁
找不出比六郡的黄骠有什么奇特）

和几千匹坐骑，大军分两路越过葱岭。
南路的一支兵去扫荡了郁成国，
斩了蛮王，郁成屠剩了一座荒谷。
北路沿天山旧道，一路过城廓，过
沙洲，过河，天山点翠了碧蓝的春夏；
一路上不断的有诸国奉飨牛羊，
但鼍鼓声已催不动疲乏的脚步。
离了姑师正逢着焦灼的毒太阳，
烧热流沙上几千里的干涩；几千里，
找不着树木可以憩肩，没有凉风，也
寻不到流水。一天天胸背上汗凝成胶，
玉门却远远地，远远地隔着干沙，
干沙的几千里地。脚掌下干沙像焦热
蒸着烟，天空却永远是金黄黄的
一轮好太阳，没有云丝也不滴一滴雨。
不久像有只无形的魔爪抓住了全军，
瘟疠神每夜来解决百多个小生命，
遍身的红斑点转瞬便黑断了舌根，
说是太阳神拿针尖刺焦的髓骨。
为赶中秋贺万岁，校尉的皮鞭下
哪敢说声憩（好在宝马已成了功，鞭的
不过是逃犯，剽贼，和落魄的贾人子），
天天的毒太阳接着无风的闷暑夜，
一步步好容易算挨到了玉门关外；
到玉门才有人问起了去年冬天可寒？
忘记了，仿佛大漠是火焰，没有过风雪。
玉门关都尉检点这凯旋军，怎么？

怎么只有瘦马七千,和一万来名
凹着颊拖着腿的像幽魂的老骑士?
怎么,宝马?没留神宝马也混进了关,
怎么没看见玉眼,金蹄,背脊上汪着血?

当然,昼夜地赶路也没赶上中秋;
所幸天子宽仁,虽然伤折了大军,
为万里振皇威,不录将军什么过错。
随将军一路来了西域多少国使臣,
黄门领他们游览了长安和上林宫苑:
上林八百里奇花异兽,三百多处离宫;
长安的锦绣楼台,一座天堂的城市。
将军牵了宝马,拜登上未央龙凤宫阶,
群臣在玉堂前给天子举爵上万寿;
将军捧金牒受封了万户作海西侯,
赐了甲第;随行的校尉们都除官
加了爵;宝马也敕封了,唤作"天马"。
残伤的兵卒人人也都拜奉了皇恩:
四匹帛,二两黄金,还有轻飘飘的
一页还乡的彩关传。
但是这大宛
四载的征伐,消息传遍了葱岭西,
葱岭东,传遍了羌胡和天山南北。
流传的故事说大汉的长安城中
坐着一位人皇,是上帝的儿子,
他三个头,六条膀臂,他会说一种
神奇不可解的语言:他说要风,

大漠上就卷起了昏黑的风；他说
要西征，半天的黄云里就飞落下
千百万神兵和雨点儿似的箭；
他说要神山，大海里真就飘出了
三座神山，飘进黄河，泊在昆明池里。
西国的烂兵马那能够敌得他强？
让我们赶紧带了珍宝快到长安
去祈求他给我们锦绣，丝绸，和钱币。
但是大江南北和关东的老百姓，
从这时也传出一个珍奇的故事，
虽然爹爹兄弟永不见回来，好亲人
伴了老黄牛永远在西方耕起地亩。
他们说宝马已飞到了长安，上林苑
给他筑起了一座高巍巍的安神殿，
他全身是麒麟甲，闪亮着霞光，
白玉作的四只蹄，刻着"未央长乐"，
他两眼是闪电，呼吸是风，他头上的
金角一摇便落下了春天的甜雨点。
从此中国再不怕洪水或魃灾，
他会体贴农人，给我们和风时雨，
帮我们的麦穗长得美，长得肥，长，
帮我们的黄牛永远年轻有气力，
帮我们的春蚕多作大茧，帮我们的
小姑娘早嫁给坐驷马高车的美男子。
每到寒食家家供奠了美酒，佳肴，
向西天遥遥地祈祷（春风在墓地里
垂着泪扬起纸钱灰），祈祷西天外

爹爹兄弟的安全,好亲人永远享着
和平,快乐;再祈祷苍天教长安的
天马万寿无疆,保佑我们种地,摘桑,
年年有甘雨和风,过着太平好日子。

（选自《宝马》,文化生活出版社1939年9月初版）

# 唐 祈

（1920—1990），江苏苏州人。参与创办《中国新诗》杂志。曾任《人民文学》《诗刊》编辑。著有诗集《诗第一册》等。

## 时间与旗

### 1

你听见钟声吗？
光线中震荡的，黑暗中震荡的，时常萦回在
这个空间的前前后后
它把白日带走，黑夜带走，不是形象的
虚构，看，一片薄光中
日和夜在交替，耸立在上海市中心的高岗
半封建半殖民地社会的光阴，撒下来，
撒下一把针尖投向人们的海，
生活以外谁支配着每一座
屋与屋，窗口与窗口
精神世界最深的沉思像只哀愁的手。

人们忍受过多的现实，
有时并不能立刻想出意义。
冷风中一个个吹去的
希望，花朵般灿烂地枯萎，纸片般地
扯碎又被吹回来的那常是

时间，回应着那钟声的遗忘，
过去的时间留在这里，这里
不完全是过去，现在也在内膨胀，
又常是将来，包容了一切
无论欢乐与分裂，阴谋和求援
卑鄙的政权，无数个良心却正在受它的宣判。

眼睛和心灵深处的希望，却不断
交织在生活内外，我们忍耐
像星鱼的繁殖，鸟的潜伏，
许多次失败，走过清晨的市街，
人群中才发现自己的存在。
太阳并没有被谁夺去，
天空却布满了浓重的阴霾，
这是一个多么冷酷，充满罪恶的世界，
人们仿佛从日蚀的时辰中回来。

无穷的忍耐是火焰——
在那工厂的层层铁丝网后面
在提篮桥监狱阴暗的铁窗边
在覆盖着严霜的贫民窟
在押送农民当壮丁的乌篷船里面
在贩卖少女的荠头店竹椅旁
在苏州河边饿死者无光的瞳孔里
在街头任何一个阴影笼罩的角落
饥饿、反抗的怒火烤炙着太多的你和我，
人们在冰块与火焰中沉默地等待，
啊，取火的人在黑暗中已经走来……

（就像地火在岩层中运行
取火者早已在地下引着人们前进，
他辩证地组织一切光与热的
新世界，无数新的事态
曾经在蹿出地层的火苗上
燃烧，红色的火焰，强烈的火焰，
火啊，就要从闪光的河那边烧过来。）
一九四八年的上海，这个庞大的都市的魔怪，
虽然还在黑夜中，我们已看见
黎明之前的龙华郊外
鲜血染红了的瓣瓣桃花，
将在火似的朝霞中
迎着人民的旗帜灿烂绽开。

## 2

寒意的南方四月
中旬日，我走近淡黄金色落日的上海高岗。
依然是殖民地界的梧桐叶掌下
犹太哈同花园的近旁，
我的话，萦回在无数个人的
脑际，惊动那些公园中
垂垂的花球，将要来的消沉，已经是累累的
苦闷，不被允许公开发问——
我只能由衷地指着
时间，资产阶级的空虚的光阴
在寸寸转移，颤栗，预感到必然的消失。
在这里，一切滚过的车
和轮轴，找不出它抛物线的轨迹。

许多扇火车窗外，有了
田野中的青稞，稻，但没有麦啄鸟，
农民躲避成熟的青色
和它的烦扰，心里隐隐的恐惧，
像天空暗算的密雨，丰饶的季节中
更多人饥饿了……
近一点，远一点，还看得见
歪曲了颈的泥屋脊的
烟突，黄昏里没有一袅烟
快乐的象征，从茅屋的破隙间
被风吹回来，陶罐里缺乏白盐
眼睛是两小块冰，被盆状的忧郁的
脸盛着，从有霜的冬至日开始——
一些枯渴无叶的树木下
可怜的死，顷刻间就要将它们溶化。
颤栗的秋天里，风讲着话：
究竟是谁的土？谁的田地？
佃农们太熟悉绿色的
回忆；装进年岁中黑暗的茅屋，他却要走了
为了永久不减的担负
满足长期战争的政府，
农民被当作一支老弯了的
封建尺度，劳动在田埂的私有上
适应各种形式的地主，他们被驱遣
走近有城门的县城外，
在各自的惧怕中苦苦期待，
静静的土啊，并不空旷的地，
农民输出高粱那般红熟的血液

流进去，流进去。他们青蒜似的习惯
一切生命变成烂泥，长久的
奉献，就是那极贫弱的肉体。
……颤栗的秋天啊
妇女们的纺织机杼，手摇在十月的
秋夜，蟋蟀荒凉的歌声里
停止了，日和夜在一片薄光中
互相背离，痛心的诉说是窗户前不断的
哭泣，饥困中的孩子群
不敢走近地主们的
花园，或去城里作一次冒险，
他们在太多的白杨和坟中间
坐下，坐在洋芋田里，像一把犁，
一只小牛犊，全然不知道的
命运，封建奴隶们的耕作技术，
从讨夫的时间久久地遗留在这里，
在冰块和火焰中，在岁暮暗淡的白日光中
又被静静的白雪埋合在一起。

3

为了要通过必须到达的
那里，我们将走向迂曲的路，
一个终极，都该从所有的
起点分叉，离开原来的这里，
各自的坚定中决不逃避，
无数条水都深沉地流向一片海底，
所有的道路只寻找它们既定的目的，
人民的路线和斗争为了探求

真理，我们将在现实中获得最深的惊喜。

## 4

冷清的下旬日，我走近
淡黄金色落日的上海高岗，一片眩眼的
资本家和机器占有的地方，
墨晶玉似的大理石，磨光的岩石的建筑物
下面，成群的苦力手推着载重车，
男人和妇女们交叉的低音与次高音
被消失于无尘的喧扰，从不惊慌的紧张，
使你惊讶于那群纷沓过街的黑羚羊！
我走下月台，经过宽马路时忘记了
施高塔路附近英国教堂的夜晚
最有说教能力的古式灯光，
一个月亮和霓虹灯混合着的
虚华下面，白昼的天空不见了，
高速度的电车匆忙地奔驰
到底，虚伪的浮夸使人们集中注意
财产与名誉，墓园中发光的
名字，红罂粟似的丰采，多姿的
花根被深植于通阴沟的下水道
伸出黑色的手，运动、支持、通过上层
种种关系，挥霍着一切贪污的政治，
从无线电空虚的颤悸，从最高的
建筑物传达到灰暗的墙基下，
奔忙的人们紧握着最稀薄的
　冷淡，如一片片透明纸在冷风中
　眼见一条污秽的苏州河流过心里。

孩子们并不惊异,最新的
灰色兵舰桅杆上,躲闪着星条旗
庞大地泊在港口,却机警眺望,
像眺望非洲有色的殖民地,
太平洋基地上备战的欲念,
网似的一根线伸向这里……

走回那座花园吧:
人们喜爱异邦情调的
花簇,妇女们鲜丽的衣服和
容貌,手臂上的每个绅士的倨傲,
他们有过太多黑暗的昨夜,
映着星期日的阳光,
水池的闪光,一只鸟
飞过去,树丛中沉思的刹那;
花园门口拥挤的刹那;
绿色洋房的窗口黑猫跳出的刹那;
中午的阳光那样熠耀,
灿亮,没有理性的一切幻象,
消灭你所有的思想。

而无数的病者,却昏睡在
火车站近旁,大街上没有被收容的
异乡口音,饱受畸形的苦痛,
迫害,生命不是生命,
灵魂与灵魂静止,黄昏的
长排灯柱下面,无穷的启示
和麇集在这里的暗淡,缺乏援助,申诉:

日日夜夜
在"死的栏栅"后面被阴影掩护。
这些都使我们激怒成无数
炸弹的冷酷,是沉寂的火药
弹指间就要向他们采取报复。

连同那座花园近旁;
交通区以外的草坪,
各种音乐的房屋、楼台与窗,
犹太人、英国人和武装的
美军部队,水兵,巡行着
他们殖民地上的故乡。
国际教堂的圣歌
那样荡漾,洗涤他们的罪,
却如一个无光的浴室藏满了污秽。
佩戴宝石和花的贵妇人,和变种的
狗,幻想似的在欲念中行走,
时间并没有使它们学习宽恕,
遗忘,通过一切谎言,贪婪的手仍握着
最后的金钥匙,依然开放和锁闭
一切财产和建筑物,流通着
他们最准确的金币,精致的商品
货物,充斥在白痴似的殖民地上,
江海关的大钟的摆,
从剥夺和阴谋的两极间
计算每一秒钟的财富,
在最末的时辰装回到遥远的
属于自己的国度,也看清了

一次将要来的彻底结束——
财富不是财富,
占有不能长久,
武装却不能在殖民地上保护,
沉默的人民都饱和了愤怒,
少数人的契约是最可耻的历史,
我们第一个新的时间就将命令:
他们与他们间最简单短促的死。

## 5

通过时间,通过鸟类洞察的
眼,(它看见了平凡人民伟大的预言——)
黑暗中最易发现对立着的光,
最接近的接近像忽然转到一个陌生地方,
匆促的喊声里有风和火,
最少的话包藏着无穷力量,
愈向下愈见广大,山峦外
无数山峦有了火烧的村庄,
村庄围烧着地主的县和乡,县城孤立了
一个个都市,直到这个黑暗社会最后的上海高岗,
每次黑夜会看见火焰,延续到
明日红铜色的太阳。

## 6

看哪,战争的风:
暴风的过程日渐短促可惊,
它吹醒了严冬伸手的树,冲突在泥土里的
种籽,无数暴风中的人民

觉醒的刹那就要投向战争。
我们经过它
将欢笑，从未欢笑的张开嘴唇了
那是风，几千年的残酷，暴戾，专制，
裂开于一次决定的时间中，
全部土地将改变，流血的闪出最强火焰
辉照着光荣的生和死。

## 7

斗争将改变一切意义，
未来发展于这个巨大的过程里，残酷的
却又是仁慈的时间，完成于一面
人民的旗——

## 8

通过风，将使人们日渐看见新的
土地；花朵的美丽，鸟的欢叫：
一个人类的黎明，
从劳动的征服中，战争的警觉中握住了的
　时间，人们虽还有苦痛，
而狂欢节的风，
要来的快乐日子它就会吹来。

过去的时间留在这里，这里
不完全是过去，现在也在内膨胀
又常是将来，包容了一致的
方向，一个巨大的历史形象完成于这面光辉的
人民的旗，炫耀的太阳光那样闪熠

映照在我们空间前前后后
从这里到那里。

　　　　　　　　　1948年作于上海

（选自《中国新诗》第1集，1948年6月）

# 唐湜

（1920—2005），浙江温州人。浙江大学外语系毕业。曾参加《诗创造》《中国新诗》的编辑工作。主要诗集有《骚动的城》《英雄的草原》等。

## 米尔顿

米尔顿，诗人里的诗人，
欧罗巴璀璨的歌诗星座上
一颗最澄明、辉煌的星辰！

在楼上渐近黄昏的朦胧里
打开你孪生的《欢乐》与《沉思》，
我仿佛回到了少年无邪的时日；

像是有一声声出猎的号角，
鸽笛样从黎明的光熹里响起，
在我的耳唇边悄悄儿萦回；

像是有一只只蝙蝠在回廊间
幽深的薄暗里扑着肉翅飞翔，
引我穿入了片深邃的意象；

我也渐渐进入了你的十四行，
听你呼唤坚定的克伦威尔去搏斗，

举起双拳把自由的仇敌狠狠地揍;

呵,你紫丁香似的诗那么芳香,
你光耀的散文又那么雄恣奔放,
给弑君者头上戴上了圣者的光芒;

我似乎更伴着你去郊野散步,
看你构思你雄伟的《乐园》诗章,
你瞎了的眼眸可比黄昏更明亮;

你就像那瞎眼的力士,你的参孙,
要拿你的笔,你有力的凝思似弓弦,
拉倒寻欢作乐的非利士人的宫殿!

(选自《九叶派诗选》)

## 诗

当汹涌的潮水退去,
沙滩才能呈献光耀的排贝,
诗如果可以在生活的土壤里伸根,
它应该出现在生活的胜利里;

果实是为了花的落去,
闪烁的白日之后才能有夜晚的含蓄,
如果人能生活在日夜的边际,
薄光里将有一个新的和凝;

看一天晴和,平野垂地而尽,
灰色的鸽笛渐近、渐近,
呵,苦难里我祈求一片雷火,
烧焦这一个我,又烧焦那一个我:

圆周重合,三角楔入,
在自己之外又欢迎另一个自己!

（选自《中国新诗》第2集,1948年7月）

## 陶行知

（1891—1946），教育家。原名文濬，后改知行，又改行知。安徽歙县人。留学美国，回国后，任南京高等师范学校教务主任。主要著作有《中国教育改造》《古庙敲钟录》《行知诗歌集》等。

### 歌唱现代

我们不歌唱过去，

我们不歌唱未来，

我们只歌唱现代：

歌唱从古以来之现代，

歌唱未来所以来之现代，

歌唱现代的战斗，

歌唱现代的创造，

创造到无穷的将来！

1944年10月10日

### 赠 田 汉

人从武汉散，他在武汉干。

练出艺术军三千，田汉毕竟是好汉。

1938年10月

（选自《行知诗歌集》）

# 田 汉

（1898—1968），湖南长沙人。早年留学日本。参与发起创造社。以戏剧家名世，所作歌词亦颇有特色，曾被广为传唱。

## 毕 业 歌

同学们，大家起来，
担负起天下的兴亡！
听吧！
满耳是大众的嗟伤，
看吧！
一年年国土的沦丧！
我们是要选择"战"还是"降"？
我们要做主人去拼死在疆场，
我们不愿做奴隶而青云直上！
我们今天是桃李芬芳，
明天是社会的栋梁；
我们今天是弦歌在一堂，
明天要掀起民族自救的巨浪！
巨浪，巨浪，
不断地增长！
同学们！同学们！
快拿出力量，
担负起天下的兴亡！

电通影片公司摄制影片《桃李劫》主题歌歌词
（选自《聂耳歌曲选集》，音乐出版社1960年2月版）

## 义勇军进行曲

起来！不愿做奴隶的人们！

把我们的血肉，

筑成我们新的长城！

中华民族到了最危险的时候，

每个人被迫着发出最后的吼声。

起来！起来！起来！

我们万众一心，

冒着敌人的炮火前进！

冒着敌人的炮火前进！

前进！前进！进！

1935年电通影片公司摄制影片《风云儿女》主题歌歌词

（选自《田汉诗选》，人民文学出版社1982年4月版）

## 上海南市狱中（四首选一）

平生一掬忧时泪，此日从容作楚囚。

何用螺纹留十指，早将鸿爪付千秋。

娇儿且喜通书字，剧盗何妨共枕头。

极目风云天际恶，手扶铁槛不胜愁。

## 重返劫后长沙

长驱尘雾过湘潭,乡国重归忍细谈!
市烬无灯添夜黑,野烧飞焰破天蓝。
衔枚荷重人千百,整瓦完垣户二三。
犹有不磨雄杰气,再从焦土建湖南。

## 赠　人

爷有新诗不济贫,贵阳珠米桂如薪。
杀人无力求人懒,千古伤心文化人。

# 田 间

（1916—1985），安徽无为人。20世纪30年代出版《未明集》《中国牧歌》《中国农村的故事》等诗集。40年代创作长诗《给战斗者》和街头诗《义勇军》《假使我们不去打仗》，产生重大影响。40年代末至60年代初陆续修改完成了长篇叙事诗《赶车传》。曾任河北省文联主席、《诗刊》编委等。

## 自由，向我们来了

悲哀的

种族，

我们必须战争呵！

九月的窗外，

亚细亚的

田野上，

自由呵……

从血的那边，

从兄弟尸骸的那边，

向我们来了，

像暴风雨，

像海燕。

（选自《七月》1937年11月16日第1卷第3期》）

## 给战斗者

在没有灯光
没有热气的晚上,
我们的敌人
来了,
从我们的
手里,
从我们的
怀抱里,
把无罪的伙伴,
关进强暴的栅栏。
他们身上
裸露着
伤疤,
他们永远
呼吸着
仇恨,
他们颤抖,
在大连,在满洲的
野营里,
让喝了酒的
吃了肉的
残忍的总管,
用它的刀,
嬉戏着——

荒芜的
生命，
饥饿的
血……

一

亲爱的
人民！
人民，
在芦沟桥
……
在丰台
……
在这悲剧的种族生活着的南方与北方的地带里，
被日本帝国主义者的枪杀
斥醒了……
…………

二

是开始了伟大战斗的
七月呵！

七月，
我们
起来了。
我们
起来了
抚摩悲愤的

眼睛呀；
我们
起来了，
揉擦红色的脚跟，
与黑色的
手指呀；

我们
起来了，
在血的农场上，在血的沙漠上，在血的水流上，
守望着
中部，
边疆。

经过冰雪，经过烟雾，
遥远地
遥远地
我们
呼唤着
爱与幸福，
自由和解放……

七月，
我们
起来了，
呼啸的河流呵，叛变的土地呵，暴烈的火焰呵，
和应该激动在这凄惨的殖民地上的
复活的

歌呵!
因为
我们
是生长在中国。

在中国,
人民的
幼儿,
需要饲养呀,
人民的
牲群,
需要畜牧呀,
人民的
树木,
需要砍伐呀,
人民的
禾麦,
需要收获呀!

在中国,
我们怀爱着——
五月的
麦酒,
九月的
米粉,
十月的
燃料,
十二月的

烟草,
从村落的家里,
从四万万五千万灵魂的幻想的领域里,
漂散着
祖国的
热情,
祖国的
芬芳。

每天,
每天,
我们
要收藏——
在自己的大地上纺织着的
祖国的
白麻,
祖国的
蓝布。

…………

因为
我们,
要活着,永远地活着,欢喜地活着,
在中国。

三

我们

是伟大的中国的伟大的养子呵!
我们
曾经
在扬子江和黄河的
热燥的
水流上,
摇起
捕鱼的木船;

我们,
曾经
存乌兰哈达沙土与南部草地的
周围,
负起着
狩猎的器具;

强壮的
少女,
曾经在亚细亚夜间燃烧的篝火的
野性的
烈焰的
左右,
靠近纺车,
辛勤地
纺织着……

…………

我们，
曾经
用筋骨，用脊背，
开扩着——
粗鲁的
中国。

我们，
懒惰吗？
犯罪吗？

我们，
没有生活的权利，
与自由的
法律吗？

为什么——
亲爱的
人民，
不能宽敞地活下去，平安地活下去呢！

## 四

伟大的
祖国，
悲剧的日子来了，暴风雨来了，敌人来了……

敌人，
突破着

海岸和关卡,
从天津,
从上海。

敌人,
散布着
炸药和瓦斯,
到田园,
到沼池。

敌人来了,
恶笑着,
走向
我们。

恶笑着,
扫射,
绞杀。

它要走过我们四万万五千万被害死了的
无声息的尸具上,
播着武士道的
胜利的放荡的呼喊……
今天,
你将告诉我们以斗争或者以死呢?
伟大的
祖国!

## 五

我们
必须
战斗了,
昨天是懦弱的,是惨呼的,是挣扎的
四万万五千万呵!

斗争,
或者死……

我们
必须
拔出敌人的刀刃,
从自己的
血管。

我们
人性的
呼吸,
不能停止;
血肉的
行列,
不能拆散;
复仇的
枪,
不能扭断,
因为

我们
——不能屈辱地活着，也不能屈辱地死去呀……

…………

太阳被掩覆了，
疆土的
烽火，
在生长着；

堡垒被破坏了，
兄弟的
尸骸，
在堆积着；

亲爱的
人民，
让我们战争，
更顽强，
更坚韧。

## 六

…………

我们，
往哪里去？

在世界，

没有大地，
没有海河，
没有意志，
匍匐地
活着；
也是死呀！

今天呀，
让我们
死吧，
但必须付出我们
最后的灵魂，
到保护祖国的
神圣的
歌声去……
亲爱的
人民！

亲爱的
人民！
抓出
木厂里，
墙角里，
泥沟里，
我们的
武器，
挺起
我们

被火烤的,被暴风雨淋的,被鞭子抽打的胸脯,
斗争吧!

在战斗里,
胜利
或者死……

### 七

在诗篇上,
战士的坟场
会比奴隶的国家
要温暖,
要明亮。

1937年12月24日,武昌

(选自《七月》1938年1月1日第1集第6期)

## 假使我们不去打仗

假使我们不去打仗,
敌人用刺刀
杀死了我们,
还要用手指着我们骨头说:
"看,
这是奴隶!"

1928年作

(选自《抗战诗抄》,新华书店1950年1月版)

## 义 勇 军

在长白山一带的地方,

中国的高粱

正在血里生长。

大风沙里

一个义勇军

骑马走过他的家乡,

他回来:

敌人的头,

挂在铁枪上……

1938年作

(选自《抗战诗抄》,新华书店1950年1月版)

# 屠 岸

（1923—2017），江苏常州人。40年代开始诗歌创作。1986年出版《屠岸十四行诗》，另有译著多种。曾任人民文学出版社总编辑，中国作协理事。

## 梦 幻 曲

夏晚的绯光没有抚慰
你发巾下如眠的黄金波浪；
秋天，灰红的雾火里，
银杏的落叶也只是无效地渴望着
在变成泥土馥郁的叹息前，再一次
仰吻你宛步的蹁跹；
而且，白衣的你，也并不顾长，
即使映在清溪泠泠的欢歌中，
芦荻丛底，衬以碧柔的水衣；
你也没有百灵鸟的眼睛；
在春深时候，对着荼蘼繁茂的悲哀，
也并没有一朵微笑，怯怯地，
在你挂着泪的腮上敛开。

但是，不中用的土牢呵，
圈住了我，可怎能圈得住我的灵魂！
它只要伸一下腰，就会展开洁白的巨翼，
开始，翩翩地，飞往自由的土疆：

呵！彼方，一片朝雾熹微，
在嘶叫的马群的杂沓奔驰中，
猛然，跃起你矫捷的戎姿，
疾掠过平野千里……

于是，唉，我只得再问：
（看呀，我简直是伤透了心！）
你究竟用了哪一把温柔的钥匙
轻启了我深禁的心扉，并且，
待我灵魂归来，一个清冽的寒夜，
茫然惊觉，土牢里，月影迷离，
慢慢睁开我清醒的眼睛，
你早已从我心中窃去了，永远窃去了
我的缄默——可怜的尊严！

1946年1月作

（选自《绿诗岛》诗刊1946年第1期）

## 汪静之

（1902—1996），安徽绩溪人。1922年参与发起湖畔诗社，出版诗合集《湖畔》。主要诗集有《蕙的风》《寂寞的国》等。

### 死　别

我死后你把我葬在山之阴，
山之阴是阴凉而寂寥；
我要静静地睡在这里，
我不要太阳光的照射。

你不要种梅花在我的坟旁，
梅花会带来春天的消息；
我愿永远忘了艳丽的春天，
它会使我墓中人流涕。

你不要种牡丹在我的坟前，
牡丹花是那样妩媚轻盈；
我埋在地下的骷髅，也要为它
辗转反侧，不得安宁。

你不要种石榴在我的墓后，
榴花的殷红有如火焰；
我已经变成化石的死骸，

也要因它而复燃。

当秋天来了,你不需去洒扫,
让秋叶坠落纷纷;
我愿一年年的秋叶积压在坟上,
把我埋掩得深深。

你莫为我悲啼,那会使我想起
生前你我恩爱的年岁;
冷落的沉寂的墓底的枯骨:
要为了回忆而粉碎!

1925年秋

(选自《寂寞的国》,上海开明书店1927年9月初版)

# 王独清

（1898—1940），陕西蒲城人。曾赴法国留学。回国后参与发起组织创造社，并主编《创造月刊》。主要作品有诗集《圣母像前》《死前》等。

## 但丁墓旁

现在我要走了（因为我是一个飘泊的人）！
唉，你收下罢，收下我留给你的这个真心！
我把我的心留给你的头发，
你的头发是我灵魂的住家；
我把我的心留给你的眼睛，
你的眼睛是我灵魂的坟茔……
我，我愿作此地的乞丐，忘去所有的忧愁，
在这出名的但丁墓旁，用一生和你相守！
可是现在除了请你把我的心收下，
便只剩得我向你要说的告别的话！
Addio, mia bella!

现在我要走了（因为我是一个飘泊的人）！
唉，你记下罢，记下我和你所经过的光阴！
那光阴是一朵迷人的香花，
被我用来献给了你这美颊；
那光阴是一杯醉人的甘醇，
被我用来供给了你这爱唇……

我真愿作此地的乞丐,弃去一切的忧愁,
在我倾慕的但丁墓旁,到死都和你相守!
可是现在我惟望你把那光阴记下,
此外应该说的只有平常告别的话!
Addio,mia Cara!

(选自《现代》第5卷第1期)

## 闻一多

（1899—1946），湖北浠水县人。1912年考入北京清华学校，1922年赴美国留学。1923年出版第一本诗集《红烛》，表现了爱国主义的思想情绪，艺术上有唯美倾向。1928年出版代表作《死水》，并参与编辑《新月》和《诗刊》。曾任清华大学等学校中文系主任，有古典文学研究和其他论著多种。1948年，开明书店出版了《闻一多全集》。

### 口　供

我不骗你，我不是什么诗人，
纵然我爱的是白石的坚贞，
青松和大海，鸦背驮着夕阳，
黄昏里织满了蝙蝠的翅膀。
你知道我爱英雄还爱高山，
我爱一幅国旗在风中招展，
自从鹅黄到古铜色的菊花。
记着我的粮食是一壶苦茶！

可是还有一个我，你怕不怕？——
苍蝇似的思想，垃圾桶里爬。

（选自《死水》）

## 死　水

这是一沟绝望的死水，
清风吹不起半点漪沦。
不如多扔些破铜烂铁，
爽性泼你的剩菜残羹。

也许铜的要绿成翡翠，
铁罐上锈出几瓣桃花；
再让油腻织一层罗绮，
霉菌给他蒸出些云霞。

让死水酵成一沟绿酒，
漂满了珍珠似的白沫；
小珠笑一声变成大珠，
又被偷酒的花蚊咬破。

那么一沟绝望的死水，
也就夸得上几分鲜明。
如果青蛙耐不住寂寞，
又算死水叫出了歌声。

这是一沟绝望的死水，
这里断不是美的所在，
不如让给丑恶来开垦，
看他造出个什么世界。

（选自《死水》）

## 心　跳

这灯光，这灯光漂白了的四壁；
这贤良的桌椅朋友似的亲密；
这古书的纸香一阵阵地袭来；
要好的茶杯贞女一般的洁白；
受哺的小儿喳呷在母亲怀里，
鼾声报道我大儿康健的消息……
这神秘的静夜这浑圆的和平，
我喉咙里颤动着感谢的歌声。
但是歌声马上又变成了咒诅，
静夜！我不能，不能受你的贿赂。
谁希罕你这墙内尺方的和平！
我的世界还有更辽阔的边境。
这四墙既隔不断战争的喧嚣，
你有什么方法禁止我的心跳？
最好是让这口里塞满了沙泥，
如其它只会唱着个人的休戚！
最好是让这头颅给山鼠掘洞，
让这一团血肉也去喂着尸虫，
如果只是为了一杯酒一本诗，
静夜里钟摆摇来的一片闲适，
就听不见了你们四邻的呻吟，
看不见寡妇孤儿抖颤的身影，
战壕里的痉挛，疯人咬着病榻，
和各种惨剧在生活的磨子下。

幸福！我如今不能受你的私贿，
我的世界不在这尺方的墙内。
听——又是一阵炮声，死神在咆哮。
静夜！你如何能禁止我的心跳？

（选自《死水》）

## 发　现

我来了，我喊一声，迸着血泪，
"这不是我的中华，不对，不对！"
我来了，因为我听见你叫我；
鞭着时间的罡风，擎一把火，
我来了，不知道是一场空喜。
我会见的是噩梦，哪里是你？
那是恐怖、是噩梦挂着悬崖，
那不是你，那不是我的心爱！
我追问青天，逼迫八面的风，
我问，拳头擂着大地的赤胸，
总问不出消息；我哭着叫你，
呕出一颗心来，——在我心里！

（选自《死水》）

## 祈　祷

请告诉我谁是中国人，
启示我，如何把记忆抱紧；

请告诉我这民族的伟大，
轻轻地告诉我，不要喧哗！

请告诉我谁是中国人，
谁的心里有尧舜的心，
谁的血是荆轲聂政的血，
谁是神农黄帝的遗孽。

告诉我那智慧来得离奇，
说是河马献来的馈礼；
还告诉我这歌声的节奏，
原是九苞凤凰的传授。

谁告诉我戈壁的沉默，
和五岳的庄严？又告诉我
泰山的石溜还滴着忍耐，
大江黄河又流着和谐？

再告诉我，哪一滴清泪
是孔子吊唁死麟的伤悲？
那狂笑也得告诉我才好……
庄周，淳于髡，东方朔的笑。

请告诉我谁是中国人，
启示我，如何把记忆抱紧；
请告诉我这民族的伟大，
轻轻地告诉我，不要喧哗！

（选自《死水》）

## 一 句 话

有一句话说出就是祸,
有一句话能点得着火。
别看五千年没有说破,
你猜得透火山的缄默?
说不定是突然着了魔,
突然青天里一个霹雳
爆一声:
"咱们的中国!"

这话教我今天怎样说?
我不信铁树开花也可,
那么有一句话你听着:
等火山忍不住了缄默,
不要发抖,伸舌头,顿脚,
等到青天里一个霹雳
爆一声:
"咱们的中国!"

(选自《死水》)

## 洗 衣 歌

洗衣是美国华侨最普遍的职业,因此留学生常常被人问道:"你爸爸是洗衣裳的吗?"

（一件，两件，三件，）
洗衣要洗干净！
（四件，五件，六件，）
熨衣要熨得平！

我洗得净悲哀的湿手帕，
我洗得白罪恶的黑汗衣，
贪心的油腻和欲火的灰……
你们家里一切的脏东西，
交给我洗，交给我洗。

铜是那样臭，血是那样腥，
脏了的东西你不能不洗，
洗过了的东西还是得脏，
你忍耐的人们理它不理？
替他们洗！替他们洗！

你说洗衣的买卖太下贱，
肯下贱的只有唐人不成！
你们的牧师他告诉我说：
耶稣的爸爸做木匠出身，
你信不信？你信不信？

胰子白水耍不出花头来，
洗衣裳原比不上造兵舰。
我也说这有什么大出息——
流一身血汗洗别人的汗？
你们肯干？你们肯干？

年去年来一滴思乡的泪,
半夜三更一盏洗衣的灯……
下贱不下贱你们不要管,
看哪里不干净哪里不平,
问支那人,问支那人。

我洗得净悲哀的湿手帕,
我洗得白罪恶的黑汗衣,
贪心的油腻和欲火的灰,
你们家里一切的脏东西,
交给我——洗,交给我——洗。

(一件,两件,三件,)
洗衣要洗干净!
(四件,五件,六件,)
熨衣要熨得平!

(选自《死水》)

## 废旧诗六年矣,复理铅椠,纪以绝句

六载观摩傍九夷,吟成缺舌总猜疑。
唐贤读破三千纸,勒马回缰作旧诗。

# 吴 虞

（1871—1949），四川新繁人，字又陵。1906年留学日本，归国后任成都府中学堂教习。五四运动前后，在《新青年》杂志发表《吃人与礼教》《家族制度为专制主义之根据论》等文章，大胆冲击旧礼教和封建文化。1920年任北京大学教授，晚年任教四川大学。1949年在成都病逝。遗著有《吴虞文录》。

## 谒费此度祠

一

老共苏门赋采薇，羞言杀贼马如飞。
江湖满地遗民泪，三百年中此布衣。

二

一门词赋几名家，明月扬州老岁花。
传得二南风雅派，诗人从古爱桃花。

# 王辛笛

（1912—2004），天津人。曾赴英国留学，回国后任光华大学、暨南大学教授。新中国成立后从事行政工作。有诗集《珠贝集》《手掌集》。

## 寄　意（集N句）

远方有时时变更颜色的群山
人语中是充满异地声调的
我把碎裂的怀想散播在田原上
做了一个永远居无定所的人

你给我带来了一纸轻寒
正是风打窗格的时候
远灯下如有水波
犬吠比昨宵更幽咽

告诉你昨夜我有梦了
想有平安在你心里
低声预说着梦好……
新的住处中有旧的心情
且仿效红蓼和牵牛吧
……但墙壁上的影子像花枝
春风吹过了一个个季节

1937年1月在爱丁堡
（选自《手掌集》）

## 风 景

列车轧在中国的肋骨上
一节接着一节社会问题
比邻而居的是茅屋和田野间的坟
生活距离终点这样近
夏天的土地绿得丰饶自然
兵士的新装黄得旧褪凄惨
惯爱想一路来行过的地方
说不出生疏却是一般的黯淡
瘦的耕牛和更瘦的人
都是病,不是风景!

1948年夏在沪杭道中

(原载《中国新诗》第1集,1948年9月)

# 徐志摩

（1897—1931），浙江海宁人。曾在北京大学学习，后留学美、英。回国后历任北京大学、清华大学教授，参与发起新月社，并任《晨报》副刊《诗镌》主编、《新月》月刊总编。诗集主要有《志摩的诗》《翡冷翠的一夜》《猛虎集》《云游》。

## 沙扬娜拉

### 赠日本女郎

最是那一低头的温柔，
像一朵水莲花不胜凉风的娇羞，
道一声珍重，道一声珍重，
那一声珍重里有蜜甜的忧愁——
沙扬娜拉！

（选自《志摩的诗》，新月书店1932年版）

## 残　诗

怨谁？怨谁？这不是青天里打雷？
关着，锁上；赶明儿瓷花砖上堆灰！
别瞧这白石台阶儿光滑，赶明儿，唉，
石缝里长草，石板上青青的全是莓！
那廊下的青玉缸里养着鱼，真凤尾，

可还有谁给换水,谁给捞草,谁给喂?
要不了三五天准翻著白肚鼓着眼,
不浮著死,也就让冰分儿压一个扁!
顶可怜是那几个红嘴绿毛的鹦哥,
让娘娘教得顶乖,会跟着洞箫唱歌,
真娇养惯,喂食一迟,就叫人名儿骂,
现在您叫去!就剩空院子给您答话!……

(选自《志摩的诗》,新月书店1932年版)

## 翡冷翠的一夜

你真走了,明天?那我,那我……
你也不用管,迟早有那一天;
你愿意记着我,就记着我,
要不然趁早忘了这世界上
有我,省得想起时空着恼,
只当是一个梦,一个幻想;
只当是前天我们见的残红,
怯怜怜地在风前抖擞一瓣,
两瓣,落地,叫人踩,变泥……
唉,叫人踩变泥——变了泥倒干净,
这半死不活的才叫是受罪,
看着寒伧,累赘,叫人白眼——
天呀!你何苦来,你何苦来……
就比如黑暗的前途见了光彩,
你是我的先生,我爱,我的恩人,

你教我什么是生命，什么是爱，
你惊醒我的昏迷，偿还我的天真，
没有你我哪知道天是高草是青？
你摸摸我的心，它这下跳得多快；
再摸摸我的脸，烧得多焦，亏这夜黑
看不见；爱，我气喘不过来了，
别亲我了，我受不住这烈火似的活，
这阵子我的灵魂就像火砖上的
熟铁，在爱的锤子下，砸，砸，火花
四散地飞洒……我晕了，抱着我，
爱，就让我在这儿清静的园内，
闭着眼，死在你的胸前，多美！
头顶白杨树上的风声，沙沙的，
算是我的丧歌，这一阵清风，
橄榄林里吹来的，带着石榴花香，
就带了我的灵魂走，还有那萤火，
多情的殷勤的萤火，有他们照路，
我们到了那三环洞的桥上再停步，
听你在这儿抱着我半暖的身体，
悲声地叫我，亲我，摇我，咂我……
我就微笑地再跟着清风走，
随他领着我，天堂，地狱，哪儿都成，
反正丢了这可厌的人生，实现这死
在爱里，这爱中心的死，不强如
五百次的投生？……自私，我知道，
可我也管不着……你伴着我死？
什么，不成双就不是完全的"爱死"，
要飞升也得两对翅膀儿打伙，

进了天堂还不一样要照顾，
我少不了你，你也不能没有我；
要是地狱，我单身去你更不放心，
你说地狱不定比这世界文明，
（虽则我不信，）像我这娇嫩的花朵，
难保不再遭风暴，不叫雨打，
那时候我喊你，你也听不分明，——
那不是求解脱反投进了泥坑，
倒叫冷眼的鬼串通了冷心的人，
笑我的命运，笑你懦怯的粗心？
这话也有理，那叫我怎么办呢？
活着难，太难，就死也不得自由，
我又不愿意你为我牺牲你的前程……
唉！你说还是活着等，等那一天！
有那一天吗？——你在，就是我的信心；
可是天亮你就得走，你真的忍心
丢了我走？我又不能留你，这是命；
但这花，没有阳光晒，没有甘露浸，
不死也不免瓣尖儿焦萎，多可怜！
你不能忘我，爱，除了在你的心里，
我再没有命；是我听你的话，我等，
等铁树儿开花我也得耐心等；
爱，你永远是我头顶的一颗明星：
要是不幸死了，我就变一个萤火，
在这园里，挨着草根，暗沉沉地飞，
黄昏飞到半夜，半夜飞到天明，
只愿天空不生云，我望得见天，
天上那颗不变的大星，那是你，

但愿你为我多放光明，隔着夜，
隔着天，通着恋爱的灵犀一点……
　　　　　　　1925年6月11日，翡冷翠山中
　　　　　　　　（选自《翡冷翠的一夜》）

## 再别康桥

轻轻地我走了，
正如我轻轻地来；
我轻轻地招手，
作别西天的云彩。

那河畔的金柳，
是夕阳中的新娘；
波光里的艳影，
在我的心头荡漾。

软泥上的青荇，
油油地在水底招摇；
在康桥的柔波里，
我甘做一条水草！

那榆荫下的一潭，
不是清泉，是天上虹；
揉碎在浮藻间，
沉淀着彩虹似的梦。

寻梦？撑一支长篙，
向青草更青处漫溯；
满载一船星辉，
在星辉斑斓里放歌。

但我不能放歌，
悄悄是别离的笙箫；
夏虫也为我沉默，
沉默是今晚的康桥！

悄悄地我走了，
正如我悄悄地来；
我挥一挥衣袖，
不带走一片云彩。

11月6日中国海上

（选自《猛虎集》，新月书店1931年8月版）

## 黄 鹂

一掠颜色飞上了树。
"看，一只黄鹂！"有人说。
翘着尾尖，它不作声，
艳异照亮了浓密——
像是春光，火焰，像是热情。

等候它唱，我们静着望，

怕惊了它,但它一展翅,
冲破浓密,化一朵彩云;
它飞了,不见了,没了——
像是春光,火焰,像是热情。

1930年初作

(选自《猛虎集》,新月书店1931年8月版)


## 我不知道风——

我不知道风
是在哪一个方向吹——
我是在梦中,
在梦的轻波里依洄。

我不知道风,
是在哪一个方向吹——
我是在梦中,
她的温存,我的迷醉。

我不知道风
是在哪一个方向吹——
我是在梦中,
甜美是梦里的光辉。

我不知道风
是在哪一个方向吹——

我是在梦中，
她的负心，我的伤悲。

我不知道风
是在哪一个方向吹——
我是在梦中，
在梦的悲哀里心碎！

我不知道风
是在哪一个方向吹——
我是在梦中，
黯淡是梦里的光辉。

（选自《猛虎集》，新月书店1931年8月版）

## 云　游

那天你翩翩地在空际云游，
自在，轻盈，你本不想停留
在天的那方或地的那角，
你的愉快是无拦阻的逍遥，
你更不经意在卑微的地面
有一流涧水，虽则你的明艳
在过路时点染了他的空灵，
使他惊醒，将你的倩影抱紧。

他抱紧的只是绵密的忧愁，

因为美不能在风光中静止；
他要，你已飞渡万重的山头，
去更阔大的湖海投射影子！
他在为你消瘦，那一流涧水，
在无能地盼望，盼望你飞回！

（选自《云游》，新月书店1932年7月初版）

## 郁达夫

（1896—1945），原名文，浙江富阳人。现代著名文学家。早年留学日本，与郭沫若、成仿吾等发起组织创造社，致力于新文学运动。1939年冬去南洋主编《星洲日报》副刊，宣传抗日。新加坡沦陷后，流亡苏门答腊。1945年9月，被日本宪兵秘密杀害。郁达夫工于诗词，造诣精深，向为人所称道。

### 席间口占

醉拍阑干酒意寒，江湖寥落又冬残。
剧怜鹦鹉中州骨，未拜长沙太傅官。
一饭千金图报易，五噫几辈出关难。
茫茫烟水回头望，也为神州泪暗弹。

### 初秋杂感两首（选一）

梧桐一叶海天秋，戎马江关客自愁。
五载干戈初定局，几人旗鼓又争侯。
须知国破家无寄，岂有舟沉橹独浮！
旧事厓山殷鉴在，诸公何计救神州？

## 钓台题壁

不是尊前爱惜身,佯狂难免假成真。
曾因酒醉鞭名马,生怕情多累美人。
劫数东南天作孽,鸡鸣风雨海扬尘。
悲歌痛哭终何补?义士纷纷说帝秦!

## 赠 鲁 迅

醉眼朦胧上酒楼,彷徨呐喊两悠悠。
群盲竭尽蚍蜉力,不废江河万古流。

## 乱离杂诗之二

望断天南尺素书,巴城消息近何如?
乱离鱼雁双藏影,道阻河梁再卜居。
镇日临流怀祖逖,中宵舞剑学专诸。
终期舸载夷光去,鬓影烟波共一庐。

## 乱离杂诗之十

千里驰驱自觉痴,苦无灵药慰相思。
归来海角求凰日,却似隆中抱膝时。
一死何难仇未复,百身可赎我奚辞?
会当立马扶桑顶,扫穴犁庭再誓师。

## 乱离杂诗之十一

草木风声势未安,孤舟惶恐再经滩。
地名末旦埋踪易,楫指中流转道难。
天意似将颁大任,微躯何厌忍饥寒。
长歌正气重来读,我比前贤路已宽。

## 无题四首(选一)

用《诗纪》中四律原韵

赘秦原不为身谋,揽辔犹思定十州。
谁信风流张敞笔,曾鸣悲愤谢翱楼。
弯弓有待山南虎,拔箭宁惭带上钩。
何日西施随范蠡,五湖烟水洗恩仇。

# 俞平伯

（1900—1990），浙江德清人。北京大学毕业。主要作品有诗集《冬夜》《西还》《忆》和《雪朝》（与朱自清等人合集）。著名红学家，新中国成立后曾任北京大学教授、中国社会科学院文学研究所研究员。

## 小诗呈佩弦

微倦的人，
微红的脸，
微温的风色，
在微茫的街灯影里过去了。

6月30日

（选自《西还》）

## 京师旧游杂忆

百年陵阙散无烟，芳草牛羊识旧阡。
一树山桃红不定，两三人影夕阳前。

（明景泰帝陵）

## 忆 江 南

江南好，长忆在吾乡。鱼浪乌篷春拨网，蟹田红稻夜鸣榔。人语闹宵航。

## 没有题目的诗

偶见赵心余旧稿，杂诗甚多，均没有题目，现在一从其真。简言之，原可曰无题，但无题依照习惯法都是艳体，今既一点也不香而艳，只好用白话题之。本刊之法，不登瘗迷旧诗，姑以《伦敦竹枝词》读之可也。

多难兴邦日，高腔亡国时。
庸医临险症，劣手对残棋。
建业空流水，辽阳有鹤归。
外交非直接，抵抗是长期。
半壁莺花喜，千门骨肉悲。
画符王道士，制梃孟先师。
自许南阳葛，人怀秦会之。
民生三主义，国难一名词。
直到分瓜侯，终须煮豆萁。
河关轻似叶，江表沸如糜。
有耻添新节，无当失故卮。
腹心真痼疾，手足甚疮痍。
文化车装去，空都骡马嘶。
沉溟无复语，重读兔爰诗。

# 于右任

（1879—1964），原名伯循，号骚心，别署神州旧主。陕西三原人。早年中举，隐而不仕，加入同盟会。1907年在上海主编《神州日报》，鼓吹革命，后为清廷封闭。1909年（宣统元年）起，相继创办《民呼日报》《民吁日报》《民立报》，宣传革命，持论激烈。1912年1月南京临时政府成立，任交通部次长。1913年3月宋教仁被刺案发生后，致力反对袁世凯的斗争。1918年返陕西，任靖国军总司令。1922年到上海，任上海大学校长。1924年国民党改组，当选为第一届中央执行委员，倾向于国共合作。同年底，随孙中山入京，被任命为北京政治分会委员。1927年初，任国民军联军驻陕总司令，准备策应北伐军。国民党南京政府成立后，先后任审计院院长、政府委员、监察院院长、国防最高委员会委员等职。后死于台湾。他善草书，喜作诗。晚年诗作，眷念大陆颇深。有《右任文存》《右任诗存》行世。

## 丑奴儿令

### 灵宝道中吊妹仲华

沉吟往岁留题句：字也分明，恨也分明；泪湿关河百感生。　今来更有伤心事：兄也飘零，妹也凋零，木落天寒雁一声。

（选自《于右任诗词集》）

## 鹧鸪天

### 题楚伧夫人吴孟芙女士《忆亲图》

翠滴松明宝篆残,望中何处是江南?阶前春草增惆怅,窗外孤云自在还。　慈母线,报应难。书声灯影又年年。蜀山千叠吴山远,绿染春丝岁不寒。

1944年

(选自《于右任诗词集》)

## 题于鹤九画

中渭桥前大麦黄,将军估势取咸阳。
吾家老鹤真潇洒,驻马河干画战场。

1918年

## 天水道中

陇头呜咽水,时作断肠声。
可是长征者,而忘故国情。
余年期有补,百战悔无名。
悟到安人策,无劳再说兵。

1922年

## 黄河北岸见渔翁立洪流中

劳者无名逸有功，须宜毕竟属英雄。
世人都道河鱼美，不见渔翁骇浪中。

1925年

## 过贝加尔湖

东来雨湿兴安岭，南去云迷杭爱山。
多事来寻苏武迹，贝加湖上月儿弯。

1926年

## 归途过沃木次克

鄂毕河前水急流，时当盛暑气如秋。
平原万里耕兼收，一路看花入亚洲。

1926年

## 邓尉看桂

不是鸱夷去不回,朝吟暮醉看花来。
无端梦落关西道,败苇枯荷满眼哀。

1928年


## 邓尉看桂归次木渎,与林少和、王启黄、张文生、祁筱峰饮于石家饭店

老桂花开天下香,看花走遍太湖旁。
归舟木渎犹堪记,多谢石家鲃肺汤。

1929年


## 浣 溪 沙
### 寿张大千先生六十

上将于今数老张,飞扬世界不寻常;龙兴大海凤鸣冈。作画真能为世重,题诗更是发天香;一池砚水太平洋。

1958年

## 臧克家

（1905—2004），山东诸城人。第一本诗集《烙印》，即以其现实生活的内容，含蓄、精炼的形式引起广泛的注意。早期诗集还有《罪恶的黑手》《自己的写照》等。20世纪40年代出版的讽刺诗集《宝贝儿》有一定影响。新中国成立后作品很多，较著名的诗作有《有的人》和长诗《李大钊》等。1954年，作家出版社出版了《臧克家诗选》。长期担任《诗刊》主编。

## 生 活

这可不是混着好玩，这是生活，
一万支暗箭埋伏在你周边，
伺候你一千回小心里一回的不检点，
灾难是天空的星群，
它的光辉拖着你的命运。
希望是乌云缝里的一缕太阳，
是病人眼中最后的灵光，
然而人终须把它来自慰，
谁肯推自己到绝境的可怜？
过去可喜的一件一件，
（说不清是真还是幻）
是一道残虹染在西天，
记来全是黑影一片，
惟有这是真实，为了生活的挣扎
留在你心上的沉痛。

它会教你从棘针尖上去认识人生,
从一点声响上抖起你的心,
(哪怕是春风吹着春花)
像一员武士在嘶马声里想起了战争。
那你再不会合上眼对自己说:
"人生是一个无据的梦。"
更不会蒙冤似的不平,
给蚊虫呷一口,便轻口吐出那一大串诅咒。
在人生的剧幕上,你既是被排定的一个角色,
就当拼命地来一个痛快,
叫人们的脸色随着你的悲欢涨落,
就连你自己也要忘了这是做戏。
你既胆敢闯进这人间,
有多大本领,不愁没处施展,
当前的磨难就是你的对手,
运尽气力去和它苦斗,
累得你周身的汗毛都擎着汗珠,
但你须咬紧牙关不敢轻忽;
同时你又怕克服了它,
来一阵失却对手的空虚。
这样,你活着带一点倔强,
尽多苦涩,苦涩中有你独到的真味。

1933年4月

(选自《烙印》,开明书店1934年3月初版)

## 烙 印

生怕回头向过去望,
我狡猾地说"人生是个谎",
痛苦在我心上打个印烙,
刻刻警醒我这是在生活。

我不住地抚摩这印烙,
忽然红光上灼起了毒火,
火花里迸出一串歌声,
件件唱着生命的不幸。

我从不把悲痛向人诉说,
我知道那是一个罪过,
混沌地活着什么也不觉,
既然是谜,就不该把底点破。

我嚼着苦汁营生,
像一条吃巴豆的虫,
把个心提在半空,
连呼吸都觉得沉重。

1932年

(选自《烙印》,开明书店1934年3月初版)

## 老 马

总得叫大车装个够,
他横竖不说一句话,
背上的压力往肉里扣,
他把头沉重地垂下!

这刻不知道下刻的命,
他有泪只往心里咽,
眼里飘来一道鞭影,
它抬起头望望前面。

1932年4月

(选自《烙印》,开明书店1934年3月初版)

## 神 女

天生一双轻快的脚,
风一般地往来周旋,
细的香风飘在衣角,
地衣上的花朵开满了爱恋。
(她从没说过一次疲倦。)

她会用巧妙的话头,
敲出客人苦涩的欢喜,

她更会用无声的眼波，
给人的心涂上甜蜜。
（她从没吐过一次心迹。）

红色绿色的酒，
开一朵春花在她脸上，
肉的香气比酒还醉人，
她的青春火一般地狂旺。
（青春跑得多快，她没暇去想。）

她的喉咙最合适歌唱，
一声一声打得你心响，
欢情、悲调，什么都会唱，
只管说出你的愿望。
（她自己的歌从来不唱。）

她独自支持着一个孤夜，
灯光照着四壁幽怅，
记忆从头一齐亮起，
嘘一口气，她把眼合上。
（这时，宇宙只有她自己。）

1933年元旦

（选自《烙印》，开明书店1934年3月初版）

# 罪恶的黑手

## 一

在这都市的道旁,
划出一块大的空场,
在这空场的中心,
正在建一座大的教堂。

交横的木架比蛛网还密,
像用骷髅架起的天梯,
一万只手,几千颗心灵,
从白到黑在上面搏动。

这称起是压倒全市的一件神工,
无妨用想象先给它绘个图形:
"四面高墙隔绝了人间的罪恶,
里边的空气是一片静寞,
一根草,一株树,甚至树上的鸟,
只是生在圣地里也觉到骄傲。

大门顶上横一面伟大的十字架,
街上过路的人都走在它底下,
耶稣的圣像高高在千尺之上,
看来是怎样的伟大,慈祥!

他立在上帝与人世中间,
用无声的话传达主的教言:
'奴隶们,什么都应该忍受,
饿死了也要低着头,
谁给你的左腮贴上耳光,
顶好连右腮也给送上,
忍辱原是至高的美德,
连心上也不许存一丝反抗!
人间的是非肉眼哪能看清?
死过之后主自有公平的判定。'

早晨的太阳先掠过这圣像,
从贵人的高楼再落到穷汉的屋上,
黄昏后,这四周严肃得叫人害怕,
神堂的影子像个魔鬼倒在地下。

早晨的钟声像个神咒,
(这钟声不同别处的钟声。)
牵来了一群杂色人等,
男女牧士们走在前面,
黑色的头巾佩着长衫,
微风吹着头巾飘荡,
仿佛罪恶在光天之下飞扬。

后面逐着些漂亮男子,
肥白的脸皮上挂着油丝,
脚步轻趋着,低声交语,
用心做了一脸肃穆。

还有一队女人缀在后边，
脂粉的香气散满了庭院，
一个用长臂挽着别个，
像一个花圈套一个花圈。

阳光像是主的爱，照着这群人，
也照着他们脚下的石阶，
钟声一阵暴雨的急响，
送他们进了神圣的教堂。

中间有的是刚放下了屠刀，
手上还留着血的腥臭；
有的是因为失掉了爱情，
来到这儿求些安宁；
有的在现世享福还嫌不够，
为来世的荣华到此苦修；
有的是宇宙伤了他多情的心，
来对着耶稣慰藉心神；
有的用过来眼看破了人生，
来求心上刹那的真诚；
有的不是来为了求恕，
不过为追逐一个少女。
虽是这些心的颜色全然异样，
然而他们统统跪下了，朝着上方。

牧士登在台上像威权临着这群众，
用灵巧的嘴，
用灵巧的手势，

讲着教义像讲着真理。
他叫人好好管束自己,
不要叫心做了叛逆,
他怕这空说没有力量,
又引了成套惩劝的旧例。

每次饭碗还没触着口,
感谢的歌声先颤在咽喉,
晚上每在上床之前,
先用祈祷来做个检点,
这功课在各人心上刻了板,
他们做来却无限新鲜。"

## 二

然而这一切,一切未来的繁华,
与脸前这一群工人无干,
他们在一条辛苦的铁鞭下,
只忙着去赶契约上的期间。

有的在几千尺之上投下只黑影,
冒着可怕的一低头的晕眩,
石灰的白雾迷了人形,
泥巴给人涂一身黑点,
铁锤下的火花像彗星向人扫射,
风夹着木屑直往鼻眼里钻。

这里终天奏着狂暴的音乐:
人声在叫喊,轧轧的起重机,

你听，这是多么高亢的歌！
大锯在木桩上奏着提琴，
节奏的铁砧扣着拍子，
这群工人在这极度的狂乐里，
活动着，手应着心，也极度地兴奋。

有的把巧思运入一方石条的花纹，
有的持一块木片仔细地端详，
有的把手底的砖块飞上半空，
有的用罪恶的黑手捏成耶稣慈悲的模样。

这群人从早晨背起太阳，
一天的汗雨泄尽了力量；
平地上，一万幕灯火闪着黄昏，
灯光下喘息着累倒了的心。

他们用土语放浪地调笑，
杂一些低级的诙谐来解疲劳，
各人口中抽一缕长烟，
烟丝中杂着深味的乡谈，
那是家乡场园上用消夏夜的，
永不嫌俗，一遍两遍，不怕一万遍，
于今在都市中他们也谈起来了，
谈起也想起了各人的家园。
他们一点也不明白为什么要盖这教堂，
却惊叹外洋人真是有钱，
同时也觉得说不出的感激，
有了这建筑他们才有了饭碗。

（虽然不像是为了吃饭才工作，
倒是像为了工作才吃饭。）

这大建筑把这大众从天边拉在一起，
陌生的全变成亲热的兄弟，
白天忙碌紧据在各人的心中，
没有闲暇去做思乡的梦，
黑夜的沉睡如同快活的死，
早晨醒来个奴隶的身子。
是什么造化，谁做的主，
生下他们来为了吃苦？
太阳的烤炙，风雨的浸淋，
铁色的身上生起片片的黑云，
机器的凶狞，铁石的压轧，
谁的躯体是金钢铸成？
室家的累赘，病魔的侵袭，
苦涩中模糊了无色的四季，
一阵头晕，或一点不小心，
坠下半空成一摊肉泥，
这真算不了什么希奇，
生死文书上勾去个名字；
然而他们什么都不抱怨，
只希望这工程的日期延长到无限。

## 三

不过天下的事谁敢保定准？
今日的叛逆也许是昨日的忠心，
谁料定大海上那刹起风暴？

万年的古井也说不定会涌起波涛！
等这群罪人饿瞎了眼睛，
认不出上帝也认不清真理，
狂烈的叫嚣如同沸水，
像地狱里奔出来一群魔鬼，
用蛮横的手撕碎了万年的积卷，
来一个无理性的反叛！
那时，这教堂会变成他们的食堂或是卧室，
他们创造了它终于为了自己，
那时这儿也有歌声，
不是神秘，不是耶稣的赞颂，
那是一种狂暴的嘻嚷，
太阳落到了罪人的头上。

    1922年9月5日全夜写强半，六日完成。青岛
（选自《罪恶的黑手》，生活书店1934年10月初版）

# 曾 卓

（1922—2002），湖北武汉人。1939年开始发表作品。出版诗集《门》《悬崖边的树》等。

## 青 春

让我寂寞地
踱到寂静的河岸去。

不问是玫瑰生了刺，
还是荆棘中却开出了美丽的花，
——我折一枝，为你。
被刺伤的手指滴下的血珠
揩上衣襟。
让玫瑰装饰你的青春，
血渍装饰我的青春。

1941年12月24日，北碚

（选自《白色花》）

## 铁栏与火

虎在笼中旋转。
虎在狭的笼中

沉默地
旋转，
低声地
咆哮，
不理睬笼外的嘲弄和施舍。

它累了，俯卧着
铁栏内
一团灿烂的斑纹，
一团火！

站起来，
两眼炯炯地发光，
锋锐的长牙露出，
扑出去的姿势
使笼外发出一片惊呼！

它深深地俯嗅着
自己身上残留的
草莽的气息。
它怀念：
大山，森林，深谷……
无羁的岁月，
庄严的生活。

深夜
它扑站在栏前，
它的凝注着悲愤的长啸

震撼着黑夜

在暗空中流过

像光芒

流过!

铁栏锁着

火!

1946年
(选自《白色花》)

## 张恨水

（1895—1967），现代著名作家。原名张心远。祖籍安徽省潜山县黄土岭村。从1918年任安徽芜湖《皖江报》编辑起，长期做编辑、记者工作。1924年开始从事小说创作，30年代至50年代，共写成120余部中、长篇小说。其中较重要的有《春明外史》《金粉世家》《啼笑因缘》《八十一梦》《五子登科》等。

### 咏 史 诗

六朝金粉拥千官，王气钟山日夜寒。
果有万民思旧蜀，岂无一士复亡韩。
朔荒秉节怀苏武，暖席清谈愧谢安。
为问章台旧杨柳，明年可许故人看。

### 七 绝

笑向菱花试战袍，女儿志比泰山高。
却嫌脂粉污颜色，不佩鸣鸾佩宝刀。

# 竹枝词三首

## 一

一升麦子两升麸，埋在墙根用土铺。
留得大兵来送礼，免他索款又拉夫。

## 二

大恩要谢左宗棠，种下垂杨绿两行。
剥下树皮和草煮，又充饭菜又充汤。

## 三

死聚生离怎两全？卖儿卖女岂徒然！
武功人市便宜甚，十岁娃娃十块钱！

# 张志民

（1926—1998），北京市人。主要作品有长篇叙事诗《王九诉苦》《死不着》等。

## 王九诉苦

### 孙老财

进了村子不用问，
大小石头都姓孙。

孙老财一手把天地盖，
穷小子死了没处埋。

孙老财瓦房前院连后院，
穷小子光着屁股串房檐。

孙老财的陈米生了虫，
穷小子菜粥锅里照人影。

孙老财街里一跺脚，
吓得穷小子不知怎么好。

孙老财算盘噼啪打，
算光了一家又一家。

## 王九的账

八月里来秋风凉,
高粱谷子齐上场。

孙老财打发看家狗,
带着口袋收租粮。

打开账本看一看,
"王九欠租整七石"。

我双手捧起那没梁儿的斗,
眼泪滚滚顺斗流。

量了一石又一石,
哪一粒谷子不是血和汗?

交光了还欠两石三,
辛苦一年穷一年。

我王九心像钝刀儿割,
饭到嘴边把碗夺。

民国十年闹灾荒,
我向老财去借糠。

饱汉子不知饿汉子饥,
财主眼里哪有穷人的?

"我可怜你谁可怜我,
我没办法找哪个?"

"大爷你积德多行好,
你的恩我死也忘不了。"

"借给你粗糠一斗五,
细糠我还要喂猪。"

人穷志短莫奈何,
我王九不如孙老财的猪。

欠下租子还不清,
我给老财当长工。

长工要比牲灵苦,
挨打受骂泪零零。

四更打水天不明,
老财被窝里骂几声:

"什么时候你还不起,
睡死在炕上不动秤!"

太阳没出下地去,
回家顶着满天星。

下地回来还挑水,

累得腰酸骨头疼。

老财一天三顿饭,
喝酒炒菜吃肉面。

长工三顿稀汤汤,
树叶馍馍掺上糠。

划根洋火点着了,
长工的生活苦难熬。

五风六月青黄不接,
俺葱葱在地里勒榆叶,

见俺葱葱长得好,
孙老财心里生了鬼道。

满天星斗打了二更,
孙老财带人来抢葱葱,

立逼着俺葱葱拜花堂,
俺葱葱连哭带骂泪汪汪:

"老畜生你不是人养的!
你为啥不要你亲闺女。"

他狗脸子一变气冲天,
顺手提起了马鞭鞭:

今儿个你愿意不愿意,
你的命就在我手心里。

马鞭鞭提起可不留情,
俺葱葱叫哭不成声。

鸡儿刚叫天没亮,
俺葱葱吊死在杏树上。

俺葱葱死在孙家手,
这一笔血债几时勾?

老爹一气得了伤寒,
病势一天重一天。

十来天水米不下咽,
想吃个酸梨又没钱。

我悄悄到树下摘个梨,
碰见老财狗日的。

又一场大祸从天降,
他跳脚骂到俺家门上:

"你顶着我家天,踩着我家地,
你吃我的饭,还偷我的梨!"

一手把老爹拉在地:

"穷小子给我滚出去!"

摔死我老爹一条命,
我全家哭成了一个声。

新仇旧恨似海深,
我王九告到了县衙门。

衙门口儿朝南开,
有理没钱别进来。

孙老财送去五两大烟土,
老爷一见喜颜开。

青红皂白先不问,
鸭子浮水把我吊起来。

"你生来就是受穷的命,
为非作歹不正经。

孙爷对你一百一,
穷骨头你真不识抬举!"

我王九的冤仇何日报?
穷人的活路没一条。

有钱人买得鬼推磨,
穷汉子有理没处说。

西北风紧吹滴水成冰，
我全家被赶去逃生。

十冬腊月刮起白毛风，
跪在土地庙求神灵。

"土地爷爷你开开恩，
借你的住处我存一存身。"

窗棂儿刮断雪推门，
深更半夜冻死人，

孩子冻得像个光翅鸟，
"爹呀娘呀"哭得好心伤。

刀尖剜心肠子碎，
咱穷人呀！就永世得受罪？

## 控诉

苦难的日子多少年，
阴天也会变晴天，

大杨叶儿哗哗响，
杨树底下大会场。

孙老财一条麻绳拴，
打籽的茄子落架的烟。

王九的心里像开了锅,
几十年的苦水流成河。

"你逼死我父命一条,
你逼着我葱葱上了吊!

我十几年的苦营生没赚过你的钱,
你把我全家十冬腊月往外赶。"

王九的苦水吐不完,
说到苦处泪涟涟:

"孙老财你杀人要偿命,
孙老财你剥削要清算!

受了你多少年的窝囊气,
一五一十要算到底!"

王九的话没说完,
农民的口号响震了天,

"封建压迫要连根拔,
永远不叫他再发芽!

要报千年的冤和恨,
农民们起来要翻身!"

(选自《天晴了》,读者书店1949年4月初版)

# 郑 敏

（1920—2022），福建闽侯人。1939年入西南联大学习，40年代初开始发表诗歌。后赴美国留学。有诗集《诗集1942—1947》等。现任北京师范大学教授。

## 金黄的稻束

金黄的稻束站在
割过的秋天的田里，
我想起无数个疲倦的母亲，
黄昏路上我看见那皱了的美丽的脸，
收获日的满月在
高耸的树颠上，
暮色里，远山
围着我们的心边，
没有一个雕像能比这更静默。
肩荷着那伟大的疲倦，你们
在这伸向远远的一片
秋天的田里低首沉思，
静默。静默。历史也不过是
脚下一条流去的小河，
而你们，站在那儿，
将成为人类的一个思想。

（选自《诗集1942—1947》，文化生活出版社1949年4月初版）

## 雷诺阿的《少女画像》

追寻你的人,都从那半垂的眼睛走入你的深处,
它们虽然睁开,却没有把光投射给外面世界,
而像是灵魂的海洋的入口,从那里你的一切
思维又流返冷静的形体,像被地心吸回的海潮。

现在我看见你的嘴唇,这样冷酷地紧闭,
使我想起岩岸封锁了一个深沉的自己。
虽然丰稔的青春已经从你发光的长发泛出,
但是你这样苍白,仍像一个暗淡的早春。

呵,你不是吐出光芒的星辰,也不是
散着芬芳的玫瑰,或是泛溢着成熟的果实,
却是吐放前的紧闭,成熟前的苦涩。

瞧,一个灵魂先怎样紧紧地把自己闭锁,
而后才向世界展开。她苦苦地默思和聚炼自己,
为了就将向一片充满了取予的爱的天地走去。

(原载《中国新诗》第1集,1948年6月)

# 周 无

（1895—1968），字太玄，四川人。

## 去年八月十五

### 一

园子里的人渐渐地少起来了。
满河的白雾和灰白色的月光溟濛模糊地混合起来。
眼前的东西都慢慢地改变起来。
声音也寂静起来。
但是她和我还是在河边上立着。

### 二

白雾散开，现出了一个又圆满又莹澈的月亮。
他只在那波浪中，忽长忽扁地荡来漾去，一声儿也不作响。
一只小船摇摆着过去。
船篷和摇船的人都淡淡地蒙着一层绿霜似的月色。
河上的船，一一放出灯光，总明明暗暗地闪烁，
显出他们还在水里摇着。
摇船的小姑娘把着桡，弄着暗涨的潮水，望着月隐隐地唱。
但是她和我是在河上立着。

## 三

园子里的灯全明了。

她头上的那一个,照着我们的影子,很长地上了草地。

路上的黄叶漫漫走动,

都到了她的脚边商量着聚在一处,——不动。

我想我应该说什么给她?说什么给她?

她说的那些,我应该怎么样答她?

忽来一阵风,吹了她些发到脸上;我想替她掠到鬓上。……

## 四

去年前年又前年的今天,都渺渺茫茫的记不大起。

明年后年以至年年的今天,我却永久也不会忘记。

记得什么?

园子么?月亮么?摇船的小姑娘么?

(选自《少年中国》第1卷第6期)

# 周作人

（1885—1967），浙江绍兴人。著名散文家、学者、诗人。一生经历复杂，著述颇多。有诗集《雪朝》（与人合集）、《过去之花园》。

## 两个扫雪的人

阴沉沉的天气，
香粉一般白雪下得漫天遍地。
天安门外白茫茫的马路上，全没有车马踪迹，
只有两个人在那里扫雪。
一面尽扫，一面尽下：
扫净了东边，又下满了西边；
扫开了高地，又填平了洼地。
粗麻布的外套上，已经积了一层雪，
他们两人还只是扫个不歇。
雪愈下愈大了；
上下左右，都是滚滚的香粉一般白雪。
在这中间，仿佛白浪中浮着两个蚂蚁，
他们两人还只是扫个不歇。

祝福你扫雪的人！
我从清早起，在雪地里行走，不得不谢谢你。

1919年1月12日

（选自《新青年》第6卷第3号，1919年3月15日）

# 小 河

一条小河,稳稳地向前流动。
经过的地方,两面全是乌黑的土,
生满了红的花,碧绿的叶,黄的果实。
一个农夫背了锄来,在小河中间筑起一道堰。
下流干了,上流的水被堰拦着,下来不得,不得前进,又不能退回,水只在堰前乱转。
水要保他的生命,总须流动,便只在堰前乱转。
堰下的土,逐渐淘去,成了深潭。
水也不怨这堰,——便只是想流动,
想同从前一般,稳稳地向前流动。
一日农夫又来,土堰外筑起一道石堰。
土堰坍了,水冲着坚固的石堰,还只是乱转。
堰外田里的稻,听着水声,皱眉说道,——
"我是一株稻,是一株可怜的小草,
我喜欢水来润泽我,
却怕他在我身上流过。
小河的水是我的好朋友,
他曾经稳稳地流过我面前,
我对他点头,他向我微笑。
我愿他能够放出了石堰,
仍然稳稳地流着,
向我们微笑,
曲曲折折地尽量向前流着,
经过的两面地方,都变成一片锦绣。

他本是我的好朋友,
只怕他如今不认识我了,
他在地底里呻吟,
听去虽然微细,却又如何可怕!
这不像我朋友平日的声音,
被轻风挽着走上沙滩来时,
快活的声音。
我只怕他这回出来的时候,
不认识从前的朋友了,——
便在我身上大踏步过去。
我所以正在这里忧虑。"
田边的桑树,也摇头说,——
"我生得高,能望见那小河,——
他是我的好朋友,
他送清水给我喝,
使我能生肥绿的叶,紫红的桑葚。
他从前清澈的颜色,
现在变了青黑,
又是终年挣扎,脸上添出许多痉挛的皱纹。
他只向下钻,早没有工夫对了我点头微笑。
堰下的潭,深过了我的根了。
我生在小河旁边,
夏天晒不枯我的枝条,
冬天冻不坏我的根。
如今只怕我的好朋友,
将我带倒在沙滩上,
拌着他卷来的水草。
我可怜我的好朋友,

但实在也为我自己着急。"
田里的草和虾蟆，听了两个的话，
也都叹气，各有他们自己的心事。
水只在堰前乱转，
坚固的石堰，还是一毫不摇动。
筑堰的人，不知到哪里去了。

1919年1月24日

# 朱 湘

（1904—1933），安徽太湖人。曾赴美国留学，回国后参与创办《晨报》副刊《诗镌》，提倡新格律诗。主要诗集有《夏天》《草莽集》《石门集》。曾任安徽大学外国文学系主任。

## 葬 我

葬我在荷花池内，
耳边有水蚓拖声，
在绿荷叶的灯上
萤火虫时暗时明——

葬我在马缨花下，
永做着芬芳的梦——
葬我在泰山之巅，
风声呜咽过孤松——
不然，就烧我成灰，
投入泛滥的春江，
与落花一同漂去
无人知道的地方。

民国十四年二月二日

（选自《草莽集》，开明书店1927年8月初版）

## 有一座坟墓

有一座坟墓，
坟墓前野草丛生，
有一座坟墓，
风过草像蛇爬行。

有一点萤火，
黑暗从四面包围，
有一点萤火，
映着如豆的光辉。

有一只怪鸟，
藏在巨灵的树阴，
有一只怪鸟，
作非人间的哭声。

有一钩黄月，
在黑云之后偷窥，
有一钩黄月，
忽然落下了山隈。

民国十四年八月十七日

（选自《草莽集》，开明书店1927年8月初版）

# 还 乡

## 一

暮秋的田野上照着斜阳,
长的人影移过路中央;
干枯了的叶子风中叹息,
飘落上还乡人旧的军装。

哇的一只乌鸦飞过人头;
鸦雏正在那边树上啁啾,
他们说是巢温,食粮也有,
为何父亲还在外面飘流?

金星与白烟向灶突上腾,
屋中响着一片菜的声音,
饭的浓香喷出大门之外:
看着家的妇女正等归人。

他的前头走来一个牧童,
牵着水牛行过道路当中,
牧童瞧见他时,一半害怕
一半好奇似的睁大双瞳。

他想起当初的年少儿郎,
弯弓跑马,真是意气扬扬;

他们投军，一同去到关外，
都化成了白骨死在边疆。

一个庄家在他身侧过去，
面庞之上呈着一团乐趣；
瞧见他的时候却皱起眉，
拿敌视的眼光向他紧觑。

这也难怪：二十年前的他
瞧见兵的时候不也咬牙？
好在明天里面他就脱下，
脱下了军服来重作庄家。

青色的远峰间沉下太阳，
只有树梢挂着一线红光；
暮烟泛滥平了谷中，田上；
虫的声音叫得游子心伤。

看哪，一棵白杨到了眼前，
一圈土墙围在树的下边；
虽说大门还是朝着他闭，
欢欣已经涨满他的心田。

他想母亲正在对着孤灯，
眼望灯花心念远行的人；
父亲正在瞧着茶叶的梗，
说是今天会有贵客登门。

他记起过门才半月的妻,
记起别离时候她的悲啼;
说不定她如今正在奇怪
为何今天尽是跳着眼皮。

想到这里时候一片心慌,
悲喜同时泛进他的胸膛,
他已经瞧不见眼前的路,
二十年的泪呀落下眼眶!

## 二

大门外的天光真正朦胧;
大门里的人也真正从容,
剥啄,剥啄,任你敲得多响,
你的声音只算敲进虚空。

一条狗在门内跟着高叫,
门越敲得响时狗也越闹;
等到人在外面不再敲门,
里边的狗也就停止喧噪。

谁呀?里边一丝弱的声浪
响出堂屋,如今正在阶上。
谁呀?外边是否投宿的人?
还是哪位高邻屈驾光降?

娘呀,是我,并非投宿的人;
我们这样贫穷那有高邻?

（娘年老了，让我高声点说：）
我呀，我呀，我是娘的亲生！

儿吗？你出门了二十多年，
那里还有活人存在世间？
哦，知道了，但娘穷苦得很，
哪有力量给你多烧纸钱？

儿呀，自你当兵死在他乡，
你的父亲妻子跟着身亡；
儿呀，你们三个抛得我苦，
留我一人在这世上悲伤！

娘呀，我并不是已亡的人！
你该听到刚才狗的呼声，
我越敲门它也叫得越响；
慢悠悠的才是叫着鬼魂。

儿呀，不料你是活着归来，
可怜媳妇当时吞错火柴！
儿呀，虽然等到你回乡里，
我的眼睛已经不得睁开！

让我拿起手来摸你一摸——
为何你的脸上瘦了许多？
儿呀，你听夜风吹过枯草，
还不走进门来歇下奔波？

柴门外的天气已经昏沉,
天空里面不见月亮与星,
只是在朦胧的光亮之内
瞧见草儿掩着两个荒坟。

民国十五年四月十一日

(选自《草莽集》,开明书店1927年8月初版)

# 朱自清

（1898—1948），祖籍浙江绍兴。中国现代著名散文家、诗人、学者，曾任清华大学中文系教授。主要诗作有诗集《雪朝》（与人合著）、诗文集《踪迹》。

## 中秋风雨

万千风雨逼人来，世事都成劫里灰。
秋老干戈人老病，中天皓月几时回？

## 匆 匆

燕子去了，有再来的时候；杨柳枯了，有再青的时候；桃花谢了，有再开的时候。但是，聪明的，你告诉我，我们的日子为什么一去不复返呢？——是有人偷了他们罢：那是谁？又藏在何处呢？是他们自己逃走了罢：现在又到了哪里呢？

我不知道他们给了我多少日子；但我的手确乎是渐渐空虚了。在默默里算着，八千多日子已经从我手中溜去；像针尖上一滴水滴在大海里，我的日子滴在时间的流里，没有声音，也没有影子。我不禁头涔涔而泪潸潸了。

去的尽管去了，来的尽管来着；去来的中间，又怎样地匆匆呢？早上我起来的时候，小屋里射进两三方斜斜的太阳。太阳他有脚啊，轻轻悄悄地挪移了；我也茫茫然跟着旋转。于是——洗手的时候，日子从水盆里过去，吃饭的时候，日子从饭碗里过去；默默时，便从凝然的双眼前过去。我觉察他去得匆匆了，伸出手遮挽时，他又从遮挽着的手边过去，天黑时，我躺在床上，他便伶伶俐俐地从我身上跨过，从我脚边飞去了。等我睁开眼和太阳再见，这算又溜走了一日。我掩着面叹息。但是新来的日子的影儿又开始在叹息里闪过了。

在逃去如飞的日子里，在千门万户的世界里的我能做些什么呢？只有徘徊罢了，只有匆匆罢了；在八千多日的匆匆里，除徘徊外，又剩些什么呢！过去的日子如轻烟，被微风吹散了，如薄雾，被初阳蒸融了；我留着些什么痕迹呢？我何曾留着像游丝样的痕迹呢？我赤裸裸来到这世界，转眼间也将赤裸裸地回去罢？但不能平的，为什么偏要白白走这一遭啊？

你聪明的，告诉我，我们的日子为什么一去不复返呢？

3月28日

（选自《踪迹》）

下 卷

## 20世纪40年代——20世纪末叶

# 艾 青

参看078页。

## 礁 石

一个浪，一个浪
无休止地扑过来
每一个浪都在它脚下
被打成碎沫，散开……

它的脸上和身上
像刀砍过的一样
但它依然站在那里
含着微笑，看着海洋……

1954年7月25日

（选自《艾青诗选》，人民文学出版社1984年版）

## 在智利的海岬上
——给巴勃罗·聂鲁达

让航海女神
守护你的家

她面临大海
仰望苍天
抚手胸前
祈求航行平安

一

你爱海,我也爱海
我们永远航行在海上

一天,一只船沉了
你捡回了救命圈
好像捡回了希望

风浪把你送到海边
你好像海防战士
驻守着这些礁石

你抛下了锚
解下了缆索
回忆你所走过的路
每天瞭望海洋

二

巴勃罗的家
在一个海岬上
窗户的外面
是浩渺的太平洋

一所出奇的房子
全部用岩石砌成
像小小的碉堡
要把武士囚禁

我们走进了
航海者之家
地上铺满了海螺
也许昨晚有海潮

已经残缺了的
木雕的女神
站在客厅的门边
像女仆似的虔诚

阁楼是甲板
栏杆用麻绳穿连
在扶梯的边上
有一个大转盘

这些是你的财产：
古代帆船的模型
褐色的大铁锚
中国的大罗盘
（最早的指南针）
大的地球仪
各式各样的烟斗
和各式各样的钢刀

意大利农民送的手杖
放在进门的地方
它陪伴一个天才
走过了整个世界

米黄色的象牙上
刻着年轻的情人
穿着乡村的服装
带着羞涩的表情
像所有的爱情故事
既古老而又新鲜

手枪已经锈了
战船也不再转动
请斟满葡萄酒
为和平而干杯

三

房子在地球上
而地球在房子里

壁上挂了一顶白顶的
黑漆遮阳的海员帽子
好像这房子的主人
今天早上才回到家里

我问巴勃罗：
"是水手呢？

还是将军?"
他说:"是将军,
你也一样;
不过,我的船
已失踪了,
沉落了……"

## 四

你是一个船长?
还是一个海员?
你是一个舰队长?
还是一个水兵?
你是胜利归来的人?
还是战败了逃亡的人?
你是平安地停憩?
还是危险地搁浅?
你是迷失了方向?
还是遇见了暗礁?

都不是,都不是,
这房子的主人
是被枪杀了的洛尔伽的朋友
是受难的西班牙的见证人
是一个退休了的外交官
不是将军。

日日夜夜望着海
听海涛像在浩叹

也像是嘲弄
也像是挑衅
巴勃罗·聂鲁达
面对着万顷波涛
用矿山里带来的语言
向整个旧世界宣战

在客厅门口上面
挂了救命圈
现在船是在岸边
你说:"要是船沉了
我就戴上它
跳进海洋。"

方形的街灯
在第二个门口
这样,每个夜晚
你生活在街上

壁炉里火焰上升
今夜,海上喧哗
围着烧旺了的壁炉
从地球的各个角落来的
十几个航行的伙伴
喝着酒,谈着航海的故事

我们来自许多国家
包括许多民族

有着不同的语言
但我们是最好的兄弟

有人站起来
用放大镜
在地图上寻找
没有到过的地方

我们的世界
好像很大
其实很小
在这个世界上
应该生活得好

明天,要是天晴
我想拿铜管的望远镜
向西方瞭望
太平洋的那边
是我的家乡
我爱这个海岬
也爱我的家乡

这儿夜已经很深
初春的夜晚多么迷人

## 五

在红心木的桌子上
有船长用的铜哨子

拂晓之前，要是哨子响了

我们大家将很快地爬上船缆

张起船帆，向海洋起程

向另一个世纪的港口航行……

1954年7月24日晚初稿

1956年12月11日整理

（选自《诗刊》1957年第1期）

## 鱼 化 石

动作多么活泼，

精力多么旺盛，

在浪花里跳跃，

在大海里浮沉；

不幸遇到火山爆发，

也可能是地震，

你失去了自由，

被埋进了灰尘；

过了多少亿年，

地质勘探队员，

在岩层里发现你，

依然栩栩如生。

但你是沉默的，

连叹息也没有，
鳞和鳍都完整，
却不能动弹；

你绝对地静止，
对外界毫无反应，
看不见天和水，
听不见浪花的声音。

凝视着一片化石，
傻瓜也得到教训：
离开了运动，
就没有生命。

活着就要斗争，
在斗争中前进，
即使死亡，
能量也要发挥干净。

1978年

（选自《归来的歌》，四川人民出版社1980年版）

## 虎 斑 贝

美丽的虎斑
闪灼在你身上
是什么把你磨得这样光

是什么把你擦得这样亮

比最好的瓷器细腻
比洁白的宝石坚硬
像鹅蛋似的椭圆滑润
找不到针尖大的伤痕

在绝望的海底多少年
在万顷波涛中打滚
一身是玉石的盔甲
保护着最易受伤的生命

要不是偶然的海浪把我卷带到沙滩上
我从来没有想到能看见这么美好的阳光

1979年12月17日，晨1时

（选自《艾青短诗选》，花城出版社1984年版）


## 互相被发现
### ——题"常林钻石"

> 物华天宝
> 人杰地灵
> ——王勃

不知道有多少亿年
被深深地埋在地里
存在等于不存在

连希望都被窒息


一个姑娘深翻土地
忽然看见它跳出来
姑娘的眼和钻石
同时闪出了光辉

像扭开一个开关
在一刹那的时间里
两种光互相照耀
惊叹对方的美丽

光彩夺目的金刚石
像一片淡黄色的阳光
照亮了祖国的大地
预告地下有无数宝藏

亮晶晶的金刚石
没有物质比它更坚硬
姑娘把它贡献给国家
用来叩开工业的大门

常林大队得到了钻石
钻石带着光辉来到人间
而比钻石更辉煌的
是姑娘热爱祖国的观念

（选自《归来的歌》）

# 白　桦

（1930—2019），河南信阳人。长期在部队工作。20世纪50年代主要诗作有诗集《热芭人的歌》，长诗《鹰群》等。新时期以来产生较大影响的诗歌作品有《阳光，谁也不能垄断》《春潮在望》等。

## 去年冬天

### ——致远方友人

去年冬天，
去年的冬天。
是已经过去了吗？
我说的正是去年冬天。
还是尚未到来呢？
是的，我说的是去年的冬天。

朦朦月光下的雪地，
只有纯净和平坦；
一张什么也没写的白纸，
一张渴望韵律和情愫的诗笺。
我们写下了平行的四行，
脚印儿深蓝、深蓝……
默默无语的雪花，
漫不经心地飘散。
我们没有回顾，

没有回顾的时间。
风雪抹掉了我们的即兴诗,
剩下的又是纯净和平坦。

甚至也没想到回顾,
我们在向未来伸延……
蛹为了再生一双飞翔的翅膀,
正在地层下编结自缚的茧。
我们迈开富有弹性的腿,
去丈量无限的空间!

老树孕育着花蕾,
痛苦地扭动、长吁短叹。
冻得磕牙,
我们的节奏自然是快板。
沉重的竹枝,
臃肿的电线。

寒风把棉袄抖得薄如纸,
希望又补给了我们足够的温暖。
积雪很快化成了水,
水早已被风舔干。
纯净和平坦也消失了,
一场银色的梦幻……

没有永远的平行,
误差把我们的距离拉远。
我们在地球的两侧,

分别画了长似一年的弧线。
默默无语的雪花;
又在用冷漠的吻寻找着我的泪眼。

我们收获了几颗果实?
花朵经历了多么严峻的考验!
我像中学生那样坚信,
两条弧线必然会有一个交点。
我们曾把各自的爱的秘密,
毫无保留地进行了交换。

宇宙无论有多么大,
我们都会把同一块土地眷恋!
我爱她,因为我离她太近,
你爱她,因为你离她太远。
太近,有太多太多幸福的忧虑,
太远,有太多太多痛苦的思念。

幸好有忧虑和思念可以充实自己,
百无聊赖地活着不如长眠。
我相信你也和我同样不幸,
唯恐有哪怕一分钟的失恋……
"但愿人长久,
千里共婵娟。"

生于斯,爱于斯!
怀着一个美好的、古典的祝愿。
人是长久的吗?

我们会不约而同地回答：当然！
在长久、长久的苦痛之中，
我们咀嚼着长久、长久的甜……

去年冬天，
去年的冬天；
是已经过去了吗？
我说的正是去年冬天。
还是尚未到来呢？
是的，我说的是去年的冬天。

1981年12月30日
（选自《白桦的诗》）

## 雪山杜鹃

### ——过白马雪山所见

在一片凝固的惨白之间，
整个山谷都在燃烧；
寒风枉自激动地怒吼，
花朵只顾恬静地微笑。

威胁是那么绝对和严重，
千载如一日的冷漠的面貌；
最纯洁的，最柔弱的，
往往最难被压倒！

冰山就悬挂在她们的头顶上，
高高插入茫茫云霄；
为了未来的信念她们传递花粉，
互相热烈地亲吻、拥抱。

绝对强大的最终是她们，
因为她们具有生命，而且美好；
她们奋斗是为了朴素的生存，
她们生存丝毫不是为了炫耀。

当六月的积雪还封锁着山路，
我才偶然惊骇地看到：
这场力量最悬殊的抗衡，
胜利者还不懂为胜利感到骄傲。

1982年6月14日，滇藏边境
（选自《百花洲》1982年第5期）

# 白　萩

（1937— ），本名何锦荣，台湾台中人。1952年开始写诗，处女作在台中《民声日报》发表。1954年开始在《公论报》和《蓝星诗刊》大量发表诗作。著有诗集《蛾之死》《风的蔷薇》《天空象征》《自爱》等。诗作被翻译为英、日、朝、德等多种文字出版。

## 雁

我们仍然活着。仍然要飞行
在无边际的天空
地平线长久在远处退缩地引逗着我们
活着。不断地追逐
感觉它已接近而抬眼还是那么远离

天空还是我们祖先飞过的天空。
广大虚无如一句不变的叮咛
我们还是如祖先的翅膀。鼓在风上
继续着一个意志陷入一个不完的魇梦

在黑色的大地与
奥蓝而没有底部的天空之间
前途只是一条地平线
逗引着我们
我们将缓缓地在追逐中死去，死去如

夕阳不知觉地冷去。仍然要飞行
继续悬空在无际涯的中间孤独如风中的一叶

而冷冷的云翳
冷冷地注视着我们。


## 昨　夜

昨夜来去的那一个人，昨夜
述说着秋风的凄苦的
那一个人，昨夜
以水波中的
月光向我
微笑的
那人
以落叶
的脚步走过
我心里的那一个人
昨夜用猫的温暖给我愉快的
那人

唉，昨夜来去的那一个人，昨夜
的云，昨夜来去的那一个人。

# 北 岛

（1949— ），原名赵振开，祖籍浙江，生于北京，20世纪70年代开始诗歌创作，朦胧派代表诗人之一。主要作品有诗集《北岛诗选》，组诗《太阳城札记》等。

## 黄昏·丁家滩
——赠一对朋友

黄昏，黄昏
丁家滩是你蓝色的身影
黄昏，黄昏
情侣的头发在你肩头飘动

是她，抱着一束白玫瑰
用睫毛掸去上面的灰尘
那是自由写在大地上
殉难者圣洁的姓名

是他，用指头去穿透
从天边滚来烟圈般的月亮
那是一枚订婚戒指
姑娘黄金般缄默的嘴唇

嘴唇就是嘴唇
即使没有一个字

呼吸也会在山谷里
找到共同的回声

黄昏就是黄昏
即使有重重阴影
阳光也会同时落入
他们每个人心中

有欢乐
就有生活的艰辛
有艰辛
就有坚强的心灵

夜已来临
夜，面对着四只眼睛
这是一小片晴空
这是等待上升的黎明


## 是的，昨天

用手臂遮住了半边脸，
也遮住了树林的慌乱。
你慢慢地闭上眼睛：
是的，昨天……

用浆果涂抹着晚霞，

也涂抹着自己的羞惭。
你点点头,嫣然一笑:
是的,昨天……

在黑暗中划亮火柴,
举在我们的心之间。
你咬着苍白的嘴唇:
是的,昨天……

纸叠的船放进溪流里,
装载着最初的誓言。
你坚决地转过身去:
是的,昨天……

# 陌生的海滩

## 1

风帆垂落。

桅杆,这冬天的树林,
带来了意外的春光。

## 2

灯塔的废墟,
缅怀着逝去的光芒。

你靠着残存的阶梯,
在生锈的栏杆上,
敲出一个个单调的声响。

## 3

在正午的庄严之中,
阴影在选择落脚的地方。

所有的角落,
凝结着寒冷的盐粒,
放射一闪一闪的回忆之光。

## 4

远方
白茫茫。

水平线
这浮动的甲板
撒下多少安眠的网?

## 5

头巾
那只红色的鸟,
在日本海上飞翔。
火焰的反光,
把你和分离的影子
投向不属于任何人的天幕上。

没有风暴就够了，
然而也没有固定的风向。
也许是为了回答召唤，
翅膀发出弓的鸣响。

## 6

落潮
层层叠叠，
在金色的地毯上，
吐下泛着泡沫的夜晚，
松散的缆绳，折断的桨。

渔民们弯着光裸的脊背，
修建着风暴中倒塌的庙堂。

## 7

孩子们追逐着一弯新月。

一只海鸥迎面扑来，
却没有落在你伸出的手上。

# 回　答

卑鄙是卑鄙者的通行证，
高尚是高尚者的墓志铭。
看吧，在镀金的天空中，

飘满了死者弯曲的倒影。

冰川纪已过去了，
为什么到处都是冰凌？
好望角发现了，
为什么死海里千帆相竞？

我来到这个世界上，
只带着纸、绳索和身影。
为了在审判之前，
宣读那些被判决的声音：

告诉你吧，世界，
我——不——相——信！
纵使你脚下有一千名挑战者，
那就把我算作第一千零一名。

我不相信天是蓝的；
我不相信雷的回声；
我不相信梦是假的；
我不相信死无报应。

如果海洋注定要决堤，
让所有的苦水注入我心中；
如果陆地注定要上升，
就让人类重新选择生存的峰顶。

新的转机和闪闪的星斗，

正在缀满没有遮拦的天空。

那是五千年的象形文字，

那是未来人们凝视的眼睛。

1976年4月

（选自《诗刊》1979年第3期）

## 宣　告

也许最后的时刻到了

我没有留下遗嘱

只留下笔，给我的母亲

我并不是英雄

在没有英雄的年代里

我只想做一个人

宁静的地平线

分开了生者和死者的行列

我只能选择天空

决不跪在地上

以显出刽子手们的高大

好阻挡自由的风

从星星的弹孔中

将流出血红的黎明

（选自《朦胧诗选》，春风文艺出版社1985年版）

## 迷 途

沿着鸽子的哨音

我寻找着你

高高的森林挡住了天空

小路上

一颗迷途的蒲公英

把我引向蓝灰色的湖泊

在微微摇晃的倒影中

我找到了你

那深不可测的眼睛

（选自《朦胧诗选》，春风文艺出版社1985年版）

# 蔡其矫

（1918—2007），福建晋江人。1938年入鲁迅艺术学院学习。曾任福建省作家协会副主席。诗集有《回声集》《回声续集》《涛声集》《祈求》等。

## 南 曲

洞箫的清音是风在竹叶间悲鸣。
琵琶断续的弹奏
是孤雁的哀啼，在流水上
引起阵阵战栗。
而歌唱者悠长缓慢的歌声，
正诉说着无穷的相思和怨恨。
我仿佛听见了古代闽越谪罪人的疾苦
和蛮荒土地上垦殖者的艰辛，
看见了到处是接云的高山，
峻险的道路，
孤舟在风浪中覆没，
妇女在深夜中独坐，
生者长别，死者无消息，
一次又一次的战争，一次又一次的流血……
故乡呀，你把过去的痛苦遗留在歌中，
让生活在光明中的我们永不忘记。

1956年11月12日

（选自《生活的歌》，人民文学出版社1982年版）

## 南　曲（又一章）

南方少女的柔情，
在轻歌曼声中吐露；
我看到她
独坐在黄昏后的楼上，
散开一头刚洗过的黑发，
让温柔的海风把它吹开，
微微地垂下她湿的眼帘，
发出一声低低的叹息。
她的心是不是正飞过轻波，
思念情人在海的远方？
还是她的心尚未经热情燃烧，
单纯得像月光下她的白衣裳？
当她抬起羞涩的眼凝视花丛，
我想一定是浓郁的花香使她难过。

1956年11月18日

（选自《生活的歌》，人民文学出版社1982年版）

## 雾中汉水

两岸的丛林成空中的草地；
堤上的牛车在天半运行；
向上游去的货船

只从浓雾中传来沉重的橹声,
看得见的
是千年来征服汉江的纤夫
赤裸着双腿倾身向前
在冬天的寒水冷滩喘息……
艰难上升的早晨的红日,
不忍心看这痛苦的跋涉,
用雾巾遮住颜脸,
向江上洒下斑斑红泪。

1957年

(选自《生活的歌》,人民文学出版社1982年版)

## 川江号子

你碎裂人心的呼号,
来自万丈断崖下,
来自飞箭般的船上。
你悲歌的回声在震荡,
从悬岩到悬岩,
从漩涡到漩涡。
你一阵吆喝,一声长啸,
有如生命最凶猛的浪潮
向我流来,流来。
我看见巨大的木船上有四支桨,
一支桨四个人;
我看见眼中的闪电,额上的雨点,

我看见川江舟子千年的血泪，

我看见终身搏斗在急流上的英雄，

宁做沥血歌唱的鸟，

不做沉默无声的鱼；

但是几千年来

有谁来倾听你的呼声

除了那悬挂在绝壁上的

一片云，一棵树，一座野庙？

……歌声远去了，

我从沉痛中苏醒，

那新时代诞生的巨鸟

我心爱的钻探机，正在山上和江上

用深沉的歌声

回答你的呼吁。

1958年

（选自《生活的歌》，人民文学出版社1982年版）

## 祈　求

我祈求炎夏有风，冬日少雨；

我祈求花开有红有紫；

我祈求爱情不受讥笑，

跌倒有人扶持；

我祈求同情心——

当人悲伤

至少给予安慰

而不是冷眼竖眉；
我祈求知识有如泉源，
每一天都涌流不息，
而不是这也禁止，那也禁止；
我祈求歌声发自各人胸中
没有谁要制造模式
为所有的音调规定高低；
我祈求
总有一天，再没有人
像我做这样的祈求！

1975年

（选自《生活的歌》，人民文学出版社1982年版）

# 昌　耀

（1936—2000），本名王昌耀，祖籍湖南桃源，生于湖南常德。曾任青海省作家协会副主席、专业作家。著有《昌耀抒情诗集》等。

## 木轮车队行进着

木轮车队行进着。
遥远的木轮车队是灰色的：
听不见尘土。听不见马蹄。
听不见辊轴的轧动。
——这车队好像并未行进着？这车队
一扇扇高耸的车翼好像并未行进着？
这高耸的一扇扇车翼
好像只是坐立在黄河岸头的一扇扇戽水的圆盘？
但是，木轮车队始终在行进着。
它们是从烟色氤氲的土窑旁行进而来。
是从村道口、
是从湿漉漉的井台边、
是从贴有红双喜窗花的花烛夜
行进而来。行进于
鸡的叫、
狗的咬、
猪的奔突。
行进于闹嚷的集市、穗的波与孤寂的

荒原。从行进而来的黎明,
它们支起的车幕
落有三月的露滴、
七月的虹彩、
十一月的白霜……

木轮车队行进着。
没有一辆木轮车不是在行进着。
它们滚动的投影舒缓而齐整,
有些儿蹒跚,有些儿迷惑。

但是,木轮车队始终在行进着。
木轮车队高耸的轮翼始终在行进着。
行进着的轮翼
在大路的转角迟疑了一下,
——仅只迟疑了一下
就又朝向前方的大路滚将以去,
使旷野有了连续的呼唤,
使涧泽发出流水般的喧哗。……

——因了这土地特有的朴拙,
斫轮者的先祖,最初
才将这一扇扇智慧的轮翼,
砍削得如此崔嵬而莽撞么?
木轮车队行进着。
是灰色的。
是红色的。
是蓝色的。

而在黑色的车幕下
车户哥儿借着夜色休憩,
在行进中
唯有戛然止息的车轮可以将其惊醒。

1982年2月21日

## 日　出

听见日出的声息蝉鸣般沙沙作响……
沙沙作响、沙沙作响、沙沙作响……
这微妙的声息沙沙作响。
静谧的是河流、山林和泉边的水瓮。
是水瓮里浮着的瓢。

但我只听得沙沙的声息。
只听得雄鸡振荡的肉冠。
只听得岩羊初醒的锥角。
垭豁口
有骑驴的农艺师结伴早行。

但我只听得沙沙的潮红
从东方的渊底沙沙地迫近。

1982年3月29日

## 故 居

故居已老如古陶。世界阒然。
内室清明，窗玻璃贴满眼睛。
天花板有飞鸟迷途。
门枢不时膏注传奇免生蠹虫。
楼道脚踪迤逦如船队穿梭海峡。
青草地点燃新月鸡鸣照亮篝火。
檐滴溢满几代隐身人的梦戏。
摘掉了字画的墙壁有摘不掉的伤疤
挂在老地方。秒针仍在叩动过去时。
我嘲弄过这间螺蛳壳儿。
我为自己在一根扁担安身曾反复论证。
我曾以草绳图谋吊断自己的后颈。
有过三娘教子，九节鞭抽杀傍晚。
而火警与花盆同时留下悬念。
老邻居的容貌已记不太真切。
最近有人告诉我殁的已殁，走的已走，
来的已来，生的已生，活的尚还活着。
我哭了。无疑我们都将是隐身人，
故居才是我们共有的肌肉。
柔肠寸断。你才明白柔肠寸断。

1990年1月9日

## 紫金冠

我不能描摹出的一种完美是紫金冠。
我喜悦。如果有神祇而我不假思索道出的
正是紫金冠。我行走在狼荒之地的第七天
仆卧津渡而首先看到的希望之星是紫金冠。
当热夜以漫长的痉挛触杀我九岁的生命力
我在昏热中向壁承饮到的那股沁凉是紫金冠。
当白昼透出花环。当不战而胜,与剑柄垂直
而婀娜相交的月桂投影正是不凋的紫金冠。
我不学而能的人性醒觉是紫金冠。
我无虑被人劫掠的秘藏只有紫金冠。
不可穷尽的高峻或冷寂唯有紫金冠。

1990年1月12日

## 螺髻

螺髻那面,贞童的合唱应时开始:
……阿里露亚、阿里露亚、阿里露亚……
抑扬顿挫的阿里露亚响彻远近空蒙。
我先只渴望休憩,继而神清气爽思维振奋,
好像天涯孤旅遽然听到山中号角。
但我终无意猎犬的角逐。
我的征途是入鞘近半之长剑。

且萌念归去。看啊，尘埃落定，大静呈祥，
法林珠苑，鹿鸣呦呦绽开宝蓝光。
好像那壁厢，头戴金步摇，身佩玉如意，
有女如许，示我云鬟乌螺髻，
烟梦迷茫。路断海洲。黑色涡旋喷射生命流。
阿里露亚阿里露亚，那是何等动心的呼叫？
竟令弯身大道寻拾金币的众生一齐回首。
于是我听见贞女的合唱曲随之续作一片，
好像天使布道谆谆播撒福音。
尚感抱憾！失意？沮丧？饮恨？凄楚？……
我竟已感觉自己边缘模糊与物同化渐入逍遥。
还是怠倦啊。男子汉的怠倦最足怠倦了。
软骨病早成人类之宿疾不可救药。
还试图绷紧脊椎奏出锯琴铮铮的旋律？
屈辱诸多。进退维谷。唯大智无言。
但你卓荦不凡的螺髻为我显示了热核之反应。
我记起这经验如同四季花园剧烈转换，
失去疼痛，不觉利刃阉割竟如清风徐徐吹我。
阿里露亚阿里露亚正有驼队持牒叩关西渡流沙。
如许螺髻却是我美感的归宿。

           **1992年12月6日**

## 陈敬容

参看140页。

### 假日后送女返学

烦热的夜
向沉沉云雾后逝去
黎明号角声中
落着疏疏的雨

白衫红裙
从山道上远去
我的属望
犹如出海船舶
在一片苍茫中游移

想当年寒窗
怎比得如今儿女
无限天地
前辈们多少风尘
换来你如虹意气

得学会珍惜——
假若生活是大海

会爱海的人
会航海的人
懂得那一点一滴里
万千种生动的意义

1961年夏于北京西山

## 树的启示

睡梦中有人抢夺我的孩子
梦醒时正月白风清
枕边的小脸上漾着微笑
嬉戏蹦跳后异样地恬静

孩子好比是大树的幼苗
小小生命也饱含雨露阳光
有一天长满了丰枝茂叶
叶脉里将闪现今夜的月亮

1962年冬记梦

# 崔　健

（1961— ），生于北京，朝鲜族。诗人、歌手。

## 一无所有

我曾经问个不休

你何时跟我走

可你却总是笑我

一无所有

我要给你我的追求

还有我的自由

可你却总是笑我

一无所有

噢，你何时跟我走

脚下这地在走

身边那水在流

可你却总是笑我

一无所有

为何你总笑个没够

为何我总要追求

难道在你面前我永远是

一无所有

噢，你何时跟我走

告诉你我等了很久
告诉你我最后的要求
我要抓起你的双手
你这就跟我走
这时你的手在颤抖
这时你的泪在流
莫非你是正在告诉我
你爱我一无所有
噢，你这就跟我走


## 这儿的空间

打不开天　穿不过地
自由不过不是监狱
你离不开我　我也离不开你
谁都不知到底是爱还是赖

钱就是钱　利就是利
你我不过不是奴隶
你只能为了我　我也只能为了你
不过不是一对一对儿虾米

这儿的空间　没什么新鲜
就像我对你的爱情里没什么秘密
我看着你　曾经看不到底
谁知进进出出才明白是无边的空虚

就像这儿的空间里

想的都没说　说的也都没做
乐的就是弹吉他为你唱个歌
你别一会儿哭　你也别一会儿笑
我是什么东西你早就知道

天是个锅　周围是沙漠
你是口枯井　可越深越美
这胸中的火　这身上的汗
才是真的太阳　真的泉水

这儿的空间　没什么新鲜
就像我对你的爱情里没什么秘密
我看着你　曾经看不到底
谁知进进出出才明白是无边的空虚
就像这儿的空间里

# 杜国清

（1941—　），台湾台中人，台湾大学外文系毕业，日本关西学院大学文学硕士，美国斯坦福大学文学博士，后任美国加州大学圣塔芭芭拉校区东方语文学系教授，曾应邀担任台湾大学客座教授。《笠》诗刊创办人之一。著有诗集《蛙鸣集》《岛与湖》《雪崩》《心云集》《望月》《情劫》等，另有翻译艾略特、波德莱尔等人的著作多种。

## 蜘　蛛

撑着一瓣蔷薇花　等待着的　蜘蛛
穿着缁黑袈裟　盘坐着的　蜘蛛
寂寥的背影　蜷伏着的　蜘蛛

以生癞且僵化的肢脚　霸守着
一座方城触霉的口腹摆出
旁若无人的态势自囚在阴
暗的小天地咀嚼城垣下
众多蚊子的尸体戴黑眼镜
以自我为中心的独裁者啊

以沾血且麻痹的肢脚　霸守着
蜘蛛　蜷伏着的　伪装的德性
蜘蛛　等待着的　织善诱的谎言
蜘蛛　盘坐着的　默想虚伪的价值

# 杜 涯

（1968— ），河南许昌人。曾在河南许昌市人民医院工作十年，后离开医院，在郑州、北京任杂志编辑等。出版诗集《风用它明亮的翅膀》《落日与朝霞》等。

## 我记得那槐花飘落

我记得那槐花飘落
那些槐花从早到晚都在空中纷飞
整整几天了
每当我打开窗户，我便看见了
它们迅速消失的身影

那些低垂的槐树就在房前或者屋后
每次，当我从它们下边走过
槐花静悄悄地落着
我看到白色的花瓣落在地上
这时我感到这个世界有多么寂寞
——特别是在无风的时候

我抬头望着繁花的树冠
那些低垂的花束正一个个
消失不见
这时我想，即使无风
槐花也会没日没夜地飘落

我想一定有一个人
要把它们带走

在后山,在倾斜的坡上
槐花已经落了三天
当我在暮春那温和的风中
跑到槐树下,并抬头仰望:
槐花,它们已在我到来之前
悄无声息地落尽了

        1995年5月


## 嵩山北部山上的栗树林

让人沉默的是九月的栗树林。
让人疼痛的是远离夏天的栗树林。
月光下一群白鸟飞越,
让人说不出话,让人感到无望的
是覆盖了整个山坡的风中的栗树林。

鸟飞过山岗。田野,湖泊,房屋,
在很远的地方。

嵩山北部山上的栗树林,
在春天,兀自花开,
然后花谢,
不能挽留。

而在秋天,在九月,
栗树林中喧响着风声,
一团团的乌云翻林而过,带走了阴影,
还有风,飞鸟,高高的蓝天,
山岗上的那一丛野花似乎离我很近。
然而让人说不出话,让人感到无望的
仍然是嵩山北部山上的栗树林。

1994年9月29日

## 多 多

（1951— ），原名栗世征，生于北京。20世纪70年代初开始诗歌创作。著有诗集《行礼：诗83首》《多多诗选》等。

### 致 太 阳

给我们家庭，给我们格言
你让所有的孩子骑上父亲肩膀
给我们光明，给我们羞愧
你让狗跟在诗人后面流浪

给我们时间，让我们劳动
你在黑夜中长睡，枕着我们的希望
给我们洗礼，让我们信仰
我们在你的祝福下，出生然后死亡

查看和平的梦境、笑脸
你是上帝的大臣
没收人间的贪婪、嫉妒
你是灵魂的君王

热爱名誉，你鼓励我们勇敢
抚摸每个人的头，你尊重平凡
你创造，从东方升起

你不自由,像一枚四海通用的钱!

1973年

(选自《在黎明的铜镜中·"朦胧诗"卷》,
北京师范大学出版社1993年版)

# 冯 至

参看161页。

## 韩波砍柴

### ——记母子夜话

农历正月十九,
雨下了几天几夜,
后半夜忽然停止,
露出来下弦明月。

满屋里都是月光,
老婆婆从梦中惊醒,
她叫醒她的儿子,
她说,"外面有个人影。"

儿子说,"深更半夜,
哪里会有什么人?"
"你们年轻人不知道,
这是韩波的灵魂。

"韩波是一个樵夫,
终日在山里砍柴,
他欠下了地主的

还不清的高利债。

"他砍柴砍了一生,
给地主生火煮饭;
他砍柴砍了一生,
给地主生火取暖。

"但是他自己永久
吃不饱也穿不暖;
不管天气多么坏,
砍柴没有一天中断。

"那时和现在一样,
雨下了几天几夜,
到了正月十九,
雨又变成大雪。

"他在风雪里冻死,
许多天没有人管,
后来身上的破衣裳
也在风雪里腐烂。

"但他死后的灵魂
还得要出来砍柴,
因为他一丝不挂,
只能在夜里出来。

"年年在他的死日,

后半夜总有月光，
给他照着深山，
像在白天一样。

"我们这里的春雨
一下就是一个月，
只有在这时候，
雨为他停止半夜。"

她说这段故事，
说得人全身发冷，
外面的月光中
真像有一个人影。

她的儿子说，"妈妈，
韩波死得真可怜，
但这是旧日的故事，
不是在我们今天。

"过去我们村里，
人人都是韩波，
可是我们现在，
韩波没有一个。

"过去无数的韩波
都在饥寒里死亡，
我们同情他们，
只用半夜的月光。

"现在的月光里
也许有韩波的灵魂,
他出来不是砍柴,
却是要报仇雪恨。

"明天我们斗地主,
他也要向地主清算,
他再也不会害羞,
他要在白天出现。"

1952年2月15日,江西进贤

(选自《冯至诗选》,四川人民出版社1980年版)

# 傅 仇

（1928—1985），原名傅永康，四川荣县人。曾任《星星》诗刊编辑。著有诗集《森林之歌》《伐木者》《伐木声声》等。

## 告别林场
——给共产主义的伐木者

请记着今天大风雪的日子，
有一队伐木者告别林场。
让我们最后再看一眼，
我们的心窝发热，喜气洋洋。

我们今年春天上山采伐，
遍山是封天的云杉、冷杉、赤桦。
我们把宝贵的木材送给祖国，
建设铁路、工厂、高楼大厦。

青山披着鹅毛雪花，
刚好一年，就告别"森林之家"。
山上留下年轻的幼树和母树，
我们请林墙来保护它。

胆小的獐子、大胆的金钱豹，
温驯的小鹿、肥美的马鸡；

别说我们已经走了,
随便来践踏我们的林区。

我们真不愿离开这里,
但我们还要去采伐新林区。
什么时候我们再回来?
最早也是一百年,一个世纪!

一个世纪,一百个年辰,
再走进这青山的已经不是我们;
而是一批批共产主义的新人,
电气化的伐木者,我们的子孙。

那未来的美妙远景,
怎不使我们沉醉动心!
让我们在这山上刻下一块树碑,
把我们的历史和预言告诉下一代人:

"在祖国第一个五年计划的开头,
正是我们最早走进原始森林的时候;
是我们为祖国采伐了第一批大树,
建设了新型厂房、学校、社会主义道路。

"我们走了,留下满山最好的树种,
到二十一世纪,你们上山的时候,
有一座新的无比茂盛的森林,
留给你们采伐,建设共产主义的高楼。"

再见了,我们亲爱的林场,
让我们的思想感情永远生在这里。
再见了,未来的共产主义的森林,
请接受二十世纪伐木者的敬礼。

1954年9月

(选自《伐木声声》,作家出版社1964年版)

## 傅天琳

（1946—2021），四川中资人。著有诗集《绿色的音符》《在孩子与世界之间》《音乐岛》《红草莓》等，其中《绿色的音符》获中国作家协会第一届（1979—1982）全国优秀新诗（诗集）奖。

### 七层塔顶的黄桷树

七层塔顶的黄桷树
像一件高高晾着的衣衫
旷野
拖着它寂寞的影子

许是鸟儿口中
偶尔失落的一粒籽核
不偏不倚
在砖与灰浆的夹缝里
萌发了永恒的灾难

而它稀疏的丫枝上
麻雀吵闹着
正在筑巢
而它伸直的手臂
像要抓住破碎的云片
捎去
并不破碎的盼望

它盼望什么呢？我不知道

犹如我不知道

它摇曳的枝叶

是挣扎，还是舞蹈

是的，它活得多别扭

但绝不会死去


它在不断延伸的岁月

把孤独者并不孤独的宣言

写在天空

（选自《花溪》1982年第10期）


## 夏夏的花

那时家里没有花瓶，我把这些花插在
妈妈吃过药的瓶子里。
——摘自夏夏的作文

这郁郁的潺潺的芳香

是从这些有淡淡药味的小瓶里飘出来的

是从你的手臂流出来的，夏夏


这么多的药都没把妈妈的病治好

倒是这个药瓶给治好了

妈妈该起床了，夏夏


你小小的无限的四岁的爱

让我们的竹棚子变成宫殿

让妈妈插一朵花在我的公主头上，夏夏

山野的金樱子花枕头草花紫绒球花花

你们不懂得自己多好看

只有夏夏知道，只有夏夏，我的夏夏

## 母 爱

我是你的黑皮肤的妈妈

白皮肤的妈妈

黄皮肤的妈妈


我的爱黑得像炭

白得像雪

黄得像泥土

我的爱没有边界

没有边界我对你的爱


你是白雪覆盖的种子

你是黄土长出的树

你是煤炭燃亮的火

你是生命你是力量你是希望你是我

孩子啊你是我的孩子

## 到草原去

乘一辆大客车到草原去
一程一程雁语送我们到草原去
一树山丁子
已被向往涨得通红

到花比草多的草原去
到草比诗多的草原去
去做牛羊
啃光一个诗人的青草
忘记争吵,心痛和药
到安详与宁静的草原去

给大马套上金鞍子
给高腰水靴拴上红绸子
挥一阵马蹄风滚过草尖
被白雪深深掩埋的故事
我们要一个一个找回来

用金边大碗喝酒
用羊肉干珠帘装饰镜头
我们被风托着
远远飘离城市,噪声和拥挤
嚼一节自己的诗歌
忽然间有了青草的香味

奶茶的香味

草原,草原
还没有分别
便开始怀念


## 红 草 莓

在你的弦上摘了一颗
我就成为你的歌谣
红草莓的歌谣
感人而又烦人的
红草莓

我和你只有一个太阳
六月的莱茵河畔的太阳
照不化的我,照不化的你
多汁的太阳滴出怀念
古典的少年维特似的
怀念中的红草莓

草莓有一棵菩提树
菩提树有一段被汽车扔下的路
路边有一个小酒店
小酒店有一张蓝餐巾
蓝餐巾写着很多草莓

我和你同采一颗草莓

你这小写的德语字母
多汁的鸟儿,你这
穿越植物音波的红草莓
从一些熟悉的名字起飞
成为另一片
在空中飘动的我的果园

# 高 平

（1932— ），祖籍山东。1949年参军，曾在西藏生活多年。20世纪50年代主要作品有诗集《珠穆朗玛》《拉萨的黎明》，叙事诗《大雪纷飞》。

## 大雪纷飞

### 一

江卡呀！
我的江卡！
好大的风雪啊，
我走了，……
你，听不见我的话。

天上的大鹰，
迎着风雪飞，
是为了振奋自己的羽翼，
它越飞越高，越飞越远，
没有悲哀，也没有牵挂。
而我呢？江卡！

主人的急令，
不容我回头，
我不能和你告别，

我只敢偷偷地
念一声你的名字。
大雪飘落着，
我的脚印，
转眼就被淹没。
我们的父母，
不都是在出差的路上，
白了他们的头发？

当月亮升出故乡的湖面，
我不能再到湖边来了，
你也别再来找我；
再不要像呆了似的，
望着我来的小路，
等啊，等啊……

主人派我上冈斯拉。
主人听说，
那里有最好的羊群，
羊毛长得像柳条，
白得像雪。

冈斯拉，
传说它非常遥远。
一路上有狂暴的风雪
和陡峭的高山，
但是你不用挂念；
我们是在风暴中一起长大的，

你心爱的姑娘央瑾,
会和你一样勇敢。
我替主人找到最好的羊群就回来,
我把羊皮样子交给主人,
那时候,不等月亮出来,
我们就到那清澈的湖边,
坐在石头上,手拉着手,
直到天亮,
直到我背水的时刻,
直到主人呼唤。……

故乡平静的湖水,
风一吹就皱了;
当我和你别离的时候,
我的心就乱了。

虽然这不是第一次分别,
也不会是最后一回,
可是我一想到
这是迎着风雪向西走,
就止不住我的眼泪。

江卡,
松树移到石头上,
到死也还是松树!
哪怕我们要有一千次别离,
背水的姑娘央瑾,
大眼睛的央瑾,

**嘴唇像野樱桃一样红的央瑾,**
她总是你的! ……

晚上,
当你打柴回来,
当你知道了
我出差到冈斯拉的消息,
千万别怪我来不及看你。
我是人家的仆人,
不能随自己呀!

二

我刚走完了
一道荒凉的山谷。
在那里面,
荆棘挂破了我的衣袖,
并且常常有不怕人的
花毛的小鸟,
飞落到我的肩头。

现在,
我又能看见,
大片大片的阳光了。
在我面前,
出现了一个村庄。
这是我几天来,
第一次又看到炊烟,
和一群群晚归的牛羊。

这里没有湖水，
也没有我的主人家
那样高大的石墙。
不知道为什么，
我却觉得，
它像我们的家乡。

当我想到故乡的时候，
总是想念你；
当我想到你的时候，
总是想念故乡。

难道我是孩子吗？
为什么这样想家？
甚至家乡的湖上的一个波纹，
回想起来，也对我充满了柔情；
家乡的一片树叶，
对我都十分亲切。

翻遍世上的山，
走遍山间的路，
有几个像家乡那样的美丽的湖？
在洒满阳光的湖面上，
波浪轻轻一跳，
就能碰着垂柳。

还有那棵老松树，
树根伸到了湖心；

树枝插入了云头。
就是落上一百只鹰,
也不过像雨点儿掉到湖里一样,
连眼力最好的人也要发愁。

江卡呀,
可惜咱们的湖,
不懂得咱们的苦。
它老是那么美,那么平静,
像一面蓝色的镜子,
让周围的雪山做它的镜框,
让白云的影子在上面浮游。

夏天,
在湖水的边沿,
飘过主人们华丽的衣衫,
他们手里拿着
水晶石做柄的太阳伞,
悠闲得真像神仙。

岸边,
那些破旧的土屋上,
上升着断断续续的炊烟。
满脸皱纹的老阿妈,
坐在石头上,
在雪风里淌着眼泪,
为孩子的衣服捻着毛线。

有时候,
你沿着湖岸来了,
我先看见了你的影子,
却故意背过脸去
向湖里扔石子儿,
直到你叫我一声"央瑾!"
你责备我说:
"难道你讨厌我了吗?
为什么把我湖里的影子打乱?……"

我越往西走啊,江卡!
越是想念故乡,
就越觉得我该出嫁啦。
为什么我没有对你说过
我要嫁给你呢?
唉!我的江卡!
连好心的阿妈
这样问我的时候,
我都没有回答。

## 三

我走累了,
就在路边坐下来,
静静地仰望一会儿天空。
白云,昨天是向西的,
今天,它又向东飞行。
看到这些我忍不住高兴,
白云不正像是我吗?

在离开故乡的路上，
不久又会印上我回家的脚印。

现在，月亮落了，
我停止了一天的行程。
为了不被冷风吹醒，
我住宿在一个不深的山洞。

不知道为什么，
我忽然变得这样
爱凝视天空？
从青石洞口，
我望见了一颗星星，
我确信故乡
就在这颗星星的下面，
似乎我已经看见了
它那在湖里的倒影。

现在，有谁能告诉我呢？
这颗星叫什么名字？
也许因为它不大，也不太亮，
就连最熟识星星的阿妈，
也没有讲起过它的故事。

江卡！
你也在看着这颗星吗？
这颗星就是我的眼睛。
它不大，是因为我离你太远，

它不亮，是因为我太伤心。

如果你一夜都在望着它，
我也望它一夜，
那我们这一夜
就算是没有分别。

如果你正在烧着牛粪炉子，
或是又在缝补你
打柴划破的皮靴；
江卡，那就是说，
你没有看见这颗星，
你也许没有想到我。

不，你会想着我的，
并不是因为你发过誓言，
你，比什么誓言都更可靠。
你对我的真心，
就像高高的雪山，
任凭狂风暴雨吹打一千次，
也决不会动摇。

你的心思，你的苦恼，
你的眉头一皱，
那是在想什么，
大眼睛的央瑾我全知道。……

你说，

为什么越怕分别的人，
越是要分别呢？

江卡，我无论走到什么地方，
总是想起你，想起家，想起阿妈，
想起故乡的湖，
想起土屋上的炊烟，
想起卓玛的山歌，
想起你穿着旧皮靴，
拖着沉重的脚步，
从我的门前走过。

我是一个女仆，
每天都出入主人的大门，
可是为什么，
除非看见了华丽的楼房，
总不会想起主人？

如果我走得更远、更远，
我会完全忘记了他们。
江卡，这样不对吗？
我认定，
一个善良的姑娘，
对自己的感情应当信任。

睡不着觉的时候，
总是爱胡思乱想的，
我不愿再乱想下去了。

为了让自己安静,
我凝视着那颗星。

看啊,看啊,
渐渐地,
那颗星星没有了。
是它在什么时候,
变成了流星吗?
还是我闭上了眼睛?
啊!好冷啊!好困!
漆黑漆黑的夜呀!
没有了,那颗星,
星……

## 四

我病了。
但是,江卡,
你不要以为我病得很可怜,
不要以为我无人照应。

我病在一个好心人家里,
他是一个老人,
没有儿子,也没有女儿,
眼看就是走不动的人了,
却依旧孤苦伶仃。

不,他说他有过一个女儿,
名字也叫央瑾,

不过她五岁上就得病死了，
紧跟着她那死得更可怜的母亲。

老阿爸对我说，
如果他的小央瑾不死，
现在只比我小一岁，
也许正和我今天一样，
被主人派到远方去，
病倒在荒山野林。

不知是什么神，
为我们安排了同样的命运！
江卡，我第一次想到
我们未来的儿子
还得去当仆人。

对于这位老阿爸，
我不愿谈到我们的离别，
也不敢说思念亲人，
他的头发已经全白了，
我深怕伤着他的心。

我甚至想到
我可以做他的女儿。
但我不敢说出来，
因为我身上有主人的使命，
病好了还要登程。
老人已经尝够了

生离死别的痛苦……
江卡，我真说不清楚，
我现在的心情。

夜里，大雪飘着。
我发烧烧得口干舌焦。
我忍不住哼了一声"我要喝水"，
老阿爸是那样机警，
立刻爬起来，
披上羊皮袄，
背起水桶就开门走了。

我没有力气阻止他，
我强止住呼吸听着、听着，
听见他正用石头，
在风雪中的冰河上敲。

可是啊，江卡，
他至今不告诉我他的姓名。
他皱紧了眉头说，
生活恼怒了他！
他不愿让任何人知道，
有他这样一个人曾经活过。

我哭了，
不是因为病得厉害，
而是怕听他的话；
怕听他那充满了诚恳

但是绝望的声调,
那声音苍老而又沙哑。

现在,大概又已经是半夜了,
我的病已经转好,
我悄悄地向屋子里望着,
黄色的酥油灯火,
还在离他的白发很近的地方闪耀。

在他身旁,
我的已经空了的皮口袋,
被他添满了糌粑,
一条风干了很久的羊腿,
在袋口上插着。

他已经为我的启程,
准备得十分周到。

江卡,你也记住他吧!
记住这位好心的
无名的老阿爸!
等回来的时候,
我一定再来看他,
吻他的皱纹!
吻他的白发!

## 五

穷人家的姑娘,

是买不起镜子的。
今天我在小河边上照了照，
才知道自己瘦了。

你的央瑾逐渐消瘦，
并不是因为吃不上酥油，
（在家里，一年又能吃几回呢？）
而是她心中忧愁！
谁能知道，
这里离冈斯拉还有多远？
难行的山路，
何处是尽头？

走哇，走哇，向西走，
山沟没有了流水，
山上没有了树木，
一连几天看不到炊烟，
有时候，过路的乌鸦
凄惨地叫几声，
好像在嘲笑我说：
啊，可怜的姑娘，
为什么这样孤独？

太阳落了，月亮又升起，
我只顾向西，向西！
地上连草根都找不见了，
江卡，我真想放声大哭，
冈斯拉！

它还有多远?
主人要我找的
最好的羊群啊,
又在哪里?

主人会欺骗我吗?
啊,有谁会对我存着坏心?
我,央瑾,
什么时候,
欺骗过别人?

江卡呀,
我突然想到了珠金,
我不禁两眼发黑了,
恐惧,占据了全身。
珠金侮辱过我,
他强迫我收下
那条绣花的围裙,
并且骂你是恶鬼转生。
想到他,想到这个
真正的恶鬼,
我就气得发抖,
你知道,我把裙子撕得粉碎,
当时,我顾不得他是主人的亲信。

主人派我远行,
难道是他的主意吗?
难道是他存心要折磨我?

难道是珠金这恶鬼,
不想让我和你成婚?

不对!他没有主人钱多,
他收买不了主人。

一路走着,想啊,想啊,
我想起来啦,江卡!
我的主人他说过他认得你,
他说你是一头好牛,
但是他说:除非央瑾为主人立下大功,
不让她离开主人的家门。
他说我在和你成婚以前,
必须尽完仆人的责任。

是的,他说过这些话!
虽然说了很久了,
今天差我到冈斯拉,
就是要实现他的话。

啊,江卡,
你看我这么傻!
走了这么远了,
才猜出主人的好意,
才明白,将来回到家
会得到怎样的快乐!

孔雀在河边喝完水飞了,

才想到河水是甜的；
你的姑娘央瑾走到远方，
才知道回去就要出嫁。

主人的骡马有千百匹，
都有别的用处；
主人没有给我马骑，
我比马走得更疾。

等我为主人立功回来，
等我做完了仆人该做的事，
那时候，
央瑾就不只是你爱恋的姑娘了，
央瑾就成了你的妻子！

看前面云雾飞腾，
好像海水一样；
积雪的山尖，
直立在云雾之上。
江卡，
那就是冈斯拉！
风啊，你刮烂我的衣衫吧！
你吹乱我的长发吧！
你尽管想着推倒我吧！
我要走！蹬着岩石，爬着峭壁，
我要走完最后的一段路，
然后，噢，多么好哇！
然后，就可以回家！

## 六

…………
江卡,你瞧着我笑什么?
主人的好意我猜着了,
你的央瑾回来了!
不知道为什么,
经过长久的分别,
见过了陌生的人家,
回到你身边,
倒越发害羞啦。

你往湖里瞧瞧,
我的眼睛不敢直着看你,
我的脸红得像牡丹花。

在湖边,在树林中,
啊,江卡,那是什么?
别说了,我羞死了!
阿妈,我要谢她一万次,
她为我们两个,
织了一座多么漂亮的帐篷!

不久,我们会有自己的牛羊。
主人因为我立了功,
再不会差我远行。
江卡,
白天我和你一起上山打柴,

晚上我们一起听阿妈讲星星。

我刚回来就要出嫁,
连换一条新裙子都来不及。
月亮上升的时候,
我们就是夫妻了。
等不到明年今日,
我就会当母亲了。

啊,当母亲?
这有多么怕人!
我能行吗?
我会做母亲吗?
我?大眼睛的央瑾?

江卡,
你为什么老是对着我笑啊?
难道你猜出了我的心情?
不,你猜错了,
我并没有怕,
我能做一个
善良温柔的母亲。

你看,
新帐篷里的酥油灯亮了,
湖上映出了第一颗星。
阿妈在呼唤我们,
参加婚礼的客人已经来临。

沿着湖边回去吧,江卡!
你说,
我真的是你的妻子了吗?
你怎么老是看着我笑,
不点头,也不回答?

## 七

刚才,冻僵在雪山中的央瑾,
在返回故乡的幻觉里,
度过了她短短的一生中
最后的时刻。

大雪到处飘落着,
究竟在哪里呢,
央瑾要找的羊群?
到处飘落着大雪,
它在哪里啊?
央瑾要找的冈斯拉!

大雪淹没了她的衣裙,
大雪埋住了她的手臂,
渐渐地,在风雪中,
只能隐约地看到
一根红色的头绳,……
啊!大雪纷飞!

1957年1月21日夜—26日夜,拉萨

## 公 刘

（1927—2003），原名刘仁勇，江西南昌人。长期在部队工作。20世纪50年代的诗作于清丽中寓深沉厚重，诗集有《边地短歌》《神圣的岗位》《黎明的城》《在北方》。20世纪70年代以来发表的诗歌具有强烈的现实感和思辨色彩。这一时期出版的诗集有《白花·红花》《仙人掌》《骆驼》等，其中《仙人掌》获中国作家协会第一届（1979—1982）全国优秀新诗（诗集）奖。1987年江西人民出版社出版《公刘诗选》。

### 西盟的早晨

我推开窗子，
一朵云飞进来——
带着深谷底层的寒气，
带着难以捉摸的旭日的光彩。

在哨兵的枪刺上
凝结着昨夜的白霜，
军号以激昂的高音，
指挥着群山每天最初的合唱……

早安，边疆！
早安，西盟！
带枪的人都站立在岗位上
迎接美好生活中的又一个早晨……

1954年

（选自《离离原上草》，人民文学出版社1980年版）

## 上海夜歌（一）

上海关。钟楼。时针和分针
像一把巨剪，
一圈，又一圈，
铰碎了白天。

夜色从二十四层高楼上挂下来，
如同一幅垂帘；
上海立刻打开她的百宝箱，
到处珠光闪闪。

灯的峡谷，灯的河流，灯的山，
六百万人民写下了壮丽的诗篇：
纵横的街道是诗行，
灯是标点。

1956年9月28日
（选自《人民文学》1956年第11期）

## 上海夜歌（二）

上海的夜是奇幻的；
淡红色的天，淡红色的云，
多少个窗子啊多少盏灯，

甜蜜，朦胧，宛如爱人欲睡的眼睛。

我站在高耸的楼台上，
细数着地上的繁星，
我本想从繁星中寻找牧歌，
得到的却是钢铁的轰鸣。

轮船，火车，工厂，全都在对我叫喊：
抛开你的牧歌吧，诗人！
在这里，你应该学会蘸着煤烟写诗，
用汽笛和你的都市谈心……

1956年10月5日

## 夜半车过黄河

夜半车过黄河，黄河已经睡着，
透过朦胧的夜雾，我俯视那滚滚浊波，
哦，黄河，我们固执而暴躁的父亲，
快改一改你的脾气吧，你应该慈祥而谦和！

哎，我真想把你摇醒，我真想对你劝说：
你应该有一双充满智慧的明亮的眸子呀，
至少，你也应该有一双聪明的耳朵，
你听听，三门峡工地上，钻探机在为谁唱歌？

1955年5月27日深夜

## 运杨柳的骆驼

大路上走过来一队骆驼,
骆驼骆驼背上驮的什么?
青绿青绿的是杨柳条儿吗?
千枝万枝要把春天插遍沙漠。

明年骆驼再从这条大路经过,
一路之上把柳絮杨花抖落,
没有风沙,也没有苦涩的气味,
人们会相信:跟着它走准能把春天追着。

1956年6月13日

## 哎,大森林!
### ——刻在烈士饮恨的洼地上

哎,大森林!我爱你!绿色的海!
为何你喧嚣的波浪总是将沉默的止水覆盖?
总是不停地不停地洗刷!
总是匆忙地匆忙地掩埋!
难道这就是海?!这就是我之所爱?!
哺育希望的摇篮哟,封闭记忆的棺材!

分明是富有弹性的枝条呀,

分明是饱含养分的叶脉!
一旦竟也会竟也会枯朽?
一旦竟也会竟也会腐败?
我痛苦,因为我渴望了解,
我痛苦,因为我终于明白——
海底有声音说:这儿明天肯定要化作尘埃,
假如今天啄木鸟还拒绝飞来。

1979年8月12日沈阳

## 刑 场

车子离开了沈阳市区,
我们就谁也不再说话;
只有轮胎贴着路面耳语,
重复着一个字眼:杀,杀……

我们的眼神痛苦地交谈:
哦,可——怕!

待驶到十七公里的里程碑处,
骤然一拐,离开了正路向左斜插,
这是地图上寻找不见的所在,
人们管它叫作:大洼。

明明白白,大洼就是大不平,
哦,可——怕!

多么肥沃的一片沟坡地，
是谁耕种过它又撂荒了它？
一蓬蓬的乱草遮没膝盖，
一株株的槐秧在草中挣扎……

而我们仿佛立刻就变成了槐秧，
哦，可——怕！

短命的春天早已逝去，
在关外，甚至说不上有什么盛夏，
如今是立秋的天气了，
怪，为什么遍地还开满野花？

这景象委实太不寻常，
哦，可——怕！

我们喊不出这些花的名字，
白的，黄的，蓝的，密密麻麻，
大家都低下头去慢慢采摘，
唯独紫的谁也不碰，那是血痂。

血痂下面便是大地的伤口，
哦，可——怕！

我们把鲜花捧在胸口，
依旧是默然相对，一言不发；
旷野静悄悄，静悄悄，
四周的杨树也禁绝了喧哗。

难道万物都一起哑啦？
哦，可——怕！

原来杨树被割断了喉管，
只能直挺挺地站着，像她；
那么，你们就这样站着吧，
直等到有了满意的回答！

中国！你果真是无声的吗？
哦，可——怕！

> 1979年8月12日
> 凭吊张志新烈士殉难地
> ——沈阳大洼归来
> 8月16日
> 定稿于台风中的上海
> （选自《仙人掌》）

## 读罗中立的油画《父亲》

父亲，我的父亲！
是谁把这支圆珠笔
强夹在你的左耳轮？！
难道这就象征富裕？
难道这就象征文明？
难道这就象征进步？
难道这就象征革命？

父亲！你听见了吗？你听见了吗？
整个的展览大厅，
全体的男女人群，
都在默默地呼喊：
快扔掉它！扔掉那廉价的装饰品！

真愿变作你手中的碗啊，
一生一世和你不离分！
粗糙的碗，有鱼纹图案的碗，
像出土文物一般古老的碗，
我愿承受你额头的汗，
并且把它吮吸干净；
只有你的汗能溶解
我出土文物一般硬化了的心！
秦朝的心啊，
汉朝的心啊，
唐朝的心啊，
也许，还有共和国的心！

有谁能数得清你死过多少次！
父亲！我的父亲！
那年你倚着土墙打盹，
在太阳的爱抚下再也不醒，
嘴角淌着黄绿色的液汁，
浮肿的手还将一把草籽攥得紧紧……
那年你耷拉着脑袋，硬把漫坡地撕成大寨田，
然后拉着犁，缰绳扣进肉里勒出血印，
吸完你最后一撮干桃叶烟末，

你倒下去,天上照旧活着哑了亿万年的星星。

父亲!我的父亲!
你浇灌了多少个好年景!
可惜了!可惜了你背后一片黄金!
快车转身去吧,快!快!
黄金理当属于你!你是主人!
主人!明白吗?主人!
父亲啊,我的父亲!
我在为你祈祷,为你祈祷,
再也不能变幻莫测了,
我的老天!我的天上的风云!

1981年2月至4月

(选自《诗刊》1981年第11期)

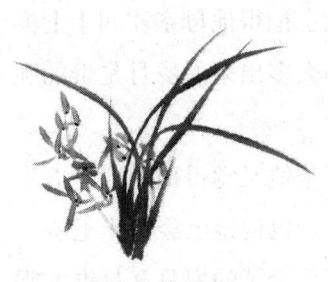

# 管 管

（1929—2021），祖籍山东。著有诗集《荒芜之脸》等。

## 多了或少了的岁月
### ——纪念父母亲

他离家时才十五岁
那时母亲已经四十七岁

现在母亲已经七十七岁了
他也活到了四十五岁

可是母亲还是说他才十五岁
虽然她的孙子都已经十七岁了

也许母亲说他才十五岁是对的
他也记得他母亲才四十七岁
那么多出来的岁月是谁的呢

可是他又觉得他是四十五岁
母亲也说她已经七十七岁
那么少了的岁月又是谁的呢

不过

母亲说他才十五岁是真的

母亲才四十七岁也是真的

（选自《台湾现代诗四十家》，人民文学出版社1989年版）

## 顾 城

（1956—1993），北京人，朦胧派代表诗人。中国作家协会会员。主要作品有诗集《黑眼睛》等。

### 一代人

黑夜给了我黑色的眼睛，
我却用它寻找光明。

1979年4月

（选自《朦胧诗选》）

### 弧 线

鸟儿在疾风中
迅速转向

少年去捡拾
一枚分币

葡萄藤因幻想
而延伸的触丝

海浪因退缩

而耸起的背脊

　　　　　　1980年8月

　　　　（选自《朦胧诗选》）

# 郭小川

（1919—1976），原名郭恩大，河北丰宁人。出版的诗集有《致青年公民》《雪与山谷》《鹏程万里》《将军三部曲》《月下集》等。人民文学出版社和河北人民出版社先后出版了《郭小川诗选》《郭小川诗选续集》。

## 山　中

### 一

我要下去啦——
这儿不是战士长久住居的地方，
我要下去啦——
我的思想的翼翅不能在这儿飞翔，
我要下去啦——
在这儿待久了，我的心将不免忧伤，
我要下去啦——
简直来不及收拾我一小卷行装。……

### 二

冷漠、寂静、安详，
一切都似乎是这样怪诞和反常。
那轻捷的蝴蝶般的落叶
跌在地上，竟也发出惊心的巨响，
秋风像撒野的妇人的手

急剧地敲打着寺院的红墙,
小河如同闷坏了的孩子
喧闹着,要到广阔的野地去游荡。

### 三

而我,曾是一个道地的山民,
多少个年头呵在山中驰奔。
就是那一场又一场的急雨呀,
刷去了我生命的青春;
那绿了又黄、黄了又绿的树丛里,
也隐藏过我这颗暴跳的心。
可是我一次也没有
听过这样的风声,看过这样的流云……

### 四

在那些严峻的日子里,
每个山头都在炮火中颤动。
而那无数个颤动着的山头上,
日夜都驻扎着我们的百万雄兵。
而每个精壮精壮的兵士,
都有长枪在手、怒火在胸,
那闪着逼人的光辉的枪刺呵,
每一支都刺进郁结着雾气的天空。

### 五

我也是这些兵士中的一个呀,
我的心总是和他们的心息息相通。
行军时,我们走着同一的步伐,

宿营了，我们做着相似的好梦，
一个伙伴在身旁倒下了，
我们的喉咙里响起复仇的歌声，
一个新兵入伍了，
我们很快就把他引进战斗的人生。

## 六

现在，那样的日子早已过去，
这个山区也不再是那个山区。
我住的是一个已故资本家留下的别墅，
在我手中的是一支迟滞的笔，
我的枪呢，我的枪呢，
不知在哪一座仓库里烂成枯枝，
我的马呢，我的马呢，
怕早在哪一个合作社里拉上了犁。

## 七

是我眷恋那残忍的战斗吗？
不，在战争中我每天都盼望着胜利。
是我不喜欢这和平的国土吗？
不，我喜欢，我爱，我感激。
是我讨厌这山中的景色吗？
不，初来的时候我也有很好的兴致。
只是我永远永远也不能忘记
我曾经而且今天还是一个战士。

## 八

我的习性还没有多少变移，

沸腾的生活对我有着强大的吸引力，
我爱在那繁杂的事务中冲撞，
为公共利益的争吵也使我入迷，
我爱在那激动的会议里发言，
就是在嘈杂的人群中也能生产诗。
而那机器轰隆着的工地和扬着尘土的田野呀，
我的心没有一天不向你们飞驰……

## 九

我要下去啦——
树叶呀我不能让你载着金色的时光轻轻跌落！
我要下去啦——
秋风呀你不要这样把我折磨！
我要下去啦——
小河呀我要同你一起走向喧闹的生活！
我要下去啦——
人们需要我像作战般地工作！

1956年8月初稿<br>11月9日改成

（选自《郭小川诗选》）

# 海 子

（1964—1989），原名查海生，安徽怀宁人。北京大学毕业。有诗集《土地》《海子、骆一禾作品集》。

## 亚 洲 铜

亚洲铜，亚洲铜
祖父死在这里，父亲死在这里，我也会死在这里
你是唯一的一块埋人的地方

亚洲铜，亚洲铜
爱怀疑和爱飞翔的是鸟，淹没一切的是海水
你的主人却是青草，住在自己细小的腰上，
　　守住野花的手掌和秘密

亚洲铜，亚洲铜
看见了吗？那两只白鸽子，它是屈原遗落在沙滩上的白鞋子
让我们——我们和河流一起，穿上它吧

亚洲铜，亚洲铜
击鼓之后，我们把在黑暗中跳舞的心脏叫作月亮
这月亮主要由你构成

　　　　（选自《海子、骆一禾作品集》，南京出版社1991年版）

## 五月的麦地

全世界的兄弟们
要在麦地里拥抱
东方,南方,北方和西方
麦地里的四兄弟,好兄弟
回顾往昔
背诵各自的诗歌
要在麦地里拥抱

有时我孤独一人坐下
在五月的麦地　梦想众兄弟
看到家乡的卵石滚满了河
黄昏常存弧形的天空
让大地上布满哀伤的村庄
有时我孤独一人坐在麦地为众兄弟背诵中国诗歌

(选自《海子、骆一禾作品集》,南京出版社1991年版)

## 两座村庄

和平与情欲的村庄
诗的村庄
村庄母亲昙花一现
村庄母亲美丽绝伦

五月的麦地上　天鹅的村庄
沉默孤独的村庄
一个在前一个在后
这就是普希金和我　诞生的地方

风吹在村庄
风吹在海子的村庄
风吹在村庄的风上
有一阵新鲜有一阵久远

北方星光照映南国星座
村庄母亲怀中的普希金和我
闺女和鱼群的诗人　安睡在雨滴中
是雨滴就会死亡！

夜里风大　听风吹在村庄
村庄静坐　像黑漆漆的财宝
两座村庄隔河而睡
海子的村庄睡得更沉

1987年2月，1987年5月

（选自《海子、骆一禾作品集》，南京出版社1991年版）

## 春天，十个海子

春天，十个海子全部复活
在光明的景色中

嘲笑这一个野蛮而悲伤的海子
你这么长久地沉睡究竟为了什么?


春天,十个海子低低地怒吼
围着你和我跳舞、唱歌
扯乱你的黑头发,骑上你飞奔而去,尘土飞扬
你被劈开的疼痛在大地弥漫


在春天,野蛮而悲伤的海子
就剩下这一个,最后一个
这是一个黑夜的孩子,沉浸于冬天,倾心死亡
不能自拔,热爱着空虚而寒冷的乡村


那里的谷物高高堆起,遮住了窗户
他们把一半用于一家六口人的嘴,吃和胃
一半用于农业,他们自己的繁殖
大风从东刮到西,从北刮向南,无视黑夜和黎明
你所说的曙光究竟是什么意思

1989年3月14日凌晨3点—4点

(选自《海子、骆一禾作品集》,南京出版社1991年版)

## 何其芳

参看204页。

## 回　答

### 一

从什么地方吹来的奇异的风，
吹得我的船帆不停地颤动：
我的心就是这样被鼓动着，
它感到甜蜜，又有一些惊恐。
轻一点吹呵，让我在我的河流里
勇敢地航行，借着你的帮助，
不要猛烈得把我的桅杆吹断，
吹得我在波涛中迷失了道路。

### 二

有一个字火一样灼热，
我让它在我的唇边变为沉默。
有一种感情海水一样深，
但它又那样狭窄，那样苛刻。
如果我的杯子里不是满满地
盛着纯粹的酒，我怎么能够
用它的名字来献给你呵，

我怎么能够把一滴说为一斗?

## 三

不,不要期待着酒一样地沉醉!
我的感情只能是另一种类。
它像天空一样广阔,柔和,
没有忌妒,也没有痛苦的眼泪。
唯有共同的美梦,共同的劳动
才能够把人们亲密地联合在一起,
创造出的幸福不只是属于个人,
而是属于巨大的劳动者全体。

## 四

一个人劳动的时间并没有多少,
鬓间的白发警告着我四十岁的来到。
我身边落下了树叶一样多的日子,
为什么我结出的果实这样稀少?
难道我是一棵不结果实的树?
难道生长在祖国的肥沃的土地上,
我不也是除了风霜的吹打,
还接受过许多雨露,许多阳光?

## 五

你愿我永远留在人间,不要让
灰暗的老年和死神降临到我的身上。
你说你痴心地倾听着我的歌声,
彻夜失眠,又从它得到力量。
人怎样能够超出自然的限制?

我又用什么来回答你的爱好，
你的鼓励？呵，人是平凡的，
但人又可以升得很高很高！

## 六

我伟大的祖国，伟大的时代，
多少英雄花一样在春天盛开；
应该有不朽的诗篇来讴歌他们，
让他们的名字流传到千年万载。
我们现在的歌声却那么微茫！
哪里有古代传说中的歌者，
唱完以后，她的歌声的余音
还在梁间缭绕，三日不绝？

## 七

呵，在我祖国的北方原野上，
我爱那些藏在树林里的小村庄，
收获季节的手车的轮子的转动声，
农民家里的风箱的低声歌唱！
我也爱和树林一样密的工厂，
红色的钢铁像水一样疾奔，
从那震耳欲聋的马达的轰鸣里
我听见了我的祖国的前进！

## 八

我祖国的疆域是多么广大：
北京飞着雪，广州还开着红花。
我愿意走遍全国，不管我的头

将要枕着哪一块土地睡下。
"那么你为什么这样沉默?
难道为了我们年轻的共和国,
你不应该像鸟一样飞翔,歌唱,
一直到完全唱出你胸脯里的血?"

## 九

我的翅膀是这样沉重,
像是尘土,又像有什么悲恸,
压得我只能在地上行走,
我也要努力飞腾上天空。
你闪着柔和的光辉的眼睛
望着我,说着无尽的话,
又像殷切地从我期待着什么——
请接受吧,这就是我的回答。

1952年1月写成前五节

1954年劳动节前夕续完

(选自《人民文学》1954年第10期)

# 黄 翔

（1941— ），20世纪50年代末开始发表诗歌。

## 独 唱

我是谁
我是瀑布的孤魂
一首永久离群索居的
诗。
我的漂泊的歌声是梦的
游踪
我的唯一的听众
是沉寂

1962年

（选自《在黎明的铜镜中·"朦胧诗"卷》，
北京师范大学出版社1993年版）

## 野 兽

我是一只被追捕的野兽
我是一只刚捕获的野兽
我是被野兽践踏的野兽

我是践踏野兽的野兽

我的年代扑倒我

斜乜着眼睛

把脚踏在我的鼻梁架上

撕着

咬着

啃着

直啃到仅仅剩下我的骨头

即使我只仅仅剩下一根骨头

我也要哽住我的可憎年代的咽喉

1968年

（选自《在黎明的铜镜中·"朦胧诗"卷》，<br>北京师范大学出版社1993年版）

## 火炬之歌
### ——《火神交响诗》之一

诗人说　我的诗是属于未来的
是属于未来世纪的历史教科书的

一

　　在远远的天边移动
　　在暗蓝的天幕上摇晃

　　是一支发光的队伍

是静静流动的火河

照亮了那些永远低垂的窗帘
流进了那些彼此隔离的门扉

汇集在每一条街巷　路口
斟满了夜的穹庐

跳窜在每一双灼热的瞳孔里
燃烧着焦渴的生命

啊火炬　你伸出了一千只发光的手
张大了一万条发光的喉咙

喊醒大路　喊醒广场
喊醒——世代所有的人——

被时间遗忘和忘了时间的
思想像机械一样呆板的

情感像冰一样凝固的
血像冰一样冷的

脸上写着愤怒的沉静的
嘴角雕着失神的绝望的

生命像春天一样蓬勃的
充满青春活力的

还有那些溅满污泥的踯躅的脚
和那些成群结队徘徊的影子

连同那些蒙着尘沙的眼睛
和那些积满油腻的污垢的心

啊火炬　你用光明的手指
叩开了每间心灵的暗室

让陌生的互相能够了解
彼此疏远的变得熟悉

让仇恨的成为亲近
让猜忌的不再怀疑

让可憎的倾听良善的声音
让丑恶的看见美

让肮脏的变得纯洁
让黑的变白

你带来了一个光与热统治的世界
一切都是这样清明　高远　圣洁

在你不可抗拒的魔力似的光圈中
全人类体验着幸福的战栗

## 二

千万支火炬的队伍流动着
像倒翻的熔炉　像燃烧的海

火光照亮了一个庞然大物
那是主宰的主宰　帝王的帝王

那是千年偶像　权力的象征
一切灾难的结果和原因

于是　在通天透亮的火光照耀中
人第一次发出了人的疑问

为什么一个人能驾驭千万人的意志
为什么一个人能支配普遍的生亡

为什么我们要对偶像顶礼膜拜
被迷信囚禁我们活的意念　情愫和思想

难道说　偶像能比诗和生活更美
难道说　偶像能遮住真理和智慧的光辉

难道说　偶像能窒息爱的渴望　心的呼唤
难道说　偶像就是宇宙和全部的生活

让人恢复人的尊严吧
让生活重新成为生活吧

让音乐和善构成人类的心灵吧
让美和大自然重新属于人吧

让每一双眼睛都成为一首诗吧
让每一个人都拆除情感的堤坝吧

让尊荣淹没在时间的灰尘里吧
让时间和人永远伟大吧

让活着成为真实吧
让真实是因为活着吧

让青春经受甘美的惊悸吧
让人生的老年像黄昏一样恬静吧

让人与人不要相互提防吧
让每一个人都配称人吧

啊　沉沉暗夜并不使人忘记晨曦
而只是增强人对光明的渴念

火的语言呀　你向世界宣布吧
人的生活必须重新安排

## 三

把真理的洪钟撞响吧
　　　　——火炬说

把科学的明灯点亮吧
　　　　——火炬说

把人的面目还给人吧
　　　　——火炬说

把暴力和极权交给死亡吧
　　　　——火炬说

把供奉神像的心中庙宇捣乱和拆毁吧
　　　　——火炬说

把金碧辉煌的时代宫殿浮雕和建筑吧
　　　　——火炬说

多么崇高的火的召唤呀
多么神圣的火的信念呀

多么浓烈的火的气息呀
多么炽热的火的语言呀

火的队伍膨胀了
火的河流泛滥了

火的熔炉白热了
火的大海沸腾了

火焰的手拉开重重夜幕

火光主宰着整个宇宙

人类在烈火中接受洗礼
地球在烈火中重新铸造

火光中　一个旧的衰老的正在解体
一个新的流血的跳出襁褓
　　　　　　　　1969年8月13日上午10时
　　　　　　　　窒息中产生灵感
　　　　　　　　1969年8月15日
　　　　　　　　写于热泪纵横中
　　　　（选自《在黎明的铜镜中·"朦胧诗"卷》，
　　　　　　　北京师范大学出版社1993年版）

## 我看见一场战争
### ——《火神交响诗》之三

我看见一场战争　一场无形的战争
它在每一个人的脸部表情上进行着
在无数的高音喇叭里进行着
在每一双眼睛的惊惧不定的
眼神里进行着
在每一个人的大脑皮层下的
神经网里进行着
它轰击着每一个人　轰击着每一个人身上的
生理的和心理的各个部分和各个方面

它用无形的武器发动进攻　无形的刺刀
大炮和炸弹发动进攻
这是一场罪恶的战争
它是有形的战争的无形的延续
它在书店的大玻璃橱窗里进行
在图书馆里进行　在每一首教唱的歌曲里
进行
在小学一年级的启蒙教科书上进行
在每一个家庭里进行　在无数的群众集会
上进行
在每一个动作　每一句台词都一模一样的
演员的艺术造型上进行
我看见刺刀和士兵在我的诗行里巡逻
在每一个人的良心里搜索
一种冥顽的　愚昧的　粗暴的力量
压倒一切　控制一切
在无与伦比的空前绝后的暴力的
进攻面前
我看见人性的性爱在退化
活的有机体心理失调
精神分裂症泛滥　个性被消灭
啊啊　你无形的战争呀　你罪恶的战争呀
你是两千五百多年封建极权战争的
延长和继续
你是两千五百多年精神奴役战争的
集中和扩大
你轰吧　炸吧　杀吧　砍吧
人性不死　良心不死　人民精神自由不死

人类心灵中和肌体上的一切自然天性

和欲望

永远洗劫不尽　搜索不走

1969年

（选自《在黎明的铜镜中·"朦胧诗"卷》，<br>北京师范大学出版社1993年版）

# 黄永玉

（1924— ），湖南凤凰县人。中央美院教授，画家。著有诗集《曾经有过那种时候》《我的心，只有我的心》，其中《曾经有过那种时候》获中国作家协会第一届（1979—1982）全国优秀新诗（诗集）奖。

## 我认识的少女已经死了

我认识的少女已经死了，
她不是站在小河对岸的
那个少女，
虽然她们都一样地美丽年轻。
我认识的少女已经死了，
为了悼念一位伟大的死者，
她为悼念而牺牲。

我认识的少女是那么纤弱，
她曾经怕过老鼠和小虫，
却完成了一个壮丽的献身。

有谁知道她死在何方？
有谁看过那最后的一双
等待黎明的眼睛？

在小河对岸

站立着一个少女，
但我认识的少女已经死了。

虽然她也曾在河岸上
凝眸黄昏。

为了不让所有的少女
再有那不幸的未来，
让我们男人们为战斗而死吧！
即使死一万次也行！

1979年4月5日

（选自《曾经有过那种时候》，江苏人民出版社1981年版）

## 纪 弦

（1913—2013），祖籍陕西。20世纪30年代在上海以笔名"路易士"发表诗作。在台湾创办并主编《现代诗》杂志。著有诗集《在飞扬的时代》《摘星的少年》等。

### 一片槐树叶

这是全世界最美的一片，
最珍奇，最可宝贵的一片，
而又是最使人伤心，最使人流泪的一片：
薄薄的，干的，浅灰黄色的槐树叶。

忘了是在江南，江北，
是在哪一个城市，哪一个园子里捡来的了，
被夹在一册古老的诗集里，
多年来，竟没有些微的损坏。

蝉翼般轻轻滑落的槐树叶，
细看时，还沾着些故国的泥土哪。
故国哟，啊啊，要到何年何月何日
才能让我再回到你的怀抱里
去享受一个世界上最愉快的
飘着淡淡的槐花香的季节？……

## 狼之独步

我乃旷野里独来独往的一匹狼。
不是先知,没有半个字的叹息。
而恒以数声凄厉已极之长嗥
摇撼彼空无一物之天地,
使天地战栗如同发了疟疾,
并刮起凉风飒飒的,飒飒飒飒的:
这就是一种过瘾。

(选自《新诗三百首》)

# 金克木

（1912—2000），安徽寿县人。翻译家，教授。著有诗集《蝙蝠集》《雨雪集》。

## 寄所思二章

——为纪念诗人戴望舒逝世三十周年作

### 晨星

天边一钩月敲起细碎的叮咚。
微笑的启明星引导身后的鲜红。
纷纷散落的点点闪光撞击洪钟。
断断续续的银河展示有限的无穷。
淡淡的白色簌簌地向西袭击长空。
柔软的手温情脉脉地抚摸苍穹。
娇嫩的眼半开半闭怀念着曚昽。
寒冷的黑暗瑟缩地追逐默默的微风。
幽静的丛林散发出香气尖锐又蓬松。
莽苍苍大地呼喊着拥抱下降的儿童。
闪烁的一点光霎时将天和地连成一统。

### 夜雨

夜雨。
点点滴滴，点点滴滴，点点滴滴，
稀疏又稠密。

记忆。

模糊的未来,鲜明的往昔。

向北,向南,向东,向西,上天,下地。

悠长的一瞬,无穷无尽的呼吸。

喧嚣的沙漠。严肃的游戏。

西湖,孤山,灵隐,太白楼,学士台,

惆怅的欢欣,无音的诗句。

迷蒙细雨中的星和月;

紫丁香,白丁香,轻轻的怨气;

窗前,烛下,书和影;

年轻的老人的叹息。

沉重而轻松,零乱而有规律。

悠长,悠长,悠长的夜雨。

短促的雨滴。

安息。

(选自《诗刊》1980年第5期)

## 金懋鼎
（不详）

### 捣练子
#### 重登延平水操台

多情海，颂丰功。古山遗垒吊雄风。仿佛郑公犹昔健，号令艨艟直向东。

（选自《厦门日报》1956年7月29日）

# 犁 青

（1933— ），早年即开始写诗，1958年广东人民出版社出版了他与别人的诗合集《赤道线上的歌唱》，另有诗集《我踏浪归来》。

## 台湾的东岸和西岸

——台湾东海岸，屡受惊涛侵袭，伤痕累累，寸寸缩减；西海岸地壳从海中浮升，向西偎靠。

东岸削一寸
西岸伸一寸

东岸缩一寸
西岸长一寸

东海岸的泥沙石块
凝缩成钢筋铁骨的礁岩
苏花公路钻洞移位
台东车道迁架山峦

西海岸的地壳浮升
伸展成花圃或池塘
郑成功登陆的滩头已经填满
赤崁楼和安平堡不再孤岛双悬

东海岸怒拳矗挺
不再退让！不再缩减！
西海岸柔胸扩展
靠向大陆！贴近对岸！

神州的台湾岛
你永不沉落
你是帕米尔高原
昆仑山脉的伸延！

      1987年4月25日

# 李汉荣

陕西汉中人。毕业于汉中师范学院（现陕西理工大学前身）中文系。著有诗集《母亲》《驶向星空》。

## 感 恩

### 一

我选择了母亲的那一天
就选择了阳光
母亲接受我的那一天
就开始了痛苦地燃烧

阳光，从她的眼睛和听觉里
从她的每一次呼吸里
从她的每一种感受里
从她的头发和血脉
缓缓地流向生命深处
流向了我

在母亲最深刻的地方
在那漫长的十个月
我复述了几百万年的历史
不知道外面有着怎样的
地震和雷电

我从容地在幽静中生长
也许寒潮已经冻僵了世界
我一直享受着恒温的待遇

当黑夜吞噬母亲的时候
在比黑夜更加顽强的封闭里
我吮吸着润泽的阳光

我的第一声啼哭
安慰了母亲的痉挛
我的第一次寻找便成功了
在母亲的胸前
我找到了液体的阳光

## 二

那个时候为什么没有记忆呢
母亲最伟大的时候
她的孩子最渺小

当我吮吸母亲乳汁的时候
是怎样的动作怎样的感受
是母亲的乳汁先寻找我
还是我先寻找母亲的乳汁
我最先认识的是哪一只乳头
为什么吃了左面又吃右面的
是右面的比左面的更甜呢
还是左面的比右面的更甜
是怕吃了一面另一面会生气吗

于是我便像一只小羊
一会儿在左边的泉里饮水
一会儿在右边的泉里饮水

当母亲把她的乳头
轻轻地从我的嘴里抽出
望着她的泪眼我哭了吗
当弟弟的小嘴
偎向母亲的乳头
望着他的笑脸我笑了吗

那个时候为什么没有记忆呢
母亲最富有的时候
她的孩子最贫困

## 三

我先认识太阳还是先认识月亮
妈妈说,你是在夜里出生的
你最先感觉月亮
你是在早晨睁开眼睛的
你最先看到太阳
那么,它们到底谁先认识我呢
妈妈说:它们同时认识了你
我是先学会叫妈妈还是先学会叫爸爸
妈妈说:你第一次叫爸爸的时候
是我听见的
你第一次叫妈妈的时候
是爸爸听见的

那么,你们谁先答应我呢
妈妈说:我们同时答应了你

## 四

我的摇篮是竹子编的
在乡村的小溪边轻轻摇动
母亲下地去了,奶奶摇我
奶奶睡觉去了,哥哥摇我
风摇过我,雷摇过我
燕子和云雀,知了和蝈蝈
都给我唱过摇篮歌
小花猫和我睡在一起做梦
小白狗蹲在一旁逗我快活
天空也是被摇篮摇大的吧
月亮也是被摇篮摇圆的吧

我想回到那摇篮里去
再做一次儿时的梦
从摇篮出发可以走向任何一条路
却没有一条路可以返回摇篮
再也不能享受被母亲摇动的幸福了
那摇篮也只有在母亲的记忆里才能找到
那么,让道路摇动我,让生活摇动我
让我在摇动中重获儿时的宁静

(选自《母亲》,西南交通大学出版社)

# 灯

又一群夜的乞儿
在灯前战栗着死去
翅膀慢慢蜷缩着
像要把最后一缕微光
收进乞求的灵魂

熄了灯吧,母亲
让他们活着在地狱里流浪
或者到遥远的地方去采集星光
不要让他们
笑声一样扑向一星晕黄
连呼唤也来不及
就死在这小小的
小小的天堂

他们没有地狱也没有天堂
只有对光的一种渴望
他们到这里来
只为了找到太阳的居所
在光明的抚爱中死去

我的母亲流泪了
泪水打湿这小小的墓场
她轻轻熄了灯

在一片幽暗中
世界恢复了安详

（选自《诗刊》1995年第3期）

# 李 季

参看235页。

## 正是杏花二月天

正是杏花二月天,
遍地麦苗像绿毡。
汽车走在公路上,
姑娘们锄草在地边。

汽车停在公路旁,
姑娘们上前围着看。
司机同志修车忙,
两手油腻汗满脸。

汽车修好把路赶,
司机搬动方向盘。
一个姑娘走过来,
手扒车窗红着脸。

"同志你先慢一点,
有句话儿和你谈:
我想托你带封信,
不知你情愿不情愿?"

"信儿捎给什么人?
就怕人多找不见。"
"看了信封你就知道,
他的名字在上边。"

"呵,你是给他写的信,
我保证送到他手边;
油矿上谁不知道他,
那是个能干的好青年。"

"他是你的什么人?"
司机看着姑娘的脸。
姑娘撒手跳下地,
笑着跑回麦地边。

正是杏花二月天,
遍地麦苗像绿毡。
司机张眼望麦地,
一只蝴蝶光闪闪。


## 黑 眼 睛

不论我在图书馆里,
或者我在蒸馏塔旁,
总有一对又黑又大的眼睛,
悄悄地对我张望。

每逢我们超额完成了计划，
那双眼睛就显得分外光亮；
若是我们不小心出了事故，
它就像阴云密布的天空一样。

黑眼睛为什么那样温柔钟情，
黑眼睛为什么一直对我张望——
是不是她也希望多出汽油，
还是看中了我的模范奖章？

亲爱的又亮又大的黑眼睛呵，
请你再不要对我张望；
你若是真的爱着煤油、汽油，
我们欢迎你来到炼油厂；

假若你是喜欢那颗金色奖章，
真诚的劳动一定会得到报偿；
至于你要是为了别的什么，
那么，请你听我说吧：
祁连山下，有一个放羊的姑娘……

# 李 瑛

参看280页。

## 亮晶晶光闪闪的小河水

呼伦贝尔草原的贫下中牧,建草原,战干旱,在辽阔的牧场上开出了引水河。

我们的每只羊羔欢迎你,
我们的每匹马驹欢迎你,
我们的每头牛犊欢迎你,
亮晶晶光闪闪的小河水。

牧民们用劳动号子唤来了你,
战士们用战斗的双手创造了你,
军民一起用咸的汗水引来了你,
亮晶晶光闪闪的小河水。

草原牧女又多了一面镜子,
马场小伙又多了一条带子,
乳厂师傅又多了一根弦子,
亮晶晶光闪闪的小河水。

在茂密的草丛中你闪着明亮的眼睛,
在辽阔的草原上你快乐地呼吸,

在温暖的阳光下你说着美好的理想,
亮晶晶光闪闪的小河水。

你唱着跳着奔向牧场深处,
你摆尾摇头跑向白云里,
你多么天真又多么自豪地向前流去,
亮晶晶光闪闪的小河水。

那毛纺厂传送的羊毛不就是你?
那乳品厂流动的牛奶不就是你?
那大道上奔腾的马蹄不就是你?
亮晶晶光闪闪的小河水。

从你,我还听见多了一百种鸟的歌声,
从你,我还看见多了一百种草的颜色,
从你,我还闻见多了一百种花的香气,
亮晶晶光闪闪的小河水。

老阿布的笑颤动在胡子上,
老额吉的笑飞溅在泪花中,
小孙子的笑滚落在酒窝里,
亮晶晶光闪闪的小河水。

是我们用战斗和劳动给了你身体,
是我们用壮志雄心给了你血液,
是我们的理想和爱情给了你生命的一切呀,
亮晶晶光闪闪的小河水……

1973年7月10日于鄂温克旗伊敏河畔

## 奥斯威辛山谷

奥斯威辛山谷有鲜血一样红的石头，
奥斯威辛山谷有鲜血一样红的野玫瑰，
当夜晚最后一只鸟疾飞而过，
你的河、你的风便告诉我，
你曾经怎样在屈辱中坚强地挺立。

奥斯威辛山谷有数不尽的野花环，
挂在电网的铁刺上、
挂在树林里、
或在焚尸炉的炉口、
毒气狱的墙壁。
那些白天、夜晚从各地走来的人，
用多少没有名字的花，
来祭那些不知名字的死难的兄弟。

奥斯威辛山谷有条条闪光的铁轨，
通向温暖的家庭、花纱的窗帘底下，
圆桌上放着清澈的水瓶，
红红的炉火高燃着……
奥斯威辛的铁轨从这里，
铺向多少孩子的摇篮，
那长长的列车曾整天响个不息。

奥斯威辛山谷曾填满多少

包着花头巾的闪光的头发，
绣着花裙子的柔嫩的手指，
和在田野或工厂高炉前流汗的背脊；
奥斯威辛山谷有多少严峻的、
数不尽的望着世界的大眼睛，
永不枯朽的骸骨、仇恨的记忆！

不，我说，奥斯威辛山谷，
这一切都不曾有呵，
他装不下我们孩子的一滴眼泪！

……我们到这里来的时候，
奥斯威辛山谷已是黎明；
当湿润的露珠，
从电网的铁刺上滴下来，
明亮的太阳已高高升起，
奥斯威辛抬着他庄严的头沉沉地问我：
你该怎样回答那些死者最后的喊声，
和他们挥动的淋血的手臂？

1954年11月于奥斯威辛

（选自《李瑛诗选》）

## 力 匡

（1927—1992），生于广州。毕业于中山大学历史系。20世纪50年代在香港主编《人人文学》《海澜》，并发表诗作。

### 怀 乡

今日我看到一些图片，
我想起了三年前离开的地方，
我在那儿生长在那儿受教，
我第一次爱人也被人爱上。

昨日有一个少女问我为什么要离开乡土？
如果我此刻仍如此炽热地怀想。
为什么又在这岛上留下如此长久？
既然我已一再说过并不喜欢这奇怪的地方。

我说了我虽然热爱我的乡土与游侣，
但我更珍惜一份自由开花的理想，
我告诉她虽然屈原始终怀念郢都，
却宁愿忍受陵阳九年的流放。

但我不会丧失了活下去的信心呵，
我不会葬送自己在汨罗江。

（选自《香港当代诗选》，人民文学出版社1989年版）

# 梁小斌

（1955— ），安徽合肥人。著有诗集《少女军鼓队》等。

## 雪白的墙

妈妈，
我看见了雪白的墙。

早晨，
我上街去买蜡笔，
看见一位工人
费了很大的力气，
在为长长的围墙粉刷。

他回头向我微笑，
他叫我
去告诉所有的小朋友：
以后不要在这墙上乱画。

妈妈，
我看见了雪白的墙。

这上面曾经那么肮脏，
写有很多粗暴的字。

妈妈，你也哭过，
就为那些辱骂的缘故，
爸爸不在了，
永远地不在了。

比我喝的牛奶还要洁白、
还要洁白的墙，
一直闪现在我的梦中，
它还站在地平线上，
在白天里闪烁着迷人的光芒，
我爱洁白的墙。

永远地不会在这墙上乱画，
不会的，
像妈妈一样温和的晴空啊，
你听到了吗？

妈妈，
我看见了雪白的墙。

1980年5月—8月

（选自《诗刊》1980年第10期）

# 林　庚

参看282页。

## 新秋之歌

我多么爱那澄蓝的天
那是浸透着阳光的海
年轻的一代需要飞翔
把一切时光变成现在
我仿佛听见原野的风
吹起了一支新的乐章
红色的果实已经发亮
是的风将要变成翅膀
让一根芦苇也有力量
啊世界变了多少模样

金色的网织成太阳
银色的网织成月亮
谁织成那蓝色的天
落在我那幼年心上
谁织成那蓝色的网
从摇篮就与人做伴
让生活的大海洋上
一滴露水也来歌唱

（选自《人民文学》1961年第11期）

## 曾 经

曾经在海上鞭挞浪花
把一颗红心一刀剖开
用如霜的笔刻下名字
记下了青春少年时代

无声的旋律扬起风帆
无边的海岸浴着阳光
那么谁曾经这样说过
在风暴之中我们成长

生活的波涛山样地高
时代的声音海样地深
你不是倾听必是奔跑
把一页日记写上战袍

倾听吧历史正在咆哮
从四面八方吹来号角
难道是真的已经老了
像一只苹果熟了烂掉

那么谁又会这样说过
不知道明天将是什么

（选自《北京日报》1979年10月11日）

# 林 希

（1935—　），天津人。著有诗集《无名河》《海的诱惑》《柳哨》等。《无名河》一诗获1979—1980年全国中青年诗人优秀新诗奖。


## 你曾经是我的舞伴

你曾经是我的舞伴
我们踏着水一般清澈的华尔兹舞曲
在冰一般平滑的地板上旋转
那时，我像女孩子一样羞怯
你，又比男孩子还要大胆

你曾经是我的舞伴
纷扬的彩色纸条飘下来
缠住了我们的双肩
我想把它拨开
你说：缠着吧
直到永远，永远

啊，我真悔恨
悔恨我竟把舞步踏乱
那一声声温暖的节奏
敲碎了我心上平静的水面
我多么希望那乐曲再重复演奏一次

那乐曲里有一个音符
曾把我们的心弦拨颤

而最后
那缠绕着我们的绚丽纸条终于裂断
当旋律随夜风徐徐飘散
我悔恨又为什么分别得这样仓促
竟没有来得及说一声再见
只把那一个音符
留你心中一半
留我心中一半

（选自《上海文学》1981年第6期）

# 林 子

（1935— ），生于云南昆明。云南大学中文系毕业。著有诗集《给他》。组诗《给他》获1979—1980年全国中青年诗人优秀新诗奖。

## 给 他

所有羞涩和胆怯的诗篇，
对他，都不适合；
他掠夺去了我的爱情，
像一个天生的主人，一把烈火！
从我们相识的那天起，
他的眼睛就笔直地望着我，
那样深深地留在我的心里，
宣告了他永久的占领。
他说：世界为我准备了你，
而我却无法对他说一个"不"字，
除非存心撕裂了自己的心……
我们从来用不着海誓山盟，
如果谁竟想得起来怀疑我们的爱情，
那么，就再没有什么能够使人相信！

*

亲爱的，请答应我的一个要求：
你来到这里可不许到处打听——
那终日站在眼前的维纳斯侧着脸儿，
装作没有看见我那抑制不住的微笑

从心的深处涌上来，每当读着你的来信；
桌上那排美丽而知情的诗集呵，
它们顽皮的笑声常惊醒我的痴想……
这支忠实的笔是懂得沉默的，
它洞悉我灵魂里的全部秘密；
还有我的小梳妆盒：明亮的镜子、
闪光的发带和那把小红梳子，
都看见过爱神怎样把我装扮，
用那迷人的玫瑰花束……可别询问它们呵，
亲爱的，不然我会羞得抬不起头来……

*

只要你要，我爱，我就全给，
给你——我的灵魂、我的身体。
常春藤般柔软的手臂，
百合花般纯洁的嘴唇，
都在等待着你……
爱，膨胀了它的主人的心；
温柔的渴望，像海潮寻找着沙滩，
要把你淹没……
再明亮的眼睛又有什么用，
如果里面没有映出你的存在；
就像没有星星的晚上，
幽静的池塘也黯然无光。
深夜，我只能派遣有翅膀的使者，
带去珍重的许诺和苦苦的思念，
它忧伤地回来了——你的窗户已经睡熟。

作于1958年

（选自《诗刊》1980年第1期）

# 流沙河

（1931—2019），四川金堂人。中学时期即开始发表作品。著有诗集《农村夜曲》《告别火星》《流沙河诗集》《游踪》《故园别》等，其中《流沙河诗集》获中国作家协会第一届（1979—1982）全国优秀新诗（诗集）奖。

## 蝶

钢轮紧敲着我的心脏

窗外退跑着你的故乡

山色这样地暗蓝

水色这样地明亮

山水之间罗列着几个村庄

灰瓦的屋舍

红砖的院墙

门前的柳荫

屋后的荷塘

柳丝的微风中

荷花的淡香里

能找回你失去了的少女的时光

离开故乡的那年你只有十三岁

戴一顶竹笠

束一条皮带

穿一套大得滑稽的军装

做了一个文工团的团员

先是随着大军南下

后是逆着长江西上

六年后我和你认识了
你常常说起你的故乡
说那里有你的好姐姐
她抚养你
你想念她
水远山长
难回故乡
于是沉默如悬空的黑云
一下遮去你脸上的阳光

不过更多的时候你很欢乐
活泼如一只小猫
蹦跳如一只小羊
你爱用跳舞的脚步走路
一边在飘忽地走
一边在迷幻地唱

你为我唱过黛玉葬落花
你为我舞过虞姬别霸王
你和我熟悉了公园里的一弯小路
小路旁的一株海棠
海棠下的一条石凳
石凳上的一片沁凉

谈舞蹈家邓肯
谈音乐家肖邦

谈屠格涅夫的《阿细亚》

谈富尔曼诺夫的《夏伯阳》

谈我的失误

谈你的笑话

谈他人的短长

谈明天

谈梦想

你在夜间装鬼吓我

偷偷敲响我的小窗

你用背抵住门不让我出去

吻我在门背后

双手攀着我的肩膀

你忽然又不理睬我了

给我看你写的感伤的诗行

半年后你来向我匆匆告别

你笑着骂我是个傻瓜

你哭着求我把你遗忘

你亲湿了我的脸颊

你揪痛了我的耳朵

说这是在考验我是否坚强

你还说过许多关于来世的蠢话

那么可笑地严肃

那么可爱地荒唐

你送我一剪青丝发

夹入契诃夫的那一篇《新娘》

你送我一对枕头套

上面绣着两只衔花的燕子

一只东飞
　　一只西翔


　　我记得最后的一次抬头看你
　　你扶着大桥的栏杆向我俯望
　　花衫黑裙临风飘动
　　一只瘦蝶病于秋凉
　　停歇在高高的铁篱之上

　　我恪守着临别的誓言
　　再没有去拜访你一次
　　也没有回你短纸一张
　　后来听说你调走了
　　后来听说你结婚了
　　紧接着是花开花落的1957
　　一位好心的同志从远方来
　　说你又哭又唱精神反常
　　因为你的丈夫言行有失
　　同好些知识分子一样
　　同我一样

　　十五年后我忽然梦见你
　　落月照亮你脸上的泪光
　　你站在我家破败的门前
　　一句话也不说
　　痴痴地向内望

　　我惊醒后告诉我的妻子

妻子拍着枕头叹息
说你可能已经死亡
说你的阴魂惦念着旧友
淮南皓月
千山冷雾
你从那里远道而来
也许有话要对我讲

我从老家调回城市以后
一直认为你还活在世上
有一天你会寄来一封信
说你的理智已经恢复正常
说你的丈夫已经平反
说你的女儿已经结婚
（你也许有一个女儿吧）
她像你从前那样漂亮

这样的一封信至今没有收到
可能你像我一样地工作繁忙
五十年代的记忆是太缥缈了
如云中的一只仙鹤
如雾里的一树枫香

我现在乘列车跑过你的故乡
暗蓝的山连着山
明亮的水连着水
山水之间一横暮霭苍苍茫茫
我凭窗巡视着斜阳镀金的平野

猜测着你的老家是在哪座村庄
我想对新交的邻座朋友说
从前在这里有一个天真的姑娘
我愿相信熬过寒霜你还活着
秋蝶越冬迎来春日你又飞翔
我愿相信儿女长大能经风雨
花的纹彩铁的翅膀飞向太阳

1981年8月17日在庐山牯岭
（选自《故园别》）

## 就是那一只蟋蟀

就是那一只蟋蟀
钢翅响拍着金风
一跳跳过了海峡
从台北上空悄悄降落
落在你的院子里
夜夜唱歌

就是那一只蟋蟀
在《豳风·七月》里唱过
在《唐风·蟋蟀》里唱过
在《古诗十九首》里唱过
在花木兰的织机旁唱过
在姜夔的词里唱过
劳人听过
思妇听过

就是那一只蟋蟀

在深山的驿道边唱过

在长城的烽台上唱过

在旅馆的天井中唱过

在战场的野草间唱过

孤客听过

伤兵听过

就是那一只蟋蟀

在你的记忆里唱歌

在我的记忆里唱歌

唱童年的惊喜

唱中年的寂寞

想起雕竹做笼

想起呼灯篱落

想起月饼

想起桂花

想起满腹珍珠的石榴果

想起故园飞黄叶

想起野塘剩残荷

想起雁南飞

想起田间一堆堆的草垛

想起妈妈唤我们回去加衣裳

想起岁月偷偷流去许多许多

就是那一只蟋蟀

在海峡那边唱歌

在海峡这边唱歌

在台湾的一条巷子里唱歌

在四川的一个乡村里唱歌

在每个中国人脚迹所到之处

处处唱歌

比最单调的乐曲更单调

比最谐和的音响更谐和

凝成水

是露珠

燃成光

是萤火

变成鸟

是鹧鸪

啼叫在乡愁者的心窝

就是那一只蟋蟀

在你的窗外唱歌

在我的窗外唱歌

你在倾听

你在想念

我在倾听

我在吟哦

你该猜到我在吟些什么

我会猜到你在想些什么

中国人有中国人的心态

中国人有中国人的耳朵

1982年7月10日在成都《星星》

（选自《故园别》）

## 绿　原

参看300页。

### 信　仰

我是悬崖峭壁上一棵婴松，你来砍吧

我是滔天白浪下面一块礁石，你来砸吧

我是万仞海底一颗母珠，你来摘吧

我是高原大气层中一丝氧气，你来烧吧

我是北极圈冰山上一面红旗，你来撕吧

我是十亿个中间普普通通一个，你来揪吧

还有什么高招呢

你哪儿也追捕不到我

你怎么也审讯不出我

你永远也监禁不了我

你在梦里也休想扑灭我

除非——愿上帝与你同在——

把这个人的生命一同取走

1971年

（选自《人之诗》）

# 罗寄一

原系西南联大学生。

## 悲歌一曲
### ——纪念亡友、诗人穆旦

诗人是一架竖琴，
风雨的吹打，鸟雀的飞翔，
百花的摇曳，盛夏的虫鸣，
白日的辉煌与夜晚的精灵，
狂暴的，轻盈的，苦涩的与甘美的
声音，都从他那里发出，
又回到万籁的和鸣……

诗人是血肉的机器，
他不息地转动，耗尽了血汗和生命，
去探索无限和有限，"上帝"和众生。
渐渐地，灵与肉的搏斗终于两败俱伤，
那笔立的小树啊，长大了又逐渐枯黄，
那"年龄里的野兽"已经衰老，
只剩下他，在漫漫长路上停下来
告别这昨日的战场。
午夜的原野上我听到了世界的交响，
那里面有你智慧的、典丽的、忧愁的歌唱。

变了味的怀疑、痛苦、希望和绝望。
可是仍然是水一样的月光,
一样的灼热的爱,和苦斗,
去捕捉那人间的欢乐,
瞬息即逝,永不再现;
去采摘善良与纯美,奔跑啊,攀登啊,
去追寻那彩虹飘落的地方。

大地上狼籍着勇士与无辜者的尸体,
到处是角斗:邪恶与正义,
崇高与卑鄙,美丽与丑陋,
正直的劳动,肮脏的窃夺。
魑魅魍魉刚刚被摧毁,
为牺牲者的纵横泪水,
为胜利的畅朗欢笑,
给我们增加了聪明和勇气,
可是却突然失去了你,我心中的兄弟。
"上帝在玩弄他自己"?①
难道不是世界在辩证地行进?
探索不会停止,可是你已经安息。
似乎有崇山峻岭的相隔,
但我们的根茎却连结在一起。
喜怒哀乐在宇宙中联成一气,
勇士们在理出线索,使人类得以
升华、解脱,拥抱在灿烂的光明里。
可是诗人,你的竖琴哑了,

---

① 引自穆旦诗作。

你的和鸣中断了，
你的欢笑与悲哀都没入了无边的静寂。

在我们曾经聚首的地方，
空气里又洋溢着夏日的荣光。
我静默地垂下我谦卑的旗，
向着枝叶繁茂的白杨和絮柳，
向着满池塘盛开的荷花，
向着你，安息了的诗人，
献上我刻骨的纪念。
爱是不能熄灭的，
一如既往，当我们并肩缓步，
高高地君临于你我之上的
依然是悠悠的白云和永恒的蓝天。

1978年写于诗人逝世一周年之时

1985年11月修改

（选自《香港当代诗选》，人民文学出版社）

# 罗　门

（1928—2017），祖籍海南文昌。曾任台湾文艺协会理事，蓝星诗社社长。著有诗集《曙光》《第九日的底流》《死亡之塔》《隐形的椅子》等。

## 麦坚利堡[①]

超过伟大的
是人类对伟大已感到茫然

战争坐在此哭谁
它的笑声　曾使七万个灵魂陷落在比睡眠还深的地带

太阳已冷　星月已冷　太平洋的泡沫被炮火煮开也都冷了
史密斯　威廉斯　烟花节光荣伸不出手来接你们回家
你们的名字运回故乡　比入冬的海水还冷
在死亡的喧噪里　你们的无救　上帝的手呢

---

[①]　麦坚利堡（Fort Mekinly）是纪念第二次世界大战期间七万美军在太平洋地区战亡的；美国人在马尼拉城郊，建造了七万座大理石十字架。分别刻着死者的出生地与名字，非常壮观也非常凄惨地排列在空旷的绿坡上，展览着太平洋悲壮的战况，以及人类悲惨的命运。七万个彩色的故事，被死亡永远埋住了。这个世界在都市喧噪的射程之外，这里的空灵，有着伟大与不安的颤栗。山林的鸟被吓住不叫了，静得那么可怕，静得连上帝都感到寂寞不敢留下；马尼拉海湾在远处闪目，芒果树与凤凰木连绵遍野，景色美得太过忧伤。天蓝，旗动，令人肃然起敬；天黑，旗静，周围便黯然无声，被死亡的阴影重压着……作者本人最近因公赴菲，曾与菲作家施颖洲、亚薇及画家朱一雄家人往游此地，并站在史密斯·威廉斯的十字架前拍照。

血已把伟大的纪念冲洗了出来
战争都哭了　伟大它为什么不笑
七万朵十字花　围成园　排成林　绕成百合的村
在风中不动　在雨里不动
沉默给马尼拉海湾看　苍白给游客们的照相机看
史密斯　威廉斯　在死亡紊乱的镜面上　我只想知道
哪里是你们童幼时眼睛常去玩的地方
哪地方藏有春日的录音带与彩色的幻灯片

麦坚利堡　鸟都不叫了，树叶也怕动
凡是声音都会使这里的静默受击出血
空间与空间绝缘　时间逃离钟表
这里比灰暗的天地线还少说话　永恒无声
美丽的无音房　死者的花园　活人的风景区
神来过　敬仰来过　汽车与都市也都来过
而史密斯　威廉斯　你们是不来也不去了
静止如取下摆心的表面　看不清岁月的脸
在日光的夜里　星灭的晚上
你们的盲睛不分季节地睡着
睡醒了一个死不透的世界
睡熟了麦坚利堡绿得格外忧郁的草场
死神将圣品挤满在嘶喊的大理石上
给升满的星条旗看　给不朽看　给云看
麦坚利堡是浪花已塑成碑林的陆上太平洋
一幅悲天泣地的大浮雕　挂入死亡最黑的背景
七万个故事焚毁于白色不安的颤栗
史密斯　威廉斯　当落日烧红满野芒果林于昏暮
神都将急急离去　星也落尽

你们是哪里也不去了
太平洋阴森的海底是没有门的

1960年10月

（选自《罗门诗选》，中国社会科学出版社）

# 罗智成

（1955— ），湖南安乡人，生于台湾，台湾大学哲学系毕业，美国威斯康辛大学东亚语文研究所硕士。曾任《中国时报》人间副刊编辑，《中时晚报》副刊主任及副总编。著有诗集《画册》《光之书》《倾斜之书》《掷地无声书》《宝宝之书》等。

## 观 音

柔美的观音已沉睡稀落的烛群里，
她的睡姿是梦的黑屏风；
我偷偷到她发下垂钓，
每颗远方的星上都大雪纷飞。

## 一支蜡烛在自己的光焰里睡着了

一支蜡烛在自己的光焰里睡着了。

宝宝，让我们轻轻走下楼梯。
把睡前踢翻的世界收拾好
你还留在地毯上的小小的生气
把它带回暖暖的被窝里融化

一支蜡烛在自己的光焰里睡着了。

时间的摇篮轻轻地摆

死亡轻轻地呼吸

我们偷偷绕过它

宝宝,紧紧怀着我们向永恒求救的密件。

让我们到沙滩上放风筝!

从流星在夜幕突破的缺口

探听星星们的作息

让我们到你发上去滑雪

一切,请不要惊动了我们的文明。

一支蜡烛睡着了,像奇妙的毛笔,梦呓般朝空中画着。

让我们在打烊前到面包店

购买明晨的早点

如果你愿意,稍后

我们将行窃地球的航图

一支蜡烛在自己的光焰里睡着了。

宝宝,用你优美嘴型吹灭它。

我们豢养于体内的死亡一天天长大

他们隔着我们的爱情

彼此说些什么?宝宝

但你美丽又困倦,睡前

那些情怀,你歪歪斜斜地排置妆桌上。

(选自《新诗三百首》)

# 洛 夫

（1928—2018），祖籍湖南衡阳。台湾淡江大学外文系毕业。创世纪诗社发起人之一，著有诗集《灵河》《时间之伤》《酿酒的石头》等。

## 边界望乡

说着说着
我们就到了落马洲

雾正升起，我们在茫然中勒马四顾
手掌开始生汗
望远镜中扩大数十倍的乡愁
乱如风中的散发
当距离调整到令人心跳的程度
一座远山迎面飞来
把我撞成了
严重的内伤

病了病了
病得像山坡上那丛凋残的杜鹃
只剩下唯一的一朵
蹲在那块"禁止越界"的告示牌后面
咯血。而这时
一只白鹭从水田中惊起

飞越深圳

又猛然折了回来

而这时，鹧鸪以火发音

那冒烟的啼声

一句句

穿透异地三月的春寒

我被烧得双目尽赤，血脉偾张

你却竖起外衣的领子，回头问我

冷，还是

不冷？


惊蛰之后是春分

清明时节该不远了

我居然也听懂了广东的乡音

当雨水把莽莽大地

译成青色的语言

喏！你说，福田村再过去就是水围

故国的泥土，伸手可及

但我抓回来的仍是一掌冷雾

1979年6月3日

**后　记**：1979年3月中旬应邀访港，16日上午余光中兄亲自开车陪我参观落马洲之边界。当时轻雾氤氲，望远镜中的故国山河隐约可见，而耳边正响起数十年未闻的鹧鸪啼叫，声声扣人心弦，所谓"近乡情怯"，大概就是我当时的心境吧。

（选自《洛夫诗选》，中国友谊出版公司1993年版）

# 骆一禾

(1961—1989),生于北京。北京大学中国语言文学系毕业。生前曾任《十月》杂志编辑。著有诗集《世界的血》《海子、骆一禾作品集》。

## 青　草

那诱发我的
是青草
是新生时候的香味

那些又名山板栗和山白果的草木
那些榛实可以入药的草木
那抱茎而生的游冬
那可以通血的药材　明目益精的贞蔚草
年轻的红
那些济贫救饥的老苦菜
夏天的时候金黄的花朵飘洒了一地

我们完全是旧人
我们每年的冬末都要死去一次
渐渐地变红
听季节在泥土中鸣叫

而我们年复一年领略着女子的美

花萼四裂　花冠像漏斗一样四裂

开裂的花片反卷

白色微黄　有着漆黑的种子

子房和花柱遍布着年轻的茸毛

因为青草

我们当中的人得以不被饿死

妻子在苽苴的筐子里渡过了难产

她们的胶质

使丝织品泛映光泽

我该爱这青草

我该看望这大地

当我在山冈上眺望她时

她正穿上新布衣裳

（选自《海子、骆一禾作品选》）

## 麦　地

### ——致乡土中国

我们来到这座雪后的村庄

麦子抽穗的村庄

冰冻的雪水滤下小麦一样的身子

在拂晓里　她说

不久，我还真是一个农民的女儿呢

那些麦穗的好日子

这时候正轻轻地碰撞着我们——

麦地有神，麦地有神

就像我们盛开花朵

麦地在山丘下一望无边

我们在山丘上穿起裸麦的衣裳

迎着地球走下斜坡

我们如此贴近麦地

那一天蛇在天堂里颤抖

在震怒中冰凉无言　享有智谋

是麦地让泪水汇入泥土

尝到生活的滋味

大海边人民的衣服

也是风吹天堂的

麦地的衣服

麦地的滚动

是我们相识的波动

怀孕的颤抖

也就是火苗穿过麦地的颤抖

1987年11月15日

（选自《海子、骆一禾作品选》）

# 芒 克

（1950— ），原名姜世伟。20世纪70年代初开始诗歌创作。著有诗集《芒克诗选》《阳光中的向日葵》等。

## 葡 萄 园

一小块葡萄园，
是我发甜的家。

当秋风突然走进哐哐作响的门口，
我的家园都是含着眼泪的葡萄。

那使院子早早暗下来的墙头，
有几只鸽子惊慌飞走。

胆怯的孩子把弄脏的小脸
偷偷地藏在房后。

平时总是在这里转悠的狗，
这会儿不知溜到哪里去了。

一群红色的鸡满院子扑腾，
咯咯地叫个不休。

我眼看着葡萄掉在地上,
血在落叶中间流。

这真是个想安宁也不得安宁的日子,
这是在我家失去阳光的时候。

1978年

(选自《在黎明的铜镜中·朦胧诗卷》)

# 梅 新

（1937—1997），本名章益新，浙江缙云人，中国文化学院新闻系毕业。曾参加"现代派""诗宗社""创世纪诗社"。曾任《联合报》编辑、《台湾时报》副刊主编，正中书局编审组组长，《国文天地》杂志社社长，《现代诗》季刊策划人。著有诗集《再生的树》《椅子》《梅新自选集》《家乡的女人》。

## 口 信

请带个口信给我母亲
说我经过一场哀天恸地的哭泣之后
我经常悬着两道鼻涕
擦得两袖全是污垢的脸
现在已显得十分清爽光鲜
常露在嘴角的微笑
正是她初嫁到我家的那个样子
最使她感到高兴的
该是
我留言，或是
有人请我签名留念的时候
我拿笔的姿势
仍然保持她
握着我的手
要我随着她手的移动而移动的那个样子

一点，点得好高
一直，直得好稳
一捺，捺出了格
请告诉她
以后母亲的碑
一定要我自己替她写
替她刻
用她自己教我的那个手势
请带个口信给我母亲
我回去的时候
请她还是
倚在门口等我
我刚进入村子
就听见她在叫我
全村子的人
都听见她在叫我

（选自《新诗三百首》）

# 穆 旦

参看308页。

## 冬

### 一

我爱在淡淡的太阳短命的日子,
临窗把喜爱的工作静静做完;
才到下午四点,便又冷又昏黄,
我将用一杯酒灌溉我的心田。
多么快,人生已到严酷的冬天。

我爱在枯草的山坡,死寂的原野,
独自凭吊已埋葬的火热一年,
看着冰冻的小河还在冰下面流,
不知低语着什么,只是听不见。
呵,生命也跳动在严酷的冬天。

我爱在冬晚围着温暖的炉火,
和两三昔日的好友会心闲谈,
听着北风吹得门窗沙沙地响,
而我们回忆着快乐无忧的往年。
人生的乐趣也在严酷的冬天。

我爱在雪花飘飞的不眠之夜,
把已死去或尚存的亲人珍念,
当茫茫白雪铺下遗忘的世界,
我愿意感情的热流溢于心间,
来温暖人生的这严酷的冬天。

## 二

寒冷,寒冷,尽量束缚了手脚,
潺潺的小河用冰封住口舌,
盛夏的蝉鸣和蛙声都沉寂,
大地一笔勾销它笑闹的蓬勃。

谨慎,谨慎,使生命受到挫折,
花呢?绿色呢?血液闭塞住欲望,
经过多日的阴霾和犹疑不决,
才从枯树枝漏下淡淡的阳光。

奇怪!春天是这样深深隐藏,
哪儿都无消息,都怕峥露头角,
年轻的灵魂裹进老年的硬壳,
仿佛我们穿着厚厚的棉袄。

## 三

你大概已停止了分赠爱情,
把书信写了一半就住手,
望望窗外,天气是如此肃杀,
因为冬天是感情的刽子手。

你把夏季的礼品拿出来，
无论是蜂蜜，是果品，是酒，
然后坐在炉前慢慢品尝，
因为冬天已经使心灵枯瘦。

你拿一本小说躺在床上，
在另一个幻象世界周游，
它使你感叹，或使你向往，
因为冬天封住了你的门口。

你疲劳了一天才得休息，
听着树木和草石都在嘶吼，
你虽然睡下，却不能成梦，
因为冬天是好梦的刽子手。

## 四

在马房隔壁的小土屋里，
风吹着窗纸沙沙响动，
几只泥脚带着雪走进来，
让马吃料，车子歇在风中。

高高低低围着火坐下，
有的添木柴，有的在烘干，
有的用他粗而短的指头
把烟丝倒在纸里卷成烟。

一壶水滚沸，白色的水雾
弥漫在烟气缭绕的小屋，

吃着,哼着小曲,还谈着
枯燥的原野上枯燥的事物。

北风在电线上朝他们呼唤,
原野的道路还一望无际,
几条暖和的身子走出屋,
又迎面扑进寒冷的空气。

1976年12月

(选自《穆旦诗选》,人民文学出版社1986年版)

## 停电之后

太阳最好,但是它下沉了,
拧开电灯,工作照常进行。
我们还以为从此驱走夜,
暗暗感谢我们的文明。
可是突然,黑暗击败一切,
美好的世界从此消失灭踪。
但我点起小小的蜡烛,
把我的室内又照得通明:
继续工作也毫不气馁,
只是对太阳加倍地憧憬。

次日睁开眼,白日更辉煌,
小小的蜡台还摆在桌上。
我细看它,不但耗尽了油,

而且残流的泪挂在两旁：
这时我才想起，原来一夜间，
有许多阵风都要它抵挡。
于是我感激地把它拿开，
默念这可敬的小小坟场。

1976年

（选自《穆旦诗选》，人民文学出版社1986年版）

## 聂绀弩

（1903—1986），笔名耳耶、萧今度等，湖北京山人。小说家、散文家。

### 削土豆种伤手

豆上无坑不有芽，手忙刀快眼昏花。
两三点血红谁见，六十岁人白自夸。
欲把相思栽北国，难凭赤手建中华。
狂言在口终羞说，以此微红献国家。

（选自《散宜生集》）

### 周婆来探后回京

行李一肩强自挑，日光如水水如刀。
请看天上九头鸟，化作田间三脚猫。
此后定难窗再铁，何时重以鹊为桥？
携将冰雪回京去，老了十年为探牢。

（选自《散宜生集》）

## 拾穗同祖光(二首选一)

不用镰锄铲镬锹,无须掘割捆抬挑。
一丘田有几遗穗,五合米需千折腰。
俯仰雍容君逸少,屈伸艰拙仆曹交。
才因拾得抬身起,忽见身边又一条。

## 挽 老 舍

骆驼祥子我曾耽,茶馆何人不讲谈。
君以一尸谏天下,世惊虎吼跃龙潭。

(选自《散宜生集》)

# 牛 汉

参看326页。

## 半 棵 树

真的,我看见过半棵树
在一个荒凉的山丘上

像一个人
为了避开迎面的风暴
侧着身子挺立着

它是被二月的一次雷电
从树尖到树根
齐楂楂劈掉了半边

春天来到的时候
半棵树仍然直直地挺立着
长满了青青的枝叶

半棵树
还是一整棵树那样高
还是一整棵树那样伟岸

人们说
雷电还要来劈它
因为它还是那么直那么高
雷电从远远的天边就盯住了它

                            1972年,咸宁

## 华 南 虎

在桂林
小小的动物园里
我见到一只老虎。

我挤在叽叽喳喳的人群中
隔着两道铁栅栏
向笼里的老虎
张望了许久许久,
但一直没有瞧见
老虎斑斓的面孔
和火焰似的眼睛。

笼里的老虎
背对胆怯而绝望的观众
安详地卧在一个角落,
有人用石块砸它
有人向它厉声呵斥
有人还苦苦劝诱

它都一概不理！
又长又粗的尾巴
悠悠地在拂动，
哦，老虎，笼中的老虎，
你是梦见了苍苍莽莽的山林吗？
是屈辱的心灵在抽搐吗？
还是想用尾巴鞭击那些可怜而又可笑的
观众？

你的健壮的腿
直挺挺地向四方伸开，
我看见你的每个趾爪
全都是破碎的，
凝结着浓浓的鲜血！
你的趾爪
是被人捆绑着
活活地铰掉的吗？
还是由于悲愤
你用同样破碎的牙齿
（听说你的牙齿是被钢锯锯掉的）
把它们和着热血咬碎……

我看见铁笼里
灰灰的水泥墙壁上
有一道一道的血淋淋的沟壑
像闪电那般耀眼刺目！

我终于明白……

羞愧地离开了动物园。

恍惚之中听见一声
石破天惊的咆哮，
有一个不羁的灵魂
掠过我的头顶
腾空而去，
我看见了火焰似的斑纹
火焰似的眼睛，
还有巨大而破碎的
滴血的趾爪！

1973年6月，咸宁

## 悼念一棵枫树

我想写几页小诗，把你最后的绿叶保留下几片来。
——摘自日记

湖边山丘上
那颗最高大的枫树
被伐倒了……
在秋天的一个早晨

几个村庄
和这一片山野
都听到了，感觉到了

枫树倒下的声响

家家的门窗和屋瓦
每棵树,每根草
每一朵野花
树上的鸟,花上的蜂
湖边停泊的小船
都颤颤地哆嗦起来……
是由于悲哀吗?

这一天
整个村庄
和这一片山野上
飘忽着浓郁的清香

清香
落在人的心灵上
比秋雨还要阴冷

想不到
一棵枫树
表皮灰暗而粗犷
发着苦涩气息
但它的生命内部
却贮蓄了这么多的芬芳

芬芳
使人悲伤

枫树直挺挺的
躺在草丛和荆棘上
那么庞大,那么青翠
看上去比它站立的时候
还要雄伟和美丽

伐倒三天之后
枝叶还在微风中
簌簌地摇动
叶片上还挂着明亮的露水
仿佛亿万只含泪的眼睛
向大自然告别

哦,湖边的白鹤
哦,远方来的老鹰
还朝着枫树这里飞翔呢

枫树
被解成宽阔的木板
一圈圈年轮
涌出了一圈圈的
凝固的泪珠

泪珠
也发着芬芳
不是泪珠吧
它是枫树的生命
还没有死亡的血球

村边的山丘
缩小了许多
仿佛低下了头颅

伐倒了
一棵枫树
伐倒了
一个与大地相连的生命

        1973年秋

# 齐白石

（1864—1957），原名纯芝，字渭清，后改名璜，字濒，号白石。湖南湘潭人。现代书画家，篆刻家。

## 题 画 诗

### 题不倒翁

乌纱白扇俨然官，不倒原来泥半团。
将汝忽然来打破，通身何处有心肝？

### 题友人冷广画卷

对君斯册感当年，撞破金瓯国可怜！
灯下再三挥泪看，中华无此整山川。

（选自《北京日报》1956年7月24日）

# 商 禽

（1930—2010），本名罗燕，笔名甚多，罗砚、罗马、壬癸等。四川省珙县行建乡人。商禽十几岁从军，从军前仅受过初中教育，随军队萍浮西南诸省，转进台湾。退伍后曾任编辑、码头工人，开过牛肉面馆，1969年曾应邀到美国爱荷华大学"作家工作坊"从事研究，留美两年。20世纪70年代后期担任《时报周刊》编辑，直至1994年退休。其妻罗英女士亦为著名诗人，惟两人诗风不类，很少有人将他们的作品合并讨论。商禽曾是"现代派"健将，目前仍身跨"现代诗社"与"创世纪诗社"。著有诗集《梦或者黎明》《用脚思想》《梦或者黎明及其他》。

## 无言的衣裳

（1960年秋、三峡、夜见浣衣女）

月色一样的女子

在水湄

默默地

捶打黑硬的石头

（无人知晓她的男人飘到度位去了）

荻花一样的女子

在河边

无言地

捶打冷白的月光

（无人知晓她的男人流到度位去了）

月色一样冷的女子
荻花一样白的女子
在河边默默地捶打
无言的衣裳在水湄

（灰蒙蒙的远山总是过后才呼痛）

**后记：** 1960年秋，尝与诗友流沙游三峡，宿背街临河旅馆，房为木架支撑之小楼，半悬于河上，风并水俱流于其下，遂喝米酒如饮高粱，醉而卧。夜有捣衣声惊梦，推蓬窗视之，月色、荻花、水光，澄明一片，天地寂然，唯一女子浣衣溪边，磕磕砧声回响于山际，不胜凄其。因忆儿时偕诸姑嫂濯衣河上之欢，水花笑语竟如昨日，不禁戚然。欲推流沙再饮未果，独酌寻句又未得，遂辗转以终夜。后又与秀陶等人醉此小楼，不复闻砧声，亦未得句。二十年后，诗虽成，故友已星散，怀想之情不能自已，是为记。

## 鸡

星期天，我坐在公园中静僻的一角一张缺腿的铁凳上，享用从速食店买来的午餐。啃着啃着，忽然想起我已经好几十年没有听过鸡叫了。

我试图用那些骨骼拼成一只能够呼唤太阳的禽鸟。我找不到声带。因为它们已经无须啼叫。工作就是不断进食，而它们生产它们自己。

在人类制造的日光下
既没有梦
也没有黎明

## 邵燕祥

（1933—2020），生于北京，原籍浙江萧山。少年时代即开始发表诗文。著有诗集《歌唱北京》《到远方去》《献给历史的情歌》《含笑向70年代告别》《在远方》《如花怒放》《迟开的花》等，其中《在远方》《迟开的花》分别获全国第一届（1979—1982）、第二届（1983—1985）优秀新诗（诗集）奖。曾任中国作协理事，《诗刊》副主编。

### 到远方去

收拾停当我的行装，
马上要登程去远方。
心爱的同志送我
告别天安门广场。

在我将去的铁路线上，
还没有铁路的影子。
在我将去的矿井，
还只是一片荒凉。

但是没有的都将会有，
美好的希望都不会落空。
在遥远的荒山僻壤，
将要涌起建设的喧声。

那声音将要传到北京,
跟这里的声音呼应。
广场上英雄碑正在兴建啊,
琢打石块,像清脆的鸟鸣。

心爱的同志,你想起了什么?
哦,你想起了刘胡兰。
如果刘胡兰活到今天,
她跟你正是同年。

你要唱她没唱完的歌,
你要走她没走完的路程。
我爱的正是你的雄心,
虽然我也爱你的童心。

让人们把我们叫作
母亲的最好的儿女,
在英雄辈出的祖国,
我们是年轻的接力人。

我们惯于踏上征途,
就像骑兵跨上征鞍,
青年团员走在长征的路上,
几千里路程算得什么遥远。

我将在河西走廊送走除夕,
我将在戈壁荒滩迎来新年,
不管什么时候,只要想起你,

就更要把艰巨的任务担在双肩。

记住,我们要坚守誓言:
谁也不许落后于时间!
那时我们在北京重逢,
或者在远方的工地再见!

1952年11月23日
(选自诗集《到远方去》)

## 走 敦 煌

三门山上的村落,
青烟飘出山峡;
烧棉柴煮腊八饭,
远近有多少人家?

春节上哪儿去过?
到敦煌安个新家;
祁连山上白雪,
四千里路风沙。

腊月里天寒地冻,
摘不到路草山花,
生身的热土难离,
揣上黄河边黄土一把。

祁连山上的雪水，
引来也好灌棉花；
四千里路不算远，
明天就装车出发。

离开了家乡黄河，
这里要拦河修坝，
好比是钢缰铁辔，
驾驭住奔腾烈马。

"十年河东，十年河西"，
快成了陈年古话；
"搬一家，保千家"，
三门村告辞三门峡。

1956年7月11日

（选自《献给历史的情歌》，人民文学出版社1980年版）

## 贾桂香

天上的白云像头巾飘荡，
地上疾走着快活的姑娘，
眼珠儿东望西望，长辫子前晃后晃，
看这儿像不像你的家乡？
菜叶叶翠绿，菜花儿金黄，
掐得出水来，吸收着阳光……
生活比这原野还要辽阔，

幻想比这大路还要宽广!

这样相信人,这样自信:
"十六岁了,姓贾,叫桂香!"

黝黑的脸蛋晒得透了红,
临时工转成了固定工;
永远在示范农场工作多美,
工作好,可不单为了赞扬。
写信给同村姐妹的时候,
说不说担任了生产小队长?
打从一九五四年国庆节前夕,
小贾也不再是团外的姑娘。

世界上难道还会有烦恼,
还会有不幸吗,贾桂香?

孙大叔老把小贾当成小孩,
一点不像管理员对小队长;
晚上散会,骑车载着她回家,
就跟载着自己的女儿一样。
他爱跟年轻人说说笑笑,
年轻人爱跟他道短说长。
可是只有一句话真讨厌:
"小贾,求不求大叔给找个对象?"

本来是疼爱这个姑娘,
想不到害了这个姑娘。

不是孙大叔给挑错了对象,
也不是扰乱了姑娘的思想;
哪怕孙大叔生一千张嘴,
再也辩不清小贾的冤枉——
"小丫头成天跟你在一块,
你们的关系一定不正当……"
流言还只是一阵风,一片云,
会上的批评织成一张网。

这是怎样的一张网呵,
没头没脑罩住贾桂香。

手心上茧子又厚了一层,
手背止不住眼泪流淌,
小贾默默地干活,干活,
她已经不是生产小队长。
得不到红旗,怨贾桂香,
挑错了茄秧,怪贾桂香,
不知为什么,恨贾桂香,
队长为什么打击贾桂香?

所有没人承担的过错
全归了这个无辜的姑娘。

这时候只有年轻的丈夫
体贴着你,用工人的心肠;
天天晚上在炉灶旁等你,
不让你再吃那冷饭凉汤,

加班到十一个小时的劳累
全都在温暖的一刻遗忘。
所有应该关心人的人
要是全都能像他一样……

谁想到这夫妻的情分
竟给你加重了罪过,贾桂香!

"不爱劳动,不给爱人做饭。"
团支部叫你检查思想。
是啊,在祖国,劳动光荣,
小学的课本上就这样讲。
但是谁给他们这种权力,
强迫着孕妇硬抬大箩筐?
贾桂香,贾桂香累了,累了,
常常睡倒在潮湿的菜地上……

她是我们的同志和姐妹
刚刚二十岁的贾桂香。

贾桂香是个青年团员,
青年团的干部待她这样!
贾桂香是个农场工人,
擦擦眼泪去找场长。
只许场长批评一二三点,
不听小贾说明半点情况,
"有意见找我的上级提去!"
场长把桌子拍得山响。

"好,我去提!"如果你向上级
去提意见多好啊,贾桂香!

你被团支书拦在门坎上,
你不该就停在这一步上!
没错误怎能写检讨书啊,
半宿过去还是白纸一张。
这时你不该让眼泪淹心,
该把满腔委屈掏出胸膛,
你本该写出所有这一切,
写给我们的国家、我们的党。

我不忍落下这最后一笔,
中国不该有这样的夭亡。

一九四五年九岁的小嘎,
一九四九年十三岁的小姑娘,
等待她的该有多少幸福,
多少火热的欢乐的时光!
到底是怎样的一股逆风
扑灭了刚刚燃点的火焰?
海阔天空任飞翔的地方,
折断了刚刚展开的翅膀!

告诉我,回答我:是怎样的,
怎样的手,扼杀了贾桂香!?

1956年11月17日

(选自《献给历史的情歌》,人民文学出版社1980年版)

**【附白】** 佳木斯园艺示范农场青年女工贾桂香,受不住主观主义者和官僚主义者的围剿,在7月27日自杀。《黑龙江日报》记者王戈写有调查记,登在10月11日《黑龙江日报》上。读之心怦怦然,因写这首诗呼吁:不许再有第二个贾桂香!

## 谒 太 行

走一山又一山山山不断,
走一岭又一岭岭岭相连。
从这里走出了多少子弟,
有番号没地址,下东海啊走云南。

每一次起风沙,想起太行山,
每一次飘雪花,想起太行山,
夜行军,想起了太行山上路,
战罢休息,想起了太行的枣儿甜;
晴天想太行山阳光遍地,
阴天下雨伤口疼,更想太行山——
想起在太行山风沙拌饭,
想起在太行山抱枪而眠,
热身体焐暖了冰冻的土地,
多少个春四月脱棉换单;
感谢啊老妈妈针针线线……
在太行度过了月月年年。
出太行是怎样难分难舍,
子弟兵像山洪涌出太行山。

一个春天又一个春天,
一个秋天又一个秋天。
小姑娘采花椒,玛瑙串串,
柿子树挂灯笼,亮光闪闪。……

我登上太行山,朔风怒号,
太行山一夜雪,鬓发斑斑。
太行山,太行山,英雄的母亲啊,
每一条皱纹里是眼泪和血汗。
太行山,太行山沉默不语,
你是否又想起往日的熬煎?
想起了子弟们卧薪尝胆,
想起了难忘的生聚十年?

一层沙、一层雪遮住山路,
当年的脚印早已不见。
怎样一代人将留下新的脚印?
太行山审视着,又慈爱又威严。

1957年3月10日

(选自《献给历史的情歌》,人民文学出版社1980年版)

## 食 指

（1948— ），生于山东朝城，原名郭路生。20世纪60年代末开始写诗。他的作品曾以手抄本的形式在知青中广为流传，对后来的朦胧诗人产生了深刻影响。

### 相信未来

当蜘蛛网无情地查封了我的炉台，
当灰烬的余烟叹息着贫困的悲哀，
我依然固执地铺平失望的灰烬，
用美丽的雪花写下：相信未来。

当我的紫葡萄化为深秋的露水，
当我的鲜花依偎在别人的情怀，
我依然固执地用凝霜的枯藤
在凄凉的大地上写下：相信未来。

我要用手指那涌向天边的排浪，
我要用手掌那托住太阳的大海，
摇曳着曙光那枝温暖漂亮的笔杆，
用孩子的笔体写下：相信未来。

我之所以坚定地相信未来，
是我相信未来人们的眼睛——
她有拨开历史风尘的睫毛，
她有看透岁月篇章的瞳孔。

不管人们对于我们腐烂的皮肉，
那些迷途的惆怅，失败的苦痛，
是寄予感动的热泪，深切的同情，
还是给以轻蔑的微笑，辛辣的嘲讽。

我坚信人们对于我们的脊骨，
那无数次的探索、迷途、失败和成功，
一定会给予热情、客观、公正的评定。
是的，我焦急地等待着他们的评定。

朋友，坚定地相信未来吧，
相信不屈不挠的努力，
相信战胜死亡的年轻，
相信未来，相信生命。

1968年

（选自《北京青年现代诗十六家》，漓江出版社1986年版）

## 这是四点零八分的北京

这是四点零八分的北京，
一片手的海浪翻动；
这是四点零八分的北京，
一声尖厉的汽笛长鸣。

北京车站高大的建筑，
突然一阵剧烈地抖动。
我吃惊地望着窗外，

不知发生了什么事情。

我的心骤然一阵疼痛，一定是
妈妈缀扣子的针线穿透了心胸。
这时，我的心变成了一只风筝，
风筝的线绳就在妈妈的手中。

线绳绷得太紧了，就要扯断了，
我不得不把头探出车厢的窗棂。
直到这时，直到这个时候，
我才明白发生了什么事情。

——一阵阵告别的声浪，
就要卷走车站；
北京在我的脚下，
已经缓缓地移动。

我再次向北京挥动手臂，
想一把抓住她的衣领，
然后对她大声地叫喊：
永远记着我，妈妈啊北京！

终于抓住了什么东西，
管他是谁的手，不能松，
因为这是我的北京，
这是我的最后的北京。

1968年12月20日

（选自《北京青年现代诗十六家》，漓江出版社1986年版）

# 舒 婷

（1952— ），原名龚佩瑜，后改名龚舒婷，福建泉州人。20世纪60年代末在农村插队时开始写诗，1977年发表作品，是最重要的朦胧诗人之一。主要作品有诗集《双桅船》《会唱歌的鸢尾花》等，其中《双桅船》1981年获中国作协优秀诗集奖。中国作协会员、理事。现在福建从事专业创作。

## 致 橡 树

我如果爱你——
绝不像攀援的凌霄花
借你的高枝炫耀自己；
我如果爱你——
绝不学痴情的鸟儿
为绿荫重复单调的歌曲；
也不止像泉源
长年送来清凉的慰藉；
也不止像险峰
增加你的高度，衬托你的威仪。
甚至日光。
甚至春雨。
不，这些都还不够！
我必须是你近旁的一株木棉，
作为树的形象和你站在一起。
根，紧握在地下

叶，相触在云里。
每一阵风吹过
我们都互相致意，
但没有人
听懂我们的言语。
你有你的铜枝铁干
像刀，像剑，
也像戟；
我有我红硕的花朵，
像沉重的叹息，
又像英勇的火炬。
我们分担寒潮、风雷、霹雳；
我们共享雾霭、流岚、虹霓。
仿佛永远分离，
却又终身相依。
这才是伟大的爱情，
坚贞就在这里：
爱——
不仅爱你伟岸的身躯，
也爱你坚持的位置，
足下的土地。

1977年3月27日

（选自《诗刊》1979年第4期）

## 四月的黄昏

四月的黄昏里

流曳着一组组绿色的旋律

在峡谷低回

在天空游移

若是灵魂里溢满了回响

又何必苦苦寻觅

要歌唱你就歌唱吧,但请

轻轻,轻轻,温柔地

四月的黄昏

仿佛一段失而复得的记忆

也许有一个约会

至今尚未如期

也许有一次热恋

而不能相许

要哭泣你就哭泣吧,让泪水

流啊,流啊,默默地

1997年5月6日

(选自《朦胧诗选》,春风文艺出版社1986年版)

## 惠安女子

野火在远方，远方
在你琥珀色的眼睛里

以古老部落的银饰
约束柔软的腰肢
幸福虽不可预期，但少女的梦
蒲公英一般徐徐落在海面上
啊，浪花无边无际

天生不爱倾诉苦难
并非苦难已经永远绝迹
当洞箫和琵琶在晚照中
唤醒普遍的忧伤
你把头巾一角轻轻咬在嘴里

这样优美地站在海天之间
令人忽略了：你的裸足
所踩过的碱滩和礁石
于是，在封面和插图中
你成为风景，成为传奇

1981年6月于长江

## 神 女 峰

在向你挥舞的各色花帕中
是谁的手突然收回
紧紧捂住自己的眼睛
当人们四散离去，谁
还站在船尾
衣裙漫飞，如翻涌不息的云
江涛
高一声
低一声

美丽的梦留下美丽的忧伤
人间天上，代代相传
但是，心
真能变成石头吗
为眺望远天的杳鹤
而错过无数次春江月明

沿着江岸
金光菊和女贞子的洪流
正煽动新的背叛
与其在悬崖上展览千年
不如在爱人肩头痛哭一晚

## 会唱歌的鸢尾花

> 我的忧伤因为你的照耀
> 升起一圈淡淡的光轮
> ——题记

一

在你的胸前
我已变成会唱歌的鸢尾花
你呼吸的轻风吹动我
在一片丁当响的月光下

用你宽宽的手掌
暂时
覆盖我吧

二

现在我可以做梦了吗
雪地。大森林
古老的风铃和斜塔
我可以要一株真正的圣诞树吗
上面挂满
溜冰鞋、神笛和童话
焰火、喷泉般炫耀欢乐
我可以大笑着在街上奔跑吗

## 三

我那小篮子呢

我的丰产田里长草的秋收啊

我那旧水壶呢

我的脚手架下干渴的午休啊

我的从未打过的蝴蝶结

我的英语练习：I love you love you

我在街灯下折叠而又拉长的身影啊

我那无数次

流出来又咽进去的泪水啊

还有

还有

不要问我

为什么在梦中微微转侧

往事，像躲在墙角的蛐蛐

小声而固执地呜咽着

## 四

让我做个宁静的梦吧

不要离开我

那条很短很短的街

我们已走了很长很长的岁月

让我做个安详的梦吧

不要惊动我

别理睬那盘旋不去的鸦群

只要你眼中没有一丝阴云

让我做个荒唐的梦吧
不要笑话我
我要葱绿地每天走进你的诗行
又绯红地每晚回到你的身旁

让我做个狂悖的梦吧
原谅并且容忍我的专制
当我说：你是我的！你是我的
亲爱的，不要责备我……

我甚至渴望
涌起热情的千万层浪头
千万次把你淹没

## 五

当我们头挨着头
像乘着向月球去的高速列车
世界发出尖锐的啸声向后倒去
时间疯狂地旋转
雪崩似的纷纷摔落

当我们悄悄对视
灵魂像一片画展中的田野
一涡儿一涡儿阳光
吸引我们向更深处走去
寂静、充实、和谐

## 六

就这样
握着手坐在黑暗里
听那古老而又年轻的声音
在我们心中穿来穿去
即使有个帝王前来敲门
你也不必搭理

但是……

## 七

等等！那是什么？什么声响
唤醒我血管里猩红的节拍
在我晕眩的时候
永远清醒的大海啊
那是什么？谁的意志
使我肉体和灵魂的眼睛一齐睁开
"你要每天背起十字架
跟我来"

## 八

伞状的梦
蒲公英一般飞逝
四周一片环形山

## 九

我情感的三角梅啊

你宁可生生灭灭
回到你风风雨雨的山坡
不要在花瓶上摇曳

我天性中的野天鹅啊
你即使负着枪伤
也要横越无遮拦的冬天
不要留恋带栏杆的春色

然而，我的名字和我的信念
已同时进入跑道
代表民族的某个单项纪录
我没有权利休息
生命的冲刺
没有终点，只有速度

## 十

向
将要做出最高裁决的天空
我扬起脸

风啊，你可以把我带去
但我还有为自己的心
承认不当幸福者的权利

## 十一

亲爱的，举起你的灯
照我上路

让我同我的诗行一起远播吧

理想之钟在沼地后面敲响，夜那么柔和

村庄和城市簇在我的臂弯里，灯光拱动着

让我的诗行随我继续跋涉吧

大道扭动触手高声叫嚷：不能通过

泉水纵横的土地却把路标交给了花朵

## 十二

我走过钢齿交错的市街，走向广场

我走进南瓜棚、走出青稞地、深入荒原

生活不断铸造我

一边是重轭、一边是花冠

却没有人知道

我还是你的不会做算术的笨姑娘

无论时代的交响怎样立刻卷去

我的呼应

你仍然能认出我那独一无二的声音

## 十三

我站得笔直

无畏、骄傲，分外年轻

痛苦的风暴在心底

太阳在额前

我的黄皮肤光亮透明

我的黑头发丰洁茂盛

中国母亲啊

给你应声而来的儿女

重新命名

## 十四

把我叫作你的"桦树苗儿"
你的"蔚蓝的小星星"吧,妈妈
如果子弹飞来
就先把我打中
我微笑着,眼睛分外清明地
从母亲的肩头慢慢滑下
不要哭泣了,红花草
血,在你的浪尖上燃烧
…………

## 十五

到那时候,心爱的人
你不要悲伤
虽然再没有人
扬起浅色衣裙
穿过蝉声如雨的小巷
来敲你的彩镶玻璃窗
虽然再没有淘气的手
把闹钟拨响
着恼地说:现在各就各位
去,回到你的航线上
你不要在玉石的底座上
塑造我简朴的形象
更不要陪孤独的吉他
把日历一页一页往回翻

## 十六

你的位置
在那旗帜下
理想使痛苦光辉
这是我嘱托橄榄树
留给你的
最后一句话

和鸽子一起来找我吧
在早晨来找我
你会从人们的爱情里
找到我
找到你的
会唱歌的鸢尾花

# 苏金伞

（1906—1997），河南睢县人。20世纪30年代初开始发表诗作。出版诗集《地层下》《窗外》《入伍》《鹁鸪鸟》《苏金伞诗选》等。曾任河南省文联副主席。

## 埋葬了的爱情

那时我们爱得正苦
常常一同到城外沙丘中漫步
她用手拢起了一个小小坟茔
插上几根枯草，说：
这里埋葬了我们的爱情

第二天我独自来到这里
想把那座小沙堆移回家中
但什么也没有了
秋风在夜间已把它削平

第二年我又去凭吊
沙坡上雨水纵横，像她的泪痕
而沙地里已钻出几粒草芽
远远望去微微泛青
这不是枯草又发了芽
这是我们埋在地下的爱情
生了根

**作者注**：几十年前的秋天，姑娘约我到一个小县城的郊外。秋风阵阵。因为当时我出于羞怯没有亲她，一直遗恨至今！只能在暮年的黄昏默默回想多年以前的爱情。

86岁作于1992年5月27日

（选自《诗刊》1993年第1期）

## 我不知道她的名字

报纸上：
在一群大学生里
醒目地显出一个少女的面容；
文雅的眉宇间，
戴着一副细边眼镜。

她在哭什么？
她头顶的飘带比任何皇冠
都更崇高而神圣。

按年龄她该是我的外孙女，
却在那里痛哭。
我想拽住她的胳膊，
把她扶回家中。
她流满泪水的青春的脸，
多么使我心疼！
我不知道她现在在哪里，
我不知道她的名字。

这是我的孙女,
我要把她扶回家中,
虽然我不知道她的名字。

1989年6月

(选自《诗刊》1993年第1期)

# 朔 望

（1918—1999），原名毕朔望，江苏人。著有诗集《少年心事——一朵花集》等。

## 只 因
——关于一个女革命者的断想

只因一只彩蝶翩然扑到泥里，诗人眼中的世界再不是灰褐色的。

只因一个弱女子的从容死去，沉重的中国大地飞速地转动起来了。

只因当时我没能搭救妈妈，我要学会咬敌人的双手。

只因闺女她是这般死的，老妇人只顾取出长锋毛锥笔，急忙写下几行方
　　正的大字，不发一言。

只因一个好女子的凄然一笑，使我们身边平凡的妻子都妩媚起来。

只因一株玫瑰多刺，所有假正经的屠夫手心里都捏着汗。

只因你牺牲于日出之际，监斩官佩带的勋章上显出了斑斑血迹。

只因你胸前那朵血色的纸花，几千年御赐的红珊瑚顶子登时变得像坏猪
　　肝一般可鄙可笑。

只因你名字里有个"新"字,我们喝道:那厮既提不得,不提也罢,免得污了我的口!

只因敌人在你身上拨动了一根琴弦,使九亿人心头不可抑制地回响起复仇的大音。

只因夜莺的珠喉戛然断了,她的同侣再也不忍在白昼作清闲的饶舌。

只因你的一曲《谁之罪》,使一切有良知的诗人夜半重行审看自己的集子。

只因我们曾眼睁睁容忍你戴着钢手铐而去,今后中国工人将监督社会上每一斤黑色金属的用途。

只因你当日无意乞灵于法律,却为后世中国百姓赢得了第一部社会主义民权大典。

只因你恬静的夜读图,孩子们认识了勇气的来历。

只因你沉思的慧目,中国三代便触电似的悚然于革命者的痛苦、美丽、尊严。

只因你是光明,我们痛恨一切黑暗。

只因你的大苦大难,中华民族其将大彻大悟?!

1979年7月14日
(选自《少年心事——一朵花集》)

# 但　愿

## ——还是张志新的事

但愿——

不要把我颂为天使，也不要写成君子；我是被迫挺身而出无人搭救终于被凌辱被残杀的战士。

但愿——

我能再活一年，牺牲在丙辰清明天安门前；我是一个喜欢同伴、追求热闹的人。

但愿——

我之离去，将不为中国社会制造哪怕一点副作用。但我只能愿而已矣，请原谅我已没有说服别人的机会和力气。

但愿——

不要因我在死牢里还能运用我的才艺把信息传给后世，便忘却多多的连纸笔也求助不得因而更加痛苦的受虐者。

但愿——

别誉我为丹娘、秋瑾、若安·达克；不一样。我是死在似乎是自己人手中的；我还在静候人间何时传来答案。

但愿——

天真善良者不要只顾入神看英雄的塑像，却教那厮跑了。

但愿——

也别再苦苦劝我安息于九泉;——你们该不怕我出声吧!?

1979年9月

（选自《少年心事—— 一朵花集》）

# 唐 欣

（1962— ），西安市人。西北师大毕业。1985年开始发表作品。

## 中国最高爱情方式

我爱她爱了六十年

爱了六十年没说过一句话

我肯定她也爱我

爱了六十年没说过一句话

我们只是邻居

永远只是邻居

我有一种固执的想法

我一开口就会亵渎了她

我知道她也如此

我们只是久久地凝视着

整整六十年没说过一句话


六十年前相爱的人已经老态龙钟

老态龙钟地参加孙子的婚礼

回家就各自想自己的心事

他们互相躲避　互相设防　互相诅咒

他们早已不再相爱

而我们的爱情已经是陈年老酒

纯得透明，醇得透明

我们深深知道

那是致命的爱情呀
一接近它我们就会死去

六十年就这样过去了
我已经老得成了一个孩子
她已经老得成了一个孩子
我们都将不久于人世
我想时候到了,时候到了
那个深夜呀,雪落下来
六十年的雪落下来
我叩响她的木门
我们的头发已经像雪一样
爱情已经像雪一样
她会心地看着我,看着我
我们没有说一句话
炉火熊熊,一切都和想象一样
她取出两杯酒,和想象一样
纯得透明,醇得透明
我们没有说一句话
我们只是久久凝视着
我们深深知道,这是致命的酒
我们将永远睡去
这就是我们的爱情方式
我们没有说一句话

外面的雪还在落,沉重地落下来
盖住屋顶,盖住道路,盖住整个世界
六十年的苍茫大雪呀

# 唐亚平

（1962— ），四川通江县人。四川大学哲学系毕业。著有诗集《月亮的表情》。

## 黑　夜

我的眼睛不由自主地流出黑夜

流出黑夜使我无家可归

在一片漆黑之中我成为夜游之神

夜雾中的光环蜂拥而至

那丰富而含混的色彩使我心领神会

所有色彩归宿于黑夜相安无事

游夜之神是凄惶的尤物

长着有肉垫的猫脚和蛇的躯体

怀着鬼鬼祟祟的幽默回避着鸡叫

我到底想干什么　我走进庞大的夜

我是想把自己变成有血有肉的影子

我是想似睡似醒地在一切影子里玩游

真是个尤物是个尤物是个尤物

我似乎披着黑纱煽起夜风

我是这样潇洒　轻松　飘飘荡荡

在夜晚一切都会成为虚幻的影子

甚至皮肤　血肉和骨骼都是黑色
莫名其妙　莫名其妙　莫名其妙
天空和大海的影子成就了黑夜

1985年

（选自《苹果上的豹·女性诗卷》）


## 黑色沼泽

傍晚是模糊不清的时刻

这蒙昧的天气最容易引起狗的怀疑

我总是疑神疑鬼我总是坐立不安

我披散长发飞扬黑夜的征服欲望

我的欲望是无边无际的漆黑

我长久地抚摸那最黑暗的地方

看那里成为黑色的漩涡

并且以漩涡的力量诱惑太阳和月亮

恐怖由此产生夜一样无处逃脱

那一夜我的隐秘在惊惶中暴露无遗

唯一的勇气诞生于沮丧

最后的胆量诞生于死亡

要么就放弃一切要么就占有一切

我非要走进黑色沼泽

我天生的多疑天生的轻信

我在出生之前就使母亲预感痉挛

噩梦在今晚将透过薄冰

把回忆陷落并且淹没

我要淹没的东西已经淹没

只剩下一束古老的阳光没有征服

我的沉默堵塞了黑夜的喉咙

1985年

（选自《苹果上的豹·女性诗卷》）

## 黑色睡裙

我在深不可测的瓶子里灌满洗脚水

下雨的夜晚最有意味

约一个男人来吹牛

他到来之前我什么也没想

我放下紫色的窗帘开一盏发红的壁灯

黑睡裙在屋里荡了一圈

门已被敲响三次

他进门时带着一把黑伞

撑在屋子中间的地板上

我们开始喝浓茶

高贵的阿谀自来水一样哗哗流淌

甜蜜的谎言星星一样动人

我渐渐地随意地靠着沙发

以学者般的冷漠讲述老处女的故事

在我们之间上帝开始潜逃

捂着耳朵掉了一只拖鞋

在夜晚吹牛有种浑然的效果

在讲故事的时候

夜色越浓越好

雨越下越大越好

1985年

（选自《苹果上的豹·女性诗卷》）

# 汪曾祺

（1920—1997），江苏高邮人。曾在西南联大文学系学习，大学期间即开始发表作品。主要成就在小说创作方面，出版小说集多部。

## 早 春（组诗）

### 彩旗

当风的彩旗，
像一片被缚住的波浪。

### 杏花

杏花翻着碎碎的瓣子……
仿佛有人拿了一桶花瓣撒在树上。

### 早春

（新绿是朦胧的，飘浮在树杪，
完全不像是叶子……）

远树的绿色的呼吸。

### 黄昏

青灰色的黄昏，
下班的时候。

暗绿的道旁的柏树,

银红的骑车女郎的帽子,

橘黄色的电车灯。

忽然路灯亮了,

(像是轻轻地拍了拍手……)

空气里扩散着早春的湿润。

(选自《诗刊》1957年第6期)

# 王 蒙

（1934— ），河北省人。曾任《人民文学》主编及中国作家协会副主席，中华人民共和国文化部部长。有诗集《旋转的秋千》等。

## 失却与追寻

一

似一曲不尽悲歌萦绕在我的心头，
你就是那歌中的最凄凉的音符，
时间令我识破了那么多虚伪丑陋，
心中便只剩下了冷漠与虚无。

往日的一切像一座隆起的坟墓，
我蒙受永远失去你的痛苦，
梦魂若是一叶眷恋江河的扁舟，
就让它载着我飘洋过海把你寻求。

期待着有一天再见到你的倩影，
像冻僵的百灵仍然在歌唱春之树，
向着大地我千声呼唤：你在哪儿？
我的纯真，我的青春，我的爱慕？

## 二

那不就是我么，小小的恩府，这样年轻，
一样的悲哀，一样的心，一样的梦，
一样的善良所以一样的有点软弱啊，
我的儿子，我的未来，我的无穷。

她捉弄你，她嘲笑你，她什么也不给，
就是这样也要去爱，去追，去献出热情，
去爱生活，这就对了，这就是光明。

她浑浊，她肆虐，她吞噬着细小的生命
就这样也要去扬帆，跨鲸出征，破浪乘风，
美丽的小湖以外还有大海汹涌！

她踢打、撕咬、摔你个鼻青脸肿，
就这样也要骑上去，紧握缰绳，
去追赶那颗最明亮的属于你的星星。

喊一声再见，告别那娇嫩的洁净，
来吧，海浪！来吧，太阳！来吧，狂风！
回到这个生我长我的地方，
回到我亲爱的故乡。

（选自《旋转的秋千》）

# 苇 鸣

（1958— ），本名郑炜明，祖籍浙江宁波，1984年毕业于澳门东亚大学中文系，获一级荣誉文学士，1987年获文学硕士学位。曾获香港中文文学创作赛诗组优异奖、陕西省建材杯全国新诗大赛特别荣誉奖、台湾《创世纪》诗杂志四十周年诗创作奖。著有诗集《双子叶》《黑色的沙与等待》《无心眼集》《传说》等。

## 不 是

日落不是日的归隐
月黑不是月的躲避
星黯不是星的殒落
云散不是云的告别
风止不是风的妥协
雨憩不是雨的枯竭
潮退不是海的怯惧
山崩不是地的分裂
岩裂不是石的解体
沙滚不是泥的逃亡

尘定不是尘的休止
土流不是土的移情
花飞不是花的变节
草萎不是草的心灰
树静不是树的沉默

叶飘不是叶的离群

血凝不是血的衰老
泪干不是泪的无情
声嘶不是声的意冷
力竭不是力的倦怠
长眠不是您的死亡
死亡不是您的沉寂
沉寂不是您的投降
我们会等待
无声处
一声惊雷的号令

（选自《新诗三百首》）

## 闻　捷

（1923—1971），江苏丹徒人。1940年到延安，曾在陕北公学学习。新中国成立后历任新华社新疆分社社长、中国作协兰州分会副主席等职。1956年出版诗集《天山牧歌》，引起了广泛的注意。主要作品还有长篇叙事诗《复仇的火焰》等。

### 苹果树下

苹果树下那个小伙子，
你不要、不要再唱歌；
姑娘沿着水渠走来了，
年轻的心在胸中跳着。
她的心为什么跳呵？
为什么跳得失去节拍？……

春天，姑娘在果园劳作，
歌声轻轻从她耳边飘过，
枝头的花苞还没有开放，
小伙子就盼望它早结果。
奇怪的念头姑娘不懂得，
她说：别用歌声打扰我。

小伙子夏天在果园度过，
一边劳动一边把姑娘盯着，
果子才结得葡萄那么大，

小伙子就唱着赶快去采摘。
满腔的心思姑娘猜不着,
她说:别像影子一样缠着我。

淡红的果子压弯绿枝,
秋天是一个成熟季节,
姑娘整夜整夜地睡不着,
是不是挂念那树好苹果?
这些事小伙子应该明白,
她说:有句话你怎么不说?

……苹果树下那个小伙子,
你不要、不要再唱歌;
姑娘踏着草坪过来了,
她的笑容里藏着什么?……
说出那句真心的话吧!
种下的爱情已该收获。

1952年—1954年　乌鲁木齐—北京

(选自《人民文学》1955年第3期)

## 舞会结束以后

深夜,舞会结束以后,
忙坏年轻的琴师和鼓手,
他们伴送吐尔地汗回家,
一个在左,一个在右……

琴师踩得落叶沙沙响，
他说："葡萄吊在藤架上，
我这颗忠诚的心呵，
吊在哪位姑娘辫子上？"

鼓手碰得树枝哗哗响，
他说："多少聪明的姑娘！
她们一生的幸福呵，
就决定在古尔邦节①晚上。"

姑娘心里想着什么？
她为什么一声不响？
琴师和鼓手闪在姑娘背后，
嘀咕了一阵又慌忙追上——

"你心里千万不必为难，
三弦琴和手鼓由你挑选……"
"你爱听我敲一敲手鼓？"
"还是爱听我拨动琴弦？"

"你的鼓敲得真好，
年轻人听见就想尽情地跳；
你的琴弹得真好，
连夜莺都羞得不敢高声叫。"

琴师和鼓手困惑地笑了，

---

① 古尔邦节，即宰牲节。在这一天，伊斯兰教徒要宰羊感谢真主。

姑娘的心难以捉摸到：
"你到底爱琴还是爱鼓？
你难道没有做过比较？"

"去年的今天我就做了比较，
我的幸福也在那天决定了，
阿西尔已把我的心带走，
带到乌鲁木齐发电厂去了。"

# 西 川

（1963— ），生于江苏徐州。北京大学英语系毕业。作品被收入多种诗歌选本。现执教于北京中央美术学院人文学院。

## 巨 兽

那巨兽，我看见了。那巨兽，毛发粗硬，牙齿锋利，双眼几乎失明。那巨兽，喘着粗气，嘟囔着厄运，而脚下没有声响。那巨兽，缺乏幽默感，像竭力掩盖其贫贱出身的人，像被使命所毁掉的人，没有摇篮可资回忆，没有目的地可资向往，没能足够的谎言来为自我辩护。它拍打树干，收集婴儿；它活着，像一块岩石，死去，像一场雪崩。

乌鸦在稻草人中间寻找同伙。

那巨兽，痛恨我的发型，痛恨我的气味，痛恨我的遗憾和拘谨。一句话，痛恨我把幸福打扮得珠光宝气。它挤进我的房门，命令我站立在墙角，不由分说坐垮我的椅子，打碎我的镜子，撕烂我的窗帘和一切属于我个人的灵魂屏障。我哀求它："在我口渴的时候别拿走我的茶杯！"它就地掘出泉水，算是对我的回答。

一吨鹦鹉，一吨鹦鹉的废话！

我们称老虎为"老虎"，我们称毛驴为"毛驴"。而那巨兽，你管它叫什么？没有名字，那巨兽的肉体和阴影便模糊一片，你便难于呼唤它，你便难于确定它在阳光下的位置并预卜它的吉凶。应该给它一个名字,比如"哀愁"或者"羞涩",应该给它一片饮水的池塘,应该给他一间避雨的屋舍。没有名字的巨兽是可怕的:那是一种我们无法驾驭的力量。

一只画眉把国王的爪牙全干掉!

它也受到诱惑,但不是王宫,不是美女,也不是一顿丰饶的烛光晚宴。它朝我们走来,难道我们身上有令它垂涎欲滴的东西?难道它要从我们身上啜饮空虚?这是怎样的诱惑呵!侧身于阴影的过道,迎面撞上刀光,一点点伤害使它学会了呻吟——呻吟,生存,不知信仰为何物;可一旦它安静下来,便又听见芝麻拔节的声音,便又闻到月季的芳香。

飞越千山的大雁,羞于谈论自己。

这比喻的巨兽走下山坡,采摘花朵,在河边照见自己的面影,内心疑惑这是谁;然后泅水渡河,登岸,回望河上雾霭,无所发现亦无所理解;然后闯进城市,追踪少女,得到一块肉,在屋檐下过夜,梦见一座村庄、一位伴侣;然后梦游五十里,不知道害怕,在清晨的阳光里醒来,发现回到了早先出发的地点:还是那厚厚的一层树叶,树叶下面还藏着那把匕首——有什么事情要发生?

沙土中的鸽子,你由于血光而觉悟,
啊,飞翔的时代来临了!

1992年6月

(选自《非非》1992年复刊号)

# 牡 丹

  牡丹是享乐主义之花。它不像玫瑰具有肉体和精神两重性,它只有肉体,就像菊花只有精神。正因为如此,牡丹在开花之前和凋谢之后根本就不存在。刘禹锡诗云:"唯有牡丹真国色,花开时节动京城。"这是一种不得超升的植物,其肉体的魅力难于为人们的肉体所拒绝:富家子弟一向爱其俗丽,平头百姓一向爱其丰腴,是故《白雪遗音》有"牡丹花儿春富贵"之句。此外,该书又有"玉簪轻刺牡丹姣"之辞,这显然是以牡丹象征女性性器。牡丹本为雄性之花,它之所以被改换性别,纯粹出于其自然暗示。为了使牡丹更加符合其"花中之王"的身份,为了向牡丹灌注精神因素,有人特传武则天尝命上苑百花于冬令开放,唯牡丹抗旨不从,被贬东都。可惜牡丹并未受此传奇魔法而摇身一变为玫瑰。牡丹鄙视玫瑰,此其天性。它貌似文艺复兴所需要的花朵,其实不然。

(选自《近景和远景》)

# 向 明

(1928— ),本名董平,湖南长沙人,空军通校毕业,曾赴美研习电子。从事现代诗创作四十余年,为蓝星诗社重要成员之一,曾任《蓝星》诗刊主编,《中华日报》副刊编辑,《台湾诗学》季刊社长,年度诗选编委,新诗学会理事。著有诗集《雨天书》《狼烟》《五弦琴》《青春的脸》《向明自选集》《水的回想》《随身的纠缠》;诗话集《客子光阴诗卷里》;译诗集《来自迦南地的声音——以色列女诗人阿达·阿哈罗丽诗选集》;童诗集《萤火虫》。曾获文协文艺奖章,中山文艺奖,国家文艺奖新诗奖。世界艺术文化学院授以"荣誉文学博士"学位。

## 湘绣被面

### ——寄细毛妹

四只蹁跹的紫燕
两丛吐蕊的花枝
就这样淡淡的几笔
便把你要对大哥说的话
密密绣在这块薄薄的绸幅上了

好耐读的一封家书呀
不着一字
折起来不过盈尺
一接就把一颗浮起的心沉了下去
一接就把四十年睽违的岁月捧住

迟疑久久,要不把封纸拆开
一拆,就怕滴血的心跳了出来
最是展开观看的刹那
一床宽大亮丽的绸质被面
一展就开放成一条花鸟夹道的路
仿佛一走上去就可回家

能这样很快回家就好
海隅虽美,终究是失土的浮根
久已呆滞的双目
真需放纵在家乡无垠的长空
只是,这绸幅上起伏的褶纹
不正是世途的多舛
路的尽头仍然是海
海的面目,也仍
狰狞

**后记**:日前细毛二妹自湖南老家辗转托人带来亲绣被面一幅,未附只字说明,因有感而草作此诗寄之。

1987年8月18日

(选自《新诗三百首》)

# 萧 三

（1896—1983），湖南湘乡人。曾赴法国勤工俭学，回国后积极参加左翼文学运动。新中国成立后，主要从事对外文化交流工作。著有诗集《萧三的诗》《湘笛集》《萧三诗选》等。

## 自题照片赠老柯（仲平）

休看我饱经风霜模样，
一辈子不失赤子心肠。
这时代称什么老？
——老当益壮！
来来来，我和你大声歌唱！

（选自《萧三诗选》）

# 敻 虹

（1940— ），台湾台东人。台师大艺术系毕业。蓝星诗社同仁。著有诗集《金蛹》《敻虹诗集》《红珊瑚》。

## 乡 愁

有时候我的乡愁在
山水画的东部
风雨打着黑伞
童年和妈妈，都埋在
水气山势的东部

有时候乡愁是
中国我读到的一大片土地
妈妈只谈到江南其中的一小城
七斗楼墙垣残断
子孙四散的龙岩

也不是不可能，乡愁有时候是
寒冷萧索的　寂然的
对眸，当人在一万光年外
回首看那太阳系，其中最美丽：
那宝石蓝、翡翠绿、银白
的地球，发光而冉冉

遥不可及……

从记忆,从知觉
到爱:
绵绵的孤独
我的乡愁,谓之。

(选自《台湾现代诗四十家》,人民文学出版社1989年5月第1版)

# 徐 迟

（1914—1996），浙江吴兴人。1931年入东吴大学文学院学习，1932年入燕京大学借读，1933年开始发表作品。出版诗集《最强音》《美丽·神奇·丰富》《战争·和平·进步》《共和国的歌》等。报告文学作品产生过重大反响。曾任《诗刊》副主编等职。

## 江 南

火车在雨下飞奔，
车窗上都是水珠，
模糊了窗外景色。

火车车窗是最好的画框，
如果里面是春雨江南，
那就是世界上最好的画。

清明之后，谷雨之前，
江南田野上的油菜花，
一直伸展到天边。

只有小桥、河流切断它，
只有麦田和紫云英变换它，
油菜花伸展到下一站，下一站。

透过最好的画框，

江南旋转着身子,
让我们从后影看到前身。

1949年

(选自《诗选·三》,人民文学出版社)

# 徐 訏

（1908—1980），北京大学哲学系毕业。20世纪30年代开始文学创作，作品颇丰。主要成就在小说方面。诗集有《待绿集》《进香集》《灯笼集》《时间的去处》等。1950年移居香港。

## 时间的去处

愉快并不在热闹中产生，
忧愁则在静寂中袭来；
空虚常伴着寂寞，
褪独总牵连像悲哀。

痴寻时间的去处，
红的已褪尽绿的已衰，
记忆里是颠簸的过去，
想象中也无安详的未来。

长记平静的世界中
年年的春天都望花开；
如今满树的深紫浓黄，
也无人有诚意来采。

此处已无真诚的笑容
热闹的都市荒凉如海；

饿狗与饥鹰争食,
野狼与狡狐夺爱。

念多少的血流染红土地,
历史是弱肉强食的记载,
且待风暴掀起狂涛,
看哪一颗灯光还可以存在?

1953年5月22日

## 夜窗诗钞(四章)

### 岁月的哀愁

悠悠的白云载来了岁月的哀怨,
耿耿的长夜未掩去人间的烦恼;
多少窗前的花朵都在自开自谢,
萧萧庭院的落叶无人理扫。

一切喧哗的宴会我已一一谢绝,
无数热闹的应酬我也前后避逃;
短促的人生我过着数不尽的日子,
对渺茫的前途我也无心祈祷。

问锦舟华车的来去谁迟谁快,
轻歌曼舞的角逐谁晚谁早?
这些浮华的生命我从未关心,

唯我疲倦的心在崎岖的梦境里颠倒。

所有我住过的地方你都未去过,
一切你去过的地方我已先到,
你告诉我的新奇的故事我已经阅历,
我经过的复杂的人生你从未知道。

那么莫信风雨不会摇落你院前的菩提,
温和的阳光不会焦枯你园里的青草,
自然安排了一切鲜艳都要褪色;
一切花要谢,一切青春都要衰老。

## 故居

在燕子飞去前,燕子飞来后,我无时不劝你远行,
等莲花开了,莲花谢了,我还是叫你莫留恋故居,
长长的路途弯弯的河流哪里没有大城小城?
哪一个大城哪一个小城里没有旧云旧雨?

但是你偏要守你荒芜的庭院,
说庭前有你熟识的莺歌燕语;
而今梁间的燕巢里躲着蝙蝠,
翠绿的树梢也被凶残的乌鸦占据。

不要说多少的高墙低垣都已圮坍,
残砖破瓦阻塞了你门外的街衢,
青蝇苍蚊在腥浊的空气中飞翔,
蛇蝎死鼠填塞了奇臭的沟渠。

但是你还信附近总还有亲友,
他们也会苦守自己的旧居,
可是泥屋茅舍的炉灶久冷,
山边的豺狼咬着饥饿的男女。

你说那么郊外总有厚谊的花草,
会忍耐奢侈的风与浪费的雨,
可是花草早成飞鸟的粮食,
毒蛇窥伺着饿禽的来去。

在鸥鹬飞去前,鸥鹬飞来后,我还是劝你远行,
等寒梅开了,寒梅谢了,我还叫你莫留恋故居,
但是你说要期待乌鸦唱出美丽的曲调,
还要痴等豺狼的夜啸变成高贵的诗句。

## 中年的心境

过去我在茫茫的平地奔跑,
曾立志要登积雪的山顶;
如今在浓雾浊云的山峰上,
疲倦空虚包围我唯一的人影。

回望山腰的残雪上面,
多少人在踏着我的脚印,
骄傲而自得地回顾大地,
像已经步入了灿烂的青云。

而我前面山坡下的树林,
里面浮荡着淡淡的人影,

他们不断地回顾山峰,
勉强地走着崎岖的路径。

我顿悟到我已在最高峰上,
望见了来处,也看到了前程,
我发现多少路我曾经走错,
还浪费过多少时间与多少生命。

我见到我无知的骄傲与狂妄,
我轻率与任性的感情,
我怎么样相信自己的意志,
而没有看重人间的命运。

我还为功利的追逐,
疏忽了真正的爱情,
妄信他人歪曲的理论,
虚掷了宝贵的光阴。

但我已无法重踱旧路,
错误与悲剧不会在忏悔中重新,
在疲倦空虚的云雾中,
我细味到我初入中年的心境。

## 雨

如诉的雨,
如泣的雨;
门前的雨,
窗下的雨,

雨深锁着，
我寂寞的故居。

如丝的雨，
如麻的雨；
闪光的雨，
发亮的雨；
雨飘摇着
我辜负了的过去。

如忆的雨，
如梦的雨；
小巷的雨，
大街的雨；
雨想象过
我多少旧侣。

如珠的雨，
如晶的雨；
池中的雨，
湖上的雨；
雨安排过
我不解的际遇。

如诉的雨，
如泣的雨，
楼头的雨，
院中的雨；

雨中有乡愁
混合着忧虑。

如雾的雨，
如烟的雨；
清晨的雨，
深夜的雨；
雨打断过
我多少梦中呓语。

如愁的雨，
如悔的雨；
山前的雨，
海上的雨；
雨灌溉着
我哀怨的诗句。

## 痖 弦

（1932—　），河南南阳人。美国威斯康辛大学毕业，文学硕士。台湾创世纪诗社发起人之一。著有诗集《痖弦诗集》。

### 野荸荠

送她到南方的海湄
便哭泣了
野荸荠们也哭泣了

不知道马拉尔美哭泣不哭泣
去年秋天我曾在
　一本厚书的第七页上碰见他
他没有说什么
野荸荠们也没有说什么

高克多的灵魂
住在很多贝壳中
拾几枚放在她燕麦编的帽子里
小声问她喜爱那花纹不
又小声问野荸荠们喜爱那花纹不

裴多菲到远方革命去了
他们喜爱流血
我们喜爱流泪

野荸荠们也喜爱流泪

而且在南方的海湄
而且野荸荠们在开花
而且哭泣到织女星出来织布

1957年2月2日

## 忧　郁

蕨薇生在修道院里
像修女们一样，在春天
好像没有什么忧郁
其实，也有

我曾在
跳在桌子上狂舞的
葡萄牙水手的红色须瓣里
发现忧郁
和粗糙的苧麻绳子编在一起

一个红歌女唱道
我快乐得快要死了
她嬉笑。忧郁就藏在
曼陀铃的弦子上
虽然，她嬉笑

傍晚时候主妇们关门

忧郁衔着羊子们的尾巴

进了栏栅

又锁着婴儿的眼睛

四瓣接吻的唇

夹着忧郁

像花朵

夹着

整个春天

是的，尤其在春天

我就想到

一些蔷薇，一些水手

一些曼陀铃

一些关着的门扉

一些忧郁

只有忧郁没有忧郁

是的，尤其在春天

没有忧郁的

只有忧郁

1957年7月5日

## 红 玉 米

宣统元年的风吹着

吹着那串红玉米

它就在屋檐下
挂着
好像整个北方
整个北方的忧郁
都挂在那儿

犹似一些逃学的下午
雪使私塾先生的戒尺冷了
表姊的驴儿就拴在桑树下面

犹似唢呐吹起
道士们喃喃着
祖父的亡灵到京城去还没有回来

犹似叫哥哥的葫芦儿藏在棉袍里
一点点凄凉,一点点温暖
以及铜环滚过岗子
遥见外婆家的荞麦田
便哭了

就是那种红玉米
挂着,久久地
在屋檐底下
宣统元年的风吹着

你们永不懂得
那样的红玉米
它挂在那儿的姿态

和它的颜色

我的南方出生的女儿也不懂得

凡尔哈伦也不懂得

犹似现在

我已老迈

在记忆的屋檐下

红玉米挂着

一九五八年的风吹着

红玉米挂着

1957年12月19日

## 上　校

那纯粹是另一种玫瑰

自火焰中诞生

在荞麦田里他们遇见最大的会战

而他的一条腿诀别于一九四三年

他曾经听到过历史和笑

什么是不朽呢

咳嗽药刮脸刀上月房租如此等等

而在妻的缝纫机的零星战斗下

他觉得唯一能俘虏他的

便是太阳

1960年8月26日

## 坤 伶

十六岁她的名字便流落在城里
一种凄然的韵律

那杏仁色的双臂应由宦官来守卫
小小的髻儿啊清朝人为他心碎

是玉堂春吧
（夜夜满园子嗑瓜子儿的脸！）
"苦啊……"
双手放在枷里的她

有人说
在佳木斯曾跟一个白俄军官混过

一种凄然的韵律
每个妇人诅咒她在每个城里

1960年8月26日

## 如歌的行板

温柔之必要
肯定之必要

一点点酒和木樨花之必要

正正经经看一名女子走过之必要

君非海明威此一起码认识之必要

欧战，雨，加农炮，天气与红十字会之必要

散步之必要

遛狗之必要

薄荷茶之必要

每晚七点钟自证券交易所彼端


草一般飘起来的谣言之必要。旋转玻璃门之必要。

盘尼西林之必要。暗杀之必要。晚报之必要

穿法兰绒长裤之必要。马票之必要

姑母遗产继承之必要

阳台、海、微笑之必要

懒洋洋之必要


而既被目为一条河总得继续流下去的

世界老这样总这样——

观音在远远的山上

罂粟在罂粟的田里

1964年4月

## 严 阵

（1930— ），山东莱阳人，1954年发表长诗《老张的手》，引起注意。著有诗集《江南曲》《琴泉》《竹矛》《严阵抒情诗选》等。曾任中国作协安徽分会副主席，《诗歌报》主编。

### 凡是能开的花，全在开放（外二首）

凡是能开的花，全在开放；
凡是能唱的鸟，全在歌唱。

1956年9—10月

### 飞吧，鸽群

飞吧，鸽群，按照自己的心意，
我的祖国把所有的天空全交给你，
能对你说出这句话，我多么自豪，
祖国啊，是你给了我这种权利！

1956年8—10月

## 登上最高的山顶

登上最高的山顶,透过茫茫的云海,
祖国所有的山峰,都在眼前展开,
它起起伏伏,直伸到千万里外,
像被一张巨犁所翻起的无数土块。

真像曾经有人撒过种子啊,
真像曾经有犁儿将它耕耘过,
看,所有的果子全都熟透了,
正等着我们这一代把它收获。

1956年9月
(选自《诗刊》1957年第1期)

# 伊 蕾

（1951—2018），原名孙桂珍，天津人。著有诗集《爱的火焰》《爱的方式》《独身女人的卧室》等。

## 我的肉体

我是深深的岩洞
渴望你野性之光的照射
我是浅色的云
铺满你僵硬的陆地
双腿野藤一样缠绕
乳房百合一样透明
脸盘儿桂花般清香
头发的深色枝条悠然荡漾
我的眼睛饱含露水
打湿了你的寂寞
大海的激情是有边沿的
而我没有边沿
走遍世界
你再也找不到比我更纯洁的肉体
我的肉体，给你的财富
又让你挥霍
我的长满青苔的皮肤足可抵御风暴
在废墟中永开不败

## 黄果树大瀑布

白岩石一样
　　砸
　　下
　　来
砸碎大墙下款款的散步
砸碎"维也纳别墅"那架小床
砸碎死水河那个幽暗的夜晚……
砸碎那尊白蜡的雕像
砸碎那座小岛，茅草的小岛
砸碎那段无人的走廊
砸碎古陵墓前躁动不安的欲念
砸碎重复了又重复的缠绵失望
砸碎沙地上那株深秋的苹果树
砸碎旷野里那幅水彩画
砸碎红窗帘下那把流泪吉他
砸碎海滩上那迷茫中短暂的彷徨

把我砸得粉碎粉碎吧
我灵魂不散
要去寻找那一片永恒的土壤
强盗一样去占领、占领
哪怕像这瀑布
千年万年被钉在
　　悬
　　崖
　　上

# 袁水拍

参看303页。

## 西双版纳之夜

十三条壁虎把守着四墙,
美人蕉探进了开着的窗,
满院里月光大雨一般下,
枕边颤抖着一万对翅膀。

芭蕉的阔叶盖严了大地,
剑麻的钢锋刺破了天空,
澜沧江翻着筋斗往前冲,
花香把剩下的空间填充。

节日的铓锣没有断过声,
百丈的焰火等待着飞升。
听不见竹楼边笛子低语,
一双金鹿闯进猎人的梦。

11月末　昆明

## 西双版纳的空气

明月下的细雨,
雾也似的轻;
茶山上的大雾,
雨也似的冷。

西双版纳的空气呀,
拧得出水和养分,
它滋润着:
高高的椰子,
低低的香蕉,
半空中大青树的根。

西双版纳的空气呀,
是一件稀有的结晶,
它的每一毫升里含有
七十七种虫声,
七百七十种花香,
七千七百种绿叶上的光和影!

11月末,昆明

## 依 娟 红

柔波一样的手臂，
丝带一样的腰身，
流星一样的眼睛，
将要说话的嘴唇。

浴于澜沧江的孔雀，
寻找着人间的爱情；
泼水节赶摆的少女，
歌颂边疆岁熟年丰。

竹笛悠扬，铓锣嗡嗡，
筒裙如水，云鬓蓬松，
榕树下各族观众争着，
妖娆起舞依娟红[①]。

10月下旬，小勐仑

---

[①] 依娟红，西双版纳傣族自治州文工团团员，参加演出《双人孔雀舞》《赶摆》《依拉罕》等节目，和其他演员一起，受到了群众的欢迎。

# 余光中

（1928—2017），福建永春人。台湾大学外文系毕业，爱荷华大学硕士。蓝星诗社发起人之一。著有诗集《舟子的悲歌》《记忆像铁轨一样长》《白玉苦瓜》《余光中诗选》等。

## 春天，遂想起

春天，遂想起
江南，唐诗里的江南，九岁时
采桑叶于其中，捉蜻蜓于其中
（可以从基隆港回去的）
江南
小杜的江南
苏小小的江南

遂想起多莲的湖，多菱的湖
多螃蟹的湖，多湖的江南
吴王和越王的小战场
（那场战争是够美的）
逃了西施
失踪了范蠡
失踪在酒旗招展的
（从松山飞三个小时就到的）
乾隆皇帝的江南

春天，遂想起遍地垂柳
的江南，想起
太湖滨一渔港，想起
那么多的表妹，走在柳堤
（我只能娶其中的一朵！）
走过柳堤，那许多的表妹
就那么任伊老了
任伊老了，在江南
（喷射云三小时的江南）

即使见面，她们也不会陪我
陪我去采莲，陪我去采菱
即使见面，见面在江南
在杏花春雨的江南
在江南的杏花村
（借问酒家何处）
何处有我的母亲

复活节，不复活的是我的母亲
一个江南小女孩变成的母亲
清明节，母亲在喊我，在圆通寺

喊我，在海峡这边
喊我，在海峡那边
喊，在江南，在江南
多寺的江南，多亭的
江南，多风筝的
江南啊，钟声里

的江南
（站在基隆港，想——
想回也回不去的）
多燕子的江南

> 1962年4月29日午夜

## 民　歌

传说北方有一首民歌
只有黄河的肺活量能歌唱
从青海到黄海
风　也听见
沙　也听见

如果黄河冻成了冰河
还有长江最最母性的鼻音
从高原到平原
鱼　也听见
龙　也听见

如果长江冻成了冰河
还有我，还有我的红海在呼啸
从早潮到晚潮
醒　也听见
梦　也听见

有一天我的血也结冰
还有你的血他的血在合唱
从A型到O型
哭　也听见
笑　也听见

$\qquad\qquad\qquad\qquad\qquad$ 1960年12月18日


## 乡　愁

小时候
乡愁是一枚小小的邮票
我在这头
母亲在那头

长大后
乡愁是一张窄窄的船票
我在这头
新娘在那头

后来啊
乡愁是一方矮矮的坟墓
我在外头
母亲在里头

而现在
乡愁是一湾浅浅的海峡

我在这头
　　　大陆在那头
　　　　　　　　　　　1961年1月21日


## 白玉苦瓜

### ——台北"故宫博物院"所藏

　　似醒似睡，缓缓的柔光里
　　似悠悠醒自千年的大寐
　　一只瓜从从容容在成熟
　　一只苦瓜，不再是涩苦
　　日磨月磋琢出深孕的清莹
　　看茎须缭绕，叶掌抚抱
　　哪一年的丰收像一口要吸尽
　　古中国喂了又喂的乳浆
　　完美的圆腻啊酣然而饱
　　那触角，不断向外膨胀
　　充实每一粒酪白的葡萄
　　直到瓜尖，仍翘着当日的新鲜

　　茫茫九州只缩成一张舆图
　　小时候不知道将它叠起
　　一任摊开那无穷无尽
　　硕大似记忆母亲，她的胸脯
　　你便向那片肥沃匍匐
　　用蒂用根索她的恩液

苦心的悲慈苦苦哺出
不幸呢还是大幸这婴孩
钟整个大陆的爱在一只苦瓜
皮靴踩过，马蹄踩过
重吨战车的履带踩过
一丝伤痕也不曾留下

只留下隔玻璃这奇迹难信
犹带着后土依依的祝福
在时光以外奇异的光中
熟着，一个自足的宇宙
饱满而不虞腐烂，一只仙果
不产在仙山，产在人间
久朽了，你的前身，唉，久朽
为你换胎的那手，那巧腕
千晞万睐巧将你引渡
笑对灵魂在白玉里流转
一首歌，咏生命曾经是瓜而苦
被永恒引渡，成果而甘

1974年2月11日

## 乡愁四韵

给我一瓢长江水啊长江水
酒一样的长江水
醉酒的滋味

是乡愁的滋味
给我一瓢长江水啊长江水

给我一张海棠红啊海棠红
血一样的海棠红
沸血的烧痛
是乡愁的烧痛
给我一张海棠红啊海棠红

给我一片雪花白啊雪花白
信一样的雪花白
家信的等待
是乡愁的等待
给我一片雪花白啊雪花白

给我一朵蜡梅香啊蜡梅香
母亲一样的蜡梅香
母亲的芬芳
是乡土的芬芳
给我一朵蜡梅香啊蜡梅香


## 堤 上 行

——赠罗门之一

一道白堤界分了水蓝的世界
里面是淡水湖,外面是海

淡的是香港四月的雨水

咸的是中国悠悠的海波

衬着远去的渡船

为你照一张堤上的立姿

带回岛上给蓉子

告诉她：右颊的湖光

是三十年的友情淡而永

左颊的海色

是五千年的乡情咸而浓

　　　　（选自台湾《联合报》1984年5月1日）

# 于 坚

（1954— ），云南大学中文系毕业。曾与人合编诗刊《他们》。著有诗集《对一只乌鸦的命名》《诗六十首》，是"第三代诗歌"的代表诗人之一。

## 尚义街6号

尚义街6号是男性大学生宿舍
法国式的黄房子
老吴的裤子晾在二楼
喊一声
胯下就钻出一个戴眼镜的脑袋
隔壁的大厕所
天天清早排着长队
我们往往在黄昏光临
像一群涌进罐头盒的鱼
打开烟盒　打开许多天的心事
墙上钉着于坚的画
许多朋友不以为然
他们只认识梵·高
桌上摊开范小明的手稿
那些字乱七八糟
这个家伙总是提审似的盯住你
我们不能说他好又不能说他坏
只好说得朦胧

像一首时髦的诗
鲍光的皮鞋压着费佳佳的胶鞋
脚趾头裹着老吴的枕巾
他已经成名了
有一本蓝皮的作协会员证
他常常躺在上边
告诉我们应当怎样穿鞋
怎样漱口　怎样拖地板
怎样炒鸡丁　怎样午睡　怎样搜集素材
在这没有女人味的房间
童男子们经常老练地谈着女人
偶尔有裙子们进来
我们就恭敬地起立
那时候我们都渴望钻进一条裙子
又一肯弯下腰去
有些日子天气不好
我们就攻击费佳佳的诗歌
后来他摸摸钱包
支支吾吾　说想请我们去吃
八张嘴马上笑嘻嘻地站起
那是智慧的年代
许多谈话　如果录音
可以出一本名著
那是热闹的年代
许多脸都在老吴家出现
今天你去城里问问
他们都大名鼎鼎
一些人成名了

一些人结婚了
一些人要去西部
老吴也要走
大家骂他装样
心中惶惶不安
老吴　你走了
今晚我去哪里混饭
恩恩怨怨　吵吵嚷嚷
大家终于走散
只剩下一张空地板
像一张旧唱片再也不响

后来，在世界的另一些地方
我们常常提到尚义巷6号

## 俞心焦

（1968— ），中学毕业后即开始写诗，有自编诗集《灵魂大面积降临》。

### 时光拍打着城市与村庄

暮色四起　谁来到我的孤独中将不再孤独
谁来到我的痛苦中将获得幸福
你们在走向我了吗
你们被城市阻挡了吗
你们寻寻觅觅的目光终将被高楼的玻璃
轻轻击碎
高楼的栏杆形同虚设
橄榄枝已枯萎在一个贫穷的青年画家手上
而一群群鸽子真的在为火药奔忙
高楼　高楼
如果仅仅是衣裳被风吹落
怎么会如此猛烈
水泥地上红光四溅
这是谁生命中最黑暗的时刻

城市尘埃万里　只有垃圾日益华贵
当我身上的污垢也能净化灵魂
奇迹仍然遥远

那么我能早早息怒吗
就像这个夜晚
我能在远征的诗篇中把火炬早早熄灭吗
我能推卸对世界的责任而早早死去吗
我只能早早预言
早早准备
瞬间或永恒　初始或终极
我只能允诺
在确保明天的太阳刺穿阴霾之前
先让我把切身的事物——歌颂或轻轻击碎

就像牢狱给人类带来自由
什么时候我的自私给众生带来利益
什么时候我枝繁叶茂
确保整个民族在炎炎夏日的荫凉
而在远方
西方
一场猝然的
雪崩
使多少贞洁丧失
我们的斗志呢
当雄鹰重又飞临青春之林
我遍地迎风展开的灰烬生机蓬勃

在苦难岁月　性灵与忠诚永不止息
对真理和永恒女性的爱永不止息
幽幽山脉之光
诗意的思想将长期使用我的大脑

梦幻的幸福芭蕾将从舞台进入现实

童话将复活于垂暮的晚年

即使是哑巴

也要把新的歌谣唱起来

即使是瞎子　也要秉烛夜读

即使双耳失聪

也要倾听天籁与海浪的和弦

甜美的海上月出诱导我船帆夜行

遥远的星辰之光

海平线上轻纱一样的时间

上升到天庭成为神的表情

我们要密切关注时间的变化

我们活着　时间已经不多

它不能像一盘带皮的水果被任意剥削

在婴儿的小嘴里时间充满乳味

但只有死者才能拥有无限量的时间

但只有生命才是时间的本质


一旦回到岸上

我就要爱

带着巨大的远洋气候我已足够爱你一生

在这充满了鱼　蛙声和打碗花的地方

水草和稻田掀起整个夏夜星空

我的爱是具体的

我甚至可以说出你的名字

神灵　你看看　我已经说出你的名字

我的现实远于你们的梦境

真实是梦境胸脯上的钻石和女性之光

谎言才是现实更可靠的出路
出于善哉与美妙　神圣的谎言

我已没有品格
我的品格已被黄金收藏
我已没有脾气　我的脾气已被春雷夺走
我已没有习惯
我的习惯在四季的变换中
在日月的轮回和潮汐的涨落之中
我失去自己却拥有万物的精灵
我就凭借这些　要召唤　并且提高你们

人类
多少生命
多少写法　皆随烟雨飘逝
从未有人像我这样活过　永远活着
像我这样写诗
永远倾向光明的言辞

重要的日子将由百合作永久纪念
北斗星下的七座校园将永远向往我的南方讲坛
他们要我传授
却从不希望我开口
我的沉默是诗歌至深的回响和律令
是甘霖在天
全部的苦难被半只月亮深深照耀
在波光粼粼中讲述家园　遗漏尘沙细节
这是我家园的隐私　无法辨识

我的现实远于你们的梦境

而我的梦境　仿若雨巷匆匆过客

仿若何处曾经相逢

仿若身在荒岛　心向燕园

我的心头大恨　满天春泥无人深耕

既然学术中也有恩怨

温柔乡也有暴行

既然已经没有比谎言更真实之物

从此谁相信自己　谁就要敢于冒险


清晨　太阳升起　我走出山谷

河流奔腾　我大汗淋漓

尘土为什么上升

雷电为什么投奔人世

我曾经跌落在灌木丛　惊走鸟雀

小船跌落在水面　河湾底下的马尾松

大群红鱼留下一片火海

因此庭院深深

你们看到竹篾上的酒曲

那是热情的火海的灰烬

它使黄昏醉意顿起

我迷恋此情此景　当夕阳西下

我回到内心　坐下来慢慢写作

站立一天终于坐下来

我坐下来爱你　从容不迫


劳作者　深切的劳作

任何健康　英勇　百倍的蜜意柔情

都有它沉痛阴郁的大背景
它逼迫着扑向我们的现代气息
甚至逼迫古典的镰刀
让我们知道　太早的收割使明月残缺
永不变换的外衣逼迫着青春体魄
零星闪闪　这不仅仅是老人在窥视
黑夜之土啊
拾穗之手依然一片空茫

如果此刻大雪降临
我们还敢不把话说白吗
星光之野涨落不息
我们还能不激动吗
大雪降临　原野起伏　少女们不仅歌唱
而且用透明的舞蹈向世界奉献美与更美
我们还不敢把深藏的山峰耸立起来吗
跋涉　登攀　摇撼天梯或天桥
如果在高处不能爱　不能更高的爱
我何惜光朝深渊　何惧粉身碎骨
大风呜呜四起
把我全身心散布在深邃梦境

散布冬日大雾　这种知故常新的物质
是我被埋没的音乐和哲理的底气
是风暴破土而出　大雾迅疾向前
被自身洁白的愿望所驱赶
我们跑　跳跃　我们在翅膀前面飞翔
我们没有时间去死

我们真的没有时间去死

全部的时间只能用来生活

好好生活

全人类团结起来　捏成男女两人

在黑暗窗口深深拥抱

爱啊　只是爱　只是无边无际的爱


树下的窥视者　请勿惊动我们


天若有情　请勿惊动我们

甜甜木屋　安置着小小布裙的口粮

我的排山倒海的情感的细粮

我渴望的妻子　迟迟未婚的妻子

和半只月亮坐在七巧板上

她不知道　窗外正是税务之春

兵役之春　工商和中央银行之春

多少次衣裳高高吹落

水泥地上多少次红光四溅

小市民盲目　麻木　在长街匆匆滑行

这是城市　城市

高楼　高楼　高楼

高楼　高楼　高楼

高楼　高楼　高楼

每一个窗口都用来博览经济

这空中医院　每一只眼睛都只是看病

永远看不到篱笆　红领巾和狗

看不到兰花　山摇和廉洁的地主

每一只眼睛永远只是看病

这小心翼翼的袖珍生活
一粒一粒从巨人的手掌中漏下
这广大的袖珍群众
这病　永远不可救药

我要讲述的依然是月光下的家园
那拂袖绝尘的众神　最后的心焦和心骄
最后手持玫瑰的教育生涯
手持玫瑰勘察地质
手持玫瑰访贫问苦
继续勘察天机　水利和南北交通
内战　外战和一纸空文
最后手持玫瑰积劳成疾
最后潮水的爱戴　敬仰　人心向善
我要谱写的依然是神曲
生死依依　但我预言的星辰永不破灭
最后我们手持玫瑰走向烽烟战场

（选自俞心焦长诗《召唤》）

## 臧克家

参看463页。

### 有 的 人
——纪念鲁迅有感

有的人活着
他已经死了；
有的人死了
他还活着。

有的人
骑在人民头上："呵，我多伟大！"
有的人
俯下身子给人民当牛马。

有的人
把名字刻入石头，想"不朽"；
有的人
情愿作野草，等着地下的火烧。

有的人
他活着别人就不能活；
有的人

他活着为了多数人更好地活。

骑在人民头上的，
人民把他摔垮；
给人民作牛马的，
人民永远记住他！

把名字刻入石头的，
名字比尸首烂得更早；
只要春风吹到的地方，
到处是青青的野草。

他活着别人就不能活的人，
他的下场可以看到；
他活着为了多数人更好地活着的人，
群众把他抬举得很高，很高。

1949年11月1日于北京

（选自《臧克家诗选》，作家出版社1978年11月版）

## 曾 卓

参看475页。

### 有 赠

我是从感情的沙漠上来的旅客,
我饥渴,劳累,困顿。
我远远地就看到你窗前的光亮,
它在招引我——我的生命的灯。

我轻轻地叩门,如同心跳。
你为我开门。
你默默地凝望着我
(那闪耀着的是泪光么?)

你为我引路,掌着灯。
我怀着不安的心情走进你洁净的小屋,
我赤着脚,走得很慢,很轻,
但每一步还是留下了灰土和血印。

你让我在舒适的靠椅上坐下,
你微现慌张地为我倒茶,送水。
我眯着眼——因为不能习惯光亮,
也不能习惯你母亲般温存的眼睛。

我的行囊很小，
但我背负着的东西却很重，很重，
你看我的头发斑白了，我的背脊佝偻了，
虽然我还年轻。

一捧水就可以解救我的口渴，
一口酒就使我醉了，
一点温暖就使我全身灼热。
那么，我能有力量承担你如此的好意和温情么？

我全身颤栗，当你的手轻轻地握着我的，
我忍不住啜泣，当你的眼泪滴在我的手背。
你愿这样握着我的手走向人生的长途么？
你敢这样握着我的手穿过蔑视的人群么？

在一瞬间闪过了我的一生，
这神圣的时刻是结束也是开始，
一切过去的已经过去，终于过去了，
你给了我力量、勇气和信心。

你的含泪微笑着的眼睛是一座炼狱，
你的晶莹的泪光焚冶着我的灵魂，
我将在彩云般的烈焰中飞腾，
口中喷出痛苦而又欢乐的歌声……

1961年11月

（选自《白色花》，人民文学出版社1981年版）

## 悬岩边的树

不知道是什么奇异的风
将一棵树吹到了那边——
平原的尽头
临近深谷的悬岩上

它倾听远处森林的喧哗
和深谷中小溪的歌唱
它孤独地站在那里
显得寂寞而又倔强

它的弯曲的身体
留下了风的形状
它似乎即将倾跌进深谷里
却又像是要展翅飞翔……

1970年

（选自《诗刊》1979年第9期）

# 翟永明

（1955— ），四川成都人。出版诗集《女人》。代表作有组诗《女人》《静安庄》等。

## 渴　望

今晚所有的光只为你照亮
今晚你是一小块殖民地
久久停留，忧郁从你身体内
渗出，带着细腻的水滴

月亮像一团光洁芬芳的肉体
酣睡，发出诱人的气息
两个白昼夹着一个夜晚
在它们之间，你黑色眼圈
保持着欣喜

怎样的喧嚣堆积成我的身体
无法安慰，感到有某种物体将形成
梦中的墙壁发黑
使你看见三角形泛滥的影子
全身每个毛孔都张开
不可捉摸的意义
星星在夜空毫无人性地闪耀
而你的眼睛装满

来自远古的悲哀和快意

带着心满意足的创痛
你优美的注视中，有着恶魔的力量
使这一刻，成为无法抹掉的记忆


## 秋　天

你抚摸了我
你早已忘记

在秋天，空气中有丰盛的血液
一只鸟和我同时旋转
正午的光突然倾泻
倒在我的怀抱
我没有别的天空像这样出其不意
仰面朝向一个太阳
或者发抖，想着柔软的片刻
树都默默无声，静静如吻
如无力的表情假装成柔顺

羊齿植物把绿色汁液喷射天空
三叶草的芬芳使我作呕
秋叶飘在脸颊上
一片已尝到甜蜜的叶子睥睨一切

现在才是另一只手出现的时候
像种种念头,最后有不可企及的疼痛
我微笑像一座废墟,被光穿透
炎热使我闭上眼睛等待再一次风暴
声音、皮肤、流言
每个人都有无法挽回的黑暗
它们就在你的手上

你抚摸了我
你早已忘记

(选自《新诗三百首》)

## 独 白

我,一个狂想,充满深渊的魅力
偶然被你诞生。泥土和天空
二者合一,你把我叫作女人
并强化了我的身体

我是软得像水的羽毛体,
你把我捧在手上,
我就容纳这个世界。
穿着肉体凡胎,在阳光下
我是如此炫目,使你难以置信

我是最温柔最懂事的女人

看穿一切却愿分担一切
渴望一个冬天，一个巨大的黑夜
以心为界，我想握住你的手
但在你的面前我的姿态就是一种惨败

当你走时，我的痛苦
要把我的心从口中呕出
用爱杀死你，这是谁的禁忌？
太阳为全世界升起！我只为了你
以最仇恨的柔情蜜意贯注你全身
从脚至顶　我有我的方式

一片呼救声，灵魂也能伸出手？
大海作为我的血液就能把我
高举到落日脚下，有谁记得我？
但我所记得的，绝不仅仅是一生！

（选自《大陆当代女诗人小集》）

# 张士甫

（1946— ），生于徐州。1965年高中毕业。现为徐州灯泡厂仓库保管员。诗集《幽会在马尾松下》获台湾1993"第一本诗集"奖。

## 幽幽小巷

那在老屋和老屋的缝隙里绵延的小巷怎样了
最初的几个词是在那儿写在星光里
扩展在春天诗歌太阳里
我真喜欢那个年代姑娘是一个概念
很空洞怎么解释都行小男孩的性欲
不是生胡萝卜倒像隐晦的芍药就像走进麦田
收获的不是麦子是麦子的辽远

记得那悠远的一天我读到黎明的通知
听到布谷的第一声啼叫
它来自哪个出版社却不知晓

打开鸡埘的少女是一只白鸽留下终生印象
比希望还难释放凭可靠的听力
从汹涌着波涛的海上黎明从东方来
那时晨曦风琴般轰响那时我和蜜蜂都从属于一只海螺

阻止着无尽光明的只有远天的一丝丝乌云

可能还有草叶集中的草叶

巷口古老的刺楸卖栀子花的婆婆

我的脑壳装满一个七月

把世界投入烧石灰的窑把红高粱也灼伤了

树荫成为阴影的鱼女人匆匆逃亡

夹竹桃比画家还疯企图把自己嫁给人生

人在曝晒而水却稀少以至到处漫延着寂寥

诗人不再充当巫师黎明已成为历史

他已躲往葡萄沟不是酿酒

是从枯萎的葡萄叶体味摩尼教的戒律

和白兰瓜一起改造灵魂苦苦思索不是诗的诗歌

直到以为那才叫诗别的都不是

那工程让沙漠平静得发抖树有马头琴的忧愁

（选自台湾《现代文学》）

## 爱情诗第一首

我已把广场等成原始时代的原野

子规在灌木中啼叫

第一抹熹微应当伴随一位汲水的村女

从歪歪斜斜的黄土路走来

焦躁是欢乐和夏天联合发出的请柬无法放在身边

不时想起她在梦中投来的木瓜

风吹动云彩掠过扇面的阴影

她若不来日子像一只扔弃的空酒瓶
痛苦就透支了但她走来了
怀抱中的陶罐盛的不是水是失眠者的睡眠
树和鸟儿的兴奋剂一架肉体之下测量噪音的装置
酣甜的宁静中火车头的轰隆声

她穿的什么我没看见那衣服裹着黑洞
收容了人类的早霞和晚霞古老的计时器滴漏的无尽流沙
手是瓷瓶来自烧宋瓷的窑

我是在那个片刻理解了恐惧没走过去
不想同时看见一千具死尸和岁月昂贵的恩赐——
一只拥有无边春天的燕子

（选自台湾《现代诗》1993年第7期）

# 郑愁予

（1933— ），原籍河北。中学时代开始发表作品。曾入爱荷华大学写作班，获艺术硕士学位。出版诗集《梦土上》《窗外的女奴》《郑愁予诗集》等。现任教于耶鲁大学。

## 俯　拾

台北盆地

像置于匣内的大提琴

镶着绿玉……

裸着的观音山

遥向大屯山强壮的臂弯

施着媚眼

向左再向南看过去

便是有着沉沉森林的

中央山脉的前襟了

基隆河谷像把声音的锁

阳光的金钥匙不停地拨弄

在云飞的地方

我也伸长我的冰斧

为那七彩的虹弓缀一根弦

而这歇着的大提琴

却是世间最智慧的词令者

对着偶来的人，缄默——

1952年

（选自《郑愁予诗集》）

## 小小的岛

你住的小小的岛我正思念
那儿属于热带,属于青青的国度
浅沙上,老是栖息着五色的鱼群
小鸟跳响在枝上,如琴键的起落

那儿的山崖都爱凝望,披垂着长藤如发
那儿的草地都善等待,铺缀着野花如果盘
那儿浴你的阳光是蓝的,海风是绿的
则你的健康是郁郁的,爱情是徐徐的

云的幽默与隐隐的雷笑
林丛的舞乐与冷冷的流歌
你住的那小小的岛我难描绘
难绘那儿的午寐有轻轻的地震

如果,我去了,将带着我的笛杖
那时我是牧童而你是小羊
要不,我去了,我便化作萤火虫
以我的一生为你点盏灯

1953年

(选自《郑愁予诗集》)

## 风 雨 忆

露重了,
夜百合开了;
我的眼睛睁得大大的,亮亮的,想你……
想如穗落的日子,想那些小事,
想你在风中掠着短发的小立之姿,
想你扯着裙角说,我累了,
就在山腰上找块石头坐下来……

记得河边风雨的小径,
你挑灯挽我夜行,
风由竹林夺去你手上的光,
我笑了,因为夸言我的眼是灯,
要走,你必须靠我扶持,
记得你赌气淋着雨,说:
我宁愿回去……
露太重了,像泪珠滚下唇边,
百合花的嘴张得太大,像在惊讶。

尚忆及我们湘水的横渡,
南来的风突吹落我们的伞,
小舟只是断桥,浪太大了又有何用?
尚忆及你黯然地说:
伞落了,像别离一样,
我们都失去了依靠……

哎,风雨的日子对我们太长了,
伞落之后,我们就像湿土的葵莲,
各怀着阳光的梦等待……
等待,等待
而,朋友啊!你说这些不都是小事么?
是的——

露珠就这样干了
百合就这样谢了……

(选自《郑愁予诗集》)

## 小站之站

### ——有赠

两列车相遇于一小站,是夜央后四时
两列车的两列小窗有许多是对着的
偶有人落下百叶扉,辨不出这是哪一个所在
这是一个小站……

会不会有两个人同落小窗相对
啊,竟是久违的童侣
在同向黎明而反向的路上碰到了
但是,风雨隔绝的十二月,腊末的夜寒深重
而且,这年代一如旅人的梦是无惊喜的

1957年

(选自《郑愁予诗集》)

## 边界酒店

　　秋天的疆土，分界在同一个夕阳下
　　接壤处，默立些黄菊花
　　而他打远道来，清醒着喝酒
　　窗外是异国

　　多想跨出去，一步即成乡愁
　　那美丽的乡愁，伸手可触及

　　或者，就饮醉了也好
　　（他是热心的纳税人）

　　或者，将歌声吐出
　　便不只是立着像那雏菊
　　只凭边界立着

1956年

（选自《郑愁予诗集》）

## 蓝眼的同事

最无奈的是她有如此的蓝眼睛而又是我的
同事
学生们多半选了她的课

而又说
看吧
早上,她的眼蓝得像透澈的蓝天
下午,她的眼蓝得像深蔚的海
夜晚则她的眼比之蓝宝石的蓝更有光华地
流转

终有一次,我矫情地批评这些孩子了
你们怎么能用这么伧俗的譬喻
描绘那样的眼的蓝呢?
你们不知道
当你们自己闭上眼的时候还有一种蓝是
思念爱人的色彩么?
有时是思念家乡的色彩哩。有时
是一支曲子从教堂中飘出,徐缓着
糅合年轻的忧伤飘入无际的蓝色的时间中
立刻,他们愤怒了
把他们缤纷的眼瞳投掷过来
一些褐的,一些晶黑的,或是
如猫眼的灰或是花岗石绿的
还有的带着激动的血丝

而又反驳着说
你怎么可以把她那样蓝的眼睛抽象了
她映照了我们各种仰望的色彩
回给我们真实的蓝
是那样拥抱得到的
关怀的蓝呀

这责备是响亮的
我在眼瞳的埋葬中
禁不住地兴起幻想来了
如果她不是我的同事
如果她不是我的同事而是我的同志该多好
明天我们共同去遂行战斗
在出发前互相对视着
啊!
孩子们说的蓝其实是母亲长袍子的色彩呢
与这样的蓝诀别
不正是
很凄然的而很幸福的么?

1981年改

(选自《郑愁予诗集》)

# 郑 玲

著有《郑玲诗选》。

## 昨夜一千年

悲剧不属于黄昏
悲剧总是随朝阳放射金光
以坦然的残忍
照着逝去的昨夜

昨夜一千年
我时刻呼唤你的船
任心在流光中漂泊
不敢走近你的岸

并非不知道水的深浅
都只为风浪太大
真情太重
怕把你的桅杆折断

(选自《诗刊》1992年第7期)

## 郑 敏

参看488页。

### 你已经走完秋天的林径
—— 悼念敬容

秋天的林径是透明的
金黄的叶子织成阳光的惆怅
你已经走完秋天的林径
穿过阳光的惆怅，等在那一头
你穿着落叶斑斓的衣裳

爱是不会死亡的
菊花的灿烂用死亡来培养
它吐出金黄的阳光
走向你，因为你已经
走完秋天的林径

你的最后思维永远成了神秘
正像那枯干了的葵菊
我能闻见它苦涩的芳香
徐徐地散发，不意地飘来
你在林径的那一端，沉思，等待

（选自《诗刊》1990年第2期）

## 钟 玲
（1945— ）

### 苏 小 小

"我乘油壁车，郎乘青骢马。何处结同心？西陵松柏下。"
——《苏小小歌》

我的眼角起雾了
因思念你而朦胧
推开青绿的石门
翩然立在松树下
幽兰眼望穿驿道
等你跨青骢马归来
你终究会赶到的
一下马，就偎你怀中
看，湖上垂着层层薄纱
让我们隐身湖心
你是风，我是烟
在白纱帐里缱绻

我清歌一啭
痴狂了多少吴楚名士
我的纤纤舞腰

风靡了钱塘嘉兴

可是唯有你眼中的潋滟

令千钟不醉的我沉醉

你的低语如辘轳

汲起我心井深处的真情

苔封的石门紧闭

驿道寂寂,不闻马嘶

只听见雨脚踏着轻尘

水波如珮叩着堤岸

隔壁的蚯蚓翻土铺床

我剪下墙上新垂的树根

再编一个同心结给你

**附注:**

　　一、《吴地记》中说苏小小是晋时妓,《乐府广题》说她是钱塘名娼,南齐人。因此如果苏小小真有其人,不知是东晋时人(317—420)或南齐时人(480—530)。也许有两个苏小小。《古乐府》有《苏小小歌》。

　　二、《吴地记》中说,苏小小的墓在嘉兴县前。另有一说她的墓在西湖畔。

　　三、历代歌咏苏小小的诗很多,白居易、李商隐、温庭筠都为她写过诗。李贺的诗《苏小小墓》如下:幽兰露、如啼眼,无物结同心,烟花不堪剪。草如茵,松如盖。风为裳,水为珮。油壁车,夕相待。冷翠烛,劳光彩。西陵下,风吹雨。

1984年6月初稿,1988年6月修正

选自《新诗三百首》

# 周伦佑

（1952— ），曾参与创办《非非》，并任主编，"第三代诗人"的代表诗人之一。

## 看一支蜡烛点燃

再没有比这更残酷的事了
看一支蜡烛点燃，然后熄灭
小小的过程使人惊心动魄
烛光中食指与中指分开，举起来
构成V型的图案，比木刻更深
没看见蜡烛是怎么点燃的
只记得一句话，一个手势
烛火便从这只眼跳到那只眼里
更多的手在烛光中举起来
光的中心是青年的膏脂和血
光芒向四面八方
一只鸽子的脸占据了整个天空
再没有比这更残酷的事了
眼看着蜡烛要熄灭，但无能为力
烛光中密集的影子围拢过来
看不清他们的脸和牙齿
黄皮肤上走过细细的雷声
没看见烛火是怎么熄灭的

只感到那些手臂优美地折断
更多手臂优美地折断
烛泪滴满台阶
死亡使夏天成为最冷的风景
瞬间灿烂之后蜡烛已成灰了
被烛光穿透的事物坚定地黑暗下去

看一支蜡烛点燃，然后熄灭
体会着这人世间最残酷的事
黑暗中，我只能沉默地冒烟
1990年4月12日于西昌仙人洞


## 在刀锋上完成的句法转换

皮肤在臆想中被利刃割破
血流了一地。很浓的血
使你的呼吸充满腥味
冷冷的玩味伤口的经过
手指在刀锋上拭了又拭
终于没有勇气让自己更深刻一些

现在还不是谈论死的时候
死很简单，活着需要更多的粮食
空气和水，女人的性感部位
肉欲的精神把你搅得更浑
但活得耿直是另一回事

以生命做抵押，使暴力失去耐心

让刀更深一些。从看他人流血
到自己流血，体验转换的过程
施暴的手并不比受难的手轻松
在尖锐的意念中打开你的皮肤
看刀锋契入，一点红色从肉里渗出
激发众多的感想

这是你的第一滴血
遵循句法转换的原则
不再有观众。用主观的肉体
与钢铁对抗，或被钢铁推倒
一片天空压过头顶
广大的伤痛消失
世界在你之后继续冷得干净

刀锋在滴血。从左手到右手
你体会牺牲时尝试了屠杀
臆想的死使你的两眼充满杀机

1991年1月6日于峨山打锣坪

# 后 记

谢 冕

诗是始终讲不清楚的题目。许多人都试图回答诗是什么,但依然没有完好的答案。但这并不妨碍人们写诗或谈论诗,尽管他们这样做的时候,多半都带着因人而异的随意性。

我年轻时也学着写一些诗,后来就自觉地退下来了。在我看来,诗是高不可攀的。年纪大了之后,发现这种"退下来"是明智的,我为自由的"迷途知返"而庆幸。

按理说,像我这样学过写诗、如今又研究诗的人,总该对诗这个题目有一些较为理想的说法吧,未必。

这些年作为研究工作的一个环节,我也选诗。选诗是应该有标准的,但是,我发现几乎是有多少选家,就有多少不同的选本。可见,所谓的"标准"也是人见人殊的。

我很看重自己对诗的感觉。有的诗读了之后让人兴奋,这是好诗。当然,最好的是让人读了一遍就能记住的那类诗。记住什么了?也许是境界,也许是表达,也许是色彩或节奏,总之,它总是提供与众不同的东西。

我总是把自己记住的这些诗从浩如烟海的作品中挑选出来,用一定的体例把它们组织在一起,一个选本就这样诞生了。选家感到最顺心的是这些出类拔萃的作品，而他们最头疼的是那些内容和形式都堪称佳作，但又不属于出类拔萃的作品，那些作品数量很多，但往往流于一般化。当选家把它们排斥在选本之外的时候，有时也为自己的"苛刻""无情"而吃惊，甚而自责。然而，这是无法可想的，选家要是不能坚持，他的工作就失去了全部的意义。

这样的工作也许会受到读者的称赞，但也会引人不悦，特别是那些写了好作品而未能入选的诗人。那么，让人们责备我吧，谁也没有强迫我做这样让人不高兴的工作。但我有时想起，例如唐诗，不是诗的黄金时代吗？成千上万首的唐诗，为什么只选三百首呢？三百首的被挑选，并不意味着对三百首以外的成千上万首唐诗的否定。想到这里，心于是也平静了下来。

这一本《中国百年诗歌选》和我的其他选本对比，有一些自己的特色。有一些出色的篇章必须重复，但又有一些新的增补，这是一本我自己编得比较用心的选本。

博士生刘圣宇协助我做了很多工作，本书的作者简介除部分近代的以外都由他编写，这是我应当感谢他的。

1997年6月30日于北京大学畅春园

# 再版后记

## 诗歌照亮的午后

在一个秋日午后，我们一行三人预约前去拜访谢冕先生。陈先生（谢冕夫人）尚在术后恢复中，精神虽好，但身体仍显虚弱。看来陈先生抱恙这段时间，谢冕先生耗神极大，见面初始，他将身体深深依靠在沙发里，似乎有些慵懒和倦怠。

话题不自觉就由嘘寒问暖、文人轶事转到了诗歌方面。从传统文化到新文化运动，从旧体诗到新诗，到当下的诗歌创作，九十岁的老人刹那间焕发了青春与活力，上半身躯从沙发中立了起来，目光如炬，才思奔涌，汩汩不绝。谢冕先生用充满温暖与激情的话语，照亮了自家的客厅，还有我们这些后辈的心灵。

他的一番结论性的话语铿锵在耳：诗是不会死的，不论是作为一种文体还是一种精神；传统与现代，现代与当代，有断裂，有反拨，更有传承和融合，它们在"和解"中发展；诗歌首先是美的，同时又是时代的……

话语间，谢冕先生提到了这本山东文艺出版社1997年版的《中国百年诗歌选》。谢先生说，尽管时间已经久远，以百年为限的诗歌选本也有一些，但此书因有其别样风貌，融汇了他"仍不过时"的关于诗歌的思考，可以考虑再版；并嘱咐我写一篇再版后记。

尊者之言，不敢懈怠。此次再版，除修改个别诗人生平年限和初版编校错误之外，其他方面都尽量保持了初版原貌，以致敬近二十五年前的这一诗歌选本，致敬谢冕先生。

以此记之。

山东文艺出版社<br>
2021年11月